UMA GAROTA
DE MUITA SORTE

Jessica Knoll

UMA GAROTA
DE MUITA SORTE

Tradução de
Ana Rodrigues

Rocco

Título original
LUCKIEST GIRL ALIVE

Este livro é uma obra de ficção. Quaisquer referências a acontecimentos históricos, pessoas reais e localidades foram usadas ficcionalmente. Outros nomes, personagens, lugares e incidentes são produto da imaginação da autora, e qualquer semelhança com acontecimentos reais ou localidades, ou pessoas, vivas ou não, é mera coincidência.

Copyright © 2015 *by* Jessica Knoll

Todos os direitos reservados.
Nenhuma parte desta obra pode ser reproduzida no todo ou em parte sob qualquer forma, sem a permissão escrita do editor.

Copyright da edição brasileira © 2015 *by* Editora Rocco Ltda.

"Edição brasileira publicada mediante acordo com o editor original, Simon & Schuster, Inc."

Direitos para a língua portuguesa reservados com exclusividade para o Brasil à
EDITORA ROCCO LTDA.
Av. Presidente Wilson, 231 – 8º andar
20030-021 – Rio de Janeiro – RJ
Tel.: (21) 3525-2000 – Fax: (21) 3525-2001
rocco@rocco.com.br / www.rocco.com.br

Printed in Brazil/Impresso no Brasil

Preparação de originais: ANA ISSA

CIP-Brasil. Catalogação na fonte.
Sindicato Nacional dos Editores de Livros, RJ.

K78u	Knoll, Jessica
	Uma garota de muita sorte / Jessica Knoll; tradução de Ana Rodrigues. – 1ª ed. – Rio de Janeiro: Rocco, 2016.
	Tradução de: Luckiest girl alive
	ISBN 978-85-325-3011-0
	1. Romance norte-americano. I. Rodrigues, Ana. II. Título.
15-24967	CDD-813
	CDU-821.111(73)-3

Para todas as TifAnis FaNellis do mundo.
Eu sei.

1

Examinei a faca que tinha na mão.

— Essa é a Shun. Está sentindo como é mais leve se comparada a Wüsthof?

Passei o dedo pela lâmina afiada para testar. O cabo supostamente era resistente à umidade, mas já estava ficando um pouco úmido enquanto eu o segurava.

— Acho esse modelo mais adequado para alguém do seu porte. — Levantei os olhos para o vendedor, preparando-me para a palavra que sempre usavam para descrever garotas baixas ansiosas para serem chamadas de "magras". — Mignon. — Ele sorriu como se houvesse feito um elogio. Esguia, elegante, graciosa... esses, sim, eram elogios que poderiam ter me desarmado.

Outra mão, com a pele vários tons mais clara do que a minha própria, surgiu na cena e alcançou o cabo.

— Posso sentir?

Voltei o olhar para ele: meu noivo. A palavra não me incomodava tanto quanto a que viria depois dela. Marido. Essa palavra apertava o espartilho com mais força, esmagando órgãos, fazendo o pânico subir à minha garganta, que latejava em um sinal de angústia. Eu poderia decidir não soltar a faca. Enfiar silenciosamente a lâmina forjada de níquel e aço inoxidável (a Shun, decidi que gostava mais dela) na barriga dele. O vendedor provavelmente emitiria um simples e digno "Oh!". Seria a mãe carregando o bebê com nariz escorrendo, que estava atrás do homem, quem gritaria. Era fácil perceber que a mulher, uma perigosa combinação de tédio e drama, descreveria o *ataque*, com prazer e lágrimas, aos repórteres que, mais tarde, se amontoariam no local. Virei a faca para cima antes que pudesse retesar a mão, antes que pudesse atacar, antes que todos os músculos do meu corpo, sempre em alerta máximo, entrassem no piloto automático.

— Estou animado — disse Luke, quando saímos da loja, a Williams-Sonoma, na rua 59, com uma lufada gelada do ar-condicionado como despedida. — E você?

— Amo aquelas taças de vinho tinto. — Entrelacei meus dedos aos dele para demonstrar o quanto estava falando sério. Era a ideia dos "conjuntos" que eu não conseguia suportar. Inevitavelmente terminaríamos com seis pratos de pão, quatro de salada e oito pratos rasos, e eu jamais conseguiria dar um jeito de completar a pequena família de porcelana. A louça ficaria amuada sobre a mesa da cozinha, Luke sempre se oferecendo para tirá-la de vista e eu retrucando irritada "Ainda não". Até que um dia, bem depois do casamento, eu teria uma inspiração súbita e insana, pegaria a linha 4 ou 5 do metrô, direção Uptown, e entraria em disparada na Williams-Sonoma, como uma Martha Stewart guerreira, só para descobrir que eles haviam parado de fabricar o padrão Louvre que escolhêramos tantos anos antes. — Podemos comer uma pizza?

Luke riu e apertou minha cintura.

— Para onde vai tudo isso?

Minha mão ficou rígida na dele.

— É por causa de tanto exercício, eu acho. Estou faminta. — Era mentira. Ainda me sentia nauseada por causa do sanduíche Reuben alto, rosado e com excesso de informação, como um convite de casamento, que havia comido no almoço. — Na Patsy's? — Tentei soar como se houvesse acabado de ter a ideia, quando na realidade já vinha fantasiando devorar uma pizza de lá; fios de queijo derretido se esticando, sem se romper, me forçando a segurá-los entre os dedos e a puxar, ganhando como bônus um naco de muçarela da fatia de outra pessoa. Aquele sonho prazeroso e vívido vinha se repetindo desde a última quinta-feira, quando decidimos que domingo seria o dia em que finalmente cuidaríamos da ida ao cartório. ("As pessoas estão perguntando, Tif." "Eu sei, *mamãe*, vamos cuidar disso." "O casamento é daqui a cinco meses!")

— Não estou com fome — Luke encolheu os ombros —, mas se você quer muito.

Que pessoa divertida...

Continuamos de mãos dadas enquanto atravessávamos a avenida Lexington, nos esquivando de bandos de mulheres de pernas musculosas que usavam shorts de caminhada brancos e tênis confortáveis, carregando sabe-se lá que tesouros secretos a Victoria's Secret da Quinta Avenida guardava que a loja de Minnesota não tinha. Também nos desviamos de uma cavalaria de garotas de Long Island, as tiras das sandálias gladiadora se enrolando aos tornozelos delas como vinhas em uma árvore. As garotas olharam para Luke. Então olharam para mim. Não questionaram o casal. Eu trabalhara duro e rápido para me tornar uma rival à altura, uma Carolyn para o JFK Jr. que ele era. Dobramos à esquerda e seguimos pela rua 60 antes de dobrar novamente à direita. Eram apenas cinco da tarde quando cruzamos a Terceira Avenida e encontramos as mesas do restaurante arrumadas, mas solitárias. Os nova-iorquinos que sabiam se divertir ainda estavam tomando o brunch. Eu costumava ser um deles.

— Na área externa? — perguntou a *hostess*. Assentimos, ela pegou dois cardápios que estavam sobre uma mesa vazia e fez sinal para que a acompanhássemos.

— Poderia me trazer uma taça de Montepulciano? — A *hostess* ergueu as sobrancelhas em uma expressão indignada, e pude imaginar o que ela estava pensando: "Isso é trabalho do garçom"; mas apenas sorri docemente para ela como se dissesse "Está vendo como sou gentil? E como você não está sendo razoável? Deveria se envergonhar".

A mulher voltou o olhar para Luke.

— E você?

— Só água.

Quando ela se afastou, ele comentou:

— Não sei como consegue tomar vinho tinto com esse calor.

Dei de ombros.

— Vinho branco simplesmente não combina com pizza.

Vinho branco era reservado para aquelas noites em que eu me sentia leve, bonita. Quando estava determinada a ignorar as massas do cardápio. Uma vez, escrevi a seguinte dica para a *The Women's Magazine*: "Um estudo mostrou que o ato de fechar fisicamente o cardápio, depois de decidir o que vai pedir, pode fazer com que se sinta mais satisfeita com sua escolha. Portanto, opte logo pelo linguado grelhado e feche esse cardápio antes de começar a comer o *penne alla vodka* com os olhos." LoLo, minha chefe, havia sublinhado as palavras "comer com os olhos" e escrito "Hilário". Deus, odeio linguado grelhado.

— Então, o que mais temos para fazer? — Luke se recostou na cadeira, as mãos atrás da cabeça como se estivesse prestes a fazer uma abdominal, totalmente inocente sobre aquelas palavras serem um chamado para briga. O veneno se acumulou em meus olhos castanhos e me apressei em dissipá-lo.

— Muita coisa. — Contei nos dedos. — Toda parte de papelaria, ou seja, convites, cardápios, programas, cartões para os lugares à mesa, tudo isso. Preciso escolher quem vai fazer meu cabelo e a minha maquiagem e escolher o vestido das madrinhas, para Nell e as garotas. Também temos que voltar à agência de viagens: não quero mesmo ir para Dubai. Eu sei. — Ergui a mão antes que Luke pudesse dizer qualquer coisa. — Não podemos passar o tempo todo nas Maldivas. Há um limite para o quanto se aguenta ficar deitado sem fazer nada em uma praia até perder a paciência. Mas não podemos passar alguns dias em Londres ou Paris, depois?

Luke assentiu com uma expressão solícita. Ele tinha sardas no nariz durante todo o ano, mas em meados de maio elas se espalhavam até as têmporas, onde permaneciam até o dia de Ação de Graças. Aquele era o meu quarto verão com Luke, e todo ano eu observava como aquelas muitas atividades ao ar livre, boas e saudáveis — corrida, surfe, golfe, kitesurf —, multiplicavam as sardas douradas no nariz dele como células cancerígenas. Por algum tempo, Luke quase me converteu, também, a essa dedicação insolente ao movimento, às endorfinas, a aproveitar o dia. Nem mesmo uma ressaca conseguia acabar com seu vigor. Eu costumava colocar meu despertador para uma da tarde, aos sábados, o que Luke achava adorável. "Você é tão pequena e precisa de tanto sono", ele costumava dizer, fazendo carinho com o nariz para me acordar à tarde. "Pequena", outra descrição do meu corpo que detesto. O que preciso fazer para que alguém me chame de "magrinha"?

Acabei confessando a verdade. Não é que eu precise de uma enorme quantidade de sono, o fato é que não estava dormindo quando você achava que eu estava. Não conseguia imaginar me submeter a um estado de inconsciência ao mesmo tempo que todos faziam isso. Só consigo dormir — dormir para valer, não o repouso silencioso com que aprendi a viver durante a semana — quando a luz do sol explode da Freedom Tower e me força a ir para o outro lado da cama, quando posso ouvir Luke na cozinha, fazendo omeletes de claras, e os vizinhos de porta discutindo sobre quem foi o último a levar o lixo para fora. Lembranças rotineiras e banais de que a vida é tão tediosa que não poderia aterrorizar ninguém. Esse tédio penetra nos meus ouvidos e é *só então* que durmo.

— Deveríamos estipular fazer uma coisa por dia — concluiu Luke.

— Luke, faço três coisas por dia. — Havia uma rispidez na minha voz que eu tinha a intenção de evitar. E também não tinha o direito de ficar irritada.

Afinal, eu *deveria* fazer três coisas por dia, mas em vez disso ficava sentada, paralisada diante do meu computador, me recriminando por não fazer três coisas todo dia como prometera a mim mesma que faria. Decidi que aquilo consumia mais tempo e era mais estressante do que realmente fazer as três malditas coisas por dia e, portanto, quem merecia aquela fúria era eu.

Pensei na única coisa em que eu estava realmente adiantada.

— Você sabe quantas idas e vindas já tive com a encarregada dos convites?

Eu sobrecarregara a mulher responsável pela produção dos convites, uma asiática que era um fiapo de gente com um temperamento nervoso que me enfurecia com perguntas demais: Fica chinfrim usar impressão tipográfica para os convites, mas não para os cartões de confirmação? Alguém notaria se usássemos um calígrafo para sobrescritar o envelope, mas tipografia para o convite? Eu estava apavorada com a possibilidade de tomar uma decisão que me expusesse. Morava em Nova York havia seis anos e esse período no centro da cidade vinha sendo como uma especialização em "como parecer endinheirada sem esforço". No primeiro semestre, aprendera que usar sandálias Jack Rogers, tão reverenciadas na faculdade, era como gritar "Minha pequena escola liberal de artes sempre será o centro do universo!". Encontrara um novo eixo, e para o lixo foram meus pares de sandálias douradas, prateadas e brancas. O mesmo aconteceu com a bolsinha de ombro estampada da Coach (argh). Então veio a descoberta de que a Kleinfeld, a loja que parecia tão glamorosa e tão Nova York no reality show *O vestido ideal*, na verdade era uma fábrica cafona de vestidos de noiva, frequentada apenas pelos nova-iorquinos que moram em bairros menos famosos, ou em cidades vizinhas, e que precisam atravessar pontes ou túneis para chegar aonde interessa: Manhattan. Optei por uma pequena butique na área de Meatpacking, os cabides cuidadosamente abastecidos com marcas como Marchesa, Reem Acra e Carolina Herrera. E todas aquelas casas noturnas lotadas e com luz mortiça, seguranças musculosos e cordões vermelhos dominando a entrada, pulsando furiosamente com Tiësto e quadris? Não é assim que os urbanoides que se dão ao respeito passam as noites de sexta-feira. Não, em vez disso, pagamos dezesseis dólares por um prato de endívias, acompanhadas por vodca e água mineral com gás, em um bar desconhecido no East Village, vestindo botinhas da Rag & Bone que, apesar da aparência barata, custaram 495 dólares.

Foram seis lentos anos para chegar aonde estou agora: noiva de um homem do mercado financeiro, conhecido pelo primeiro nome pela *hostess* do Locanda

Verde, com o último lançamento da Chloé pendurado no braço (não é uma Céline, mas ao menos não desfilo por aí com uma Louis Vuitton monstruosa como se fosse a oitava maravilha do mundo). Tempo suficiente para apurar meu refinamento. Mas planejar o casamento... esse aprendizado exigiria muito mais. Se você fica noiva em novembro, então tem um mês para examinar as possibilidades, para descobrir que o celeiro em Blue Hill — onde pensou que se casaria — *já era*, e que o que está em alta agora são antigas margens de rios revitalizadas, cuja locação custava vinte mil dólares. Tem dois meses para consultar blogs e revistas de casamento, para conversar com os colegas gays na *The Women's Magazine* e descobrir que vestidos de casamento sem alça são ofensivamente burgueses. Você já está há três meses envolvida nesse processo e ainda precisa encontrar um fotógrafo que não tenha em seu portfólio nenhuma noiva fazendo biquinho (é mais difícil do que parece); vestidos de madrinhas que não se pareçam em nada com vestidos de madrinha; e um florista que possa assegurar que conseguirá anêmonas fora de época, porque peônias nem pensar. Parece coisa para amadores? Basta um movimento errado e todos enxergarão além do seu bronzeador aplicado com muito bom gosto e perceberão que você não passa de uma carcamana ignorante que não sabe que deve passar o sal e a pimenta juntos. Achei que aos vinte e oito anos eu já poderia parar de tentar me afirmar e relaxar. Mas a luta só fica mais sangrenta com a idade.

— E você ainda não me passou os endereços dos seus convidados para que eu possa mandar para o calígrafo — falei, embora secretamente estivesse aliviada por ter mais tempo para torturar a nervosinha encarregada dos convites.

— Já estou aprontando isso — garantiu Luke, com um suspiro.

— Os convites não serão enviados na data em que queremos se você não me passar os endereços esta semana. Estou pedindo há um mês.

— Eu estava ocupado!

— E acha que eu não?

Picuinhas. É tão mais feio do que uma briga acalorada, em que pratos são arremessados, não é? Pelo menos depois de uma briga séria, a sequência costuma ser fazer sexo no chão da cozinha, os cacos da louça padrão Louvre marcando suas costas. Nenhum homem se sente muito inclinado a arrancar a sua roupa depois que você o acusa, ressentida, de deixar um presente boiando no vaso sanitário.

Cerrei os punhos, então flexionei e abri bem os dedos, como se pudesse externar a raiva que sentia como uma teia do Homem-Aranha. *Fala logo*.

— Desculpe. — Deixei escapar meu suspiro mais patético para garantir. — É que estou mesmo muito cansada.

Uma mão invisível pareceu passar sobre o rosto de Luke, afastando a frustração que ele sentia a meu respeito.

— Por que não vai ao médico? Você deveria estar tomando Ambien ou algum outro remédio para dormir.

Assenti, fingindo considerar a ideia, mas soníferos não passam de vulnerabilidade sob a forma de comprimidos. O que eu realmente precisava era ter de volta os dois primeiros anos do meu relacionamento, aquele breve período de alívio durante o qual, entrelaçada a Luke, a noite passava sem que eu percebesse e sem sentir a necessidade de correr atrás dela. Nas poucas vezes em que eu acordara mais cedo, notara que a boca de Luke se curvava nos cantos em um sorriso, mesmo quando ele dormia. Seu bom temperamento era como o inseticida que usávamos na casa de verão dos pais dele, em Nantucket, tão poderoso que eliminava o terror, aquela sensação, alarmante como estar no olho de um furacão, de que algo ruim estava prestes a acontecer. Mas em algum momento ao longo do caminho — na verdade, por volta da época em que ficamos noivos, oito meses atrás, para ser bem honesta — a insônia retornou. Comecei a empurrar Luke quando ele tentava me acordar para correr na ponte do Brooklyn aos sábados de manhã, algo que vínhamos fazendo quase todos os sábados ao longo dos últimos três anos. Luke não é um desses patéticos cachorrinhos apaixonados, ele percebe o retrocesso, mas por mais impressionante que pareça isso só o torna mais profundamente dedicado a mim. É como se estivesse assumindo o desafio de me fazer voltar a ser como antes.

Não sou uma heroína valente que alega ignorar a própria beleza inquestionável e o raro encanto, mas houve uma época em que *realmente* me perguntava o que Luke via em mim. Sou bonita — tenho que destacá-la, mas a matéria-prima está aqui. Sou quatro anos mais nova do que ele, o que não é tão bom quanto oito anos mais nova, mas ainda assim é alguma coisa. Também gosto de fazer coisas "bizarras" na cama, embora Luke e eu tenhamos definições muito diferentes de "bizarro" (para ele, posição cachorrinho e puxões de cabelos; para mim, choques elétricos na vagina com uma mordaça de bola enfiada na boca para abafar os gritos), pelos padrões dele, temos uma vida sexual excêntrica mas realizadora. Então, sim, me conheço o bastante para reconhecer o que Luke vê em mim, mas há bares no centro da cidade cheios de garotas exatamente como eu, Kates doces e naturalmente louras, que ficariam de quatro, balançando os rabos de cavalo para Luke em um piscar de olhos. Essa *Kate* provavelmente teria crescido em uma casa de tijolos vermelhos e persianas brancas, uma casa que não tentava enganar com seu revestimento de tábuas falso e cafona na parede externa dos fundos, como a minha. Mas uma Kate jamais daria a Luke o que eu dava: a sensação do fio da navalha. Enferrujada e infestada de bactérias, sou a lâmina que rompe as bainhas perfeitamente costuradas da vida de estrela de futebol americano de Luke, ameaçando rasgá-las ao meio. E ele gosta dessa ameaça, do possível perigo que represento. Mas, na verdade, não quer ver o que posso fazer, os buracos esfarrapados que posso abrir. Passei a maior parte do nosso relacionamento arranhando a superfície, testando a pressão para saber o quanto é demais antes que eu tire sangue. Estou ficando cansada.

A querida *hostess* pousa a taça de vinho com força na mesa à minha frente, determinada a entornar um pouco. O líquido cor de rubi transborda, formando uma poça na base da taça, que é como uma ferida causada por um tiro.

— Aqui está! — gorjeia ela, abrindo, tenho certeza, seu sorriso mais asqueroso, mas que nem chega perto da minha coleção de sorrisos asquerosos.

Aquilo foi tudo que bastou para que a cortina se erguesse, para que eu sentisse o calor dos refletores. Estava na hora do show.

— Ah, não — arquejei. Levei o dedo ao espaço entre os meus dois dentes da frente. — Um pedaço enorme de espinafre. Bem aqui.

A *hostess* levou rapidamente a mão à boca, o rosto muito vermelho do pescoço para cima.

— Obrigada — balbuciou, e desapareceu.

Os olhos de Luke eram como dois globos azuis confusos sob o sol sereno do fim de tarde.

— Ela não tinha nada nos dentes.

Inclinei-me sobre a mesa antes de responder, dando um gole no meu vinho, a taça ainda sobre a mesa, para que não respingasse no jeans branco que eu usava. Nunca mexa com uma vagabunda branca e rica e seu jeans branco.

— No dente não. Já no rabo...

A risada de Luke foi como a ovação da plateia. Ele balançou a cabeça, impressionado.

— Você é bem malvada quando quer, sabia?

—⚞—

— O florista vai querer cobrar por hora para recolher tudo no dia seguinte do casamento. Você precisa negociar uma taxa fixa no contrato.

Segunda de manhã. É claro que eu tinha que pegar a droga do elevador com Eleanor Tuckerman, cujo nome de solteira era Podalski, editora e minha colega na *The Women's Magazine* que, quando não estava parasitando o meu talento das nove às cinco, assumia o papel de autoridade em tudo o que se relacionava a casamento e etiqueta. Eleanor se casara havia um ano e continuava a falar sobre o evento com o tipo de reverência sóbria que costumamos usar para falar do 11 de Setembro, ou da morte de Steve Jobs. Imagino que continuará a fazer isso até ficar grávida e dar à luz o próximo tesouro nacional.

— Está falando sério? — Marquei minhas palavras com um arquejo horrorizado. Eleanor é editora de comportamento, alguém a quem me reporto, e é quatro anos mais velha do que eu. Preciso que goste de mim, e não é necessário muito para isso. Tudo o que garotas assim querem é que arregalem os olhos para ela, com a expressão inocente de um Bambi, e que implorem para que ela compartilhe sua sabedoria.

Eleanor assentiu, com seriedade solene.

— Vou mandar meu contrato por e-mail para você, assim vai poder ver o que fazer. — *E também vai poder ver o quanto gastamos*, ela não acrescentou, mas era exatamente o objetivo daquilo tudo.

— Vai me ajudar tanto, Eleanor. — E mostrei meus dentes recentemente clareados. O bipe do elevador anunciou a minha liberdade.

— Bom dia para *você*, srta. FaNelli. — Clifford bateu as pestanas, flertando. Ele não se dirigiu a Eleanor. Clifford era recepcionista da *The Women's Magazine* havia vinte e um anos, e tinha as mais variadas e absurdas razões para odiar a maior parte das pessoas que passavam por ele todo dia. O crime de Eleanor é que ela é horrível. Mas, além disso, houve uma vez em que circulou um e-mail dizendo que havia biscoitos na despensa. Clifford, que não podia deixar a recepção sem ninguém para atender os telefones, encaminhou um e-mail para

Eleanor, pedindo que ela levasse um biscoito para ele, junto com uma xícara de café com a quantidade de leite necessária para que a mistura ficasse cor de caramelo. Por acaso, Eleanor estava em uma reunião e, quando finalmente leu o e-mail, os biscoitos haviam acabado. De qualquer modo, ela levou para ele o precioso café cor de caramelo, mas Clifford empinou o nariz e, desde então, não trocou mais de cinco palavras com Eleanor.

"A vaca gorda deve ter comido o último em vez de me dar", sibilara ele para mim depois do "incidente". Eleanor é simplesmente a pessoa mais anoréxica que conheço e nós caímos de joelhos de tanto rir.

— Bom-dia, Clifford. — Acenei brevemente para ele, meu anel de noivado cintilando sob o mar de luzes fluorescentes.

— Olha essa *saia* — assoviou ele, os olhos examinando com aprovação a saia justa tamanho 36 em que havia me espremido naquele dia, depois da catástrofe de carboidratos que se abatera sobre mim na véspera. O comentário fora dirigido tanto a mim quanto a Eleanor. Clifford adorava mostrar o quanto podia ser um doce de pessoa com quem não o irritava.

— Obrigada, boneca. — E abri a porta para Eleanor.

— Rainha do inferno — resmungou ela quando passou, alto o bastante para que Clifford ouvisse. Então olhou para mim, para ver o que eu faria. Se eu a ignorasse, estaria claramente tomando partido dele. Se risse, seria uma traição a Clifford.

Levantei as mãos e me certifiquei de que fosse ouvida por ambos quando disse:

— Adoro vocês dois.

Quando a porta se fechou e Clifford já não podia mais nos ouvir, disse a Eleanor que precisava descer um minuto porque tinha agendado uma entrevista de orientação com uma recém-formada. Ela gostaria de um café ou de alguma revista da banca?

— Uma barra de cereais e a nova GQ se eles tiverem — respondeu Eleanor. Ela beliscaria aquilo o dia todo. Uma castanha como lanche no meio da manhã, uma cranberry desidratada no almoço. Mas abriu um sorriso de agradecimento, que era o que eu queria, é claro.

A maior parte dos meus colegas deleta automaticamente os e-mails que têm como assunto "Posso convidá-lo para um café?" enviados por dedicadas jovens de vinte e dois anos em busca de orientação na carreira e que são, ao mesmo tempo, apavoradas e lamentáveis em seu excesso de confiança. Todas cresceram assistindo a Lauren Conrad na série *The Hills* e pensando "quero trabalhar em uma revista quando crescer!". E sempre se decepcionam quando descobrem que o que faço não tem nada a ver com moda ("Nem com beleza?", perguntara-me uma delas, amuada, ninando no colo a bolsa Yves Saint Laurent da mãe como se fosse um recém-nascido). Sinto prazer em atormentá-las. "Os únicos brindes que recebo em meu trabalho são bonecas de livros, três meses antes de serem publicados. O que você está lendo agora?" A palidez imediata que tomava conta do rosto delas sempre revelava a resposta.

A *The Women's Magazine* tem uma longa tradição de misturar o erudito com o popular. O jornalismo sério aparece aqui e ali, junto com trechos ocasionais de livros de certo prestígio, perfis das seletas executivas bem-sucedidas do mundo todo que conseguiram romper a barreira do preconceito, além de matérias polêmicas sobre "questões femininas", leia-se controle de natalidade e aborto. Aquela terminologia eufemística dava nos nervos de LoLo porque, como ela adorava dizer, "Oh homens também não querem um bebê toda vez que transam". Mas não é essa a razão pela qual um milhão de garotas de dezenove anos compram a revista todo mês. E é mais provável que meu nome apareça assinando a matéria "99 maneiras de passar manteiga na baguete dele", do que em uma entrevista com Valerie Jarrett, a principal assessora de Obama. A redatora-chefe — uma mulher chique e assexuada chamada LoLo, com uma presença ameaçadora que me empolga porque dá ao meu emprego a impressão de estar sempre em risco e, portanto, de ser muito mais importante do que é — parece ao mesmo tempo me desprezar e ficar fascinada comigo.

Acho que, a princípio, fui enquadrada na vaga de redatora de matérias sobre sexo por causa da minha aparência (aprendi a disfarçar o tamanho dos meus seios, mas é como se houvesse algo naturalmente vulgar em mim). Terminei presa ao papel porque sou mesmo boa no que faço. Na verdade, escrever sobre sexo não é fácil, e com certeza não é algo que a maior parte dos editores, que assinam regularmente a revista literária *The Atlantic, se dignaria* a fazer. Todos aqui se esforçam para mostrar como sabem pouco sobre sexo, como se saber onde fica o próprio clitóris e fazer jornalismo sério fossem coisas mutuamente excludentes.

"O que é BDSM?", perguntou-me LoLo certa vez.

Mesmo sabendo a resposta, ela se deu o prazer de ficar boquiaberta quando expliquei a diferença entre sub e dom. Mas faço o jogo dela. LoLo sabe que não será a publicação de um perfil da fundadora da Emily's List, o comitê que trabalha pela eleição de mulheres pelo Partido Democrata americano, que manterá a revista arrebentando nas bancas todo mês, e ela precisa daquelas vendas na manga. Ao longo do último ano, tem havido rumores de que LoLo vai usurpar o cargo do redator-chefe da *The New York Times Magazine* quando o contrato dele terminar.

"Você é a única pessoa que consegue escrever sobre sexo de um jeito divertido e inteligente", me disse ela uma vez. "Aguente firme e eu prometo que nessa mesma época, no ano que vem, você não terá mais que escrever sobre boquetes."

Por meses, carreguei comigo essa pequena faísca, tão preciosa para mim quanto um parasita cintilante preso ao meu dedo. Então Luke chegou em casa e anunciou que estavam falando em transferi-lo para o escritório de Londres. Haveria um aumento significativo no bônus dele, que já era bem abonado. Não me entenda mal, adoraria morar em Londres algum dia, mas não às custas de outra pessoa. Luke tinha ficado desconcertado quando viu a sombra de devastação que cobriu meu rosto.

"Você é redatora", me lembrou ele. "Pode escrever em qualquer lugar. Essa é a beleza da sua profissão."

Dei uma volta ao redor da cozinha enquanto defendia meu caso.

"Não quero ser redatora freelancer, Luke. Ficar implorando por trabalho em outro país. Quero ser editora aqui." Apontei para o chão, aqui, onde estamos agora. "É a *The New York Times Magazine*." Juntei as mãos em concha ao redor da oportunidade, tão próxima, e sacudi.

"Ani", Luke me segurou pelos pulsos e abaixou as minhas mãos ao longo do corpo. "Sei que precisa fazer isso acontecer. Provar a todos que pode fazer mais do que escrever sobre sexo ou o que seja. Mas vamos ser realistas? Você vai trabalhar lá por um ano, então vai ficar no meu ouvido insistindo para que tenhamos um filho e não vai nem querer voltar a trabalhar depois disso. Vamos ser racionais. Eu devo, ou *nós* devemos", ah, ele evocou o "nós", "mesmo desperdiçar essa oportunidade por causa de um capricho passageiro?"

Sei que Luke acha que me inclino para a típica Kate no que se refere à questão dos filhos. Eu queria o anel e o casamento com traje a rigor, e um vestido de noiva notável, minha dermatologista é uma dama rica na Quinta Avenida que injetará o que eu quiser em mim, e com frequência o arrasto para a ABC Carpet & Home para ver conjuntos de luminárias turquesa e tapetes vintage de Beni Ourain.

"Não ficaria lindo no hall de entrada?", sempre sugiro, fazendo Luke conferir a etiqueta de preço e fingir um ataque cardíaco.

Acho que ele está contando comigo para importuná-lo até convencê-lo a abraçar a paternidade, como fizeram as esposas de todos os seus amigos. Luke, então, fingirá reclamar a respeito enquanto todos tomam cervejas. "Ela está até mapeando o ciclo menstrual." E todos vão grunhir em um apoio também fingido, como se dissessem "Sei o que é isso, cara".

Mas, lá no fundo, estão todos satisfeitos por terem alguém para forçá-los a fazer aquilo, porque também querem, de preferência um menino, mas afinal sempre vai haver o bebê número dois se ela não conseguir parir o herdeiro da primeira vez. No entanto, os homens nunca precisam admitir isso. E um cara como Luke? Ele jamais esperaria ter que bater no relógio e dizer: "O tempo está passando."

O problema é que não vou tentar convencê-lo. Crianças me deixam exausta.

Deus, e a ideia de ficar grávida, de dar *à luz*, me coloca em um estado. Não é exatamente um ataque de pânico, é mais uma tontura, um sintoma muito particular que surgiu uns catorze anos atrás, e faz com que me sinta como se estivesse em um carrossel que vinha girando em alta velocidade e para de repente. É como se eu estivesse parando aos poucos, o silêncio entre as batidas fracas do meu coração se estendendo por cada vez mais tempo, enquanto giro as últimas voltas da minha vida. Todas aquelas consultas, os médicos e enfermeiras me tocando... por que os dedos dele se demoram lá? Ele está sentindo alguma coisa? Um tumor maligno? O giro talvez nunca pare. Sou o tipo de hipocondríaca extrema e detestável capaz de fazer o médico mais gentil perder a cabeça. Já me esquivei do destino uma vez, e é apenas uma questão de tempo, quero explicar a eles, fazê-los compreender que minha neurose é justificável. Contei a Luke sobre a tontura, e tentei dizer a ele que acho que jamais poderia engravidar, eu me preocuparia demais. Luke riu e roçou o nariz no meu pescoço, sussurrando: "Você é tão fofa por se importar tanto assim com o bebê." Sorri também. É claro que era isso o que eu queria dizer.

Suspirei, apertei o botão do térreo no elevador e esperei que as portas se abrissem. Meus colegas de trabalho empinam o nariz para a possibilidade de orientar essas garotas desajeitadas, do mesmo modo que empinavam o nariz para a possibilidade de escrever sobre o períneo, mas eu acho pura diversão. Nove entre dez vezes, a garota em questão é a mais bonita de sua fraternidade, a que tem o melhor guarda-roupa, a maior coleção de jeans J Brand. Nunca me canso de ver a sombra que passa pelo rosto dela quando vê a calça Derek Lam dançando na minha cintura e meu coque desalinhado com mechas soltas no pescoço. A garota costuma ajeitar a cintura do vestido trapézio de ótimo gosto, que subitamente parece amatronado demais, passa a mão pelos cabelos lisos e escorridos, e percebe que fez tudo errado. Essa garota teria me torturado dez anos atrás, e agora pulo da cama animada toda vez que vou exercer meu poder sobre ela.

A garota que fui encontrar naquela manhã era de particular interesse para mim. Spencer Hawkins — um nome que eu mataria para ter — havia estudado na escola em que fiz o colegial, a Bradley, se formara recentemente pela Trinity (como todas) e "admirava demais a minha força diante da adversidade". Como se eu fosse a maldita Rosa Parks ou alguém do tipo. E deixe-me dizer, ela apertou o botão certo... *engoli* a isca.

Eu a vi logo que saí do elevador — calças folgadas de couro (se eram falsas, eram boas) combinando perfeitamente com uma camisa branca engomada e saltos altos finos e prateados, uma bolsa Chanel pendurada no braço. Se não fosse a expressão agoniada no rosto redondo, eu talvez passasse por ela fingindo não vê-la. Não sei lidar com competição.

— Srta. FaNelli? — tentou ela. Deus, eu mal podia esperar para ser uma Harrison.

— Olá. — Apertei a mão da garota com tanta força que a corrente da bolsa dela chacoalhou. — Temos duas opções para o café, a banca de jornais tem Illy e a cantina tem Starbucks. Pode escolher.

— O que preferir. — Boa resposta.

— Não suporto Starbucks. — Torci o nariz e dei as costas a ela. Ouvi o salto do sapato da garota batendo freneticamente no chão atrás de mim.

— Bom-dia, Loretta! — O meu lado mais gentil sempre vem à tona quando estou falando com a caixa da banca de jornais. Loretta tem marcas graves de queimadura por todo o corpo, ninguém sabe o que aconteceu, e exala um cheiro forte, rançoso. Quando foi contratada, no ano passado, as pessoas reclamaram, dizendo que aquele era um espaço muito pequeno e cercado de nada menos do que comida. Era de *tirar o apetite*. É claro que havia sido uma atitude nobre da empresa contratá-la, mas não seria melhor se a moça, por exemplo, trabalhasse na central de comunicações, no subsolo do prédio? Um dia ouvi de passagem Eleanor dizer exatamente isso para outra colega. No entanto, desde que Loretta começou a trabalhar na banca, o café estava sempre fresco, as garrafas de leite sempre cheias (até a de leite de soja!) e as edições mais recentes das revistas estavam sempre bem arrumadas nas prateleiras. Loretta lê tudo em que toca, ela economiza no ar-condicionado e guarda o dinheiro em uma poupança para viagens. Uma vez ela apontou uma linda modelo em uma revista e me disse: "Pensei que fosse você!" A garganta também deve ter sido queimada, porque a voz de Loretta é grossa demais. Ela quase enfiou a foto sob o meu nariz. "Vi e pensei, *essa é a minha amiga*." A palavra deu um nó em minha garganta e me fez disfarçar uma lágrima.

Faço questão de levar essas garotas à banca de jornais.

"Você era da equipe de redatores do jornal da faculdade?", pergunto, então apoio o queixo na mão e as encorajo a me contar mais sobre a denúncia que haviam feito sobre o mascote da faculdade, sobre a insinuação de homofobia em sua fantasia, quando na verdade já decidi o quanto vou ajudá-las baseada no modo como trataram Loretta.

— Bom-dia! — Loretta abriu um sorriso para mim. Eram onze da manhã, e a banca estava tranquila. Ela lia a *Psychology Today*. Abaixou a revista e revelou os retalhos de pele rosa, escura e acinzentada que se espalhavam por todo o rosto. — Essa chuva — comentou —, por mais que eu deteste, espero que chova a semana toda para termos um lindo fim de semana.

— Argh, eu sei. — Loretta adorava conversar sobre o tempo. No país dela, a República Dominicana, todos dançavam nas ruas quando chovia. Mas aqui não, dizia ela. Aqui a chuva era suja. — Loretta, essa é Spencer. — Gesticulei na direção de minha nova presa, cujo nariz ela já estava coçando. Isso não era necessariamente um ponto contra ela, afinal não se pode controlar o modo como o corpo reage a certas coisas. Eu sabia bem disso. — Spencer, Loretta.

Loretta e Spencer trocaram amabilidades. Essas garotas eram sempre educadas, jamais lhes ocorreria não ser, mas costumava haver algo forçado no modo de agir delas que me dizia o que eu queria saber. Algumas nem sequer tentavam esconder as imbecis que eram logo que ficávamos a sós. "Ai, meu Deus, o que era aquele cheiro, *ela?*", perguntara-me uma das garotas, tapando a boca com a mão para abafar uma risada e roçando o ombro no meu, de um modo conspiratório, como se fôssemos amigas que haviam acabado de roubar uma pilha de fios-dentais da Victoria's Secret.

— Aqui eles têm café, chá, pode escolher. — Peguei uma xícara de café da pilha e bombeei o líquido escuro enquanto Spencer ficava parada atrás de mim, se decidindo.

— O chá de menta é muito bom — indicou Loretta, sabiamente.

— É? — perguntou Spencer.

— Sim — confirmou Loretta. — Muito refrescante.

— Sabe — a garota puxou a clássica bolsa em couro matelassê mais para cima do ombro —, não sou muito chegada a chá, não. Mas está tão quente lá fora que uma coisa refrescante parece ótima.

Quem di-ri-a! Talvez a estimada Bradley estivesse finalmente fazendo jus à sua suposta missão: "A Bradley está comprometida com a excelência educacional e dedicada a desenvolver a compaixão, a criatividade e o respeito em cada um de seus alunos."

Paguei as bebidas. Spencer se ofereceu, mas insisti, como sempre faço, embora tenha um vislumbre recorrente de que meu cartão de crédito será recusado, que os meros 5,23 dólares dessa conta acabariam com todo o meu teatro: cheia de estilo, bem-sucedida, noiva, e tudo isso aos vinte e oito anos, nada menos. A conta do Amex ia direto para Luke, o que eu achava esquisito, mas não o bastante a ponto de parar de usar o cartão. Eu ganhava setenta mil dólares por ano. Se morasse em Kansas City seria a porra da Paris Hilton. Mas não era o caso. Dinheiro jamais seria um problema por causa de Luke, mesmo assim eu tinha um medo infantil da palavra "recusado", da minha mãe balbuciando desculpas para o caixa presunçoso, as mãos decepcionadas tremendo enquanto ela enfiava o cartão de volta na carteira cheia de cúmplices que já haviam atingido o limite.

Spencer deu um gole no chá.

— Está delicioso.

Loretta cintilou.

— Não disse?

Encontramos uma mesa vazia na cantina. A luz chuvosa e cinzenta nos coroava entrando pelas claraboias acima, e percebi que Spencer tinha três linhas bem marcadas atravessando a testa bronzeada, tão finas que poderiam ser fios de cabelos.

— Fico realmente grata por se encontrar comigo hoje — começou ela.

— Sem problemas. — Dei um gole no meu café. — Sei como pode ser difícil abrir caminho nesse mercado.

Spencer assentiu com vigor.

— É tão difícil. Todas as minhas amigas estão optando pela área financeira. Elas já tinham filas de empregos esperando antes de se formarem. — Ela brincou com a cordinha do saquinho de chá. — Estou tentando desde abril e começo a me perguntar se não deveria partir para outra coisa. Ao menos para ter um emprego, porque já está ficando constrangedor — falou, rindo. — Então eu poderia me mudar para cá e continuar procurando paralelamente. — Ela olhou para mim. — Acha inteligente fazer isso? Fico preocupada com a possibilidade de não ser considerada para um cargo no editorial de uma revista porque meu currículo mostraria que estou trabalhando em outra área. Só que também fico preocupada, caso eu não arrume nenhum emprego, que a busca pelo trabalho que quero demore tanto que acabe sendo um problema maior eu ter zero de experiência de trabalho na vida real. — Spencer suspirou, frustrada com seu dilema imaginário. — O que acha?

Eu estava realmente chocada por ela não morar na cidade ainda, em um apartamento na rua 91 com a Primeira Avenida, com o aluguel e todas as despesas pagas por mamãe e papai.

— Onde você estagiou? — perguntei.

Spencer baixou o olhar para o colo, constrangida.

— Não estagiei. Quero dizer, estagiei, mas em uma agência literária. Quero ser escritora, o que parece uma ambição infantil e tola, do tipo "Quero ser astronauta!", mas não tinha ideia de como colocar isso em prática e um professor sugeriu que eu trabalhasse na área, para ter uma ideia de como é esse mercado. Tipo, nunca tinha passado pela minha cabeça, "ei, revistas", que eu amo; e amo a *The Women's Magazine*; eu pegava escondida da minha mãe quando era pequena... — Essa é uma historinha tão comum que nunca sei se devo acreditar, ou se apenas se tornou algo que essas garotas sempre dizem. — De qualquer modo, nunca tinha me dado conta de que alguém *escrevia* aquelas matérias. Então comecei a pesquisar a área e isso, o que você faz, é o que sei que nasci para fazer. — Quando terminou de falar, a respiração de Spencer estava acelerada. Muito apaixonada, essa. Mas havia me agradado. A maior parte das garotas só quer um emprego que permita que brinquem com roupas, conheçam celebridades e possam ter sempre o nome na lista das festas do Boom Boom Room. Essas eram algumas boas vantagens do trabalho, mas sempre ficavam em segundo plano se comparado a ver "Por Ani FaNelli" impresso. Ou a receber minha matéria de volta com um bilhete "Hilário", ou "Você tem o tom perfeito". Eu havia levado a página para casa, e Luke a pregara na geladeira como se eu tivesse tirado um A em uma prova.

— Bem, você sabe que, conforme avança na carreira de editor, acaba escrevendo cada vez menos e editando cada vez mais. — Isso era uma coisa que um editor me dissera uma vez em uma entrevista, e que havia me irritado. Quem iria querer escrever menos e editar mais? Agora, depois de trabalhar na área por seis anos, entendo. A *The Women's Magazine* tem oportunidades limitadas em termos de reportagens de verdade, e foram muito poucas as vezes em que pude aconselhar as leitoras a trazerem à tona um assunto difícil com os namorados quando estivessem sentadas ao lado deles, e não na frente deles. "Especialistas dizem que os homens são mais receptivos quando não sentem que estão batendo de frente com eles... literalmente." Ainda assim, há algo a dizer às pessoas sobre onde você trabalha, ver os olhos delas se acendendo ao reconhecerem o lugar, coisa de que preciso muito, agora.

— Mas vejo sua assinatura nas matérias o tempo todo — disse Spencer.

— Bem, quando parar de ver, vai saber que estou no comando do lugar.

Spencer girou tímida a xícara de chá entre as mãos.

— Sabe, a primeira vez em que vi seu nome junto ao título, não estava certa de que você era *você*. Por causa do seu nome. Mas então a vi no *Today Show* e mesmo *você* parecendo tão diferente... não que não tenha sido sempre bonita — um forte rubor começa a dominar o rosto dela nesse momento —, soube que era você.

Não disse nada. Ela teria que perguntar.

— Você mudou o nome por causa do que aconteceu? — A pergunta acalmou sua voz.

Eis o que eu sempre enfiava garganta abaixo de todos que faziam essa pergunta:

— Em parte. Um professor da faculdade sugeriu que eu fizesse isso, assim seria julgada por meus próprios méritos e não pelo que as pessoas pudessem saber de mim. — Então eu sempre dava de ombros, com modéstia. — Não que a maior parte das pessoas realmente se lembre do meu nome, elas se lembram da Bradley.

Agora vamos à verdade: comecei a perceber que havia alguma coisa errada com o meu nome no primeiro dia do colegial. Cercada por Chaunceys e Griers, as muito simples e elegantes Kates, nunca um único sobrenome que terminasse em vogal, o nome TifAni FaNelli chamava a atenção do mesmo modo que o parente caipira que aparece no feriado de Ação de Graças e bebe todo o uísque caro. Nunca teria percebido isso se não tivesse frequentado a Bradley. Mas também, se eu nunca houvesse estudado lá, se houvesse ficado do meu lado dos trilhos na Pensilvânia, garanto que neste exato momento estaria dentro do meu carro financiado, parada na porta do jardim de infância, tamborilando no volante minhas unhas francesinhas. A Bradley fora como uma mãe adotiva abusiva, me salvou do sistema apenas para que pudesse fazer o que quisesse comigo em seu jeito tortuoso e meio insano. Não há dúvida de que meu nome fez erguer as sobrancelhas de alguns coordenadores de universidades quando viram minha solicitação de matrícula. Estou certa de que eles ajeitavam um pouco o corpo nas cadeiras, chamavam as secretárias perguntando "Sue, essa é *a* TifAni FaNelli da...", então paravam de repente quando viam que eu havia frequentado a Bradley, o que respondia à pergunta que estavam fazendo.

Não ousei abusar da minha sorte e me candidatar a alguma universidade da Ivy League, mas muitas outras que parasitavam ao redor delas estavam dispostas a me aceitar, os retornos que eu recebia diziam que haviam chorado ao ler minha carta de apresentação — que se derramava em uma escrita floreada e em declarações histriônicas de tudo o que eu aprendera sobre essa vida cruel, mesmo ela tendo apenas acabado de começar. Ah, sim, me certifiquei de que o texto fosse um verdadeiro melodrama. Portanto, no fim, meu nome e a escola que havia me ensinado a odiá-lo haviam conseguido que eu entrasse para Wesleyan, onde conheci minha melhor amiga, Nell, uma norte-americana média típica, mas linda, que cravava o ferrão em todos, menos em mim. E foi Nell, não um sábio professor, que sugeriu que eu abandonasse o Tif e ficasse apenas com o Ani, pronunciado "Éi-ni", porque "Ei-ní" era corriqueiro demais para alguém como eu. Mudar meu nome não tinha nada a ver com esconder meu passado, mas tudo a ver com me tornar a pessoa que ninguém jamais achou que eu merecia ser: Ani Harrison.

Spencer aproximou mais a cadeira da mesa, aproveitando aquele momento íntimo.

— Odeio quando as pessoas me perguntam onde estudei no colegial.

Aquele não era um sentimento com o qual eu pudesse concordar. Adorava dizer que escola frequentara no colegial, adorava a oportunidade de provar o quanto havia chegado longe. Por isso, dei de ombros, o rosto inexpressivo, para deixar claro para ela que não estávamos destinadas a ser amiguinhas apenas porque tínhamos uma escola em comum.

— Não me importo. Para mim, é uma parte do que me torna quem sou.

Spencer subitamente se deu conta de que estava se inclinando próximo demais, que nosso relacionamento não permitia um olho no olho, e que fora presunçoso da parte dela pensar o contrário. A garota recuou na cadeira, devolvendo meu espaço.

— É claro. Acho que me sentiria da mesma forma se fosse você.

— Estou participando do documentário — contei espontaneamente, para mostrar o quanto não me importava.

Spencer assentiu lentamente.

— Ia perguntar sobre isso. Mas é claro que eles iriam querer você.

Olhei as horas no TAG Heuer no meu pulso. Luke vinha me prometendo o Cartier durante todo o ano.

— Acho que você deveria fazer um estágio, mesmo que não seja remunerado.

— E como eu pagaria o aluguel? — perguntou Spencer.

Dei uma olhada para a bolsa Chanel pendurada nas costas da cadeira dela. Prestando mais atenção, percebi que as costuras estavam começando a esgarçar. Dinheiro antigo o daquela ali, preso em fundos fiduciários. Bom nome de família, casa de um bom tamanho em Wayne, e nem um centavo sobrando para dar ao mendigo no metrô.

— Trabalhe como garçonete ou *bartender* à noite. Ou continue morando onde está e venha e volte para cá todo dia.

— Da Filadélfia? — Não era exatamente uma pergunta, e mais um lembrete de onde ela vinha, como se eu estivesse louca por sugerir o que sugerira. Senti a irritação apertar meu peito.

— Temos estagiárias aqui que se deslocam de Washington — falei. Dei um gole no meu café, inclinei a cabeça em direção a ela. — Não são apenas duas horas e pouco de trem?

— Acho que sim — disse Spencer, não parecendo convencida. O desinteresse dela me decepcionou. As coisas estavam indo bem até aquele ponto.

Para dar a ela a oportunidade de se redimir, levei a mão ao pescoço para ajeitar a delicada corrente de ouro que usava. Não conseguia acreditar que havia deixado de fora o detalhe mais importante.

— Você está noiva? — Os olhos de Spencer se arregalaram como os de um personagem de desenho animado para meu orgulho e minha alegria. Um grande planeta esmeralda cintilante, ladeado por dois diamantes que pareciam piscar sobre uma aliança simples de platina. O anel fora da avó de Luke — perdão, da Mãezinha como ele a chamava —, e quando Luke me deu, se ofereceu para recolocar as pedras sobre uma aliança de diamantes. "O cara da joalheria da minha mãe disse que é isso o que muitas garotas estão procurando hoje. Acho que é mais moderno."

E foi exatamente por isso que não quis colocar as pedras em outra aliança. Não, eu usaria o anel do mesmo jeito que a doce e querida Mãezinha havia usado, ao mesmo tempo sóbrio e elaborado. Uma mensagem bem clara: Isso é uma relíquia de família. Não só temos dinheiro, como *viemos* de quem tem dinheiro.

Estiquei os dedos, olhando para o anel como se houvesse esquecido que ele estava ali.

— Argh, eu sei. Estou oficialmente velha.

— Esse é o anel mais incrível que já vi — Spencer declarou. — Quando vai se casar?

— No dia 16 de outubro! — Abri um sorriso para ela. Se Eleanor estivesse ali para testemunhar aquela bobagem de noiva ficando ruborizada, teria inclinado a cabeça e aberto o sorriso que dizia "Você não é fofa?". Então teria avisado que embora outubro não fosse necessariamente um mês chuvoso, nunca se sabia o que poderia acontecer. Eu já tinha algum plano de emergência caso chovesse? *Ela* deixara uma tenda reservada e embora não houvesse tido necessidade de usar, a reserva lhe custara dez mil dólares. Eleanor era cheia de pequenas curiosidades graciosas como essa.

Afastei a cadeira da mesa.

— Tenho que voltar para o trabalho.

Spencer estava em pé em meio segundo, a mão estendida.

— Muito obrigada, TifAni, quero dizer — ela cobriu a boca com a mão e todo o seu corpo se sacudiu com uma risadinha de gueixa —, *Ani*. Desculpe.

Às vezes me sinto como uma bonequinha de corda, como se eu precisasse estender a mão atrás das costas e girar minha chavezinha dourada para conseguir cumprimentar, rir, ou ter qualquer que seja a reação socialmente aceitável. Consegui dar um sorriso de despedida rígido para Spencer. Ela não erraria novamente o meu nome, não depois que o documentário fosse ao ar, não depois que a câmera se fechasse em meu rosto honesto e sofrido, desfazendo suavemente qualquer confusão que pudesse ter restado sobre quem eu sou e o que fiz.

2

Passei o verão entre o oitavo e o nono anos ouvindo minha mãe falar entusiasmada sobre a área da Main Line. Ela dizia que era "*cheia* de fausto" e que eu iria saber de verdade como vive "a outra metade" quando fosse fazer o colegial lá. Eu nunca ouvira a palavra "fausto" antes, mas deduzi o significado baseada no tom sedutor da minha mãe. Era o mesmo ronronar que a vendedora da Bloomingdale's usava para convencê-la a comprar uma echarpe de cashmere que ela não tinha dinheiro para pagar. "Te deixa com um ar de *riqueza*." A palavra mágica: "riqueza." Papai não concordou quando ela chegou em casa e roçou a echarpe no rosto dele.

Eu estudara em uma escola católica só para meninas desde o jardim de infância, em uma área que não era frequentada pela aristocracia da Main Line pelo simples fato de ficar a cerca de vinte e cinco quilômetros de lá. Não cresci em barracos ou nada parecido, meu bairro era morbidamente de classe média, com vários vizinhos espalhafatosos, que cometiam o engano de se considerarem grande coisa. Na época, eu não tinha ideia disso, não sabia que o dinheiro tinha idade e que o que era velho e usado era sempre superior. Achava que prosperidade eram os BMWs vermelhos brilhantes (financiados) e as chamadas McMansões de cinco quartos (hipotecadas três vezes). Não que fôssemos sequer falsos ricos o bastante para vivermos naquelas paródias de cinco quartos.

Minha educação de verdade começou na manhã do dia 2 de setembro de 2001, meu primeiro dia no primeiro ano do ensino médio da Bradley, em Bryn Mawr, na Pensilvânia. Tenho que agradecer à maconha (ou à "erva do diabo" se quiser me constranger como meu pai) por me fazer aterrissar diante da antiga mansão onde funcionavam os departamentos de inglês e humanidades da Bradley, secando as mãos suadas na minha calça cargo laranja da Abercrombie & Fitch. Se eu simplesmente houvesse dito não às drogas, estaria entrando correndo na quadra do colégio Mt. St. Theresa's, a saia xadrez pregueada, de tecido azul áspero, agarrando entre as minhas coxas, bronzeada de um verão inteiro marinando em óleo de bronzear Hawaiian Tropic, no primeiro dia da minha vida medíocre de jovem adulta que jamais iria além de um perfil cliché do Facebook. Minha existência definida em sucessivos álbuns de fotos documentando o fim de semana de meu noivado em Atlantic City, o casamento em uma igreja simplesinha e recém-nascidos nus dispostos com habilidade.

O que aconteceu foi: no começo do oitavo ano, minhas amigas e eu decidimos que estava na hora de experimentar maconha. Nós quatro subimos para o telhado da casa da minha melhor amiga, Leah, passando pela janela do quarto dela, e ficamos dividindo o mesmo baseado empapado entre nossos lábios pintados com batom com sabor de fruta Bonne Bell. A impressionante percepção de cada membro do meu corpo — até das unhas dos pés! — que a droga provocou foi tão intensa que comecei a hiperventilar e a chorar.

— Tem alguma coisa errada comigo — disse, meio ofegando, meio rindo, para Leah, que tentava me acalmar, mas logo sucumbiu a uma gargalhada histérica.

A mãe de Leah apareceu para investigar a agitação. Ela ligou para a minha mãe à meia-noite e contou em um sussurro dramático:

— As garotas usaram alguma coisa.

Eu tinha um corpo de Marilyn Monroe desde o quinto ano, e os pais não tiveram nenhum problema em acreditar que fora eu a mentora do nosso cartel católico. Eu tinha cara de encrenca. Em uma semana, fui de abelha-rainha de nossa pequena turma de quarenta garotas a uma mosquinha irritante tentando evitar ser esmagada. Nem a menina que enfiava batatas fritas no nariz antes de comer era tão evitada no refeitório quanto eu.

O assunto chegou à administração da escola. Mamãe e papai foram chamados para uma reunião com a diretora, uma ogra chamada irmã John, que sugeriu que eu procurasse outra escola para continuar minha educação. Minha mãe bufou durante todo o caminho de volta para casa e finalmente chegou à conclusão de que iria me mandar para uma dessas escolas particulares exclusivas na Main Line, que me daria melhores oportunidades de entrar em uma das universidades da Ivy League, que, por sua vez, me daria melhores oportunidades de conseguir um casamento com alguém que tivesse dinheiro de verdade.

— Eles vão ver só — ela anunciou triunfante, estrangulando o volante como se ele fosse o pescoço inchado da irmã John.

Eu havia esperado um instante antes de ousar falar:

— Tem garotos na escola da Main Line?

Mais tarde, naquela mesma semana, ela me pegou mais cedo no Mt. St. Theresa's e levamos quarenta e cinco minutos de carro para chegar a Bradley. Uma instituição de ensino particular, mista e não confessional, localizada nas entranhas da luxuriante Main Line, com suas mansões cobertas de hera. O funcionário responsável pelas matrículas fez questão de mencionar, *duas vezes*, que a primeira esposa de J. D. Salinger havia frequentado a Bradley no início dos anos 1900, quando ainda era um internato só para meninas. Arquivei essa informação interessante e guardei-a para entrevistas com futuros chefes e sogros. "Ah, sim, estudei na Bradley. Sabia que a primeira esposa de J. D. Salinger também?" Não havia problema em ser insuportável quando estávamos conscientes disso. Ao menos essa era minha justificativa.

Depois de conhecer o colégio, tive que fazer uma prova de admissão. Fui acomodada na cabeceira de uma mesa imponente, em uma sala de jantar formal e cavernosa, localizada em uma ala perto do refeitório. A placa de bronze acima da porta dizia "Salão Brenner Baulkin". Eu não conseguia entender como alguém que vivia em um país que falava inglês poderia ser batizado de Brenner.

Não me lembro muito da prova, a não ser pela parte em que tinha que escrever a descrição de um objeto sem, em nenhum momento, identificar explicitamente o que estava descrevendo. Optei pela minha gata e terminei o texto contando o momento em que ela mergulhou da nossa varanda dos fundos para uma morte dilacerante e sangrenta. Aquele entusiasmo da Bradley em relação a J. D. Salinger me fez achar que eles tinham uma queda por escritores torturados, e estava certa. Algumas semanas mais tarde, recebemos a notícia de que o meu financiamento estudantil havia sido aprovado e que eu seria matriculada na turma de 2005 da Bradley.

— Está nervosa, coração? — perguntou a minha mãe.

— *Não* — menti, olhando pela janela do carro. Não entendia por que ela fizera tanto alarde sobre a Main Line. Aos olhos do meu eu de catorze anos, as casas não pareciam nem de perto tão impressionantes quanto a monstruosidade de estuque cor-de-rosa em que Leah morava. Eu ainda precisava aprender que bom gosto era um equilíbrio delicado entre o caro e despretensioso.

— Você vai se sair muito bem. — Ela apertou o meu joelho, a gosma que passara nos lábios refletindo a luz do sol quando sorriu.

Um grupo de quatro garotas passou pelo nosso BMW, todas com as mochilas bem presas aos ombros esguios, os rabos de cavalo muito esticados, parecendo plumas louras sob elmos espartanos.

— Eu sei, mãe. — Revirei os olhos, mais para mim mesma do que para ela. Estava perigosamente próxima de cair no choro, de me enrodilhar no colo da minha mãe e deixar que ela acariciasse meu braço com as unhas pontudas até que eu ficasse arrepiada. "Faz cosquinha no meu braço!", eu costumava pedir quando era pequena, subindo no colo dela, no sofá.

— Você vai se atrasar! — Ela plantou um beijo na minha bochecha e deixou uma marca gosmenta do brilho labial que usava.

Em retribuição, ela recebeu um "Tchau" em um novo tom, emburrado e adolescente. Naquela manhã, a trinta e cinco passos da porta da escola, eu estava apenas ensaiando para o papel.

A primeira aula foi na sala onde os alunos se reuniriam para a chamada e para as instruções do dia, e eu, como a idiota que era, estava animada com isso. Minha escola anterior não tinha sinais ou professores diferentes para aulas diferentes. Havia quarenta meninas em cada série, divididas em duas turmas e, em cada turma, a mesma professora ensinava matemática, estudos sociais, ciências, religião e inglês, durante o ano todo. Quem tinha sorte pegava a única professora que não era freira (nunca tive sorte). A ideia de uma escola em que um sinal tocava a cada quarenta e um minutos, avisando que era hora de mudar para outra sala de aula, com outra professora, e um novo grupo de alunos, fazia com que eu me sentisse como a estrela da série *Uma galera do barulho*, ou algo semelhante.

Mas a parte mais empolgante daquela primeira manhã foi a aula de inglês. Turma de inglês avançado, outra distinção que minha antiga escola nunca fez, e na qual eu tinha garantido um lugar graças àquela brilhante descrição em 150 palavras da trágica morte da minha gata. Eu mal podia esperar para tomar notas com a caneta verde forte que comprara na loja da escola. No Mt. St. Theresa's, as freiras nos faziam escrever a lápis, como bebês, mas a Bradley não se importava com o que os alunos usavam para escrever. Não se importava nem se os alunos escreviam, desde que mantivessem as notas altas. As cores da Bradley eram o verde e o branco, e comprei uma caneta no mesmo tom do uniforme de basquete do time da escola, para mostrar minha nova lealdade.

A turma de inglês avançado era pequena, tinha apenas doze alunos e, em vez de carteiras, sentávamos diante de três longas mesas, dispostas na forma de um colchete. O professor, sr. Larson, era alguém que mamãe desprezaria por ser "corpulento", mas aqueles dez quilos a mais davam a ele um rosto cheio e bondoso. Ele tinha os olhos apertados e o lábio superior levemente arqueado, o que fazia com que parecesse que estava se lembrando de alguma brincadeira muito engraçada que um de seus amigos fizera na noite da véspera, enquanto tomavam suas Budweiser Light, já mornas. O sr. Larson usava camisas sociais desbotadas em tom pastel e tinha o tipo de cabelo liso, castanho-claro, que nos dava a impressão de que não fazia muito tempo que ele próprio fora um aluno do Ensino Médio como nós e que, bem, nos entendia. Minhas partes íntimas de catorze anos de idade o aprovavam. As partes íntimas de todas as garotas de catorze anos o aprovavam.

O sr. Larson costumava ficar muito sentado, com as pernas esticadas diante do corpo, e geralmente levava a mão à nuca, apoiava a cabeça e perguntava coisas como: "E por que acham que Holden se identifica com a imagem do título em *O apanhador no campo de centeio*?"

Naquele primeiro dia, o sr. Larson nos fez circular pela sala e dizer uma coisa legal que havíamos feito naquele verão. Tive certeza de que propusera esse exercício em meu benefício — a maior parte dos outros alunos "da casa" vinham do ensino fundamental da própria Bradley e provavelmente tinham passado o verão saindo juntos. Mas ninguém sabia o que a aluna nova havia feito e, apesar de eu ter passado o verão todo me bronzeando na varanda dos fundos da minha casa, assistindo às novelas pela janela como uma fracassada, suada e sem amigos, ninguém ali precisava saber disso. Quando chegou a minha vez, contei a todos que havia ido a um show do Pearl Jam no dia 23 de agosto, o que não acontecera, mas também não era uma ideia surgida do nada. A mãe de Leah havia reservado as entradas para nós, antes do fiasco do baseado, antes de ela finalmente ter a prova de que eu era mesmo a má influência que havia muito tempo suspeitava que eu fosse. Mas havia um oceano entre Leah e aquelas pessoas, e eu tinha novos amigos para impressionar, por isso menti e fiquei muito feliz ao fazer isso. Essa minha "coisa legal" recebeu vários acenos de cabeça de aprovação e até mesmo um "Legal!" dito por um cara chamado Tanner. Fiquei surpresa ao ver que a palavra que, em inglês, definia o objetivo para a minha pele naquele verão — ficar curtida de sol — era também um nome.

Depois que a atividade proposta acabou, o sr. Larson quis conversar sobre *O apanhador no campo de centeio*, que fora a leitura determinada para o verão. Sentei muito reta na cadeira. Havia lido rapidamente o livro, em dois dias, na varanda dos fundos da minha casa, os dedos deixando meias-luas úmidas em cada página. Minha mãe me perguntou o que eu achara do livro e, quando disse a ela que era hilário, ela inclinou a cabeça para o lado e comentou: "Tif, ele sofre um esgotamento nervoso sério."

Essa revelação me deixou tão chocada que reli o livro, profundamente preocupada por este elemento crucial da história ter me escapado. Por um instante, preocupei-me com a possibilidade de não ser o prodígio literário que me imaginava, mas logo lembrei a mim mesma como o Mt. St. Theresa's menosprezava a literatura em favor da gramática (onde há menos sexo e pecado). Portanto, não era culpa minha que as observações que fazia sobre a leitura não fossem tão acuradas quanto poderiam ser. Eu chegaria lá.

O garoto que estava mais perto da lousa gemeu. O nome dele era Arthur, e, naquele verão, a coisa mais legal que fizera fora uma visita ao escritório do *The New York Times*. Pela reação da turma, a visita ao jornal não era tão legal quanto assistir a um show do Pearl Jam, mas também não era tão ruim quanto assistir ao *Fantasma da ópera*, no Kimmel Center. Até mesmo *eu* sabia que não era tão marcante assistir ao musical se não fosse na Broadway.

— Você gostou muito do livro, não é mesmo? — provocou o sr. Larson, e a turma riu.

Arthur devia ter perto de cento e trinta quilos e a acne emoldurava seu rosto como parênteses. Os cabelos eram tão oleosos que, quando ele passava as mãos para arrumá-los, eles ficavam para cima, como um arco gorduroso que ia da raiz até o alto da cabeça.

— Holden não poderia ser um pouco menos autoconsciente? Ele chamava todo mundo de metido a besta, quando na verdade ele era o maior metido a besta de todos.

— Você está levantando um ponto interessante — disse o sr. Larson, encorajando Arthur. — Holden é um narrador confiável?

O sinal tocou antes que qualquer um pudesse responder e, enquanto o sr. Larson dava instruções para que todos lessem os primeiros dois capítulos de *No ar rarefeito*, que discutiríamos mais para o fim da semana, todos guardavam os cadernos e as canetas nas mochilas, e logo saíam apressados em seus tamancos

Steve Madden e pernas cobertas de penugem. Eu não entendia como todos conseguiam sair tão rápido. Aquela foi a primeira vez que me dei conta de algo que, a partir de então, perceberia pelo resto da vida: eu era lenta. O que os outros pareciam conseguir sem esforço, sempre exigia algum esforço da minha parte.

Quando percebi que estava sozinha com o sr. Larson, fiquei ruborizada sob a maquiagem Cover Girl que minha mãe dissera que era preciso usar, e que presumi que as outras garotas estariam usando. Não estavam.

— Você vem do St. Theresa's, estou certo? — O sr. Larson se debruçou sobre a mesa dele, procurando alguma coisa entre alguns papéis.

— Do *Mt.* St. Theresa's. — Finalmente consegui fechar o zíper da minha mochila.

Ele levantou os olhos da mesa, e a ruga em seu lábio ficou mais funda.

— Certo. Bem, a análise que você fez do livro ficou muito boa. Muito completa.

Mesmo sabendo que eu ficaria deitada na cama, mais tarde, repassando mentalmente aquele momento vezes sem conta, até ter que cerrar os dentes e os punhos para evitar desaparecer em uma combustão espontânea, tudo o que eu queria fazer naquele momento era sair dali. Nunca sabia qual era a coisa certa a dizer, e meu rosto provavelmente estava parecendo o da minha tia irlandesa quando bebia vinho demais e começava a passar a mão pelos meus cabelos e a me dizer o quanto desejava ter uma filha.

— Obrigada.

O sr. Larson sorriu e seus olhos apertadinhos desapareceram no rosto.

— Estou feliz por ter você na minha turma.

— Aham, até amanhã! — Comecei a acenar em despedida, mas mudei de ideia no meio do caminho. Provavelmente parecia que eu tinha algum tique da síndrome de Tourette. Eu tinha aprendido sobre essa síndrome em um dia em que estava doente e trocara a aula pelo programa de entrevistas de Sally Jessy Raphael.

O sr. Larson me deu um breve aceno também.

Havia uma carteira quebrada bem do lado de fora da sala do sr. Larson, e Arthur tinha apoiado a mochila sobre ela. Ele estava procurando alguma coisa na mochila e levantou os olhos quando me aproximei.

— Olá — disse ele.

— Oi.

— Meus óculos — falou Arthur a título de explicação.

— Ah. — Passei as mãos por baixo das alças da minha mochila e apertei-as com força.

— É seu horário de almoço, agora? — perguntou Arthur.

Assenti. Mas havia planejado passar a hora de almoço na biblioteca. Não conseguia imaginar nada pior do que aquele momento, logo depois de pagar pela comida, em que olharia ao redor do refeitório para aquela extensão de rostos sem nome e seria forçada a me sentar onde não era desejada, porque não era permitido levar comida para fora do refeitório. Havia tanto sobre o que conversar no primeiro dia de aula, ninguém queria desperdiçar aquele maravilhoso tempo para fofocas assumindo a responsabilidade de fazer a aluna nova se sentir incluída. Eu entendia, teria feito o mesmo. Sabia que as coisas acabariam se acomodando com o tempo, que a ruiva de cabelos cacheados e veias azuis suaves na testa se mostraria a garota com maior QI da turma, a mesma que iria se candidatar cedo a uma vaga em Harvard e que teria a honra de ser a primeira aluna da Bradley, da turma de 2005, a ser aceita. (De uma turma de setenta e um alunos, ao todo nove conseguiriam uma vaga lá. A *Main Line Magazine* não declarara a Bradley uma escola preparatória "exemplar" à toa.) Descobriria também que o jogador de futebol americano baixo e atarracado, com peitorais de respeito, se tornaria o cara que ganharia um boquete de Lindsay "Vadia" Hanes, no porão da casa do melhor amigo dele, no último verão, enquanto o melhor amigo assistia. Eu acabaria associando aqueles rostos às suas identidades e me tornaria alguém para os outros também, com histórias engraçadas para contar sobre por que eu sentava com quem eu sentava, por que minha lealdade era destinada a quem era. Mas até lá preferia manter a dignidade e adiantar minha tarefa de espanhol, na biblioteca.

— Vou com você — ofereceu-se Arthur.

Ele pendurou a mochila cheia sobre um dos ombros e foi na frente, as panturrilhas pálidas roçando uma na outra enquanto caminhava. Sabia o que era ter um corpo que nos traía — eu tinha apenas catorze anos e já parecia uma aluna de faculdade que precisava perder os sete quilos a mais que trouxera do colegial. Mas garotos eram bobos e, como meus braços e pernas eram relativamente magros e meus seios pareciam pornográficos em um decote V, eles achavam que eu tinha o corpo perfeito. Isso, apesar do fato de, por baixo das roupas, eu ser uma confusão genética que nem mesmo um curto período de anorexia induzida para caber em um vestido de formatura conseguiria resolver. Minha barriga tinha gordura localizada e o umbigo parecia o olho de um asiático. Aquele fora o verão em que o tanquíni estivera na moda e eu nunca ficara tão grata a uma peça de roupa na vida.

— Você está, tipo, apaixonada pelo sr. Larson como todas as garotas daqui? — Arthur sorriu e empurrou os óculos, que ele encontrara, mais para o alto no nariz oleoso.

— Minhas professoras eram freiras antes de eu vir para cá. Pode me culpar?

— Uma garota católica — comentou Arthur em um tom solene. Não havia muitas do meu tipo por ali. — Onde estudava?

— No Mt. St. Theresa's... — Esperei pela reação dele, que não imaginei que seria favorável. Quando o rosto de Arthur permaneceu sem expressão, acrescentei: — Em Malvern... — Tecnicamente, Malvern era considerada o começo da Main Line, mas era como a patente mais baixa em uma tropa, resguardando generais e capitães no coração confortável do acampamento. Eram os plebeus encostando os dedos dos pés nas águas dos moradores mais célebres da Main Line... Malvern *com certeza* não era membro da dinastia deles.

Arthur fez uma careta.

— Malvern? É longe. É lá que você mora?

E assim começaram os anos de explicações... Não, na verdade eu não morava lá. Minha casa ficava em Chester Springs, que era ainda mais longe, cheia de plebeus, e, apesar de haver lindas casas antigas lá, que com certeza seriam vistas com aprovação, eu não morava em nenhuma delas.

— A que distância fica? — perguntou Arthur, depois que terminei meu discurso.

— Cerca de meia hora. — Eram quarenta e cinco minutos, cinquenta em alguns dias, mas essa foi outra mentira que aprendi a contar.

Arthur e eu chegamos à entrada do refeitório e ele gesticulou para que eu entrasse primeiro.

— Depois de você.

—✳︎—

Eu ainda não sabia de quem deveria ter medo, por isso, mesmo o refeitório estando lotado e cheio de uma energia que poderia ter sido interpretada como ameaçadora, não prestei atenção. Vi Arthur acenar para alguém e o segui quando ele disse:

— Vem.

O refeitório era a confluência onde a antiga mansão e a nova escola se encontravam. As mesas eram de madeira, de um tom desbotado de café *espresso*, lascadas em alguns pontos, mostrando seus esqueletos arenosos. O piso escuro, combinando, terminava em uma ampla entrada, que se abria para o átrio recém-construído, com claraboias, piso cintilante de mosaico e janelas do chão ao teto que davam para a quadra, onde alunos do ensino fundamental perambulavam pela grama como gado. A comida era servida em um salão em forma de U, que recebia com um bufê os alunos vindos da antiga mansão e os cuspia para dentro do novo átrio, passando brevemente pelos braços, pele e osso, de anoréxicas em recuperação que buscavam o balcão de saladas para comer brócolis e molho de salada italiano sem gordura.

Segui Arthur, que parou em uma mesa perto de uma antiga lareira. Parecia que a lareira não era usada havia anos, mas as manchas de fuligem em sua abertura sugeriam que tinha sido apreciada pelos antigos habitantes do lugar. Arthur jogou a mochila em uma cadeira, em frente a uma garota com grandes olhos castanhos tão separados que chegavam praticamente às costeletas dela. Os alunos a chamavam de Tubarão, pelas costas, mas na verdade os olhos fora do comum eram o melhor traço do rosto da garota, o que o marido mais amaria nela, algum dia. A menina estava usando uma calça cáqui larga e um suéter branco de algodão que fazia um volume enrugado sob os seios grandes. Ela estava ao lado de outra garota que tinha o queixo apoiado nas mãos, os cabelos longos e castanhos descendo sobre os ombros e se espalhando sobre a mesa ao redor dos cotovelos. Essa menina era tão pálida que fiquei chocada por ela estar usando uma saia muito curta, que exibia descaradamente as pernas brancas. Minha mãe teria me amarrado a uma câmara de bronzeamento antes de permitir que eu saísse com uma pele branca como aquela. No entanto, a palidez não parecia estar depondo contra a garota. O cara sentado perto dela usava uma camiseta do time de futebol que parecia obrigatória junto à excelente aparência dele, e estava com a mão pousada na parte de baixo das costas da garota, de um modo que só um namorado faria.

— E aí — disse Arthur. — Essa é TifAni. Ela vem de uma escola católica. Sejam legais com a garota, ela já passou por maus pedaços o bastante.

— Oi, TifAni! — cumprimentou a Tubarão, animada. Ela passou uma colher de plástico pela taça vazia de sobremesa, tentando resgatar algum remanescente do creme de chocolate.

— Oi.

Arthur apontou para a Tubarão.

— Beth.

Então para a garota pálida.

— Sarah.

E para o namorado.

— Teddy.

Houve um coro à capela de "ois". Ergui a mão e disse "oi" novamente.

— Vem. — Arthur puxou a minha manga. Pendurei a mochila nas costas de uma cadeira e segui para a fila formada no bufê. Quando foi a vez de Arthur, ele pediu um sanduíche enorme, com rosbife, peito de peru, três tipos diferentes de queijo, sem tomate, nem alface, e com tanta maionese que o sanduíche fazia um barulho característico toda vez que ele dava uma mordida. Pedi um *wrap* de espinafre com queijo, mostarda e tomate (ah, os dias em que achávamos que um *wrap* tinha menos calorias do que o pão...). Arthur jogou dois sacos de batata chips na bandeja, mas percebi que a maior parte das garotas não usava bandejas, por isso fiz o mesmo. Levei o meu *wrap* e a minha Snapple diet até o caixa e esperei na fila para pagar.

— Bonita a sua calça. — O elogio fez eu me virar. Uma garota com uma aparência ao mesmo tempo muito bizarra e também atraente acenou com a cabeça para a minha calça cargo laranja, que eu já ansiava por nunca mais usar. Os cabelos dela eram louro-avermelhados e a cor tão uniforme que não poderia ser natural. Os olhos eram grandes, castanhos, e pareciam não ter cílios. A pele tinha a cor que alguém conseguia quando tinha uma piscina no quintal e nenhum emprego de verão. A garota usava uma camisa rosa-choque e uma saia xadrez estilo colegial que, com certeza, quebrava as regras de comprimento da escola, e sua roupa desafiava a tendência andrógina que parecia ser dominante entre as alunas da Bradley. No entanto, a atitude dela era de alguém que mandava no pedaço.

— Obrigada. — Sorri.

— Você é nova? — perguntou a garota. A voz dela era rouca, como a de uma atendente de serviços de sexo por telefone.

Quando assenti, ela se apresentou:

— Sou Hilary.

— Sou TifAni.

— Oi, Hilary! — A voz forte veio do centro da mesa mais admirada do refeitório, cheia de garotos de pernas peludas — pelos de verdade, grossos e escuros como os do meu pai — e de garotas obedientes que riam quando um acusava o outro de ser retardado, frangote ou filho da puta.

— E aí, Dean! — respondeu Hilary.

— Traz um pacote de Swedish Fish pra mim — ordenou ele. Como não carregava bandeja, as mãos de Hilary estavam cheias. Ela prendeu a Coca Diet sob o queixo e o pacote de pretzels debaixo do braço.

— Eu pego! — Eu já estava chegando ao caixa e peguei o pacote antes dela. Paguei por ele junto com meu *wrap* e minha bebida sob os protestos de Hilary.

— Não vou esquecer o que fez — disse ela, envolvendo o pacote de balas em formato de peixe com o dedo mínimo e dando um jeito de carregar todas as compras apenas com as mãos, agora.

Encontrei-me com Arthur que estava parando perto do caixa. O encontro, a curiosidade de Hilary em relação a mim, me deixou com o rosto quente e vermelho. Às vezes, uma trégua momentânea entre garotas é muito mais preciosa do que receber um convite para sair do cara que você gosta, mesmo depois de ele já ter conseguido o que queria.

— Vejo que já conheceu uma das metades das HOs.

Surpresa com o apelido, que era um dos muitos jeitos de chamar alguém de piranha em inglês, lancei novamente o olhar na direção de Hilary, que estava jogando o pacote de balas na bandeja de Dean.

— Ela dá pra todo mundo?

— HO, nesse caso, é um acrônimo para Hilary e sua melhor amiga, Olivia. Aquela ali. — Ele acenou com a cabeça na direção de uma garota com cabelos castanhos encaracolados, rindo, encantada, enquanto os Pernas Peludas construíam um forte com embalagens vazias de batata frita. — Foi ela que teve a ideia, mas não acho nem que saibam o que é um acrônimo. — Arthur suspirou, satisfeito. — O que torna a coisa toda ainda mais brilhante.

Eu podia não ter percebido que Holden Caulfield, o personagem do livro, estava mentalmente abalado de primeira, mas graças a Deus eu sabia o que era um acrônimo.

— E elas dão pra todo mundo? — Nunca soubera de uma garota que optasse por ser chamada por uma palavra daquelas antes. Eu já fora chamada de vagabunda uma vez, a conclusão natural a que todos chegam quando se tem seios de adulto aos doze anos de idade, e chorara no colo da minha mãe por uma hora.

— Até gostariam. — Arthur torceu o nariz. — Mas não saberiam o que fazer com um pau mesmo se tivessem um na cara delas.

Depois do almoço, eu tive aula de química, uma das matérias de que eu menos gostava, mas ainda assim estava animada porque as HOs estavam na minha turma. Essa animação logo desapareceu quando a professora disse para formarmos duplas para uma experiência que provaria que química podia ser legal. Olhei desesperada para a minha direita, mas meu vizinho já estava virado no assento, sinalizando para alguém que ele queria que fosse seu par. O mesmo aconteceu à minha esquerda. Pares felizes foram para o fundo da sala e essa migração revelou um companheiro retardatário, um garoto de cabelos castanho-claros e olhos azuis visíveis até do outro lado da sala. Ele acenou com a cabeça na minha direção e arqueou as sobrancelhas, em um pedido silencioso para eu ser seu par, mesmo sendo essa a única opção. Assenti de volta e fomos até a área de trabalho que ficava atrás das fileiras de carteiras.

— Ah, ótimo — disse a sra. Chambers quando nos viu parados um ao lado do outro, ainda um pouco inseguros. — Liam e TifAni, fiquem naquela última mesa, perto da janela.

— Como se tivéssemos outra escolha — sussurrou Liam, baixinho, de modo que a sra. Chambers não ouvisse. — Obrigado por ajudar os novatos.

Levei um segundo para perceber que Liam também estava se incluindo na categoria "novatos". Relanceei o olhar para ele.

— Você é novo na escola?

Ele deu de ombros, como se houvesse achado que isso era óbvio.

— Eu também sou! — sussurrei, animada. Não conseguia acreditar na sorte que tivera por acabar fazendo par com ele. Pessoas novas são praticamente obrigadas por contrato a tomar conta umas das outras.

— Eu sei. — Ele ergueu um canto da boca em um meio sorriso e a luz da tarde destacou uma covinha no rosto. Se congelassem a imagem de Liam naquele momento, ele poderia ser a foto de um pôster que as meninas arrancariam da revista *Tiger Beat*. — Você é bonita demais para ser a última a ser escolhida.

Apertei as coxas bem juntas para tentar diminuir o calor que subia entre elas.

A sra. Chambers começou um discurso sobre segurança que não interessou a ninguém, até ela mencionar que, se não fôssemos cuidadosos, sairíamos dali com os cabelos e sobrancelhas queimados. Olhei para a professora sobre o ombro e, nesse momento, percebi que Hilary me observava com os olhos grandes e sem cílios, como se já houvesse sofrido a má sorte que tanto preocupava a sra. Chambers. Tive uma fração de segundo para tomar uma decisão: afastar os olhos e fingir que não a pegara me olhando, ou sorrir e fazer algum tipo de comunicação não verbal que poderia fazer com que ela gostasse de mim. O instinto que me fizera conseguir a efêmera popularidade que tivera no Mt. St. Theresa's falou mais alto, e escolhi a última opção.

Para minha alegria, Hilary sorriu de volta, cutucou Olivia e, quando a outra se aproximou, sussurrou alguma coisa no ouvido dela. Olivia sorriu para mim e fez um sinal. Depois, mexeu apenas os lábios, dizendo: "Ele é gostoso!" Ela abriu bem os lábios para pronunciar a palavra "gostoso" e deu um brevíssimo aceno com a cabeça na direção de Liam.

Eu olhei rapidamente na direção dele, para me certificar de que não estava olhando, e também mexi os lábios, sem deixar escapar nenhum som: "Eu sei."

Meu Deus, estava muito satisfeita comigo mesma quando o sinal tocou às 15:23. Era apenas o meu primeiro dia e eu já estabelecera um flerte com o aluno novo gostoso, tinha um certo poder sobre ele que só era possível por sermos novos na escola, e me enturmara com as HOs. Senti vontade de mandar um cartão florido da Hallmark para aquela idiota da irmã John:

"Querida irmã John, estou indo muito bem na minha nova escola e encontrei alguém que gostaria que tirasse a minha virgindade. Só tenho a agradecer à senhora!"

3

— Vinte e cinco, vinte e seis... levantem o queixo!... vinte e oito... mais duas, as últimas... vinte e nove, trinta. — Joguei o corpo para trás de modo que meu traseiro se apoiasse nos calcanhares, e estiquei os braços para a frente, em uma tentativa de alongá-los depois de "correr atrás da queima de calorias", a pródiga promessa de 325 dólares por mês que eu pagava para ouvir. Eu provavelmente também teria o corpo mais alongado e esguio, se não estivesse tão desesperada para encher a boca de comida sempre que chegava em casa, a ponto de, às vezes, nem sequer tirar o casaco antes de começar a pilhagem na cozinha.

— Devolvam os pesos para o lugar e vão até a barra para alongar as panturrilhas. — Essa era sempre a parte da aula que me deixava mais ansiosa, porque eu precisava guardar os pesos e ir rápida, mas educadamente, para o meu ponto favorito na barra, quando tudo o que eu queria fazer era afastar as molengas do meu caminho com os cotovelos. *Vou aparecer na TV e não estou aqui pela minha saúde, vacas!* Preparei-me para o esbarrão acidental, o que eu costumava reservar para as Cantoras. Você sabe quem são. Aquelas pessoas tão felizes apenas por estarem vivas, que andam se balançando pela rua, fones de ouvidos a postos e os rostos asquerosos de prazer, enquanto cantarolam algum clássico da Motown. Eu passava esbarrando nelas com força, usando a minha bolsa enorme como arma, saboreando os "Ei!" indignados que ouvia atrás de mim. Não dá para ser tão feliz daquele jeito.

Sou um pouco mais gentil na aula. Não gostaria de comprometer a imagem que os professores têm de mim, imagem que construí com muito cuidado para impressionar e cativar: a garota fofa, mas um tanto distraída que sempre ficava na frente na hora dos exercícios de coxas, não importava o quanto as pernas tremessem.

Felizmente, depois que deixei meus pesos nos suportes e me virei, vi que meu lugar favorito estava disponível. Pendurei a toalha na barra, pousei a garrafa d'água no chão e subi e desci na ponta dos pés, murchando a barriga e erguendo os ombros ao subir.

O professor comentou:

— Está em ótima forma, Ani.

Por uma hora, encaixei os quadris, murchei a barriga, agachei, levantei e aumentei o peso. No alongamento final, meus membros pareciam o macarrão tailandês que estava sempre querendo comer, e cogitei deixar de lado a corrida de três quilômetros de volta ao meu apartamento. Mas quando me levantei para devolver o tapete ao cubículo na frente da sala, olhei de relance para minha imagem no espelho, mais especificamente para a gordurinha que sobressaía na parte de trás da minha regata, e reconsiderei.

No vestiário, depois da aula, uma garota que havia usado o telefone durante as três séries de abdominais, comentou:

— Você foi tão bem!

— Como? — Eu ouvira o que ela dissera, é claro.

— Durante os abdominais. Naquela última posição, tentei soltar minhas pernas e não consegui aguentar nem por uma série completa.

— Bem, essa é a parte do corpo que mais preciso trabalhar, por isso acho que tenho que fazer o maior esforço possível. — Dei um tapinha na minha barriga, inchada contra a calça de ioga da Stella McCartney para a Adidas, tamanho PP. Desde que havia começado a pôr em prática os planos de casamento, meus porres haviam retornado à intensidade que tinham na época do colegial. Durante os últimos anos, eu havia conseguido limitá-los aos domingos e a uma ocasional noite de quarta-feira. Como me exercitava muito e me continha durante o resto da semana, consegui manter meu peso estável em 55 quilos (esbelta quando se tem 1,78 metro, atarracada quando se tem 1,60 metro). Minha meta para o casamento e, mais importante, para o documentário, era estar pesando 48 quilos. O fato de saber o que eu teria que fazer para alcançar esse objetivo, e logo, parecia estar exacerbando a minha fome nos últimos tempos. Sentia-me como um urso louco acumulando calorias para enfrentar a anorexia.

— De jeito nenhum! — insistiu a garota. — Você está ótima.

— Obrigada. — Meus olhos correram pela parte posterior do corpo da garota que falara, quando ela se virou para abrir o escaninho. A garota tinha um torso longo e estreito, quadris largos e bunda chata. Não conseguia decidir o que era pior, deixar-me entrar tranquilamente na escuridão dos jeans disformes e largos que as mães usavam, ou lutar contra isso, aplicando Botox e passando fome a cada passo do caminho.

Fui andando pesadamente para casa, arrastando os pés ao longo da rodovia West Side. Levei vinte e cinco minutos para percorrer três quilômetros, o que era patético, mesmo levando em consideração as paradas que eu fizera para esperar nos sinais de trânsito e não acabar sendo atropelada por um carro.

— Oi, amor. — Luke não se deu ao trabalho de levantar os olhos do iPad que estava em seu colo. Quando Luke e eu começamos a namorar, sentia um frio na barriga quando ouvia a palavra "amor", e me agarrava a ela como uma daquelas garras de metal que pegavam bichinhos de pelúcia nos fliperamas, achando um milagre que aquilo houvesse acontecido, já que todos sabiam que aquele tipo de mecanismo era viciado. Era tudo o que eu sempre quisera no colegial e na faculdade, um jogador de lacrosse de ombros largos, correndo atrás de mim, passando o braço pelos meus ombros e dizendo "Oi, amor".

— Como foi seu treino?

— Foi. — Despi a regata suada da Lululemon e estremeci quando meus cabelos molhados encostaram na minha nuca. Fui até o armário, peguei um pote de manteiga de amendoim orgânica e mergulhei uma colher nele.

— A que horas mesmo vai se encontrar com elas?

Olhei para o relógio.

— À uma hora. Tenho que ir.

Permiti-me uma única colher de manteiga de amendoim e um copo de água antes de entrar no chuveiro. Levei uma hora para me arrumar, muito mais do que demorava para me aprontar para jantar com Luke. Havia tantas mulheres para quem eu estava me vestindo. As turistas na rua (é assim que são as coisas), a vendedora que me bajularia quando visse a etiqueta Miu Miu na minha bolsa de couro. E, mais importante naquele dia, uma das damas de honra, a estudante de medicina, que, quando tinha vinte e três anos declarara com determinação que se não tivesse filhos até os trinta anos, congelaria seus óvulos.

"A maternidade em idade avançada está diretamente relacionada ao autismo." Ela sorvera a vodca com água mineral com gás com tanta força que uma bolha do drinque subira no ar. "Todas essas mulheres tendo filhos depois dos trinta anos. É tão *egoísta*. Se não conseguir agarrar ninguém antes disso, adote."

É claro que Monica "Moni" Dalton tinha certeza de que agarraria alguém antes de ficar encurralada na casa dos trinta. Ela não comia um carboidrato processado desde o final de *Sex and the City*, e sua barriga parecia ter sido desenhada com Photoshop.

No entanto, dali a três meses, Moni seria a primeira de nós a fazer vinte e nove anos e não havia nenhum homem à vista com intenções de fazer sexo para procriação com ela. O pânico de Moni tinha um cheiro químico.

Moni, por um acaso, também era a pessoa mais divertida para quem me vestir. Adorava pegá-la examinando as tiras delicadas das sandálias que envolviam meu tornozelo, o modo como seus olhos se fixavam na minha esmeralda. Moni também frequenta a luxuosa Barneys, mas a conta vai para os pais dela, o que não é legal quando se está do lado errado dos vinte e cinco anos. A essa altura, a única pessoa aceitável para pagar suas contas é seu homem ou você mesma. Vale registar que pago pelas minhas compras (tudo menos as joias). Mas jamais conseguiria fazer isso se não fosse por Luke. Se ele não se responsabilizasse por pagar todo o resto.

— Você está bonita. — Luke plantou um beijo na parte de trás da minha cabeça, a caminho da cozinha.

— Obrigada. — Ajeitei as mangas do meu blazer branco. Nunca conseguia dobrar as mangas no estilo dos blogs de moda.

— Vocês vão tomar o brunch depois?

— Vamos. — Guardei na bolsa minha maquiagem, óculos escuros, a revista *New York*, cuja borda deixei propositadamente para fora da bolsa, para que todos vissem que eu estava lendo a *New York*, e ainda chiclete e uma versão bruta do nosso convite de casamento, que a moça tímida que cuidava da papelaria me apresentara.

— Ah, essa semana... um dos meus clientes quer muito que a gente saia para jantar com ele e a esposa.

— Quem é? — Desdobrei as mangas do blazer e dobrei-as de novo.

— Aquele cara, o Andrew. Da Goldman.

— Talvez a Nell o conheça. — Sorri.

— Ah, Deus. — Luke bufou, preocupado. — Espero que não. — Nell deixava Luke nervoso.

Sorri e beijei-o nos lábios. Senti o sabor de café velho em seu hálito. Tentei não estremecer. Tentei me lembrar da primeira vez que o vira, a primeira vez *de verdade*: em uma festa, quando eu era caloura na faculdade, todos usando jeans Seven e eu sufocada pelo cós apertado da minha calça de brim. Luke estava no último ano da Hamilton, mas o melhor amigo dele, da época do colégio interno, fora para a Wesleyan. Eles haviam se visitado com frequência ao longo dos anos, mas como eu era apenas uma caloura, naquela festa de outono foi a primeira vez que o vi. Luke ficou a fim de Nell, na época, antes de saber o quanto ela podia ser uma vaca controladora (palavras dele). Feliz ou infelizmente, ela estava ficando com o melhor amigo de Luke, portanto não iria acontecer. Quando cheguei em casa naquela noite, sentida com o "oi" automático que Luke me dera, montei uma estratégia. O cara de quem eu estava a fim, estava a fim de Nell, por isso a observei detidamente. Comia do jeito que ela comia, deixando quase três quartos da comida no prato (Nell tinha um estoque de comprimidos azuis que induziam à indiferença até em relação ao mais devastador dos carboidratos), e, quando fui passar o feriado do dia de Ação de Graças em casa, fiz mamãe comprar para mim o tipo de roupas que a Nell usava. Aprendi com ela que eu estava fazendo o jogo todo errado: garotas bonitas tinham que aparentar que não estavam tentando ser bonitas, e esse fora o meu erro fatal na Bradley. Havia vezes em que Nell saía usando uma camisa polo do pai, velhas botas Ugg horrorosas e calça de moletom, sem maquiagem, para provar que era leal com as do seu próprio gênero. Garotas bonitas também precisavam ter um senso de humor autodepreciativo e comentar quando tinham uma espinha horrorosa. Também contavam sobre uma diarreia incontrolável, para assegurar às outras garotas que não estavam interessadas no papel de atiradas, devoradoras de homens. Porque se as outras percebessem alguma espécie de talento proposital, acabariam com você, e você poderia esquecer o cara de que estava a fim. Mesmo que ele também estivesse a fim de você, a força raivosa de um grupo de garotas era o bastante para fazer qualquer homem ignorar seus desejos mais profundos.

No fim do meu primeiro ano na faculdade, eu já podia colocar e tirar a mesma calça de brim sem nem sequer precisar desabotoá-la. Ainda não estava magra, *magra*, e só perderia mais cinco quilos depois de formada, mas os padrões da faculdade não eram tão rígidos quanto os de Nova York. Em algum momento do mês de março, em um dia particularmente abafado, eu estava indo para a aula usando uma regata. O sol era como uma mão quente sobre a minha cabeça, batizando-me, quando passei por Matt Cody, um jogador de hóquei no gelo que tinha se esfregado com tanta força na coxa de Nell que seu pênis deixara uma mancha roxa que demorara quase uma semana para desaparecer. Ele estacou, encantado com a luz que explodia em meus cabelos e nos meus olhos e chegou mesmo a arquejar um "uau".

Mas eu precisava ser cuidadosa. A faculdade era a minha primeira tentativa de reinvenção, e não poderia me comprometer ganhando novamente uma reputação. Nell me dissera que eu era a vadia mais provocadora que ela já conhecera. Eu dava muitos amassos, mostrava muito os seios, mas isso era o máximo que eu fazia, a não ser que o cara fosse meu namorado. E cheguei até mesmo a aprender como fazer isso acontecer graças a Nell e ao que ela chamava de a teoria Hemingway. Hemingway costumava escrever um final para seus romances, apenas para apagá-lo depois, e defendia a ideia dizendo que tornava a história mais forte porque o leitor sempre seria capaz de intuir o fantasma daquela passagem final, incorpórea. Quando você gosta de um cara, dizia Nell, precisa imediatamente encontrar outro, talvez o cara que sempre está olhando para você na aula de clássicos modernos americanos, o que usa gel demais nos cabelos e jeans feio. Sorria para esse cara, deixe-o convidá-la para sair, beba uísque aguado no quarto dele enquanto o cara se ilumina poeticamente falando sobre Dave Eggers, a banda Phoenix gemendo ao fundo. Esquive-se do beijo dele, ou não, e continue a fazer isso até que o cara de quem você realmente gosta perceba o que que está acontecendo... que o outro cara está ocupando seu tempo. Ele vai farejar você, as pupilas se dilatando como um tubarão encontrando um rastro de sangue na água.

Depois que me formei, voltei a esbarrar com Luke, em outra festa na cidade. O momento não poderia ter sido mais oportuno, porque eu tinha um namorado e, *Deus*, o cheiro daquele babaca poderia empestear um estádio de futebol inteiro. Ele era um desses incrivelmente belos descendentes de uma família que chegara ao país no Mayflower, que eu mantinha por perto porque era o único que não tinha medo de fazer o que eu pedia na cama. *Me dá um tapa na cara?* "Avisa se eu bater forte demais", sussurraria ele, antes de me dar uma bofetada com tanta força que os nervos do meu crânio estalavam em néon, então escureciam, fazendo com que um manto negro descesse sobre meus olhos, uma vez, e outra, até que eu conseguisse deixar escapar um gemido grotesco. Luke teria ficado chocado se eu, algum dia, pedisse para que ele fizesse algo parecido, mas eu estava disposta a trocar aquela necessidade bárbara, primitiva, que eu não saberia dizer se era da minha natureza ou se fora naturalizada pela minha mente, por um sobrenome como o dele, um sobrenome que me faria matar só para colocar um sra. na frente. Quando finalmente troquei meu namorado "por" Luke, a súbita liberdade que ganhamos — de sair para jantar juntos e ir lado a lado para casa como um casal de verdade — foi intoxicante. E nos fez querer ir mais longe rapidamente, como se levados por uma corrente forte. Depois de um ano estávamos morando juntos. Obviamente, Luke sabe que frequentei a Wesleyan. E ele sempre comenta como é engraçado que nunca tenhamos nos esbarrado em todas as vezes em que ele apareceu lá de visita...

— Esse é o Emile, em rosa-pálido. — A vendedora tirou o vestido do cabide e levou-o à frente do corpo, levantando a saia e segurando o tecido entre o polegar e o indicador. — Vocês podem ver que tem um pouco de brilho.

Desviei o olhar para Nell, que ainda era uma mulher de "virar a cabeça" (palavras da minha mãe), mesmo após tantos anos. Ela jamais precisaria se casar para provar o próprio valor, como o resto de nós. Até alguns anos antes, Nell trabalhava na área de finanças, era uma das duas únicas garotas em seu andar, e os caras se viravam nas cadeiras para dar uma olhada quando a Barbie Banqueira passava. Na festa de Natal da empresa, dois anos antes, um dos colegas idiotas de Nell — casado, com filhos, é claro — levantou-a e jogou-a sobre o ombro, de tal modo que a saia do vestido dela subiu, expondo o traseiro elegante, então saiu correndo ao redor do salão fazendo barulhos de macaco enquanto todos gritavam e aplaudiam.

"Por que barulhos de macaco?", eu perguntara.

"Talvez esse seja o jeito que ele imagina o Tarzan?", Nell erguera os ombros. "Ele não era dos mais inteligentes."

Nell processou a empresa, exigindo uma soma não divulgada, e agora dormia até às nove da manhã, ia para uma aula de *spinning* seguida por ioga, e pegava a conta do brunch para pagar antes de qualquer uma de nós.

Ela torceu um dos cantos da boca.

— Vou parecer nua nessa cor.

— Vamos usar sprays bronzeadores — Moni lembrou. A luz que entrava pela janela destacava a espinha monstruosa no rosto de Moni, disfarçada por um corretivo rosa demais. Ela estava realmente estressada com toda essa história de eu-me-casar-antes-dela.

— Azul meia-noite é um tom que cai muito bem. — Uma pulseira Love, da Cartier, deslizou pelo braço da vendedora quando ela voltou a pendurar o vestido rosa-pálido e pegou seu primo azul com um floreio. A moça era loura natural, e provavelmente se tornara ainda mais loura com apenas uma ou duas idas por ano ao salão da disputada colorista Marie Robinson.

— As pessoas misturam cores? — perguntei.

— O tempo todo. — A vendedora foi contundente. — Georgina Bloomberg esteve aqui uma semana dessas com uma amiga, e foi exatamente o que fizeram. — Ela pegou uma terceira opção, de um tom horroroso de berinjela, e acrescentou: — Pode ser muito chique quando feito do modo certo. Quantas damas de honra você vai ter, mesmo?

Seriam sete. Todas colegas da Wesleyan e todas morando em Nova York, a não ser pelas duas que eram de Washington. Nove padrinhos para Luke, todos eles formados na Hamilton, com exceção do irmão mais velho dele, Garret, que se formara com louvor pela Duke. Todos também moravam na cidade. Uma vez eu havia comentado com Luke como era triste que nós dois houvéssemos chegado até ali tão completamente cercados por amigos que nunca conseguiríamos realmente experimentar Nova York. Todos os excêntricos vagando pela cidade, todas as noites loucas míticas nos querendo, e não precisávamos de nada disso, por isso não buscávamos essas experiências. Luke me disse que era impressionante como eu sempre encontrava um modo de transformar algo positivo em negativo.

Nell e Moni foram até o trocador para me mostrar como o rosa-pálido e o azul meia-noite podiam ficar bem juntos, e eu procurei meu celular na bolsa. Segurei-o na altura do rosto enquanto checava meu Twitter e meu Instagram. Nossa editora de beleza recentemente gravara um quadro para o *Today Show*, alertando os espectadores sobre os verdadeiros perigos do vício em smartphones: "Rugas na zona de alcance do celular", e "Surgimento precoce de papadas", por causa do tempo que ficávamos olhando para baixo, preocupados com quem havia levado um pé na bunda e quem havia lavado a alma em uma academia SoulCycle.

Spencer passara a me seguir no Instagram depois do nosso cafezinho. Não reconheci nenhuma das pessoas que apareciam nas fotos dela, mas vi um comentário, onde perguntavam se ela iria ao evento "Amigos dos cinco", que aconteceria em um pub sem graça, localizado perto de um Starbucks em Villanova, na Pensilvânia. Uma parte da minha mente fantasiava sobre como seria ir ao evento: aparecer usando uma blusa simples de cashmere, com aquela esmeralda que mais parecia uma barata presa no dedo, Luke ao meu lado, emanando uma confiança tão inabalável que se transferia um pouco para mim, por algum tipo de osmose. O lugar em que eu me esforçara tanto para me encaixar, agora estava abaixo de mim. Todos aqueles perdedores que nunca deixaram a Main Line, que moravam em apartamentos que provavelmente tinham *carpete*. Deus. Um sussurro se espalharia entre os presentes, metade das pessoas indignadas e a outra metade impressionada. "Viram quem está aqui? Ela tem coragem", diriam, com significados diferentes para cada um deles.

Talvez estivesse ali o cara que achava que eu ainda lhe devia uma trepada, depois de todos esses anos. O evento seria dali a meses. Se eu alcançasse minha meta de peso até lá, talvez fosse.

Mudei rapidamente do Instagram para o e-mail assim que Nell saiu deslizando do trocador, o vestido rosa-pálido caindo fluido sobre o corpo de tábua, o decote nas costas mostrando nada além de pele e ossos.

— Uau — a Pulseira Love comentou em um sussurro, e não foi apenas para conseguir a venda.

Nell pressionou as mãos pequenas e fortes sobre o peito, reto como as pizzas de massa fina que costumávamos comer no café da manhã da faculdade. Precisei desviar o olhar. Nell devorava unhas e cutículas por esporte e a ponta comida dos dedos, os pedaços de pele com marcas de sangue, eles me lembravam demais como as partes do corpo se desintegravam.

"Se um estuprador invadir seu apartamento", eu argumentara com ela certa vez, enquanto assistíamos a um episódio de *Law & Order*, "como vai enfiar as unhas nos olhos dele com esses sabugos?"

"Acho que é melhor eu arrumar um revólver, então." Quando já estava no meio da frase, os olhos azuis de Nell se acenderam, alarmados. Tarde demais, os neurônios haviam acendido o fósforo do pensamento e disparado a frase antes que ela pudesse evitar. "Desculpe", acrescentou, desajeitada.

"Não se desculpe." Apontei o controle remoto para a TV e aumentei o volume. "Meu mundo não gira ao redor dos 'cinco'."

— Ani, parece que estou usando um vestido feito de carne humana. — A frase pode ter sido dita como uma reclamação, mas Nell estava admirando o tecido fluido em suas costas, no espelho, o modo como a cor se confundia perfeitamente com a pele dela, logo acima do traseiro que valia uma soma não revelada, de tal modo que não se conseguia dizer onde o vestido terminava e Nell começava.

— Vai mesmo me obrigar a ficar parada perto dela? — gemeu Moni, quando abriu a cortina do provador. Moni nunca se cansaria de tentar fazer de Nell sua melhor amiga. Mas ela não entendia. Nell não queria ser bajulada. Não precisava disso.

— Essa cor está ótima em você, Moni — apressei-me a falar, quando Nell a ignorou. Jamais me cansaria de esfregar na carinha enjoada de Moni que Nell escolhera a mim, a carcamana, em vez dela, a princesa de Darien.

Moni resmungou:

— Mas não posso usar sutiã. — A Pulseira Love correu até onde estava Moni... *Peitos caídos não a fariam perder uma venda, ela não...* e começou a ajeitar as alças do vestido.

— São ajustáveis, está vendo? Valorizam todos os tipos de corpo. — Por fim, ela prendeu uma alça de tal maneira que os dois seios ficaram parecendo um só. Moni levantou as laterais do vestido no espelho, os seios se projetando sob o suporte de tecido, como se uma bomba submersa nas profundezas da água houvesse explodido, milhares de metros abaixo.

— Acha que as outras garotas vão ficar bem nesse vestido? — pressionou Moni. O resto do grupo não pudera ir à loja naquele dia, e todas haviam delicadamente deixado a decisão nas mãos de Moni e Nell. Luke tinha apenas três padrinhos solteiros, e Garret, que usava óculos Ray-Ban polarizados e colocava a mão em suas costas quando falava com você, era um deles. Com a perspectiva de entrar com ele na igreja, ninguém ousaria comprometer seu lugar no cortejo nupcial reclamando de um vestido.

— Adoro o meu — anunciou Nell. Era tudo o que tinha a dizer, e sem muito entusiasmo.

— É legal... — concordou Moni, olhando de cara feia para o próprio corpo, sob diferentes ângulos.

Voltei a atenção novamente para o meu celular, dessa vez para checar os e-mails, esquecendo completamente o "Surgimento precoce de papadas" quando cheguei a uma linha de assunto que fez a única colher de manteiga de amendoim que eu comera se revirar no meu estômago negligenciado: "Amigos dos cinco, atualização da programação", lia-se, com uma bandeira vermelha ao lado, sinalizando que era urgente.

— Droga. — Cliquei na mensagem para abri-la.

— O que foi? — Nell estava segurando a bainha do vestido acima do joelho, para ver como ficaria mais curto.

Gemi.

— Querem passar as filmagens para o começo de setembro.

— Quando seria, antes?

— No final de setembro.

— Então, qual é o problema? — Nell teria franzido o cenho se não fosse pelo Botox ("preventivo", segundo ela, na defensiva).

— O problema é que venho comendo feito louca. Tenho que me tornar anoréxica *agora* se quiser estar pronta no dia 4 de setembro.

— Ani. — Nell levou as mãos aos quadris de oitenta centímetros. — Para. Você já está muito magra. — Ela se mataria se em algum momento estivesse "muito magra" daquele jeito.

— Você deveria fazer a dieta Dukan — palpitou Moni. — Minha irmã fez antes do casamento. — Ela estalou os dedos. — Perdeu mais de três quilos em três semanas e já usava manequim 36.

— Essa foi a dieta que Kate Middleton fez — a Pulseira Love disse, e todas nós homenageamos a duquesa de Cambridge com um momento de silêncio. Kate Middleton parecia tão faminta no dia de seu casamento que merecia uma homenagem.

— Vamos ao brunch — suspirei. Aquela conversa estava me dando vontade de estar sozinha na minha cozinha, em plena madrugada, com uma geladeira cheia, e horas para me dedicar a comer o que havia nela. Adorava as noites em que Luke saía com clientes. Eu voltava para casa com duas sacolas plásticas cheias dos melhores carboidratos encontrados em um mercado da vizinhança, devorava tudo até a última migalha, e jogava as evidências na lixeira, já que Luke não era dos mais espertos. Depois de comer, passava horas vendo vídeos pornô, do tipo em que os homens gritam com as mulheres, mandando que latam como cadelas, ou vão parar de fodê-las. Eu gozava e gozava. Não demorava. Então me jogava na cama, dizendo a mim mesma que, de qualquer modo, não iria querer casar com alguém que estivesse disposto a fazer aquilo comigo.

―⚅―

Moni se levantou para ir ao banheiro depois que fizemos o pedido.

— O que está pensando para os vestidos? — Nell soltou os cabelos brilhantes do coque. O barman a encarou.

— Você ficou ótima no rosa-pálido — falei. — Mas seus mamilos são um problema.

— O que o sr. e a sra. Harrison *diriam*? — Nell levou a mão ao peito, na altura do coração, como uma dama vitoriana escandalizada, usando um espartilho apertado demais. Meus futuros sogros a divertiam imensamente, com a falsa casa modesta em Rye, Nova York, a propriedade de verão em Nantucket, as gravatas-borboletas dele e o corte Chanel chique dos cabelos brancos dela, que mantinha afastados do rosto com uma faixa de veludo. Não os teria culpado se houvessem empinado seus clássicos narizes nórdicos para mim. Mas a sra. Harrison sempre quisera uma filha e eu ainda não conseguia acreditar que havia ficado satisfeita com alguém como eu.

— Acho que a sra. Harrison jamais viu os próprios mamilos — falei. — Provavelmente seria uma boa lição de anatomia para ela.

Nell levou um monóculo invisível ao olho esquerdo e estreitou-o.

— Então é isso que chamam de aréolas, queridas? — disse ela, a voz vacilante como a das turistas mais velhas que víamos no metrô. Era a personificação estereotipada de uma idosa, e não parecia nada com a sra. Harrison. Eu podia imaginar a expressão no rosto da minha futura sogra se pudesse nos ouvir, debochando dela enquanto tomávamos nossos Bloody Marys de catorze dólares, temperados com pimenta caiena. Ela não ficaria furiosa — a sra. Harrison nunca ficava furiosa. Em vez disso, franziria as sobrancelhas, a pele se enrugando de um modo que a de Nell não seria capaz, e os lábios se abririam em um delicado "Oh".

Ela fora tão paciente na primeira vez em que minha mãe visitara a casa dos Harrison. Mamãe não parara de elogiar os cômodos bem decorados, e virava os castiçais e outros objetos de cabeça para baixo para decifrar suas origens ("Scully

& Scully? Isso é uma loja em Nova York?", "Mamãe, *pare*."). E mais importante de tudo, o sr. e a sra. Harrison estavam arcando com sessenta por cento dos gastos com o casamento. Trinta por cento estavam sendo pagos por mim e Luke (está certo, por Luke), e os dez por cento restantes estavam a cargo dos meus pais, apesar dos meus protestos de que não precisavam fazer isso e de que os cheques que mandavam nunca eram debitados mesmo eles insistindo. Como os principais investidores, os Harrison estavam completamente em seu direito de vetar a banda moderninha que eu queria e de dominar a lista de convidados: mais sessentonas usando faixas nos cabelos, menos mulheres de vinte e oito anos usando vestidos de festa excessivamente ousados. Mas a sra. Harrison só levantara a mão que nunca via uma manicure para me dizer "esse é o *seu* casamento, Ani, e deve planejá-lo como lhe convier". Quando o pessoal do documentário entrou em contato comigo, fui até ela, o medo quase fechando a minha garganta, como se eu houvesse tomado um comprimido muito grande de Adderall sem água. Minha voz estava tão rouca que me senti envergonhada, quando contei a ela como eles estavam desencavando o incidente na Bradley, que queriam mostrar a história que não fora contada, a história verdadeira, que a mídia entendera errado catorze anos antes. Seria pior se eu não concordasse em fazer parte do documentário, argumentei, eles poderiam me pintar do jeito que quisessem e, ao menos, se eu tivesse a oportunidade de falar por mim mesma, poderia... "Ani", interrompera-me ela, a expressão perplexa, "é claro que você precisa participar. Acho que é muito importante que faça isso." Deus, eu sou horrenda.

Nell reconheceu o brilho em meus olhos e mudou de assunto.

— E quanto ao azul meia-noite? Gosto dele.

— Eu também. — Torci meu guardanapo de tal forma que ele ficou parecendo um bigode de vilão, as pontas curvadas em um sorriso duro e cruel.

— Pare de se preocupar com a nova data das filmagens — disse Nell, conseguindo ler o que me incomodava com uma agudez e uma preocupação que Luke não tinha.

Deparei-me com Nell como quem se depara com uma obra de Robert Mapplethorpe em uma feirinha de arte na rua, pasma por algo tão valioso estar no meio de um monte de outras tranqueiras. No dia, ela estava encostada contra a parede do banheiro no Butterfields, um dormitório que mais tarde passamos a chamar de Butterfingers, dedos de manteiga, por causa dos residentes do time de lacrosse que botavam o dedo no suspiro das garotas que ficavam de pernas moles de tanto tomar vodca Popov. Mesmo com a boca aberta, a língua seca e branca como cera por causa dos estimulantes que tomara, não havia dúvida de que tinha o rosto de uma estrela de cinema.

— Ei — eu dissera, pousando a mão sobre o ombro moreno graças ao bronzeamento artificial, era fácil se enfiar naqueles caixões fluorescentes quando se é tão jovem que alguém de vinte e quatro anos parece um ancião, e sacudia-a até que ela abrisse os olhos e eu visse que eram de um azul tão brilhante quando o céu na capa do folheto da Wesleyan que fora enviado para os futuros alunos.

— Minha bolsa — Nell continuou a choramingar, mesmo depois que a coloquei em pé, passei o braço ao redor das costelas pontudas e arrastei-a até o meu quarto. Tive que esconder Nell duas vezes nos arbustos, subindo em cima dela, enquanto o agente Stan, responsável pela segurança do *campus*, passava vagarosamente em um carrinho de golfe em busca de sangue fresco com porcentagem de álcool no sangue superior a 0,001.

Acordei na manhã seguinte e descobri Nell rastejando pelo chão do quarto, procurando embaixo do meu futon, a frustração traduzida em grunhidos baixos.

— Tentei encontrar sua bolsa! — disse, na defensiva.

Ela levantou os olhos, o pânico congelando-a, de quatro.

— Quem é você?

Nunca encontramos a bolsa de Nell, mas acabei descobrindo por que aquilo era tão importante para ela. Os frascos de comprimidos — para ajudá-la a dormir, para ajudá-la a não comer, para ajudá-la a ficar acordada a noite toda estudando na biblioteca — que balançavam como um chocalho quando ela caminhava. Essa é a única coisa sobre a qual não conversamos.

Nell estendeu a mão por cima da mesa, os dedos feios se entrelaçando aos meus. Ela apertou minha mão, as dela manchadas de azul quando as recolheu. Pus o comprimido na língua. Dei um gole no Bloody Mary, engoli, e esperei. Mesmo se aquele documentário não fizesse nada para limpar meu antigo nome, mesmo se ninguém acreditasse em mim, o mínimo que eu poderia fazer era acabar com a munição deles: "ela é nojenta, nada além de uma porca gorda e amarga". O comprimido deixou um resíduo na minha língua que tinha gosto de cheiro de dinheiro — almiscarado, poeirento — e me determinei a acreditar que a redenção era a única possibilidade.

4

Era apenas a minha segunda semana na Bradley e eu já tivera que renovar todo o meu guarda-roupa, com a exceção da calça cargo laranja da Abercrombie & Fitch. Por mais exagerada que fosse, Hilary a abençoara com seu selo de aprovação. Eu tinha um devaneio de que ela estava no meu quarto, elogiando a coleção de roupas compradas em lojas de preço médio em meu armário. Aninhada entre as pilhas de calças de brim, ela avistaria uma aba laranja, sobressaindo-se das outras com uma língua manchada de doce. "Quer a calça?", eu diria. "É sua. Não, estou falando sério. É sua!"

Minha mãe me levou ao shopping King of Prussia e gastamos duzentos dólares na J. Crew, em pilhas de roupas de tweed e tricôs em pontos torcidos. Depois, fomos à Victoria's Secret, onde escolhi uma série de regatas nas cores do arco-íris, com bojos embutidos. Ela sugeriu que eu as usasse sob todas as roupas para disfarçar a "gordurinha infantil", que teimava em se alojar na minha barriga. A última parada foi na Nordstrom, para comprar um par de tamancos da Steve Madden, os mesmos que todas as garotas do *wrap* e saladas usavam. Era possível ouvir seus passos marcados no corredor antes de vê-las, as solas dos tamancos grudando e desgrudando dos calcanhares. "Só gostaria que vocês colassem esses sapatos nos pés", eu ouvira um professor dizer.

Implorei à mamãe para encerrar nossas compras com um colar com o símbolo do infinito, da Tiffany, mas ela disse que papai arrancaria sua cabeça.

— Talvez no Natal... — Ela deixou no ar. — Tire boas notas.

A outra grande mudança foi em relação aos meus cabelos. Minha família paterna era cem por cento italiana, mas minha mãe tinha sangue irlandês e, baseada nas minhas cores, Hilary determinou que eu poderia arriscar luzes mais louras. Ela me disse o nome do salão de cabeleireiro que frequentava, e mamãe marcou o primeiro horário disponível com a profissional que cobrava mais barato da equipe. O lugar era bem na saída da cidade, em Bala Cynwyd, que era ainda mais perto de Filadélfia e, portanto, mais distante de nós. Minha mãe e eu nos perdemos terrivelmente a caminho do salão e chegamos vinte minutos atrasadas — ela teve que dizer à recepcionista pedante que não era preciso nos lembrar disso pela terceira vez, porra. Fiquei com medo de o salão me rejeitar e tentei me assegurar de que fôssemos vistas descendo de um BMW — isso tinha que contar para alguma coisa, certo?

Por sorte, a profissional mais barata da equipe encontrou perdão em seu coração para o nosso atraso e fez mechas grossas nos meus cabelos em tons de louro, alaranjado e branco, cada uma a pelo menos dois centímetros do meu couro cabeludo, de modo que eu já precisava de um retoque antes mesmo de ir embora do salão. Minha mãe não gostou do resultado final e fez um miniescândalo embaraçoso, que pelo menos nos rendeu vinte por cento de desconto no péssimo serviço. Dali, fomos direto para uma drogaria e compramos tintura de cabelo castanho-claro por 12,49 dólares que, quando misturada com o péssimo e caro trabalho feito no salão, resultou em um lindo tom dourado que desbotou para a mesma cor dos castiçais antigos de bronze da minha mãe, com a mesma rapidez com que minha estrela subiu e desceu no colégio. Na verdade, acho que fez sentido, meu tom perfeito de louro durar tanto quanto a minha popularidade.

Mesmo que Hilary e Olivia fossem simpáticas comigo, ainda eram cautelosas. Por isso, eu mantinha a cabeça baixa e falava apenas quando falavam comigo, normalmente quando andava pelos corredores, ou estava saindo de alguma sala de aula. Ainda estava longe de ser convidada para almoçar com elas, e mais longe ainda de ser convidada para ir à casa de uma delas no fim de semana, e não abusei da minha sorte. Compreendia que aquele era um período de reconhecimento. Conseguiria ser paciente.

Nesse meio-tempo, Arthur e a turma dele me faziam companhia, e não eram uma má companhia de modo algum. Arthur gostava de fofocar, e não sei como ele conseguia, mas era sempre o primeiro a contar sobre algum incidente vergonhoso que não lhe dizia o menor respeito. Foi ele quem contou que Chauncey Gordon, uma aluna do penúltimo ano, com uma permanente expressão de desprezo tatuada no rosto, ficara tão bêbada em uma festa que, quando o representante de turma tentou masturbá-la, Chauncey havia mijado na mão dele. Teddy na verdade estivera nessa festa, e nem mesmo ele soubera disso. Teddy tinha o tipo de pele áspera e avermelhada no rosto que todos os garotos louros que praticavam esportes pareciam ter, e o bronzeado de verão dele vinha diretamente de Madri, onde fora a um prestigiado torneio de tênis para jovens atletas ricos e promissores. Como a Bradley não tinha um time de futebol americano, os alunos escolhiam futebol como esporte de devoção e não ligavam para tênis. Ainda assim, eu sempre achei que Teddy poderia ser mais influente, poderia ter conseguido se sentar à mesa dos Pernas Peludas. Mas ele parecia satisfeito onde estava. Arthur, Teddy, Sarah e a Tubarão se conheciam havia anos, e nem mesmo o súbito e preocupante ganho de peso de Arthur ("Ele nem sempre foi grande assim", sussurrara a Tubarão quando Arthur fora pegar um segundo sanduíche), ou o halo de acne ao redor do rosto dele, colocara em risco seu assento na mesa de almoço. De certo modo, eu achava fofo.

Então a Tubarão me fez ganhar o ano quando me deu a dica de que poderíamos escapar da aula de educação física se praticássemos um esporte. Nenhuma garota do grupo que só se alimentava de *wraps* e salada fazia educação física e aqueles eram os trinta e nove minutos que eu mais detestava na minha semana.

— Mas o lado ruim é que... você precisa praticar um esporte — disse a Tubarão, presumindo que estávamos de acordo em relação ao fato de que praticar um esporte é pior do que fazer educação física. E não estávamos.

Eu jogara hóquei no Mt. St. Theresa's, mas não diria que tinha inclinações atléticas. No entanto, era a única que não se importava com o dia da corrida de mais de um quilômetro no ginásio. Eu nunca chegava em primeiro, mas parecia conseguir correr e correr sem nunca ficar cansada (mamãe dizia que eu herdara dela o meu bom fôlego), por isso optei por entrar para a equipe de corrida. O fato de que o técnico era o sr. Larson não tinha nada a ver com a minha decisão. Nada.

Eu mal podia esperar para correr muito e livrar meu corpo daquela "gordura infantil". Meu flerte com Liam estava florescendo e perder um pouco de peso apenas ajudaria o que quer que estivesse se desenvolvendo entre nós. Liam jogava lacrosse, que era um esporte de primavera, por isso, no momento, ele não tinha um time a que se juntar, e sem toda aquela camaradagem suada entre garotos, estava no mesmo limbo de popularidade que eu. Era fácil ver que Liam fora popular em sua antiga escola, e era óbvio que seu destino na Bradley era a mesa dos Pernas Peludas. Parecia que ele acabaria mesmo chegando lá, os tubarões já o cercavam, farejando, tentando decidir se ele era uma presa ou um colega.

Mesmo que Liam e eu estivéssemos na mesma turma de química, ele era do segundo ano. Se mudara de Pittsburgh durante o verão, o pai, um conhecido cirurgião plástico com implantes nas bochechas, que faziam com que ele parecesse um gul de *Jornada nas estrelas* (fonte: Arthur). Liam frequentara uma escola pública em Pittsburgh, o que era espantoso até para mim, e, pelo que eu soubera, a diretoria da Bradley se recusara a transferir vários créditos dele porque não eram "aproveitáveis", o que no dialeto da diretoria queria dizer "argh, escola pública". Ele já dormira com duas alunas do último ano de sua antiga escola, o que o fazia parecer perigoso para garotas como as HOs. E perigoso era bom. Todas víramos Leonardo DiCaprio perder a cabeça por Claire Danes em *Romeu + Julieta*, poucos anos antes, e estávamos esperando por nosso próprio conquistador torturado, que arriscaria a vida para um lugar entre as nossas pernas.

Seria possível pensar que, como frequentei uma escola católica, teria reservas sobre sexo antes do casamento, e eu tinha, mas nenhuma delas incluía o medo de que aquela fornicação pudesse me mandar para as profundezas do inferno. Eu tivera a oportunidade de ver em primeira mão como padres e freiras podiam ser terrivelmente hipócritas. Pregando sobre bondade e aceitação e não exercitando nenhuma das duas qualidades. Jamais esqueceria como minha professora do segundo ano, irmã Kelly, avisara à turma para não falar com Megan McNally pelo resto do dia porque a garota havia molhado a calça. Megan permaneceu sentada diante da carteira, cercada pela poça amarelo-podre da própria urina, lágrimas quentes de humilhação escorrendo pelas bochechas vermelhas.

Cheguei à conclusão de que, se uma freira podia ter tanta certeza de que iria para o céu apesar de ser uma babaca renomada, Deus provavelmente era mais tolerante do que eu fora levada a acreditar. O que era uma pequena impureza da mente e do corpo?

Minhas reservas tinham mais a ver com a parte técnica da questão — se iria doer, se eu sangraria por toda parte e me constrangeria, quanto tempo demoraria até parar de doer e passar a ser bom —, mas a maior de todas as reservas era: e se eu ficasse grávida? As preocupações secundárias diziam respeito às doenças sexualmente transmissíveis e à ameaça de acabar com uma má reputação. Estava aprendendo com Arthur que muitas garotas dormiam com quem queriam na Bradley, mas apenas algumas delas tinham vergonha do que faziam. Chauncey era um ótimo exemplo disso. Mesmo tendo mijado na mão do representante de turma, estava sempre namorando, por isso não parecia ser julgada com tanta severidade. Eu tinha a impressão de que, desde que estivesse fazendo sexo com um namorado, também conseguiria escapar da ira social. E, de qualquer modo, isso era preferível para mim. Não queria fazer sexo para poder gozar (já descobrira como conseguir isso sozinha muito tempo antes). Não, queria os lençóis frios contra as minhas costas, minhas pernas enroscadas no corpo dele que sussurraria "Tem certeza?". Eu assentiria, com uma expressão que misturaria medo e desejo, o empurrão que faltava para que se transformasse em dor, deixando claro para ele o quanto estava dando, e ele me desejando ainda mais por causa do meu sacrifício. Eu poderia ter um orgasmo a qualquer dia da semana — sob as minhas cobertas, em menos de um minuto —, mas havia algo naquilo, no fato de um cara querer me infligir dor, que mexia comigo bem no fundo.

―❦―

A Bradley exigia que todos os alunos fizessem anualmente um laboratório de informática de duas horas, e quando Liam entrou na sala minúscula, escolheu se sentar perto de mim, mesmo tendo um lugar bem visível perto de Dean Barton e Peyton Powell, os dois do terceiro ano, os dois ídolos no campo de futebol.

O professor de informática nos guiou por uma série de instruções complicadas a fim de configurarmos nossos endereços de e-mail escolares. Eu estava decidindo entre o nome da minha gata suicida ou "lítio", como senha, quando Liam me cutucou e fez sinal para a tela dele. Estreitei os olhos para a página na tela. "Teste de pureza: 100 questões para determinar se você é uma puritana que precisa fazer sexo, ou se é uma vadia safada que precisa fechar as pernas."

Liam apontou o mouse para a primeira pergunta: "Você já beijou alguém de língua?" Ele olhou para mim, como quem pergunta "E aí?".

Revirei os olhos.

— Não sou uma menininha do quarto ano.

Liam riu baixinho e pensei, "Boa, Tif".

E continuamos assim, mais noventa e nove vezes — Liam apontava para uma pergunta e olhava para mim aguardando a resposta. Quando chegamos à parte em que perguntavam com quantas pessoas já havia dormido, ele colocou o cursor sobre a resposta "1-2". Eu balancei a cabeça e ele mudou para a opção à direita "3-4". Balancei novamente a cabeça e, sorrindo, ele passou para "5+". Dei um soco de leve no braço dele. Dean virou a cabeça em nossa direção.

— Vamos ter que mudar isso — disse Liam, baixinho, enquanto movia o cursor até a extremidade esquerda e clicava sobre um botão, a palavra "Virgem!" piscando em rosa.

O laboratório de informática terminou, e Liam saiu rapidamente da página, mas não antes que Dean e Peyton parassem na nossa mesa e Dean perguntasse:

— Qual foi a pontuação dela? — Um grande sorriso se espalhou por seu rosto. Eu entendia o charme de Peyton, com seus cabelos louros macios, olhos da cor do céu, ele era mais bonito do que qualquer garota da Bradley. Mas Dean. Está certo, ele era alto e tinha um corpão, mas por causa das orelhas grandes e da cara chata, os cabelos lamacentos cor de carvão, ele parecia o macaco do meio da ilustração da fila da evolução nos nossos livros de biologia.

— Baixa, cara. — Liam riu. — Baixa.

Ninguém se deu ao trabalho de me perguntar, embora eu estivesse sentada bem ali e fosse o meu teste e a minha pontuação, mas mesmo assim senti uma empolgação inexplicável percorrer meu corpo. A pontuação da minha pureza importava, fosse por que razão fosse, e isso significava que eu também importava.

Depois disso, Liam começou a se sentar com os Pernas Peludas e as HOs no almoço.

Meu convite chegou algumas semanas mais tarde, quase em outubro, depois que raios e trovões levaram todas as equipes de esportes para dentro do ginásio. O sr. Larson reivindicou as escadas, as que levavam do vestiário no subsolo até a quadra de beisebol, que o time de futebol monopolizara no mesmo instante.

— Dois degraus — disse o sr. Larson. Ele abriu bem as coxas grossas para demonstrar o exercício. Então voltou e apitou. Nós subimos a escada de dois em dois degraus, várias vezes, o suor escorrendo pelos cabelos e pela nuca.

— Pulos com os pés juntos. — O sr. Larson juntou as pernas e subiu as escadas pulando como um canguru. Ele se virou quando chegou ao topo e olhou para baixo, como se perguntasse se tínhamos alguma pergunta. Como ninguém disse nada, ele usou o apito que trazia ao redor do pescoço e depois gritou:

— Agora!

Eu ainda tinha mais um lance de escada à minha frente quando levantei os olhos e vi Dean, Peyton e alguns outros membros do time de futebol, as costas apoiadas na parede, os olhares ameaçadores. A cada passo que eu dava, meus seios grandes batiam nas minhas costelas, forçando minha respiração a sair como o grunhido de uma criança gorda. Aquela não era uma atividade que eu gostaria que alguém testemunhasse, menos ainda um grupo de representantes de Adônis.

Parecia um suplício eterno, mas então ouvi:

— Já chega, pessoal!

E vi o sr. Larson subir correndo o resto das escadas, até o patamar de cima, as costas largas bloqueando Dean e Peyton da minha vista. Ele estava falando alguma coisa com os garotos e era impossível ouvir acima do barulho de protesto dos meus pulmões, mas consegui escutar Dean falando:

— *Aahh*, que isso, sr. Larson.

— Pat! — gritou o sr. Larson, acenando para o treinador do time de futebol dos garotos. — Chame sua matilha.

— Barton! Powell! — A voz do treinador Pat ribombou como um canhão, vinda do outro lado do ginásio. — Venham já para cá!

Eu estava a alguns passos do topo agora, e ouvi as palavras de Dean, claras como se houvessem sido ditas nos meus ouvidos.

— Alguém está marcando o território.

O sr. Larson endireitou os ombros, indignado, e logo estava a centímetros de Dean, a mão segurando com tanta força o braço dele que vi a marca branca dos dedos na pele do garoto.

— Ei! — reclamou Dean, tentando se soltar.

Então o treinador Pat chegou, dizendo algo exaltado no ouvido do sr. Larson, e toda a cena terminou tão rapidamente quanto havia começado.

— O que aconteceu? — Tropecei no último degrau e bati com o queixo no concreto. — Ai — gemi.

O sr. Larson se virou na minha direção com tamanha preocupação, que por um momento achei que havia me cortado quando caíra e não percebera. Baixei os olhos para as minhas pernas, mas não havia sinal de machucado ou sangue.

— Tif, você está bem? — O sr. Larson estendeu a mão em direção ao meu ombro, mas logo se afastou e coçou a cabeça.

Sequei o suor acima do meu lábio superior.

— Estou ótima. Por quê?

Ele baixou a cabeça, revelando a linha perfeita que dividia os cabelos grossos.

— Nada. Por nada. — Ele levou as mãos aos quadris e olhou para os jogadores de futebol dançando ao redor da bola, girando como loucos sobre o piso de madeira encerada. — Garotas, vamos nos mudar para a sala de musculação.

Mais tarde descobri que Dean pegara uma detenção por causa do que dissera ao sr. Larson. No dia seguinte, Hilary me convidou para almoçar com ela. Eu não sabia qual era a ligação com o que acontecera no ginásio, e estava impaciente demais reivindicando meu lugar à mesa para me importar.

Arthur ficou perturbado por causa do meu novo endereço no refeitório.

— Você está praticando esportes e agora está repartindo o pão com as HOs — lamentou ele, depois da aula de inglês. — O que vem a seguir, Dean Barton como namorado?

Fiz um barulho imitando ânsia de vômito, mais por causa de Arthur do que por mim.

— Nunca. Ele é um ser humano realmente grotesco.

Arthur subiu as escadas mais rápido do que eu, a respiração difícil ao chegar ao topo. Ele chegou primeiro ao refeitório e empurrou a porta com as duas mãos. Ela abriu com força e bateu contra o metal de uma cadeira de armar.

— Ora, *eu* poderia arrancar o pau dele e enfiar garganta abaixo para que ele sufocasse. — A porta voltou, esbarrando no meu ombro e interrompendo Arthur por um instante. Abri-a novamente, e ele estava parado, imóvel, sorrindo de um jeito maldoso. — Odeio praticamente todo mundo, sabia? — Ele deixou aquela declaração pairar no ar por um instante antes de se afastar.

Eu me dobrei de cansaço, mas fingi que fazia isso só para colocar uma cadeira na frente da porta, porque o sr. Harold, professor de história, estava sempre mexendo naquela tranca e bufando "Droga!", e então soltava a porta com um tapa desafiador. "Isso é um perigo em caso de incêndio!", ele avisava aos alunos ao seu redor, que não o escutavam, e prendia a cadeira contra a porta para mantê-la aberta.

Quando levantei os olhos, Hilary estava acenando para mim.

— Finny! Finny! — Era assim que todos eles haviam começado a me chamar. O prazer se espalhou pelo meu rosto, e segui o som do meu novo apelido como a pequena toupeira que estava começando a me tornar.

— Estarei de volta às nove e meia para pegar você. — Minha mãe passou a marcha e o carro deu ré com um ronco alto. A luz que indicava que era preciso checar o motor estava acesa havia um mês. O mecânico havia dito à mamãe que custaria oitocentos dólares para apagar a luz, quando ela perguntara se ele achava que ela nascera ontem, ele apenas repetira para si mesmo "A senhora precisa consertar isso de verdade", e mamãe ficara tão vermelha quanto o carro.

Nunca, na minha vida, eu havia chegado sozinha a um baile, e a ideia de entrar no ginásio sem uma amiga ao meu lado me fez ansiar por Leah. Mas apenas algumas horas antes, no almoço, Hilary e Olivia haviam perguntado se eu iria ao Fall Friday Dance, o baile de outono.

— Não estava planejando ir, mas... — Prendi a respiração. Esperei que uma delas continuasse a frase, que me convidasse para sua casa, em cujas paredes externas milhares de galhos de hera abraçavam o corpo de tijolos, onde experimentaríamos várias roupas, vetando uma após a outra até haver peças espalhadas por todo o chão, braços de suéteres e pernas de calças entrelaçados em ângulos excruciantes, como se fosse uma série de silhuetas de cadáveres.

— Você deveria ir. — Hilary conseguiu fazer a frase soar como um aviso. — Está pronta, Liv? — Elas se levantaram da mesa e eu fiz o mesmo, embora ainda tivesse meio *wrap* à minha frente e meu estômago se contorcesse por mais.

Eu não poderia ir ao baile com a roupa que estava usando, e seria difícil conseguir ir ao treino de corrida e depois ainda ir para casa trocar de roupa e voltar para Bradley a tempo. Disse ao sr. Larson que não estava me sentindo bem e ele falou, em um tom tão gentil que tive que afastar o olhar, que eu deveria ir para casa descansar. Não queria mentir para o sr. Larson, mas também achava injusto que minha regata e a saia jeans que eu pretendia usar só fossem admiradas pela minha mãe, então acreditava que tinha o direito de fazer tudo o que estivesse em meu poder para mudar isso.

— Você está muito bonita, meu amor — acrescentou mamãe, quando eu já estava com a mão na maçaneta da porta. Por um instante, desejei que pudéssemos sair daquele estacionamento, ir para o Chili's, dividir uma *quesadilla* de alcachofra e cogumelos. Sempre pedíamos molho de mostarda com mel para acompanhar, e o garçom sempre nos olhava de um jeito engraçado quando pedíamos uma guarnição.

— Mas acho que cheguei cedo demais. — Eu me forcei a usar um tom confiante, para que ela visse que eu sabia do que estava falando e não percebesse que estava apenas protelando. — Talvez devêssemos dar mais uma volta.

Mamãe levantou a manga da blusa para consultar o relógio.

— São 19:45. Eu diria que quinze minutos é um tempo de atraso elegante.

Será pior se você não for. A maçaneta fez um clique, antes mesmo que eu percebesse que a puxara, e empurrei a porta com a sola grossa do meu tamanco Steve Madden.

O mundo dentro do ginásio vibrava com as dez músicas mais tocadas no *Total Request Live* da MTV e com as luzes estroboscópicas que mudavam ritmicamente de rosa para azul e para amarelo. Só precisava encontrar rápido um grupo ao qual pudesse me juntar, planejei, antes que alguém percebesse que eu estava sozinha.

Vi a Tubarão, parada do lado de fora do arco cintilante da pista de dança, com uns garotos da aula de teatro.

— Ei! — Abri caminho até ela.

— TifAni! — As pupilas da Tubarão pareciam predatórias naquela área de sombra.

— E aí? — gritei.

A Tubarão se lançou em uma falação contra bailes ("É só uma desculpa para todo mundo ficar se esfregando"), mas acrescentou que estava ali porque Arthur talvez conseguisse uns baseados para nós. Me peguei desejando ter olhos nas laterais da cabeça, como ela, para que pudesse examinar quem estava na pista de dança sem parecer muito óbvio que eu só estava conversando com ela até não precisar mais fazer isso.

— Como pode não gostar de bailes? — Gesticulei para o salão e tive uma desculpa para fazer uma análise de quem estava ali. Nos cinco segundos que isso me permitiu, não vi Hilary ou Olivia, ou Liam, ou qualquer um dos Pernas Peludas.

— Eu ia gostar de bailes se tivesse a sua aparência. — Os olhos da Tubarão se demoraram sobre a bainha perigosamente curta da minha saia jeans. Eu perdera quase três quilos em três semanas e meia, desde que entrara para a equipe de corrida, e todas as minhas roupas estavam dançando largas na cintura.

— Ainda estou tão gorda. — Revirei os olhos, encantada.

— Ora, ora, ora. — A silhueta de Arthur bloqueou a pista de dança da minha vista. E isso me deixou furiosa o bastante para esquecer o quanto a lenga-lenga dele havia me incomodado mais cedo. — Vai mostrar a todos nós como dançar música lenta deixando espaço suficiente para o Espírito Santo?

Eu devolvi:

— As freiras não são assim, na verdade, sabe. — A princípio, eu ficara aliviada com a fascinação de Arthur pelo Mt. St. Theresa's e todas as suas contradições católicas. Nos garantia assunto. Agora, desejava que ele deixasse esse assunto para lá. Mas isso jamais aconteceria. Parecia uma provocação inocente, mas eu entendia a intenção verdadeira. Aquele era o modo dele de manter os holofotes sobre mim, lembrando a todos — lembrando a *mim* — quem eu realmente era e de onde eu tinha realmente vindo.

— Vocês chegavam a ter permissão para dançar? — continuou Arthur. Sob as luzes de néon do ginásio, ele parecia estar suando gotas de ponche de frutas. Arthur estava sempre transpirando. — Não é uma diversão do demônio?

Eu o ignorei e mudei o peso do corpo para a direita, para olhar por trás dele.

— As HOs não vêm — disse Arthur.

Virei a cabeça com força, como se ele houvesse me esbofeteado.

— Como *você* sabe?

— Porque só fracassados vêm a esses eventos. — Arthur sorriu, as bochechas gordas cintilando oleosas em triunfo.

Olhei ao redor, buscando provas de que ele estava errado.

— Teddy está aqui.

— Porque Teddy quer que alguém chupe o pau dele.

Segui a linha de visão de Arthur até Teddy e Sarah, que dançavam como se suas pélvis houvessem sido costuradas juntas na aula de economia doméstica.

Como não queria que Arthur me visse chorar, balbuciei que precisava ir ao banheiro, ignorei os chamados dele, dizendo que estava apenas brincando. Dobrei em um canto do ginásio, falando sozinha o tempo todo. *Elas vão vir. Elas vão vir.*

Fiquei paralisada no topo das escadas que levavam ao vestiário, quando vi quem estava subindo, quem havia acabado de voltar do banheiro.

— Está se sentindo melhor? — O sr. Larson estava usando jeans. Nunca o vira de calça jeans antes. Ele parecia um cara em um bar. Um cara com intenções adultas. Coloquei uma perna diante da outra, preocupada que ele pudesse ver embaixo da minha saia, da posição em que estava, alguns degraus abaixo de mim.

— Um pouco — pronunciei as palavras sem força, como uma pessoa doente, assim ele viu apenas meus lábios se movendo suavemente.

— Por favor, TifAni. — A voz do sr. Larson soou tão severa, tão adulta, que meu corpo ficou tenso, em uma típica rebeldia adolescente. Como ele ousava falar assim comigo? — Você sabe que não pode faltar ao treino. O que aconteceu?

Eu sabia que se mentisse e dissesse que ficara menstruada, ele me deixaria em paz. Mas a mera ideia de falar sobre a minha menstruação com o sr. Larson já me dava vontade de vomitar.

— Eu não estava me sentindo bem. Mas passou. Juro.

— Muito bem, então. — O sr. Larson deu um sorriso nada sincero. — Fico feliz por sua recuperação miraculosa.

— Finny! — A voz atrás de mim mudou o tom da noite. A saia de Hilary era tão curta que eu conseguia ver de relance a calcinha vermelho-cereja. Hilary se vestia de um modo que eu tentava me policiar para não repetir, mas como ela fazia isso como uma forma de rebeldia, não por hábito, funcionava mais a favor do que contra ela.

— Vem. — Ela curvou o dedo com a unha rosa-choque, chamando-me.

— Se vocês saírem do terreno da escola, garotas, terei que alertar seus pais. — A voz do sr. Larson estava mais próxima agora, e me virei para vê-lo apenas um passo atrás de mim.

— Sr. Larson. — Arregalei os olhos para ele. — Por favor...?

Por um instante, ouviu-se apenas a batida de alguma música horrível, e então ele suspirou e disse que, para todos os efeitos, não havia me visto.

—ɯ—

Um enorme Lincoln Navigator azul-marinho parou perto do meio-fio. A porta foi aberta e revelou três pares de Pernas Peludas, Dean e Peyton incluídos. Olivia também estava lá dentro, toda animada, sentada no colo de Liam. Senti uma pontada de ciúme me apertar o peito. *É só porque o carro está cheio.*

Hilary entrou e bateu com as mãos nas coxas.

— Senta no meu colo — disse ela, em uma voz cantada. Poderíamos ter cabido todos sentados, se nos apertássemos um pouco uns contra os outros, mas quando me dobrei para sentar sobre a forma em L do corpo de Hilary, senti o cheiro de gim e compreendi a agitação dela.

Eu me dirigi ao grupo.

— Para onde vamos?

— Para a Clareira. — O motorista encontrou meus olhos pelo espelho retrovisor. Dave era um aluno do último ano, com braços tão finos e tão desprovido de pelos no corpo que a garota italiana ressentida que havia em mim o invejava. Eles o chamavam de Dave, o Cabeça-Oca pelas costas, por ele ser meio cretino, mas carros eram uma moeda no colegial, e Dave tinha um.

A Clareira não era nada além de um trecho de terra descampado, cercado por arbustos, que ainda demorariam três quartos do ano para florescer, e também por volumosas árvores bravias de bordo, tão próximas umas das outras que bloqueavam a vista da estrada, à frente, e dos dormitórios da universidade Bryn Mawr, nos fundos. Os alunos da Bradley haviam reivindicado aquela área anos antes como um lugar para beber cerveja barata e para um ocasional boquete.

Teria sido mais rápido caminhar. Se houvéssemos cortado caminho pelos arbustos atrás das quadras de squash e atravessado a rua vazia de mão única, estaríamos lá em cinco minutos. Mas Dave deu a volta no campus da Bradley e encontrou uma vaga para estacionar em uma rua movimentada, a várias centenas de metros da abertura improvisada na floresta. Descemos do carro desajeitados, rindo, e nos reunimos no meio-fio. Dean foi à frente e me ajudou a atravessar a trilha, mesmo sendo marcada e bem batida. A trilha terminava na base de um pequeno mirante e, no extremo dele, notei um tronco caído. Fui até lá, passei a mão pela superfície para me certificar de que estava seco e me sentei.

Dean enfiou a mão no bolso e me estendeu uma cerveja.

— Não posso — falei.

Estava escuro demais para que eu conseguisse ver a expressão no rosto dele, mas seu corpo se agigantou à minha frente, em uma atitude desafiadora.

— Você *não pode*?

— Minha mãe vai me pegar em uma hora — expliquei. — E vai sentir o hálito de cerveja.

— Chato. — Dean abriu a lata para si e se sentou ao meu lado. — Meus pais vão estar fora no fim de semana que vem. Vou chamar algumas pessoas lá para casa.

A luz do farol de um carro que passava iluminou o canto em que estávamos, apenas por tempo bastante para que Dean me visse sorrir.

— Legal.

— Não conte às HOs — avisou-me ele.

Eu queria perguntar por quê, mas Peyton se aproximou.

— Cara, você sabe que está sentado, tipo... no mesmo lugar em que Finnerman chupou a bichinha.

Dean deu um arroto úmido.

— Vá se foder.

— Estou falando sério. Olivia viu os dois aí. — Peyton aumentou o alcance da voz. — Liv, você não viu Arthur pagando um boquete para o Ben Hunter bem aqui?

As palavras dela foram carregadas pelo vento, na escuridão.

— Foi nojento!

Passei o dedo pela superfície lisa da madeira, imaginando como a lâmina da serra deveria ser afiada para conseguir uma amputação tão limpa. Eu tinha vontade de fazer um monte de perguntas, mas não queria atrair a atenção para a minha ligação com Arthur, já que ao que parecia ele era mais marginalizado do que eu pensava. Aquela acusação era séria.

— Quem é Ben Hunter? — perguntei, tentando descobrir se a informação valia a pena.

Dean e Peyton riram um para o outro, e Dean passou o braço ao meu redor.

— Uma bichinha que costumava estudar aqui. Cortou os pulsinhos delicados.

Peyton se inclinou para a frente. Meus olhos se ajustaram à escuridão e o rosto dele pareceu ainda mais próximo.

— Só é uma pena que ele não tenha conseguido se matar.

— Uma pena. — Dean empurrou o ombro de Peyton, que cambaleou e deixou cair a cerveja. A lata rolou para um lado, chiando. Peyton murmurou um palavrão e foi pegá-la.

— O que aconteceu com ele? — perguntei, torcendo para não soar tão chocada quanto realmente me sentia.

— Ah, Finny. — Dean me sacudiu, com mais força do que eu estava preparada, e mordi a língua. — Está com pena dele?

Engoli em seco, sentindo o gosto de sangue na boca.

— *Não*. Nem conheço o cara.

— Bem, tenho certeza de que o namorado dele ficou arrasado. — Dean bebeu um gole da cerveja. — Toma cuidado com aquele cara, o Arthur. Ele é um garoto problemático. — Os dedos dele desceram pelo meu ombro e roçaram distraidamente no meu mamilo. — Não esqueça de sexta-feira. — Nosso segredo fez a voz dele sair baixa e confidencial. — E não conte a Hilary e Olivia.

Eu fui burra o bastante para fazer o que ele disse.

O motorista de táxi que me levou à festa de Dean era um homem paciente — ao contrário dos que mais tarde me torturariam dando voltas na rodovia West Side nas manhãs em que estava atrasada para o trabalho e nas noites em que trabalhava até depois das oito só para a corrida sair mais cara. Ele observou em um silêncio divertido enquanto eu colocava uma nota de dez dólares, nove de um dólar, onze moedas de vinte e cinco centavos, seis de dez centavos e uma de cinco centavos na palma da mão dele. Total de 22,40 dólares, foi o quanto me custou para ir da escola até a casa de Dean em Ardmore. Foi o quanto paguei para perder a minha dignidade.

O sol estava se escondendo atrás das árvores quando desci do táxi, minha bolsa de ginástica pesando em meu ombro. Ainda estava usando as roupas de corrida suadas, mas Dean havia dito que eu poderia tomar banho na casa dele. Estava apavorada que alguém pudesse aparecer de repente e descobrir o segredo de como era realmente o meu corpo. Por isso, quando Dean me levou para dentro e me mostrou o quarto de hóspedes, o único com banheiro próprio, entrei e saí em tempo recorde.

Passei uma escova pelos meus novos cabelos louros e mirei o secador nele por alguns poucos minutos. Estava a anos de distância de saber como "fazer" os meus cabelos, que eram grossos e ondulados, mas teriam respondido obedientes a uma escova redonda e uma prancha alisadora, caso eu soubesse que eram essas as ferramentas que precisava ter. Por sorte, o visual típico do início do milênio era um nó meio bagunçado no alto da cabeça, por isso prendi meus cabelos em um coque molhado e passei corretivo da Clinique no queixo e no nariz. Um pouco de rímel e estava pronta. Havia implorado à minha mãe para comprar calcinhas novas especificamente para aquela ocasião. Passara a tesoura nas antigas e dissera a ela que a corrida estava fazendo com que as costuras se desfizessem. No departamento de lingerie da Nordstrom, comprei a coisa mais sexy que vi: três calcinhas de seda, com estampa de leopardo. Quando cheguei em casa e as experimentei, descobri que o cós chegava até o meu umbigo — na verdade era a época anterior às lingeries com tecido de contenção —, mas apenas dei de ombros e enrolei-as para baixo, já que para mim o tecido e a estampa eram só o que importava. Nada mais triste do que o rito de passagem adolescente de fazer sexo antes de compreender o que era ser sexy.

— Aí! — Dean bateu a palma da mão aberta na minha quando entrei na cozinha. Ele estava aglomerado ao redor da ilha de granito com Peyton e alguns outros caras, todos jogadores de futebol, tentando acertar moedas em copos de cerveja. Eu era a única garota ali.

— Finny, acerta uma para mim. — Dean beijou a moeda. — Você é meu amuleto da sorte.

Peyton sussurrou alguma coisa para o parceiro e os dois riram. Sabia que era sobre mim. Provavelmente alguma grosseria de teor sexual, que me fez inchar de orgulho.

Eu não tinha técnica, apenas a inspiração do momento, mas fiz mira com a moeda e lancei-a contra o granito pegajoso da bancada. A moeda quicou alta, girou rapidamente e afundou dentro de um copo, fazendo a cerveja entrar em erupção em bolhas raivosas.

Um rugido ergueu-se da aglomeração de garotos, e Dean bateu novamente com a mão aberta na minha, e dessa vez entrelaçou os dedos gorduchos com os meus quando nossas palmas se encontraram. Ele me puxou contra o corpo e me abraçou com tanta força que consegui sentir o cheiro forte do desodorante que ele passara, em vez de tomar banho, depois do futebol.

— Incrível pra caralho! — berrou Dean para o time adversário.

Peyton pousou aqueles olhos azuis em mim, sua expressão de aprovação me aquecendo por dentro.

— Foi muito legal, Tif.

— Obrigada. — Abri um sorriso de orelha a orelha. Dean me entregou uma cerveja, e dei um gole, saboreando a acidez que desceu até o meu estômago vazio. Eu ainda não tinha o habito de pular refeições, mas naquela noite estava tão eufórica, tão agitada com a empolgação que sentia, que não precisei fazer nenhum esforço para esquecer o jantar.

Senti duas mãos em meus ombros, apertando os músculos por um pouco mais de tempo do que o necessário. Liam sorriu e passou o braço ao redor dos meus ombros. Eu estava descalça e encaixava perfeitamente na curva do braço dele que, graças a Deus, não lembrava em nada o cheiro do desodorante de Dean.

— Olha só que anãzinha você é — disse ele.

— Não sou, não! — protestei, já meio zonza.

Liam deu um gole na cerveja e olhou para alguma coisa por cima da minha cabeça. Então voltou a olhar para mim.

— Tem uma mesa na varanda que seria perfeita para pingue-pongue de cerveja.

— Sou boa em pingue-pongue de cerveja — falei, apoiando-me mais nele. O lado de seu corpo firme com todo aquele músculo adolescente definido.

Liam deu outro gole na cerveja e, dessa vez, esvaziou a lata. Ele fez um som de "ahhh" quando afastou a lata dos lábios.

— Nenhuma garota é boa em pingue-pongue de cerveja — declarou ele. E me guiou pela porta de correr de vidro. O deque estava úmido e escorregadio sob meus pés descalços, mas não queria voltar para dentro de casa e me calçar, para não correr o risco de Liam escolher outro parceiro para o jogo durante a minha ausência momentânea.

Dean e alguns outros nos seguiram para o lado de fora. Os times e regras foram estabelecidos. Liam e eu contra Dean e Peyton. Garotas podiam queimar a bola na borda dos copos e, se ela quicasse, era preciso entornar dois copos. Em cinco minutos de jogo, Liam e eu estávamos vencendo.

Não demorou muito até que Dean e Peyton nos alcançassem. Eu perdia um pouco mais de mira sempre que era a minha vez de levar o copo vermelho aos lábios. Quando Peyton e Dean nos venceram, achei que o jogo acabava ali, que iríamos nos afastar da mesa, mas Liam disse que, de onde ele vinha, era sinal de espírito esportivo beber o último copo. Era a minha vez e engoli obedientemente o que restava da bebida em goles pequenos, já enjoada.

— Cacete! — Dean bateu palmas. A atmosfera fria de outubro reteve algumas palavras antes que fossem levadas pelo ar da noite. — Nunca vi uma garota entornar desse jeito... — E o efeito das palavras foi tão bom quanto um A na aula de inglês, quanto o orgulho que eu sentiria anos mais tarde quando pousei minhas coisas em uma mesa naquela torre cintilante em formato de favo de mel. *Quem são as fraquinhas com quem eles têm saído?* Dei um sorriso presunçoso, pois sabia que eram Hilary e Olivia. Aceitei novamente o aconchego do abraço sem cheiro de Liam, e coloquei tanto peso contra seu corpo que ele cambaleou.

— Calma aí — disse ele, mas riu.

Então entramos, sentamos de pernas cruzadas ao redor da mesa da sala de estar e voltamos a brincar de acertar moedas no copo. Só que dessa vez foi o uísque que arranhou a minha garganta quando chegou a minha vez de beber. Dean disse alguma coisa tão engraçada que literalmente caí de rir. Liam... não, espere... Peyton estava perto de mim e me levantou, então disse que talvez eu devesse passar a próxima rodada. Olhei além dele, procurando por Liam. Queria Liam.

— Ela está ótima. — Dean encheu os copos novamente.

Alguém chamou Peyton de frangote.

— Olha pra ela — disse Peyton. — Não vou me aproveitar da garota desse jeito.

Deve ter sido nesse momento que apaguei. Porque quando voltei a me dar conta do que acontecia, estava deitada no chão do quarto de hóspedes, com a bolsa de ginástica que levara pousada ao meu lado. Gemi e levantei a cabeça, e o mesmo fez o cara que estava entre as minhas pernas. Peyton. Ele acariciou a minha coxa e voltou a fazer o que quer que estivesse fazendo e que achava que estava me fazendo sentir bem. Eu não conseguia sentir nada.

Havia alguma atividade perto da porta, alguém esticando o pescoço e incentivando Peyton a fazer alguma coisa, mexer em algum lugar. Eu estava cansada demais para me cobrir.

— Vou gozar — retrucou Peyton, irritado. Uma gargalhada, então a porta se fechou.

— Tenho que ir para casa. — Olhei para seu rosto bonito no vale entre as minhas pernas, que haviam sido meticulosamente depiladas para o caso de algo como aquilo ter acontecido com Liam. — Vamos sair juntos de verdade, está certo?

Adormeci.

— Ai, ai. — Eu estava gemendo antes de abrir os olhos, antes de conseguir localizar a origem da dor. Liam. Lá estava ele. E lá estava seu rosto sobre o meu, também crispado de dor, o torso imóvel, mas os quadris colados aos meus, pressionando ainda mais em um ritmo agonizante.

Eu estava dobrada sobre o vaso sanitário do banheiro do quarto de hóspedes, a cerâmica fria sob meus joelhos. Estava vomitando sangue? Por que havia sangue no vaso sanitário?

Alguns meses depois disso, quando parei de mentir para mim mesma por tempo suficiente para conseguir admitir que me tornara a personagem principal da clássica história que as mães contam para alertar as filhas, fingi que estava dormindo quando o trem parou na estação de Bryn Mawr. Segui no R5 até a Filadélfia e, quando cheguei lá, liguei para a escola.

"Ah, meu Deus! Dormi no trem e acabei na Filadélfia."

"Ah, querida", grasnou a sra. Dern, assistente de longa data do diretor Mah e fumante inveterada. "Você está bem?"

"Sim, mas provavelmente vou perder as duas primeiras aulas", avisei.

A sra. Dern cometeu o erro de soar mais preocupada do que desconfiada. Por isso, em vez de pegar o primeiro trem R5 de volta que atravessasse a área de Main Line, saí andando ao redor da estação da rua 13. Encontrei um restaurante chinês de comida por quilo, e mesmo ainda não sendo dez da manhã, a fileira de pratos arrumadinhos, com carne e legumes, era linda demais para resistir. Fiz um prato e, na primeira vez que levei o garfo de plástico à boca, mordi algum sachê misterioso, que explodiu, liberando um gosto salgado, arenoso, de produto químico, que travou minha garganta.

Foi o mesmo gosto que senti no terceiro e último round daquela noite. Uma gosma fedida e amarga depositada na minha língua ao mesmo tempo que um garoto deixava escapar um gemido eufórico.

Quando acordei, já era de manhã e estava na cama, em um quarto que não reconheci, o sol se estendendo aconchegante e quente, tão inconsciente da tragédia que acontecera naquela noite quanto eu, a princípio.

Percebi um movimento atrás de mim e, antes de me virar para ver quem era, aceitei que queria tanto que fosse Liam que provavelmente não seria. Mas, entre todas as possibilidades, tinha que ser Dean. Ele estava sem camisa, o torso exposto, e, por um momento, achei que vomitaria em cima dele.

Dean grunhiu e esfregou o rosto.

— Como está se sentindo, Finny? — Ele apoiou o corpo nos cotovelos e olhou para mim curioso. — Porque eu estou acabado.

Percebi que ainda estava usando minha regata da Victoria's Secret, mas só isso. Sentei, puxei o edredom para cobrir o peito e olhei ao redor do quarto.

— Hum, você sabe onde está a minha calcinha?

Dean riu, como se aquilo fosse a coisa mais engraçada que já ouvira.

— Ninguém sabe! Você passou metade da noite andando por aí sem ela.

O modo como ele falou, como se fosse mais uma brincadeira inocente da nossa festinha louca, do mesmo modo que um aluno do último ano havia anunciado uma vez que ia para casa e, na manhã seguinte, fora encontrado apagado no carro, na rua, sem ter sequer enfiado a chave na ignição. Ou o modo como outro cara do time de futebol que havia esquecido de colocar peru nos sanduíches que tinha feito tarde da noite e acabara comendo um sanduíche só de maionese. Aquela era uma história tão engraçada que merecia ser contada vezes sem conta: a TifAni estava tão chumbada que ficou andando pela casa sem calcinha por horas!

A vida mudara radicalmente enquanto eu dormia, mas Dean estava me olhando como se fôssemos camaradas naquela festa pós-apocalipse, e era tão absurdamente tentador aceitar aquela realidade, em vez da outra, que foi o que fiz, com uma risadinha.

Dean me entregou uma toalha e me despachou para o quarto de hóspedes. Lá, no chão, perto da cômoda, estava a minha calcinha enorme, enrolada em uma pequena bola de leopardo. Enfiei-a na bolsa de ginástica, ignorando o sangue.

5

— Ah, vamos lá! *Ninguém?* — A redatora-chefe da *The Women's Magazine* deu a volta na sua sala, como uma mesa giratória com um modelito de Phillip Lim, oferecendo uma travessa de *macaroons* para um círculo de editoras dolorosamente malnutridas em uma tentativa fracassada de nos fazer comer.

— Não estou comendo açúcar — falei, na defensiva.

Penelope "LoLo" Vincent deixou a bandeja sobre a escrivaninha e se sentou na cadeira. Ela acenou para mim com a mão, as unhas pintadas com um esmalte cor de gangrena.

— É claro. Você vai se casar.

— Ah, ótimo. Eu farei o sacrifício! — Arielle Ferguson era nossa editora-assistente, muito doce e inocente em seu vestido tamanho 42. Ela se inclinou para a frente e pegou um doce tão rosa que me deixou preocupada. *Argh, Arielle*, tive vontade de me telecomunicar com ela, *LoLo só quer que as editoras anoréxicas comam*.

LoLo observou Arielle, horrorizada, enquanto a mandíbula da outra devastava as duzentas calorias vazias. Todas prenderam a respiração, congeladas de medo por ela. Arielle se iluminou quando engoliu.

— Tão gostoso!

— Certo. — LoLo deixou a palavra se demorar na boca, a língua estalando no o, como uma mãe galinha maluca. — Então! O que vocês têm para mim? — Ela enfiou o salto da sandália Tribute a Yves Saint Laurent no piso e virou um pouquinho a cadeira, os olhos fixos em Eleanor como um laser. — Tuckerman, fale.

Com um movimento rápido do punho, Eleanor transferiu um feixe de cabelos louros da frente dos ombros para trás.

— Então, eu estava conversando com Ani outro dia, e ela contou sobre uma amiga que trabalhava com finanças e como o assédio sexual é muito comum nessa área. — Ela acenou com a cabeça para mim. — Não é isso, Ani? — Demorei a sorrir. Só quando fiz isso, Eleanor continuou: — Então, Ani e eu estávamos conversando, sabe, sobre como chegamos tão longe em termos de reconhecer que assédio sexual é um problema e em educar as pessoas a esse respeito. O que é ótimo. Mas é como se houvéssemos sido muito sérias e objetivas em questões como essa, ao mesmo tempo que o humor grosseiro, particularmente por parte das mulheres, domina a cultura pop. É notório como as mulheres falam e fazem piada a respeito, e isso confunde os limites de com o que as mulheres se sentem confortáveis. Ou seja, como saber o que é um comportamento inaceitável, ou mesmo *ilegal* na vida profissional? Adoraria fazer uma matéria que analisasse o que é assédio sexual em 2014 quando mais nada é sagrado de qualquer modo.

— Fascinante. — LoLo bocejou. — Qual o título?

— Bem, hum, pensei em "O que é assédio sexual em 2014?".

— Não. — LoLo examinou uma lasca na unha.

— "O engraçado sobre assédio sexual" — falei.

LoLo girou a cadeira em minha direção com uma risadinha alegre.

— *Espirituoso*, Ani.

Relanceei o olhar para o bloco no meu colo, onde se liam as palavras "O QUE HÁ DE ENGRAÇADO SOBRE ASSÉDIO SEXUAL", em maiúsculas, com toda a pesquisa que eu fizera a respeito listada abaixo.

— Também há um livro ótimo sendo lançado a respeito e poderíamos aproveitar a nossa história para divulgá-lo. Foi escrito por dois professores de sociologia renomados de Harvard e aborda especificamente como a cultura pop influencia o local de trabalho muito mais do que percebemos. — A prova tipográfica do livro estava em cima da minha mesa. Eu havia pedido ao assessor de imprensa, para poder ler antes de apresentar a ideia da matéria a LoLo.

— Excelente. — LoLo assentiu com a cabeça. — Certifique-se de passar isso para Eleanor e ajude-a com *qualquer coisa* que ela possa precisar. — A veia na testa dela pulsou como um coração furioso sobre as palavras "qualquer coisa". Sempre imaginei que LoLo soubesse mais do que nos deixava perceber. Que sabia muito bem que Eleanor não passava de uma impostora sem talento, de uma bajuladora óbvia. Eleanor era de algum fim de mundo de West Virginia. Mas, ah, os lugares a que ela já havia ido desde que se mudara para Nova York. Eleanor era determinada, isso eu tinha que admitir. Tínhamos tanto em comum que levei algum tempo até entender por que não nos dávamos bem. Rivalidade. Nós duas havíamos conseguido, contra todas as possibilidades, chegar aonde estávamos naquele momento, e vivíamos apavoradas com a possibilidade de não haver espaço para as duas.

— Agora... — LoLo tamborilou nos braços da cadeira — o que *você* tem para mim, sra. Harrison?

Ajeitei-me na cadeira e apresentei minha opção reserva, a que eu queria expor como uma matéria a mais, engraçadinha, um grande título para a capa, já que eu a impressionara com uma abordagem mais séria. Eleanor me fazia encontrar com ela antes de irmos a essas reuniões para que discutíssemos o assunto como um todo e nos certificássemos de que as propostas tinham a quantidade certa de inteligência e baixaria. Tinha a tendência de saquear minha ideia mais afiada e apresentá-la como uma ideiazinha que eu vinha lutando para transformar em alguma coisa aproveitável até que ela avançasse e remodelasse tudo em um material capaz de vencer o prêmio da ASME, a Sociedade Americana de Editores de Revistas.

— O Conselho Americano de Exercício recentemente ajustou a quantidade de calorias que se queima em devidas atividades — comecei —, e sexo foi uma delas. Na verdade, perde-se duas vezes mais calorias do que determinaram doze anos antes. Achei que seria divertido se alguém escrevesse uma matéria sobre "A malhação do sexo", ou coisa parecida. A redatora poderia usar uma pulseira medidora de atividades físicas, como a Jawbone, e um monitor cardíaco, e avaliaria de verdade seus esforços em termos de calorias queimadas.

— Brilhante. — LoLo se virou para nossa editora de capa. — Podemos retirar "Conversa sacana" da edição de outubro e substituí-la por "A malhação do sexo"? — Sem esperar pela resposta, ela grunhiu para a editora digital. — Vamos colocar esse título on-line e testar imediatamente. — LoLo assentiu para mim. — Muito bom.

Eleanor me seguiu de volta à minha mesa, uma mosquinha contrita. Não, ela era desengonçada demais para ser uma mosca. Era mais como um pernilongo que sentira o gosto do meu sangue e queria mais.

— Espero que não tenha se incomodado por eu levantar a situação da sua amiga na reunião. Sei que é uma coisa pessoal.

A luz vermelha do meu telefone estava acesa, indicando que havia recado para mim. Levantei a calça antes de sentar: eu vinha seguindo a dieta Dukan durante os últimos sete dias, e a cintura das minhas saias e calças estava começando a ficar larga na minha barriga quando eu me sentava. Era tão tranquilizador que, quando eu não conseguia dormir, o ronco da minha barriga e o equivalente ao Tour de France da insônia me faziam pegar uma pilha de calças no meu armário e desfilar com elas diante do espelho do banheiro, encantada com o modo como conseguia vestir tamanho 36 sem nem mesmo precisar desabotoá-las. Aquela pequena vitória particular quase compensava o fato de que, quando eu rastejava de volta para a cama, e Luke passava o braço pesado de sono sobre a minha cintura de 66 centímetros, eu tivesse que passar a noite sentindo o hálito cáustico dele. O hálito de Luke já cheirava tão mal quando namorávamos? Não era possível. Eu não teria me apaixonado tanto por alguém com um hálito tão ruim. Alguma coisa acontecera. As amídalas dele, talvez. Mencionaria isso a Luke pela manhã. Tinha conserto. Tudo tinha conserto.

— *Claro* que não, Eleanor — arrulhei.

Eleanor se empoleirou sobre a minha mesa. Ela estava usando uma calça pantalona branca. "Adoro essa calça", dissera LoLo, quando ela entrara no escritório para a reunião. E agora eu tinha o desprazer de saber como era a expressão de Eleanor quando ela gozava.

— Talvez sua amiga queira falar sobre a experiência dela para a matéria?

— Pode ser que sim — falei. Minha caneta esferográfica verde, sem tampa, estava sobre a mesa. Empurrei-a com o cotovelo, centímetro a centímetro, até que a ponta com tinta roçasse a costura da calça de Eleanor. Mantive o contato visual com ela enquanto prometia atenciosamente que perguntaria à minha amiga naquela mesma tarde.

Eleanor tamborilou com os nós dos dedos sobre a minha mesa e os cantos de sua boca afundaram no queixo. Não era um sorriso e sim uma careta conciliatória.

— Talvez possamos dar um jeito de acrescentar seu nome como colaboradora na matéria. Seria ótimo para você.

Assinar como colaboradora era coisa para estagiárias. Minha matéria sobre controle de natalidade e coágulos de sangue fora indicada para um prêmio da

ASME no ano anterior, e Eleanor jamais me perdoaria por isso. Ela levantou o traseiro da minha mesa e admirei meu trabalho artesanal, o modo como os rabiscos cintilantes haviam assumido a aparência de veias varicosas verdes na parte de fora da coxa dela.

— Ótimo para mim — concordei, meu sorriso finalmente sincero.

Eleanor articulou um "obrigada" com os lábios sem emitir som, as mãos como em prece, como se eu fosse muito querida, e se afastou.

Peguei o telefone, triunfante, e disquei o número da minha secretária eletrônica. Depois de ouvir a mensagem de Luke, desliguei e retornei a ligação para ele.

— Oi para você.

Adorava o som da voz de Luke ao telefone. Era como se ele estivesse ocupado, mas também se divertindo, e roubasse um tempo para me contar alguma coisa confidencial. Fora eu que o pressionara pelo noivado — pressionara de um modo odioso. Os produtores da HBO haviam me mandado um e-mail, quase um ano antes, perguntando se eu gostaria de participar de um documentário temporariamente intitulado *Amigos dos cinco*. Eu não era amiga dos cinco, mas a oportunidade de me redimir, de contar o meu lado da história, me deixou com água na boca. Mas se fosse fazer aquilo teria que fazer direito. Não havia possibilidade de eu ser capturada pela câmera se não houvesse ticado todos os itens de uma lista importante categoria "ter tudo": emprego legal, endereço impressionante, corpo famélico e o principal — um noivo maravilhoso, de sonho. Um noivado com Luke tornaria a minha ascensão inatacável. Ninguém encostaria em mim se eu estivesse prestes a me casar com Luke Harrison, o IV. Quantas vezes eu tinha fantasiado contar minha história para a câmera, levando a mão ao rosto, a esmeralda que logo seria minha para sempre cintilando, enquanto eu secava uma lágrima delicada?

Luke e eu estávamos namorando havia três anos, antes do noivado, eu o amava e estava na hora. Estava na hora. Foi assim que apresentei a questão para Luke, de forma solene, uma noite, durante o jantar. "Eu queria esperar até receber o bônus do ano que vem", dissera ele. Mas Luke cedeu, ajustou o anel da Mãezinha para o meu dedo minúsculo e concordei alegremente em participar do documentário. Sei que não deveria ter caído na velha armadilha de que não sou ninguém, de que não havia "conseguido" de verdade, até ter um anel de noivado no dedo. Maldito livro *Faça acontecer* e todos os semelhantes. Eu supostamente deveria ser melhor do que isso, uma mulher mais confiante do que isso. Mas não sou. Está certo? Simplesmente não sou.

— E se saíssemos para jantar com aquele meu cliente essa noite? — perguntou Luke. Ele vinha tentando marcar esse jantar havia uma semana. Eu ainda tinha mais dois dias restantes na "fase de ataque" da dieta Dukan. Depois disso, poderia comer alguns legumes selecionados. Nem pense em brócolis, bunda gorda.

Segurei o telefone com firmeza.

— Podemos marcar para daqui a alguns dias?

O único som que se ouviu foi o eco de um universitário mimado batendo o pé no chão da sala de Luke.

Quando começamos a namorar, fiquei apavorada com a ideia de Luke conhecer a minha mãe. As narinas dela iriam coçar — nossa, esse é o cheiro da *verdadeira* riqueza —, e ela me chamaria de Tif, perguntaria a Luke quanto ganhava e, então, tudo terminaria. Luke cairia em si, perceberia que eu era o tipo de garota que o cara encontra em um bar, leva para a cama algumas vezes, até se apaixonar por uma loura natural, com um primeiro nome andrógino e um modesto fundo fiduciário. Em vez disso, para o meu mais absoluto espanto, quando voltamos ao apartamento de Luke depois do jantar com Dina e Bobby FaNelli, ele me puxou para seus braços, rolou comigo na cama e disse entre beijos:

— Não consigo acreditar que vou ser eu o homem a salvá-la.

Como se eu tivesse uma grande quantidade de catadores de sangue azul se enfileirando à minha frente, competindo entre si pelo meu cheiro de lixo.

— Não tem problema — voltei atrás. — Posso ir essa noite. — Talvez um pouco de brócolis ajudasse.

Parei no armário da editoria de moda antes do jantar. A roupa que eu estava usando não era feia o bastante. Quanto mais feia e mais na moda, melhor eu encarnava a intimidante editora de revista.

— Esse? — Peguei um vestido Helmut Lang largo e uma jaqueta de couro.

— Estamos em 2009? — disparou Evan. Não é possível, mas parece ser um pré-requisito que o editor de moda seja uma bicha má!

— Escolha alguma coisa você — grunhi.

Evan tamborilou os dedos pelas araras de roupas, batendo em cada cabide como se fosse uma tecla de piano, e finalmente parou em uma blusa listrada Missoni e um short de bolinhas. Ele olhou por cima do ombro ossudo e encarou meus seios.

— Deixa pra lá.

— Ah, vá se ferrar. — Apoiei-me na mesa de acessórios e acenei com a cabeça para um chemisier em estampa floral, com um decote fundo nas costas. — Esse?

Evan examinou a roupa, levou os dedos aos lábios e considerou.

— Os cortes de Derek costumam ser para silhuetas mais retas.

— Derek?

Evan revirou os olhos.

— Lam.

Revirei os olhos para ele também e arranquei o vestido do cabide.

— Estou 3,5 quilos mais magra, acho que consigo ficar bem nele.

O vestido ficou levemente justo nos meus seios, por isso Evan abriu um dos botões e passou um longo colar com pendente pela minha cabeça e me examinou.

— Nada mau. Que dieta está fazendo agora?

— A Dukan.

— Não foi a que Kate Middleton fez?

Comecei a aplicar o delineador diante do espelho.

— Escolhi essa porque é a mais radical. Não vai funcionar, a menos que seja a pior coisa do mundo.

— *Aqui* está você — Luke me cumprimentou, em um tom que misturava alívio e irritação. Chegar no horário exato já é atrasado para Luke, e a pontualidade militar dele me irrita tanto que me rebelo e sempre me atraso alguns minutos.

Fiz um espetáculo checando a hora no meu celular.

— Achei que você havia marcado às oito?

— Marquei. — O beijo de Luke foi distraído ou apaziguador. — Você está bonita.

— Mas são 8:04.

— Eles só nos levariam à mesa quando estivéssemos todos aqui. — Luke pressionou a palma da mão nas minhas costas nuas e me guiou para dentro do restaurante. Isso foi um arrepio, não é mesmo? Ainda haveria alguma eletricidade entre nós?

— Deus, detesto isso — falei.

Luke sorriu.

— Eu sei.

Mal havia notado o casal parado ao lado da *hostess*, parecendo estar esperando para ser apresentado. O cliente de Luke e a esposa, o corpo trabalhado em aparelhos de última geração na academia, os cabelos louros e joviais afastados do rosto por uma escova de noventa dólares. Sempre avalio primeiro a esposa, gosto de saber quem é a minha adversária. Ela estava usando o típico uniforme das Kates: jeans branco, sapatos *nude* com salto anabela e uma blusa de seda sem manga. Rosa-choque. Tenho certeza de que a mulher passara alguns minutos debatendo sobre a cor — ela estava bastante bronzeada, talvez fosse melhor uma blusa de seda azul-marinho sem manga, nunca se erra com azul-marinho. Pendurada no ombro, uma bolsa da Prada, da cor exata dos sapatos. Aquela combinação perfeita entregava mais a idade do que a pele que começava a enrugar no pescoço. A esposa tinha pelo menos dez anos a mais do que eu, avaliei, aliviada. Não sei como vou conseguir viver comigo mesma depois que fizer trinta anos.

— Whitney. — Ela estendeu a mão para mim, mostrando a manicure que fizera naquela tarde, e seu aperto foi tão fraco que era como se quisesse me dizer que ser mãe em tempo integral era a coisa mais importante do mundo para ela.

— Prazer em vê-la — retruquei, com a frase que havia adotado no lugar do "Prazer em conhecê-la", que costumava usar até o sr. Harrison se apresentar a mim daquela forma. Fiquei horrorizada imaginando a quantas pessoas eu denunciara minha criação pedante com todos os ignorantes "Prazer em conhecê-la" que eu dissera ao longo dos anos. A beleza de uma boa criação, para aqueles que têm sorte o bastante para entrar nesse mundo em um berço de ouro, é que é quase impossível replicá-la com autenticidade, e impostores afetados sempre irão se denunciar de algum modo terrivelmente constrangedor. Toda vez que eu achava que havia saído do fosso da burguesia, percebia que fizera alguma coisa errada e a minha origem me puxava de volta. *Você não está enganando ninguém.* Ostras, por exemplo. Achei que seria o bastante fingir que adorava esses catarros salgados, mas você sabia que deve pousar a concha com o lado externo virado para baixo depois de sorvê-las? Algo tão pequeno e tão revelador, o perigo sempre mora nos detalhes.

— E esse é Andrew — apresentou Luke.

Pousei minha mão na pata enorme de Andrew, mas meu sorriso ficou congelado no rosto quando finalmente o encarei.

— Olá? — falei, e ele inclinou a cabeça e também me olhou com uma expressão engraçada.

— Ani, não é?

— Queiram me acompanhar — disse a *hostess*, entrando no restaurante e nos atraindo como se fosse um imã. Fui atrás de Andrew, examinando a nuca dele, que mostrava alguns cabelos brancos (já?), e a dúvida logo se transformou em esperança de que ele fosse quem eu achava que era, um desejo estilo romances melosos da Harlequin.

Houve um certo engarrafamento enquanto decidíamos que casal deveria ficar com o banco, e Luke sugeriu que "as garotas" sentassem nele porque as duas eram pequenas (Whitney riu, "Acho que isso é um elogio, Ani"), e a mesa, como tantas coisas em Nova York, parecia de brinquedo. É por isso que todo mundo acaba indo embora da cidade. Os bebês chegam e há sacolas de compras, botas cheias de neve e caixas de enfeites baratos de Natal da Duane Reade empilhados no saguão. Um dia, alguém tropeça na alça de uma Medium Brown Bag da Bloomingdale's e é o que basta. Assim começa a lenta migração para Westchester ou Connecticut. Luke assobia — "Calma" — quando digo isso, mas maldita calma essa. As sras. Monstro, emboscando os maridos em restaurantes e bares como o Dorrian's ou o Brinkley's, seduzindo-os na direção dos subúrbios quando o contrato de aluguel vencesse, o controle de natalidade deixado de lado logo depois. Eu não era estranha ao Dorrian's, mas também queria *estar* aqui, nos restaurantes apertados e caros demais, o metrô cheio de gente esquisita, a torre cintilante que abrigava a *The Women's Magazine*, a ambição ilusória das editoras de revistas para mulheres pressionando sem parar por menos luxúria e mais substância. "Você não acha que sinto vontade de me estrangular com o elástico de cabelo que sugerimos às nossas leitoras que usassem ao redor do pênis dos namorados?", urrara LoLo certa vez, quando nenhum editor surgiu com uma ideia arrasadora na reunião de pauta de setembro. "Mas é isso que *vende*." Talvez nem tudo em Nova York desse aquela sensação de tamanho de casa de bonecas, de ser preciso um enorme esforço para se chegar a algum lugar, se as caçadoras de maridos se mantivessem distantes. Mas é isso o que mais gosto em Nova York — a cidade faz você brigar por seu lugar. Eu luto. E ataco quem for preciso para continuar aqui.

Terminei sentada diante de Andrew, e Luke diante de Whitney. Houve comentários sobre trocarmos de lugar, vetados por Luke com uma piadinha idiota de que ele sempre teria possibilidade de jantar sentado à minha frente. O joelho de Andrew, que mais parecia uma toranja, não parava de roçar no meu, mesmo eu tendo encostado o máximo possível do meu traseiro nas costas do banco, e eu só queria que todos parassem com a conversa tola, as piadas ruins, para que, em um momento tranquilo, eu pudesse estreitar os olhos para Andrew e perguntar: "É você?"

— Desculpe — disse Andrew, e a princípio pensei que estivesse se referindo a invadir meu espaço. — Mas você me parece tão familiar. — Ele ficou me encarando, os lábios se entreabrindo enquanto começava lentamente a afastar meu disfarce. As maçãs do rosto mais destacadas agora, as mechas cor de mel, que eram uma lisonja aos meus cabelos diabólicos, sem forçá-los a se submeter ao louro. "Ah, *docinho*", Ruben, meu colorista, estalou a língua na primeira vez em que me viu. Ele segurou uma mecha amarela entre os dedos e olhou de cara feia para ela, como se estivesse segurando uma barata.

Luke estava desdobrando o guardanapo, mas parou e olhou para Andrew.

Foi um desses raros momentos em que é possível perceber que alguma coisa importante, capaz mesmo de mudar a sua vida, está prestes a acontecer. Eu já havia experimentado essa sensação duas vezes, a segunda foi quando Luke me pediu em casamento.

— Vai parecer loucura — pigarreei —, mas você é... o sr. Larson?

— Sr. Larson? — murmurou Whitney, e deixou escapar um gritinho eufórico, como se tudo fizesse sentido para ela. — Ele foi seu *professor*?

Ele provavelmente cortara os cabelos lisos demais depois que deixara a Bradley, mas era só tirar o capacete típico dos caras da área de finanças, como os cabelos de um boneco da Lego, passar uma caneta do Photoshop para apagar as rugas e definir a linha do queixo, e lá estava: o sr. Larson. Com a maior parte das pessoas é possível tapar a boca e dizer se estão sorrindo ou não com base na expressão dos olhos. O sr. Larson parecia ter ganhado suas rugas depois de uma gargalhada especialmente gostosa.

— Que mundo pequeno. — O sr. Larson riu, encantado, o pomo de adão se movendo no pescoço. — E você agora atende por Ani?

Relanceei o olhar para Luke. Poderíamos muito bem estar em mesas diferentes, fazendo parte de conversas diferentes. A expressão no rosto dele era tão azeda quanto a do sr. Larson era empolgada.

— Cansei das pessoas sempre me perguntando quantos efes há em TifAni.

— Isso é uma loucura — comentou Whitney, relanceando o olhar entre nós três. Ela parou em Luke e pareceu perceber alguma coisa. — Imagino que isso signifique que você estudou na Bradley — houve uma pausa abrupta, quase um pânico, enquanto o cérebro dela completava o pensamento —, ah, entendi, você é a *TifAni*.

Ninguém conseguia se encarar. A garçonete apareceu, sem ter a menor noção do alívio que representava, e perguntou se poderia trazer uma jarra de água. A resposta seria sempre sim.

— Não é engraçado que Nova York tenha uma das águas encanadas mais limpas do mundo para se beber? — perguntou Whitney, anfitriã experiente, com talento para transformar um momento constrangedor em uma conversa amena. — Uma cidade suja como essa?

Todos concordamos. Sim, era engraçado.

— Que matéria? — perguntou Luke, de repente, e quando ninguém respondeu ele acrescentou: — Você era professor de que matéria?

O sr. Larson apoiou o cotovelo sobre a mesa e dobrou-se sobre ele.

— Inglês avançado. Fiz isso por dois anos, depois que saí da faculdade. Quando não conseguia imaginar não ter os verões de férias. Lembra-se Whit?

Os dois trocaram uma risada conspiratória, sofrida.

— Ah, eu me lembro — disse ela, sacudindo o guardanapo. — Mal podia esperar para você deixar isso de lado. — Bem, eu não poderia culpá-la por isso. Eu nunca namoraria um professor.

Andrew olhou para mim.

— Mas Ani foi a minha melhor aluna.

Me ocupei alisando o guardanapo no meu colo.

— Não precisa dizer isso — murmurei. Ambos sabíamos o quanto eu o desapontara.

— E agora ela é uma das melhores redatoras da *The Women's Magazine* — disse Luke, em um tom orgulhoso e paternalista. Quanta falsidade. Como se ele não achasse que a minha "carreira" era apenas uma fase passageira e fofinha antes de termos filhos. Luke estendeu a mão por cima da mesa e pousou-a sobre a minha. — Ela percorreu um longo caminho.

Aquilo foi um alerta. Luke não gosta quando as pessoas trazem Bradley à tona. Costumava achar que era porque ele estava tentando me proteger e ficava emocionada. Agora percebia que Luke só queria que todos já houvessem se esquecido do assunto. Ele ainda não quer que eu participe do documentário. Não consegue explicar o motivo exato, ou consegue mas não quer me ofender. No entanto, sei o que ele está pensando: *Você está fazendo papel de tola*. No mundo Harrison, nada é mais admirável do que um estoicismo frio.

— *Humm*. — Whitney tamborilou com as unhas, rosas como uma sapatilha de balé, sobre o lábio inferior. — A *The Women's Magazine*? Acho que ouvi falar dessa revista. — Caçadoras de marido sempre dizem isso quando descobrem onde eu trabalho. Não é um elogio.

— Eu não sabia onde você tinha ido parar — comentou o sr. Larson. — É fantástico. — Ele me deu o sorriso mais lindo.

Whitney percebeu.

— Faz uma eternidade desde a última vez em que peguei em uma *The Women's Magazine*. Mas costumava ser a minha bíblia antes de eu conhecer Andrew. Não é assim que chamam a revista? A "bíblia das mulheres"? — Ela deu uma risadinha gostosa. — Acho que, em algum momento, vou ter que confiscá-la do quarto da minha filha, do jeito que minha mãe fazia comigo! — Luke riu educadamente, mas o sr. Larson não.

Escolhi o sorriso que ponho no rosto quando crianças são o assunto das conversas e coloquei-o no rosto.

— Quantos anos?

— Cinco — respondeu Whitney. — O nome dela é Elspeth. Também temos um menino, Booth, de quase um ano. — Ela desviou os olhos para Andrew. — Meu homenzinho.

Ah, Deus.

— Ótimos nomes — comentei.

O *sommelier* apareceu ao lado de Luke e se apresentou. Tínhamos alguma dúvida em relação ao cardápio? Luke perguntou se todos concordavam com vinho branco, e Whitney disse que não conseguia se imaginar bebendo outra coisa naquele calor.

— Vamos nesse *sauvignon blanc*. — Luke apontou para o vinho de oitenta dólares no cardápio.

— Ah, adoro *sauvignon blanc* — disse Whitney.

A Dukan não permitia vinho, mas eu precisava beber para socializar com mulheres como aquela. Aquela primeira taça, que fazia as endorfinas subirem como balões no meu estômago, era a única maneira de eu conseguir fingir interesse pelo mundo dela de forma convincente. As aulas de piano das crianças, a joia da Van Cleef que ganhara após o nascimento de cada uma delas. Não conseguia acreditar que o sr. Larson havia sucumbido a uma mulher cuja grande aspiração na vida era deslizar pelo supermercado. Quando o garçom chegou com a garrafa, aceitei agradecida que me servisse.

— A, finalmente, conhecer sua adorável esposa. — Luke ergueu o copo em um brinde. "Adorável", que palavra nojenta. Eu costumava adorar esses jantares. Costumava adorar me esforçar para receber a aprovação das esposas. Que conquista era finalmente ver a consagração do meu esforço no rosto delas. Agora, eu me sentia apenas entediada. Entediada, entediada, entediada. Era por isso que eu vinha me matando? Era isso que eu realmente achava que faria com que me sentisse realizada? Jantar um frango assado de vinte e sete dólares e ter um noivo que trepava docemente comigo quando chegávamos em casa.

— E a sua. — Andrew encostou o copo no meu.

— Bem, ainda não. — Sorri.

— Ani. — Whitney estava fazendo o que eu mais odiava, pronunciando meu nome como "Éi-ni" em vez de "Ei-ní." — Luke disse que o casamento será em Nantucket. Por que lá?

Porque o local era obviamente privilegiado, Whitney. Porque Nantucket transcendia todas as classes, todas as áreas do país. Vá a Dakota do Sul e diga a algumas daquelas esposas tristes e presunçosas que você havia crescido na Main Line, e elas não saberão se devem ficar impressionadas. Conte a elas que veraneia em Nantucket — certifique-se de usar esse verbo —, e elas saberão que estão lidando com alguém importante. É por isso, Whitney.

— A família de Luke tem uma casa lá — expliquei.

Luke assentiu.

— Vamos para lá desde que eu era criança.

— Ah, estou certa de que vai ser lindo. — Whitney se inclinou um pouco em minha direção. A mulher tinha aquele hálito de fome. Oco e rançoso, como se nada houvesse passado por aqueles lábios há algum tempo. Ela perguntou a Andrew:

— Não fomos a um casamento em Nantucket alguns anos atrás?

— Foi em Martha's Vineyard — corrigiu Andrew. O joelho dele voltou a roçar no meu. O vinho desceu pela minha garganta como um xarope grosso, e percebi o quanto Andrew parecia melhor mais velho. Queria perguntar um milhão de coisas a ele, e estava agitada e ressentida por Luke e Whitney estarem ali, se intrometendo naquele momento. — Sua família é de Nantucket? — ele perguntou a Luke.

Whitney riu.

— Ninguém é de Nantucket, Andrew. — As dez mil pessoas nativas de Nantucket discordariam, mas o que Whitney queria dizer era que pessoas como *nós* não eram de Nantucket. Eu costumava ficar encantada quando uma mulher como aquela presumia que éramos vinho da mesma pipa. Isso significava que meu disfarce era convincente. Quando essa dedução começou a me irritar profundamente? Depois que consegui o anel de noivado, o endereço em Tribeca, o sonhado sangue azul de joelhos à minha frente, depois que já não estava mais tão distraída *tentando* conseguir colocar as mãos, cujas unhas eu costumava pintar em estilo francesinha, em todas essas coisas, tive condições de dar um passo atrás e reavaliar. Há muito pouco de nobre no meu caráter, mas até mesmo eu achava difícil acreditar que alguém conseguia se sentir satisfeito, realmente satisfeito, com esse tipo de existência. Ou todos os membros desse clube de privilegiados andavam por aí desolados e não falavam a respeito, ou isso sinceramente era o bastante para eles. Achava que o fim da história devia ser muito espetacular, para todos estarem tão dispostos a proteger seus privilégios. Luke e toda a família dele, os amigos e as esposas dos amigos deles, todos votaram em Mitt Romney em 2012. A bobagem pró-humanidade dele poderia impedir que mulheres vítimas de incesto e de estupro, mulheres cujas vidas estavam em perigo, tivessem a oportunidade de fazer abortos seguros. Isso poderia acabar com o plano de Paternidade Planejada.

"Ah, isso nunca irá acontecer", disse Luke com uma risada, quando conversei com ele a respeito.

"Mesmo se não acontecer", falei, "como você consegue votar em alguém com uma plataforma dessas?"

"Porque não me importo, Ani", Luke suspirou. Minha fúria feminista tola foi rapidamente cortada. "Essa questão não afeta você, não me afeta. Mas o que nos afeta? Obama arrancando nosso couro com impostos porque somos de uma classe mais alta."

"Mas aquela outra questão me afeta, *sim*."

"Você está tomando anticoncepcional!", berrou Luke. "Para que precisaria de um aborto?"

"Luke, se não fosse pelo plano de Paternidade Planejada, eu agora seria mãe de alguém com treze anos de idade."

"Não vou falar sobre isso", declarou ele, e desligou com força o interruptor na parede. Luke foi em direção ao quarto pisando firme, batendo a porta ao passar e me deixou chorando sozinha na cozinha escura.

Eu contara a Luke sobre *aquela noite* em um momento em que ele estava completamente apaixonado por mim, que é o único momento em que se deve contar a alguém algo tão vergonhoso sobre si mesmo — quando a pessoa está tão louca por você que consegue ver com ternura a sua desgraça. Cada detalhe horroroso fazia os olhos dele se arregalarem ainda mais, embora mantivessem uma expressão sonolenta, como se tudo aquilo fosse demais para assimilar, como se precisasse processar o resto mais tarde. Se eu perguntasse atualmente a Luke o que acontecera naquela noite, acho que ele não saberia me dizer. "Santo Deus, Ani, eu não sei, foi ruim, está certo? Sei que algo ruim aconteceu com você. Entendo isso. Não precisa ficar me lembrando todo santo dia."

Ao menos, ele sabe que é ruim o bastante e que não se deve tocar no assunto. Esse foi um dos grandes pontos de discussão na primeira vez em que considerei a possibilidade de participar do documentário.

"Mas você não está planejando falar sobre aquela noite, não é?", dissera ele.

"Aquela noite", que sinédoque reconfortante. Eu na verdade vinha brincando com a ideia de falar direto para a câmera e de ter a ousadia de relembrar o que Peyton, Liam e Dean (Deus, principalmente Dean) haviam feito comigo, mas havia um problema. Eu ainda não tinha o anel de esmeralda. E queria ostentar aquele verde ofuscante no dedo quando começassem as gravações. Por isso, torci a boca como fazia ao morder o limão depois de uma dose de tequila e falei: "É *claro* que não."

— Eu cresci em Rye — Luke respondeu a Whitney.

Ela se apressou a engolir o vinho que tinha na boca.

— Sou de Bronxville! — Whitney secou a boca com o guardanapo. — Onde você fez o colegial?

Andrew riu.

— Querida, acho que você não estava no colegial na mesma época de Luke.

Whitney jogou o guardanapo em Andrew, fingindo estar ultrajada.

— Nunca se sabe.

Luke riu.

— Bem, na verdade, eu frequentei um colégio interno.

— Ah. — Whitney desanimou. — Deixa pra lá. — Ela abriu o cardápio e todos fizeram o mesmo, como se contagiados por um bocejo.

— Então, o que há de bom aqui? — perguntou Andrew. A luz da vela se refletiu nos óculos dele, e eu não consegui saber se estava se dirigindo a mim ou a Luke.

— Tudo — respondeu Luke.

Eu disse ao mesmo tempo:

— Eles fazem um ótimo frango assado.

Whitney torceu o nariz.

— Não consigo me forçar a pedir frango em um restaurante. Com todo aquele arsênico. — Mães que não trabalhavam fora também eram fãs do *Dr. Oz Show*. Meu tipo favorito!

— Arsênico? — Levei a mão ao peito, a preocupação em meu rosto como uma pista para que ela continuasse. Seguindo uma recomendação de Nell, eu lera *A arte da guerra*, de Sun Tzu. Minha estratégia favorita é fingir inferioridade e encorajar a arrogância do inimigo.

— Sim! — Whitney parecia muito alarmada por eu não ter ouvido a respeito antes. — Os criadores usam nos frangos. — Ela torceu os lábios, enojada. — Para fazê-los crescer mais rápido.

— Isso é horrível — disse em um arquejo. Eu lera esse mesmo estudo... o estudo *de verdade*, não a tradução alarmista que o *Today Show* tornara viral. O restaurante em que estávamos não estava servindo os malditos peitos de frango congelados da Perdue! — Nossa, então eu com certeza não vou pedir o frango assado.

— Eu sou terrível! — Whitney riu. — Acabamos de nos conhecer e já estou arruinando seu jantar. — Ela deu um tapa na testa. — Preciso parar de falar. Mas quando se passa o dia às voltas com uma criança de um ano, é impossível não tagarelar quando se está entre adultos.

— Estou certa de que seus filhos adoram tê-la por perto. — Sorri, como se mal pudesse esperar para estar no lugar dela. Não havia como ter aquele corpo se ela não passasse pelo menos três horas por dia na academia. E com certeza não fazia isso sozinha. Mas que Deus não permitisse que alguém perguntasse sobre a babá dominicana. Elas podem dar quantas indiretazinhas maldosas quiserem sobre a *The Women's Magazine*, mas criar filhos é um trabalho de verdade, e é melhor se esconder se desconfiarem que você está desprezando *todo o trabalho de verdade que têm.*

— Tenho tanta sorte por poder ficar com eles todo dia. — Os lábios de Whitney estavam cintilando por causa do vinho. Ela os esfregou um no outro e apoiou o queixo na mão. — Sua mãe trabalhava?

— Não. — Mas deveria ter trabalhado, Whitney. Ela deveria ter abandonado aquela fantasiazinha de continuar como dona de casa e contribuído com o orçamento doméstico. Não posso dizer que isso a teria feito mais feliz, mas não podíamos nos dar ao luxo de pensar em felicidade. Estávamos falidos e mamãe requisitava novos cartões de crédito a cada dois meses para financiar nossas excursões à Bloomingdale's, enquanto as paredes de material vagabundo da nossa dramática McMansão ruíam por causa do mofo que não tínhamos "condições" de mandar remover. Mas você está certa, Whitney, ela teve muita sorte por poder ficar comigo todo dia.

— A minha também não — comentou Whitney. — Isso fez tanta diferença.

Continuei a sorrir. Era como na etapa final de uma corrida, se a pessoa parasse e começasse a andar, jamais voltaria a retomar o ritmo.

— Uma *enorme* diferença.

Whitney jogou os cabelos para o lado, animada. Ela me adorava. Seu ombro roçou no meu e a voz dela era baixa, quase como em um flerte, quando disse:

— Ani, você precisa nos contar. Vai fazer aquele documentário?

Luke passou um braço pelas costas da cadeira dele e se concentrou nos talheres à sua frente. Vi os reflexos prateados dançarem no teto baixo.

— Não deveria falar a respeito.

— Ah, isso significa que você vai fazer. — Whitney cutucou meu braço. — Foi isso o que eles também pediram para Andrew dizer... não é mesmo, Andrew?

Eu tinha um sonho recorrente em que alguma coisa ruim acontecia e eu precisava ligar para o número de emergência, então descobria que havia perdido todo o controle sobre os meus dedos. Eles ficavam escorregando sobre as teclas (estou sempre ligando de um telefone fixo antiquado), e toda vez eu me dou conta, *Você está tendo aquele sonho de novo, mas dessa vez você vai ser mais esperta,* penso. *Não vai conseguir estragar tudo se for devagar. Encontre o primeiro número. Aperte. Agora o próximo. Aperte.* A agonia de precisar fazer alguma coisa de imediato e ter que ser paciente. Eu precisava saber imediatamente por que o sr. Larson iria participar do documentário. Quando? Onde? O que ele diria? Falaria a meu respeito? Ele me *defenderia*?

— Eu não tinha ideia de que também iria participar — falei. — O que eles querem de você? Apenas ter o peso de uma espécie de observador, ou algo parecido?

O arco no lábio do sr. Larson ficou mais profundo.

— Vamos, Ani, você sabe que não devo comentar a respeito.

Todos riram e fui forçada a fazer o mesmo. Abri a boca para insistir um pouco mais, mas o sr. Larson disse:

— Vamos marcar de tomar um café ou algo parecido e conversamos a respeito.

— Sim! — guinchou Whitney em uma empolgação tão sincera que acabou com a minha. Qualquer mulher que ficasse animada daquele jeito com a ideia de o marido tomar café com outra mulher, dez anos mais jovem que ambos, tinha um casamento sólido como uma rocha.

— Vocês deveriam fazer isso — acrescentou Luke, e desejei que ele não tivesse dito nada. Porque as palavras dele soaram obviamente pouco sinceras depois da animação de Whitney.

―――※―――

Whitney tropeçou a caminho da porta. Ela endireitou o corpo e riu, dizendo que não costumava sair muito. Aquele vinho fora direto para a sua cabeça.

O sr. Larson havia pedido um táxi pela Uber depois da sobremesa, e um SUV preto estava esperando por eles no meio-fio, pronto para levá-los de volta a casa, no estilo das que vemos em séries de TV, em Scarsdale. Whitney me deu um beijo no rosto e disse em uma voz cantada:

— Foi um prazer enorme conhecê-la. Sinceramente, que mundo pequeno.

Andrew apertou a mão de Luke e deu um tapinha no ombro dele. Então Luke se afastou, abrindo espaço para que eu me despedisse. Fiquei na ponta dos pés e pressionei o rosto contra o de Andrew, fingindo dar um beijo. Ele apoiou a mão contra as minhas costas e, quando sentiu a pele nua, se afastou rapidamente, como se houvesse sido eletrocutado.

Observamos o táxi deles se misturar ao trânsito e ansiei para que Luke passasse os braços ao meu redor e me puxasse contra sua camisa da Turnbull & Asser. Se fizesse isso, ele perceberia que eu estava tremendo.

Em vez disso, Luke disse apenas:

— Foi esquisito, não é? — Eu sorri, concordando, como se não houvesse acabado de sair do meu eixo e não soubesse que agora não haveria mais volta.

6

Na manhã seguinte à festinha de Dean, entrei no Range Rover dele com Liam e dois alunos do segundo ano que eram do time de futebol. A carteira de Dean fora suspensa (havia uma pilha enorme de multas não pagas no porta-luvas), mas isso não o impedia de sair cantando pneus pela cidade, fazendo com que as pessoas que corriam na lateral da rua se jogassem sobre os arbustos, para não serem trituradas em sua corrida noturna. A náusea revirou o meu estômago quando Liam entrou no carro e ignorou solenemente o lugar ao meu lado, preferindo sentar na frente, perto de Dean. Eu tentara conversar com ele na cozinha, antes de sairmos para tomar café da manhã, e a conversa não fora bem.

Eu realmente não sei como acabei na sala de Dean e percebo que eu deveria dizer que sinto muito ou alguma coisa, porque eu não queria ficar com...

"Finny", Liam rira para mim, meu apelido apenas mais uma coisa de Dean que ele repetia em seu esforço para ser aceito, "pelo amor de Deus. Você sabe que não me importo por você também ter transado com Dean."

Então Dean chamara Liam, e ele passara roçando o corpo no meu. Fiquei feliz por ter um momento a sós para me acalmar, para engolir as lágrimas que pareceram ficar gotejando dentro de mim, quentes e salgadas, parecendo me queimar, durante os dias torturantes que se seguiram. Quando aquela sensação finalmente passou, deixou lugar para outra muito pior. Alguma coisa que até hoje parece estar à espreita, esperando para atacar no momento em que a alegria e a confiança ousam aparecer. A lembrança de que eu havia me desculpado com o cara que me estuprara e que ele rira de mim. *Você acha que está feliz? Acha que tem tudo para se orgulhar?* — isso sempre me atormenta — *Rá! Lembra-se disso?* Esse pensamento sempre me traz de volta à realidade. Lembra-me da merda que sou.

Quando chegamos ao Minella's Diner, Liam também fez questão de sentar perto de Dean, não de mim. Por quarenta e cinco minutos, ri febrilmente de tudo o que os garotos diziam e faziam: sim, aquelas duas panquecas coladas ficaram mesmo parecendo um saco — e engolia, engolia, sem parar, para evitar vomitar em cima da minha pequena pilha de panquecas. Pareceu demorar horas até pagarmos, até ser uma hora segura para ligar para os meus pais e dizer a eles, em um tom despreocupado, que eu tomara café com Olivia e Hilary em Wayne, e perguntar se eles poderiam me pegar? Então sentei no meio-fio, entre o Minella's e o Chili's, que ficava ao lado, e enfiei a cabeça entre os joelhos. Senti um cheiro azedo no espaço estreito entre as pernas e foi aí que a paranoia realmente começou a se instalar. Eu estava com Aids? Iria ficar grávida? Fui dominada por uma sensação de que precisava beber água, mas não estava com sede, havia bebido uma jarra inteira de água na lanchonete, tentando aplacar uma sede que, na verdade, não era física. Anos mais tarde, eu ainda experimentava a mesma sensação. Entornava litros de água e minha agitação parecia inchar do mesmo modo que a minha bexiga, e não achava alívio no fundo da garrafa de água Fiji. Um dia, perguntei a uma psiquiatra a respeito — eu estava sempre me voluntariando para a nossa história mensal de estupro-aterrador ("Um homem na rua ofereceu ajuda para carregar minhas compras até em casa e me atacou!"), e enfiava as minhas próprias perguntas e preocupações como se tivessem a ver com a matéria, transformando o momento em minha sessão particular de terapia —, e ela observou que a sede é um instinto biológico, básico. "Se você sente que está com sede quando na verdade não está, isso pode indicar que uma necessidade importante não está sendo satisfeita."

Quarenta minutos se passaram antes que o carro de mamãe diminuísse a velocidade em frente à placa da Minella's. Esperei que ela desse a volta no estacionamento e parasse perto de mim. Quando finalmente abri a porta, ouvi o CD de Celine Dion gemendo e senti o cheiro pútrido da colônia de baunilha da Bath & Body Works que minha mãe usava. Praticamente desmoronei no assento. Ao menos havia alguma coisa reconfortante naquilo, as escolhas irritantes em relação à música e a cuidados pessoais dela, a familiaridade segura dessas coisas.

— A mãe de Olivia está aí? — perguntou mamãe, e só então olhei com atenção para ela e percebi que estava toda arrumada, pronta para socializar.

— Não. — Fechei a porta do carro com força.

Ela fez beicinho.

— Há quanto tempo ela foi embora?

Coloquei o cinto de segurança.

— Não me lembro.

— O que quer dizer com não...

— Pelo amor de Deus, vamos embora! — A fúria ardente na minha voz foi uma surpresa tanto para mim quanto para a minha mãe. Cobri a boca com as mãos e abafei um soluço silencioso.

Ela passou a marcha a ré.

— Você está de castigo, TifAni. — Ela saiu do estacionamento, a aterrorizante boca em uma linha fina e severa, que eu iria imitar em minhas brigas com Luke e perceber que provavelmente também ficava bastante assustadora.

— De castigo? — Eu ri sarcasticamente.

— Estou tão *cheia* desse seu comportamento de *merda*! Você é tão *ingrata*. Tem *ideia* de quanto essa escola está me custando? — Ela bateu com a mão espalmada no volante quando disse a palavra "ideia". Comecei a ter ânsias de vômito e mamãe virou a cabeça rapidamente na minha direção. — Você andou *bebendo*? — Ela fez uma curva fechada à direita e entrou em uma vaga vazia, freando com tanta força que o cinto de segurança apertou meu estômago e eu vomitei na minha mão. — Não no BMW! — rugiu mamãe. Ela se esticou para o lado, abriu a minha porta e me empurrou para fora. Eu esvaziei todo o conteúdo do meu estômago ali, no estacionamento do Staples. A cerveja, o uísque, o sêmen salgado de Dean... queria me ver livre daquilo tudo o mais rápido possível.

Na segunda-feira de manhã, não havia nada no meu estômago que não fosse ácido escaldando as minhas entranhas como o uísque que eu tomara de surpresa naquela rodada de bebidas tarde da noite. Estava acordada desde às três horas da madrugada, que foi a hora em que fui desperta pelas batidas do meu próprio coração, fortes como o punho de um pai furioso na porta trancada do quarto do filho adolescente. Uma parte pequena e patética de mim torceu para que o que eu fizera acabasse sendo tratado com a pouca importância que davam às travessuras das festinhas banais. Mark comera um sanduíche só de maionese e TifAni fizera rodízio com o time de futebol! Mas mesmo naquela época eu não era tão ingênua.

Foi sutil. Grupos de pessoas não se afastaram para eu passar e ninguém pregou uma letra escarlate na gola da minha blusa. Olivia me viu e fingiu não ter visto, algumas garotas mais velhas passaram rápido por mim, dando risadinhas abafadas e caindo na gargalhada quando acharam que estavam a uma distância segura. Sim, estavam falando de mim.

Quando entrei na sala de chamada, a Tubarão agarrou a beirada da carteira em que estava e levantou o traseiro redondo da cadeira. Ela segurou meu pescoço entre os braços antes que eu pudesse me sentar. Todos na turma fingiram não ouvir, e tentaram até continuar as conversas que estavam tendo, enquanto a Tubarão dizia:

— Tif, você está bem?

— É claro que estou bem! — Tinha a sensação de ter argila seca no meu rosto quando sorria.

A Tubarão apertou o meu ombro.

— Se precisar conversar, estou aqui.

— OK. — Revirei os olhos para ela.

Quando estava sentada diante da minha carteira, anotando no meu caderno, com capricho, tudo o que a professora dizia, sentia-me bem. Foi no momento em que o sinal tocou, quando todos saíram correndo como percevejos fugindo da luz, que o pânico esticou os braços, bocejou e finalmente acordou de seu sono espasmódico. Porque foi aí que passei a andar pelos corredores, como um soldado ferido em território inimigo, consciente da luz vermelha apontada entre os meus olhos, mas tão machucada e lenta que não podia fazer nada além de seguir em frente, torcendo para errarem o tiro.

Quando entrei na sala de aula do sr. Larson, foi como alcançar as trincheiras. Arthur andava hostil comigo ultimamente, mas, com certeza, dadas as circunstâncias atenuantes, ele teria alguma compaixão por mim. Teria que ter.

Arthur acenou com a cabeça para mim quando me sentei. Um aceno solene, como se dissesse: "Daqui a pouco conversaremos sobre o que você fez." Por algum motivo, isso me deixou mais nervosa do que a perspectiva do almoço, que seria no horário seguinte. Eu vinha me sentando com as HOs nas últimas semanas, e não conseguia decidir o que seria pior, se mostrar a cara no refeitório, reivindicar meu lugar e elas recusarem, ou me acovardar e ir para a biblioteca, selando minha expulsão do grupo deles quando havia uma mínima chance de que, se eu conseguisse provar que tinha colhões, talvez me perdoassem. Até me recebessem bem de volta.

Mas se Arthur achava que o que acontecera fora ruim, então fora muito, muito pior do que eu pensava.

Quando o sinal tocou, recolhi minhas coisas lentamente. Arthur parou ao meu lado, mas antes que ele pudesse dizer alguma coisa o sr. Larson falou.

— Tif? Pode ficar mais um pouco?

— Conversamos mais tarde? — perguntei a Arthur.

Ele assentiu novamente.

— Apareça depois do treino. — A mãe de Arthur era professora de arte do ensino fundamental, e os dois moravam juntos em uma antiga casa vitoriana, caindo aos pedaços, que ficava próxima das quadras de squash. A diretora da escola costumava morar ali nos anos 1950.

Assenti de volta, embora soubesse que não poderia ir. Eu não tinha tempo de explicar que estava de castigo.

O departamento de inglês e humanas estava imerso na letargia típica do fim da manhã, já que os alunos haviam disparado para o refeitório, para almoçar. O sr. Larson se apoiou contra a beira da mesa do professor e cruzou uma perna sobre a outra, fazendo com que a bainha da calça subisse e revelasse um tornozelo bronzeado e peludo.

— TifAni — disse ele. — Não quero aborrecê-la, mas ouvi algumas coisas essa manhã.

Eu esperei. Compreendi, intuitivamente, que não deveria falar até saber o que ele sabia.

— Estou do seu lado nisso — prometeu ele. — Se você foi machucada, precisa conversar com alguém a respeito. Essa pessoa não precisa ser eu, de modo algum. Mas tem que conversar com alguém. Um adulto.

Esfreguei as mãos na parte de baixo da mesa, sentindo o alívio desabrochar como uma flor, a cena acelerada das pétalas se abrindo, multicoloridas, como em um comercial do Discovery Channel. Ele não queria ligar para os meus pais. Não queria envolver a diretoria. Estava me dando o maior presente que uma adolescente jamais poderia pedir: autonomia.

Escolhi cuidadosamente as palavras.

— Posso pensar a respeito?

Ouvi a voz da professora de espanhol, *señora* Murtez, no corredor.

— Sim, diet! Se não tiverem Dr Pepper, então Pepsi!

O sr. Larson esperou até que ela fechasse a porta.

— Você foi procurar a enfermeira, hoje?

— Não preciso procurar a enfermeira — murmurei, constrangida demais para contar a ele sobre o meu plano. O trem R5 passava voando por uma clínica de Paternidade Planejada no meu caminho para Bryn Mawr todo dia. Eu só precisava passar lá depois da escola e tudo ficaria bem.

— Seja o que for que você diga a ela, será confidencial. — O sr. Larson encostou o dedo no próprio peito. — Qualquer coisa que contar a *mim* será confidencial.

— Não tenho nada para contar. — Endireitei o corpo para injetar personalidade às minhas palavras. Com toda a sombria e torturada angústia adolescente que sentia naquele momento.

Ele suspirou.

— TifAni, ela pode se certificar de que você não esteja grávida. Deixe que ela a ajude.

Foi como naquela vez em que meu pai entrou no meu quarto e disse que iria colocar as roupas sujas para lavar, e pegou uma pilha delas em um canto. Eu estava deitada na cama, lendo *Jane Eyre*, mas quando vi o que ele estava fazendo, fiquei em pé rapidamente e disse: "Não!"

Tarde demais. Ele já estava segurando um par de calcinhas manchadas de marrom por causa da minha menstruação. Ele estacou, como um assaltante de banco segurando um saco de dinheiro, e balbuciou: "Eu, ah, vou chamar a sua mãe." Não sei o que ele imaginou que *ela* faria. Meu pai nunca quis uma filha. Na verdade, acho que ele nunca quis filhos, mas provavelmente conseguiria lidar com um menino. Ele se casou com mamãe cinco meses depois de se conhecerem, algumas semanas depois de ela se descobrir grávida. "Ele ficou furioso", contou-me a minha tia, certa vez, os lábios púrpuras de *merlot*, "mas seu pai vem de uma tradicional família italiana, e a mãe teria cortado a cabeça dele se não tomasse a atitude mais honrosa no caso." Ao que parecia, ele se animara quando o médico dissera que seria um menino. Anthony, era assim que queriam me batizar. Não gosto de imaginar a expressão no rosto de papai quando eu nasci, quando o médico riu e disse: "Ops!"

— Vou tomar conta disso, não se preocupe — disse ao sr. Larson. Empurrei a cadeira para trás e pendurei a mochila no ombro.

O sr. Larson não conseguiu nem olhar para mim.

— TifAni, você é uma das minhas alunas mais talentosas. Tem um futuro muito promissor. Jamais iria querer ver esse futuro comprometido.

— Posso ir agora? — Apoiei o peso do corpo em um dos quadris e ele assentiu com tristeza.

As HOs e os Pernas Peludas estavam empilhados na mesa de sempre, que nunca havia sido grande o bastante para eles. Alguns retardatários sempre acabam na mesa do lado, as cadeiras arrumadas em um ângulo bem diagonal para que pudessem ouvir cada palavra da conversa da qual, na verdade, não estavam fazendo parte.

— Finny! — Para meu imenso alívio, Dean levantou a mão para que eu batesse nela. — Por onde tem andado? — Aquelas quatro palavras, "por onde tem andado", afastaram todos os meus medos, menos um. Liam estava sentado perto demais de Olivia, o sol da hora do almoço fazendo brilhar o nariz oleoso dela, e destacando as pontas-duplas dos cachos castanhos. Olivia era uma garota que, anos mais tarde, poderia ter sido vista como bonita. Um pouco de pó para controle de oleosidade, tratamentos regulares com queratina, os membros longos feitos para as peças soltas, drapeadas, avessas ao sutiã, de Helmut Lang. Agora, que pensava a respeito, descobri que teria me odiado ao ficar perto dela.

— Oi, pessoal. — Fiquei em pé na cabeceira da mesa, agarrada às alças da minha mochila como se ela fosse um colete salva-vidas preso às minhas costas, como se eu fosse acabar flutuando para longe sem ele.

Olivia me ignorou, mas Hilary ergueu preguiçosamente um canto da boca, os olhos sem cílios me fitando com uma expressão divertida. Eu esperava por isso quando concordei com os termos de Dean. Talvez não tenha sido o movimento mais esperto trair as HOs, mas Dean era uma força poderosa. Se me desse bem com ele e com o resto dos caras, não teria importância se Olivia e Hilary me odiassem secretamente. Elas não demonstrariam, e isso era tudo o que importava.

Dean se afastou para a esquerda no banco e deu uma batidinha no espaço prateado que se abriu ao seu lado. Eu me sentei, minha coxa pressionada à dele. Engoli a saliva que mais parecia um ácido abrasivo, e desejei que fosse a perna de Liam ao lado da minha.

Dean se inclinou, o hálito de batata frita na minha orelha.

— Como está se sentindo, Finny?

— Ótima. — Estava se formando uma camada de suor entre as nossas pernas. Não queria que Liam visse aquilo, não queriam que Liam pensasse que, entre os três, eu escolhera Dean.

— O que vai fazer depois do treino? — perguntou Dean.

— Vou direto para casa — falei. — Estou de castigo.

— De castigo? — Dean praticamente gritou. — Quantos anos você tem? Doze?

Fiquei muito vermelha quando todo mundo riu.

— Eu sei. Odeio meus pais.

— O castigo não tem nada a ver com... — Dean se interrompeu.

— Notas ruins.

— Ufa. — Ele secou a testa. — Porque, quero dizer, gosto de você, mas se meus pais descobrirem sobre a festinha, bem, não vou gostar mais *tanto* assim de você. — Dean deu uma risada agressiva.

O sinal soou e todos se levantaram, deixando pratos de papel engordurados e embalagens de doces sobre a mesa, para que o zelador recolhesse. Olivia foi direto em direção à quadra, por onde poderia cortar caminho para chegar à aula de álgebra II antes de qualquer pessoa. Ela era uma boa aluna, mas era do tipo nervoso, que se derramava em lágrimas se tirava um B+ em um teste-surpresa de química em que praticamente todo o restante da turma se dera mal. Ela não percebeu quando corri atrás de Liam.

— Ei. — Minha cabeça ficava perfeitamente alinhada ao ombro dele. Dean era alto demais, grande demais, como um gorila de circo capaz de arrancar seus braços ou suas pernas se você não retribuísse o abraço dele.

Liam olhou para mim e riu.

— O que foi? — Ri também, pouco à vontade.

Ele passou o braço ao redor dos meus ombros e, por um breve instante, me permiti sentir alívio. Talvez ele não estivesse arredio, talvez fosse coisa da minha cabeça.

— Você é maluca, garota.

O refeitório havia esvaziado. Eu parei diante da porta, ancorada a Liam.

— Posso perguntar uma coisa?

Liam inclinou a cabeça para trás e gemeu. Então disse:

— O quêêê? — O modo como disse foi como eu imaginava que falaria com a mãe, enquanto percebia que ela estava prestes a perguntar quando ele iria parar em casa e arrumar o quarto.

Abaixei a voz, em um sussurro conspiratório. Estávamos juntos naquilo.

— Vocês usaram camisinha?

— É com isso que você está preocupada? — Ele revirou os olhos azuis brilhantes em um círculo completo, como se um ventríloquo o houvesse sacudido com força. Por um momento, as pálpebras esconderam o azul dos olhos e Liam não pareceu nem um pouco atraente, como eu achara que ele era. Havia alguma coisa na cor dos olhos dele, que pareciam coloridos com lápis de cor, que o fazia parecer extraordinário.

— Eu deveria me preocupar?

Liam pousou as mãos nos meus ombros e aproximou o rosto do meu, de modo que nossas testas quase se encostaram.

— Tif, você só tem vinte e três por cento de chance de ficar grávida.

Ah, como aquele número aleatório havia me perseguido ao longo dos anos. A antiga, e enfadonha, chefe do departamento de checagem de fatos da *The Women's Magazine* não aceitava nem estáticas tiradas de um artigo do *The New York Times*. "É PRECISO APRESENTAR A FONTE ORIGINAL", era o que diziam os e-mails que ela mandava como lembrete para todos na revista, ao menos uma vez por mês. Ainda assim, eu estava disposta a aceitar aquele número, apresentado pela pessoa que, como eu iria descobrir mais tarde, havia me encontrado no chão do quarto de hóspedes, nua das coxas até o umbigo (Peyton havia feito uma tentativa tímida de subir a minha calça). Liam me arrastara para a cama, despira a calça pelas pernas que eram um peso morto e me penetrara sem nem mesmo se importar em tirar o resto das minhas roupas. Disse que acordei e gemi quando ele fez isso, e que foi assim que soube que eu estava concordando. Perdi a minha virgindade para alguém que nunca viu meus seios.

— Bem. — Transferi o peso de um pé para o outro. — Eu estava pensando que talvez devesse passar na clínica de Paternidade Planejada. Para pegar uma pílula do dia seguinte.

— Mas — Liam sorriu para mim, aquele sorrisinho doce e idiota — não é o dia seguinte.

— Funciona até setenta e duas horas depois. — Fora assim que eu passara o resto do meu fim de semana, pesquisando sobre a pílula do dia seguinte no computador da família, que ficava no porão, e então tentando descobrir como apagar meu histórico de buscas.

Liam checou o relógio na parede acima da minha cabeça.

— Transamos mais ou menos meia-noite. — Ele fechou os olhos, os lábios se movendo enquanto fazia a conta. — Ainda dá tempo de você tomar.

— Certo. Vou pegar a pílula depois da aula. Há uma clínica de Paternidade Planejada em St. Davids. — Prendi a respiração enquanto esperava pela reação dele.

Para minha grande surpresa, Liam falou:

— Vou dar um jeito de chegarmos lá.

Liam conseguiu uma carona com Dave, o motorista particular do pessoal da Bradley, embora pudéssemos facilmente ter pegado o trem, e assim teríamos evitado que mais uma pessoa soubesse da virada humilhante que dera a minha vida nas últimas sessenta e quatro horas. Sessenta e quatro horas... ainda me restavam oito horas.

As árvores estavam começando a se encher de folhas, e, por entre os galhos ainda nus, consegui ver de relance a casa de Arthur, enquanto o carro sacolejava por quebra-molas, antes de dobrar à direita na avenida Montgomery. Eu não estava tão desesperada para conversar com Arthur agora, não com Liam relanceando o olhar para trás, para mim, do assento da frente, sem perguntar nada além de como eu estava, duas vezes. Uma parte muito pequena e tensa da minha mente desejava que já fosse tarde demais, que minha menstruação não viesse no mês seguinte, que o drama "E agora?", que estava nos ligando, pudesse durar um pouco mais. Eu compreendia que, quando aquilo se fosse, Liam também iria.

Entramos na avenida Lancaster, e, de lá, o caminho era reto. Dave entrou à direita no estacionamento, mas em vez de encontrar uma vaga apenas parou na entrada da clínica e destrancou as portas do carro.

— Vou dar umas voltas com o carro — disse Dave, quando eu descia do assento traseiro.

— Não, cara — disse Liam, parecendo nervoso, descendo para a calçada, perto de mim. — Espera aqui.

— De jeito nenhum. — Dave engatou o carro. — Sempre tem gente doida querendo colocar uma bomba nesse lugar.

Liam bateu a porta do carro com mais força do que pretendia, tenho certeza.

A sala de espera estava quase vazia, a não ser por algumas mulheres aqui e ali nas cadeiras ao longo das paredes. Liam encontrou um assento bem longe da ocupante mais próxima, secou as mãos na calça e olhou ao redor, com uma expressão desconfiada.

Aproximei-me da recepcionista e falei através do vidro que nos separava:

— Oi, não tenho consulta marcada, nem nada, mas tem alguém que pode me atender?

A mulher passou uma prancheta pela abertura no vidro.

— Preencha esse formulário. Indique a razão para a sua visita.

Peguei uma caneta em um copo antigo do McDonalds, que celebrava a parceria que a lanchonete fizera uma vez com o time de basquete Philadelphia 76ers, e me acomodei na cadeira perto de Liam, que deu uma olhada no formulário por cima do meu ombro.

— O que a mulher disse?

— Só preciso escrever por que estou aqui.

Comecei a preencher o questionário. Nome, idade, data de nascimento, sexo, endereço e assinatura. No espaço próximo das palavras "Razão para a sua visita hoje", rabisquei, "Pílula do dia seguinte".

Quando cheguei à parte que pedia um contato de emergência, olhei para Liam. Ele deu de ombros.

— Claro. — Então tirou a prancheta do meu colo e apoiou no dele. Perto de "Grau de parentesco", ele escreveu "Amigo".

Levantei-me e devolvi a prancheta para a mulher na recepção, que já não via direito por causa das lágrimas que borravam a minha visão. A palavra "amigo" estava cravada no meu estômago como uma faca, como a faca Shun com lâmina fina como papel que um dia eu me imaginaria enfiando nos rins do meu noivo.

Quinze minutos se passaram antes que a porta branca se abrisse e eu ouvisse o meu nome ser chamado. O olhar de Liam encontrou o meu e ele levantou o polegar, com uma expressão meio pateta, como se estivesse distraindo uma criança pequena que estava prestes a tomar uma injeção antitetânica. Consegui dar um sorriso corajoso para ele.

Segui a enfermeira até uma sala de exame e subi na maca. Outros dez minutos se passaram antes que a porta fosse aberta e uma mulher entrasse, os cabelos louros e finos presos na nuca, um estetoscópio pendurado frouxamente ao redor do pescoço. Ela franziu o cenho para mim.

— TifAni?

Assenti, e a médica colocou minha ficha sobre o balcão e fez uma pausa, examinando-a, os olhos indo e voltando pelas minhas informações.

— Quando você fez sexo?

— Sexta-feira.

Ela olhou para mim.

— Sexta-feira a que horas?

— Por volta da meia-noite. — Ao que parecia.

Ela assentiu, passou o estetoscópio pelos ombros e pressionou-o contra o meu peito. Enquanto me examinava, a médica explicou o que era a pílula do dia seguinte.

— Não é abortiva — ela me lembrou, duas vezes. — Se o esperma já houver se implantado no óvulo, não vai adiantar nada.

— A senhora acha que já se implantou? — perguntei, o coração pulsando nos meus ouvidos.

— Não há como eu saber. — Ela se desculpou. — Só sabemos que é mais eficiente quando tomada o mais próximo possível do coito. — A médica relanceou o olhar para o relógio acima da minha cabeça. — Você está no limite do prazo, mas conseguiu. — Ela passou o estetoscópio por baixo da minha blusa e pressionou-o contra as minhas costas. Disse, então, com um suspiro tranquilizador: — Respire fundo. — Em outra vida, ela poderia ter sido uma instrutora de ioga moderninha do Brooklyn.

A médica terminou de me examinar e me pediu para esperar um pouco. Havia uma pergunta queimando na minha garganta durante os últimos dez minutos, mas só quando a vi pousar a mão na maçaneta que me forcei a dizer:

— É estupro quando a pessoa não consegue lembrar o que aconteceu?

A médica abriu a boca, como se estivesse prestes a dizer "Ah, não". Mas, em vez disso, ela falou, tão baixo que quase não consegui ouvir:

— Não estou qualificada para responder a essa questão. — E saiu da sala sem dizer mais nada.

Vários minutos se passaram antes que a enfermeira voltasse, o jeito vigoroso ainda mais perceptível depois da saída da médica tão fria e serena. Ela trazia um saco de papel sob o braço, cheio de preservativos coloridos, um frasco de remédio em uma das mãos e um copo de água na outra.

— Tome seis agora. — Ela colocou seis comprimidos na palma suada da minha mão e observou enquanto eu as tomava com água. — E mais seis daqui a doze horas. — Olhou o relógio. — Então coloque o despertador para às quatro da madrugada. — Ela balançou o saco de papel, brincalhona. — Ser cuidadosa pode ser divertido! Alguns desses até brilham no escuro. — Peguei o saco de papel da mão dela, todo aquele cuidado divertido se sacudindo dentro dele, zombando de mim em sua futilidade fluorescente.

Liam não estava na sala de espera quando voltei, e o saco de papel ficou úmido e fino na minha mão quando me ocorreu que ele talvez tivesse ido embora.

— Eu estava aqui com uma pessoa — disse para a mulher na recepção. — Viu para onde ele foi?

— Acho que está lá fora — respondeu ela. Vi de relance a médica passar atrás dela, os cabelos louros agarrando sua nuca como uma garra.

Liam estava do lado de fora, sentado no meio-fio.

— O que está fazendo? — Meu tom saiu irritado. Consegui ouvir a minha mãe falando.

— Não aguentava mais ficar lá dentro. Estava com a sensação de que achavam que eu era gay ou algo parecido. — Liam limpou a poeira do traseiro. — Conseguiu o que precisava?

Eu teria ficado grata se uma bomba tivesse explodido naquele momento. Uma última tragédia que me ancoraria para sempre a Liam. Eu o imaginei correndo na minha direção, cobrindo meu corpo com o dele enquanto os destroços afiados dos prédios se espalhavam pelo ar. Sem gritos a princípio, todos surpresos demais, concentrados demais apenas em sobreviver. Aquela seria a lição mais surpreendente que eu aprendera na Bradley: você só grita quando finalmente está a salvo.

7

— Estou me sentindo no sul da França! — Minha mãe ergueu a taça de champanhe.

Quase me controlei, mas acabei não resistindo.

— É *prosecco* — desdenhei.

— E daí? — Ela pousou a taça na mesa. Havia uma marca de batom na borda da taça, tão rosa que chegava a ser embaraçoso.

— *Prosecco* é italiano.

— Para mim tem gosto de champanhe.

Luke riu e os pais dele também, felizmente. Ele estava sempre fazendo isso, salvando a mim e a mamãe de nós mesmas.

— E com essa vista com certeza não se consegue dizer a diferença entre a França e os Estados Unidos — acrescentou Kimberly, a cerimonialista que estava cuidando do nosso casamento. Ela corrigia mamãe toda vez que era chamada de Kim. O que acontecia o tempo todo. Kimberly fez um gesto grandioso com a mão e todos nós nos viramos para admirar o pátio dos fundos dos Harrison, como se já não o houvéssemos visto milhões de vezes antes. O gramado verde que terminava abruptamente diante do horizonte, no oceano, de tal modo que, depois de algumas doses de coquetéis Dark and Stormys, parecia ser possível sair valsando direto sobre a água, embora fosse uma queda de quase dez metros até a areia. Havia uma escada encravada na encosta, vinte e três degraus até a língua amarga do Atlântico. Eu me recusava a entrar no mar além da altura dos joelhos, certa de que a água estava infestada de grandes tubarões brancos. Luke achava essa ideia engraçadíssima e adorava nadar mar adentro, as braçadas perfeitas levando-o cada vez mais longe no mar gelado. Em certo momento, ele se virava, a cabeça subindo à superfície como uma maçã loura, então erguia um braço sardento no ar e acenava para mim. "Ani! Ani!" Embora sentisse o terror me rasgando as entranhas, eu procurava ter espírito esportivo e acenava também — se demonstrasse um mínimo do medo que sentia, Luke iria mais longe e ficaria na água mais tempo. Se um tubarão o pegasse e o segurasse no fundo até que o sangue formasse uma camada na superfície do mar, como um vazamento de óleo, eu não teria coragem de ir salvá-lo. Teria medo pela minha própria vida, claro, mas também teria pavor de ver a carnificina no corpo dele, a perna faltando abaixo do joelho, uma ponta rasgada de músculos ensanguentados e veias, o odor doce e almiscarado que o corpo emite quando é aberto daquela forma. Ainda conseguia sentir aquele cheiro, mesmo depois de catorze anos. Era como se algumas poucas moléculas houvessem ficado presas nas minhas narinas, os neurônios sinalizando para o meu cérebro toda vez que eu estivesse quase esquecendo.

É claro que seria ainda pior se Luke sobrevivesse, porque eu seria mesmo uma vadia se abandonasse meu noivo sem perna. Não conseguia imaginar nada pior do que passar todos os dias da minha vida com uma lembrança física das coisas terríveis que a vida pode fazer, da verdade sempre presente: ninguém está seguro. Luke, o lindo Luke, com os amigos e a família, um homem tão talentoso em ser normal, o modo como um restaurante ficava mais quieto quando caminhávamos até a nossa mesa, a mão dele pousada nas minhas costas... E, no início, isso até embotara o meu medo. Luke era tão perfeito que me fazia destemida. Porque como alguma coisa poderia dar errado com uma pessoa como aquela?

Logo depois de ficarmos noivos — Luke de joelhos quando atravessamos a linha de chegada da maratona de Nova York, organizada para levantar fundos para o tratamento da leucemia, doença que o pai dele vencera dez anos antes —, fizemos uma viagem a Washington para visitar alguns amigos da Hamilton que moravam ali. A maior parte deles eu já conhecera em vários casamentos. Mas havia um que eu ainda não conhecera, Chris Bailey. Os amigos o chamavam de Bailey, era um cara de corpo magro e rijo, com dentes irregulares, os cabelos lisos demais repartidos ao meio. Ele não parecia em nada com os deuses arianos do grupo de Luke. Eu o conheci no bar onde fomos depois do jantar para o qual Bailey não fora convidado.

"Bailey, pegue uma bebida para mim", disse Luke, um tanto autoritário, mas também brincalhão.

"O que vai querer?", perguntou Bailey.

"Que porra você acha que é isso aqui?", Luke apontou para a Budweiser Light que tinha na mão, o rótulo suado.

"Uau." Eu ri. Uma risada de verdade, a princípio. Era tudo brincadeira. "Calma." Pousei a mão que carregava o peso do anel de esmeralda no ombro de Luke. Ele passou o braço ao redor da minha cintura e me puxou contra o corpo.

"Amo você pra cacete", disse contra os meus cabelos.

"Aqui está, cara." Bailey estendeu uma cerveja para Luke, que o encarou com uma expressão ameaçadora.

"Qual é o problema?", perguntei.

"Onde está a bebida da minha noiva?", quis saber Luke.

"Desculpe, cara!" Bailey sorriu, os dentes tortos prendendo o lábio inferior. "Eu não sabia que ela ia querer alguma coisa." Ele se virou para mim. "O que vai querer, meu bem?"

Não queria bebida nenhuma, não pega por Bailey, não daquele jeito. Luke sempre brincava com os camaradas — era verdade, aqueles caras eram ex-atletas bronzeados, saudáveis e brincalhões, a exata definição de camaradas. Mas havia uma desigualdade naquela conversa com Bailey que eu nunca vira antes. Bailey tinha a expressão de um irmão menor, desesperado para fazer parte, para agradar, disposto a aceitar qualquer abuso que fosse necessário para isso. Era uma atitude que eu conhecia muito bem.

"Bailey, por favor, desculpe o babaca do meu noivo." Olhei para Luke com uma expressão fofa e suplicante. *Por favor, pega leve.*

Mas o abuso continuou pelo resto da noite — Luke bradando ordens para Bailey, reclamando por ele não cumprir direito as ordens, e meu horror aumentando quanto mais bêbado e mais cruel Luke ficava. Estava imaginando meu noivo na faculdade, atormentando aquele tolo, talvez até mesmo se aproveitando de alguma garota desmaiada, no sofá cheio de grumos da fraternidade. Luke sabia que era estupro se a garota não estivesse consciente o bastante para dizer sim, certo? Ou ele achava que só era estupro quando algum bicho-papão saltava de trás de um arbusto e atacava alguma caloura sóbria e de aparência despretensiosa, a caminho da biblioteca? Ah, meu Deus, com quem eu estava me casando?

Luke exigiu que Bailey nos levasse de carro para casa, embora Bailey estivesse bêbado, embora estivéssemos em uma região agitada de Washington, cheia de táxis. Bailey ficou feliz em nos levar, mas me recusei a entrar no carro. E causei uma enorme confusão na calçada, gritando para Luke ir se foder.

Mais tarde, no quarto do hotel, Luke me encarou com lágrimas nos olhos, já sem nenhum traço do tirano que fora durante as últimas horas, e disse:

"Você tem ideia de como me mata quando você manda eu me foder? Eu jamais falaria desse jeito com você."

Retruquei furiosa:

"Quando você trata alguém do modo como tratou Bailey, é o seu modo de me dizer para ir *me* foder!" Luke me olhou como sempre me olhava quando pensava que eu estava dizendo alguma coisa absurda. Como se, naquele caso, achasse que eu já deveria ter superado os problemas da época do colegial.

Embora aquele incidente não parecesse característico de Luke, ainda que ele houvesse acordado na manhã seguinte dizendo que se sentia péssimo pelo modo como se comportara na noite da véspera, foi naquele fim de semana que parei de ver Luke como alguém tão perfeito e tão puro. E também parei de achar que nada de ruim poderia acontecer comigo enquanto estivesse com ele. Agora, vivia assustada o tempo todo, de novo.

Levei uma garfada de macarrão com queijo e lagosta à boca. Era a minha terceira garfada. Finalmente acertara com um serviço de bufê, o que minha mãe sugerira depois de ler que era um dos favoritos dos Kennedy. Às vezes, até ela sabia os botões certos a apertar.

Eu quase esperei até uns poucos dias antes da degustação para convidar meus pais. Assim, ficaria muito em cima da hora e muito caro para eles conseguirem organizar tudo para estar em Nantucket. Havia três formas de chegar à ilha – um voo direto pela JetBlue, saindo do aeroporto JFK, que quase nunca custa menos de quinhentos dólares, um voo da JetBlue saindo de Boston, seguido por outro voo de quarenta e cinco minutos em um avião similar em tamanho ao que estava John Kennedy Jr. quando caiu no Atlântico, ou uma viagem de carro de seis horas até o porto de Hyannis (oito horas para os meus pais que vinham da Pensilvânia), onde se podia pegar uma barca que levava uma hora até a ilha, ou um avião pequeno. Mas eu sabia que, se esperasse, minha mãe arrumaria um modo de ir. E a ideia dela dirigindo sozinha o velho BMW acabado até Hyannis, tendo que descobrir que barca pegar e onde estacionar, embarcando com suas bolsas Louis Vuitton falsas, era tão triste que não consegui suportar.

Papai não tinha o menor interesse em ir, o que não era grande surpresa. Ele não tivera interesse na minha vida, em vida nenhuma, incluindo a dele, desde que eu conseguia me lembrar. Por um tempo, imaginei se meu pai estaria traindo a minha mãe, se ele poderia ser do tipo que mantém uma família secreta, a família *de verdade* dele, a que realmente amava. Uma vez, quando eu estava no colegial, meu pai disse à minha mãe que iria lavar o carro. Meia hora depois que ele saiu, eu disse à mamãe que ia dar um pulo na farmácia. No meio do caminho, eu me dei conta de que havia esquecido a carteira. Tive que dar a volta, passando por um estacionamento vazio, cercado por um terreno que fora cruelmente aplanado, a floresta densa que havia ali pulverizada para dar lugar a um empreendimento imobiliário novinho. Descobri meu pai naquele ponto, sentado atrás do volante do carro, apenas olhando para o lamaçal. Recuei rapidamente, antes que ele pudesse me ver, e corri para casa, o coração disparado com o que vira, a mente tentando dar sentido à cena. Acabei percebendo que não havia ao que dar sentido. Meu pai era uma pessoa ambivalente, simples assim. Não havia nenhuma segunda família que ele amava mais do que nós. Meu pai não amava *ninguém*.

Luke se ofereceu generosamente para pagar a passagem da JetBlue da mamãe — não seria problema algum, na verdade, ainda mais sendo apenas ela —, e mamãe dirigiu até Nova York na sexta-feira e estacionou na garagem do nosso prédio, na vaga para convidados.

"Meu carro vai mesmo ficar seguro aqui?" Ela se ocupou com as chaves e trancou o carro, que apitou em resposta.

"Sim, mamãe", grunhi. "É aqui que deixamos nossos carros."

Ela passou a língua pelos lábios cheios de brilho labial, não parecendo convencida.

Eu dava crédito aos Harrison pela paciência que tinham com a minha mãe, com as tentativas patéticas dela de impressioná-los. *Não tudo isso*, sentia vontade de dizer a eles. *Como vocês têm paciência com ela?*

"Obrigada pela dica", dissera o sr. Harrison a ela naquela manhã mesmo, quando mamãe recomendou que ficasse de olho na carteira de investimentos dele, porque as taxas de juros estavam subindo. O sr. Harrison fora presidente de um banco de investimentos, o Bear Stearns, durante nove anos antes de se aposentar, e eu não tinha ideia de por que aquele homem não dizia à minha mãe para cuidar da própria vida.

"Às ordens." Mamãe sorriu satisfeita, e arregalei os olhos para Luke, que estava parado atrás dela. Ele me fez o gesto universal para relaxar, movendo as mãos para baixo, como se estivesse tentando fechar o porta-malas cheio de um carro.

Nos dedicamos aos bocados de macarrão com queijo e lagosta, aos minipãezinhos de lagosta, aos pedaços de carne com *wasabi*, às colheres de atum *tartare*, à *bruschetta* de *gruyère* ("O 'ch' em *bruschetta* na verdade se pronuncia como um 'q'", disse mamãe com ar de entendida, embora houvesse sido eu que ensinara isso a ela, depois de ter estudado em Roma no meu penúltimo ano da faculdade), a mesa de frutos do mar, o sushi bar e a mesa de antepastos.

— Essa é para o lado da família do meu marido! — brincou mamãe. Italianos que nem sequer sabiam pronunciar *bruschetta*. Éramos o pior tipo.

Faríamos a degustação de opções para o prato principal e para o bolo no domingo.

"É comida demais para experimentar de uma vez só", declarara Kimberly, sem fôlego, as coxas se espremendo nas laterais de uma das cadeiras do gramado dos Harrison. Ah, ela poderia ter aguentado, sim.

— Dá pra acreditar que eles vão se casar? — disse mamãe, emocionada, para a sra. Harrison, batendo palmas como uma garotinha. Eu detestava quando minha mãe começava com essas bobagens fofinhas com a minha futura sogra, que era uma mulher sóbria, meio masculina, séria, e não era dada a demonstrações melosas de afeto. O problema era que a sra. Harrison era educada demais para não responder. Quando minha mãe ficava sentimental daquele jeito, era terrível ter que assistir à sra. Harrison se esforçando para reagir como esperado, o que só aumentava a minha fúria.

— É empolgante! — arriscou a sra. Harrison.

Eram três horas da tarde quando Kimberly foi embora. Luke esticou os braços para o alto e sugeriu que déssemos uma corrida.

Todos os outros estavam "dando uma deitadinha" como sugerira o sr. Harrison. Era tudo o que eu queria fazer. Quando eu estava de folga da dieta Dukan, estava de folga. Sem exercícios. Tomar vinho até eu me arrastar para uma noite insone na cama e comer o máximo de comida que eu conseguisse enfiar em meu estômago encolhido, até chegar a hora de passar fome de novo.

Mamãe e os Harrison se retiraram para os seus quartos pra dar a "deitadinha", enquanto eu, cheia de inveja deles, amarrava meus tênis perto de Luke.

— Só cinco quilômetros — disse ele. — Só o bastante para termos a sensação de que nos exercitamos um pouco.

Luke e eu saímos pela entrada de carros. Eu já estava respirando com dificuldade quando chegamos à pequena inclinação da rua dele, a estrada de terra irregular se abrindo à nossa frente, o sol batendo sem piedade no pedaço mínimo de pele que estava exposto no meio do meu couro cabeludo. Eu tivera a intenção de pegar um boné.

— Está feliz? — perguntou Luke.

— Estou aborrecida por eles não terem uma torta de caranguejo melhor — respondi em um arquejo.

Luke deu de ombro, sem interromper o ritmo da corrida.

— Achei que estava bem gostosa.

Seguimos em frente. Antes de eu começar a me exercitar duas vezes ao dia — aulas de alongamento na barra de manhã e uma corrida de seis quilômetros e meio à noite — me sentia mais forte quanto mais corria. Agora era como se meus músculos estivessem falhando. Sentia as pernas pesadas quando elas eram a única parte do meu corpo que nunca fora pesada. Eu sabia que estava exagerando nos exercícios, me exaurindo, mas o ponteiro da balança estava se movendo, e isso era tudo o que importava.

— Você está bem, meu amor? — perguntou Luke, cerca de mil metros depois. Ele determinara o ritmo e não diminuíra a velocidade quando eu tentara fazer isso, quando sentira os músculos na parte de baixo do meu corpo, no lado esquerdo, dando um nó. Eu me rebelei e fiquei para trás, me perguntando qual deveria ser a distância entre nós até que ele percebesse que havia alguma coisa errada.

Parei e estiquei o braço acima da cabeça.

— Cãibras.

Luke ficou correndo no lugar, à minha frente.

— Elas pioram se você para.

— Eu era corredora. Sei disso — retruquei, irritada.

Os punhos dele estavam cerrados ao lado do corpo, o que é o modo errado de correr, desperdiça energia.

— Estou só avisando. — Ele sorriu e deu um tapinha no meu traseiro. — Vamos, você é uma sobrevivente.

Essa é a frase preferida de Luke a meu respeito, para me lembrar. Sou uma sobrevivente. É a finalidade da palavra que me aborrece, as implicações dela. Sobreviventes devem seguir em frente. Devem usar vestidos de casamento brancos e carregar buquês de peônias pela nave da igreja. E devem superar e não enfatizar um passado que não pode ser alterado. A palavra descarta algo que eu não posso e não vou descartar.

— Pode ir. — Apontei de forma acusadora para a estrada. — Estou voltando para casa.

— Amor. — disse Luke, desapontado.

— Luke, não estou me sentindo bem! — Foi a minha vez de cerrar os punhos, e levá-los aos olhos. — Não ando comendo direito! E acabei de jogar para dentro do meu organismo quatro malditos quilos de lagosta com queijo.

— Sabe de uma coisa? — Luke parou de correr no lugar, balançou a cabeça para mim como um pai decepcionado e deu uma risadinha amarga. — Não mereço ser tratado assim. — Ele se afastou alguns passos de mim. — Vejo você em casa.

Eu o vi se afastar correndo, levantando nuvens de pó com os calcanhares, a lagosta com queijo se revirando em meus intestinos, enquanto as passadas de Luke o levavam para longe de mim. Eu nunca lhe desagradara antes, porque nunca ousara fazer nada além de encantá-lo. Pode parecer estupidez, mas aquela foi a primeira vez que percebi que pelo resto da minha vida, até que a morte nos separasse, caberia a *mim* manter aquele verniz cintilando, sem riscos. Se Luke visse uma mínima mancha, me castigaria por isso. A vertigem me atingiu sem aviso, um giro vibrante da luz branca do sol nos meus olhos, e tive que me sentar na estrada de terra.

Depois do jantar, Hallsy, prima de Luke, apareceu para tomar um gole de uísque. "*Hallsy?*", eu repetira, incrédula, na primeira vez em que Luke falara dela para mim, no diminutivo. Ele me olhou como se fosse eu quem precisasse me mancar.

Os pais de Hallsy tinham uma casa na mesma rua de terra em que Luke e eu havíamos corrido naquela tarde, e os pais da sra. Harrison têm casas do outro lado da ilha, em Sconset. Não se pode dar aquele agradável passeio de bicicleta pela cidade no domingo sem esbarrar em algum membro da linhagem de Luke, enfeitado de pérolas.

Hallsy trouxera com ela um pote de brownies de maconha que conseguira com o auxiliar de garçom do Sankaty Head Golf Club, do qual todos os Harrison eram membros. O rapaz era vinte anos mais novo do que ela, mas ainda estava no raio de ação de Hallsy. Era estranho como certas pessoas, como a sra. Harrison, cresciam com todo o dinheiro do mundo e achavam tão normal serem ricas que nem sequer percebiam que tinham algo para ostentar. E outras, como sua própria sobrinha, eram tão inseguras que precisavam usar a riqueza em uma expressão de desdém nos rostos e nos relógios cravados de diamantes que usavam nos pulsos. Hallsy tem apenas trinta e oito anos, e seu rosto já é esticado como uma calça de ioga da Lululemon no traseiro de uma garota que usa tamanho G. Ela nunca se casou, e diz que jamais quis se casar, embora se pendure em qualquer cara remotamente trepável depois de um único drinque, enquanto os caras desvencilham com jeitinho os tentáculos dela de seus pescoços. Não é de espantar que o único anel no dedo dela seja um Trinity da Cartier, pelo modo como ela arruinou o próprio rosto, e pelo fato de que passa mais tempo se bronzeando ao sol do que correndo em uma esteira. Mas o problema dela não é só a pele toda manchada de sol, e a figura atarracada, a aparência preguiçosa. Hallsy é o tipo de pessoa que os outros descreviam como "maluquinha" e "excêntrica", o que é apenas um modo civilizado de dizer que ela é uma vaca horrorosa.

Hallsy me ama.

Mulheres como ela são minha especialidade. Você devia ter visto a expressão de filme de ficção científica no rosto dela quando me conheceu, quando tive a audácia de dizer que, apesar de nem todos os presentes apoiarem o projeto político de Obama, eu achava que todos podíamos concordar que ele era um homem extremamente inteligente. A conversa entre o sr. Harrison, Luke e Garret continuou, sem que ninguém realmente prestasse atenção em meu comentário. Mas, por um acaso, olhei na direção de Hallsy e a peguei me encarando, esperando que eu a notasse. "*Esta família* não liga muito para Obama", disse ela entre os dentes. Houve um momento entre nós em que Hallsy viu mais de mim do que eu jamais mostraria a Luke, mas me recuperei rapidamente e assenti com a cabeça para ela, como se estivesse grata. Mantive a boca fechada pelo resto da conversa, apenas virando a cabeça de Luke para Garret, para o meu futuro sogro, e de volta para Luke, para mostrar a eles o quanto eu estava envolvida com todos os ótimos argumentos que a ala masculina dos Harrison estava levantando. Mais tarde, quando fomos para a cidade tomar uns drinques, Hallsy escolheu se sentar perto de mim no táxi e, já no bar, me perguntou onde eu cortava os cabelos, porque estava procurando por um novo cabeleireiro. Eu disse a ela para marcar com Ruben no salão Sally Hershberger, e os cantos dos lábios inchados de Hallsy lutaram para se erguer em um sorriso, apesar do Botox. Você talvez pense que uma pessoa como ela se sentiria inclinada a torturar alguém como eu, mas se ela fizesse isso, estaria admitindo as próprias desvantagens estéticas. Desde que eu me submetesse a ela, era de interesse de Hallsy me aceitar. Isso deixava claro que não havia necessidade de se sentir com inveja ou intimidada — ela era tão desejável quanto uma mulher de vinte e tantos anos viciada em aeróbica.

Hallsy tinha um irmão chamado Rand, dois anos mais novo do que Luke e cinco anos mais novo do que Garret. Os pais dele o chamavam de o Garoto e diziam coisas como "É um milagre que o Garoto tenha realmente se formado na universidade", embora isso dificilmente tenha acontecido por milagre, já que havia um novo dormitório em Gettysburg ostentando o nome Harrison. Rand no momento estava correndo atrás da onda perfeita com seu grupo de amigos surfistas, no Taiti. Nell havia saído com ele uma vez, mas não conseguiu ir além de uns amassos. Ela disse que ele beijava como um garoto de cinco anos bêbado. "Ele tem a língua mais rápida que eu já vi", dissera Nell, mostrando a dela e girando-a de um lado para outro para mostrar o quanto fora nojento. Eu saboreava silenciosamente essa informação privilegiada toda vez que Hallsy fingia reclamar da modelo-atriz de vinte e um anos com quem Rand saía sempre que aterrissava em Nova York por alguns meses. Na verdade, ela não poderia ficar mais orgulhosa por ter um irmão playboy. Aumentava o valor de mercado dela.

Eu estava sentada na mesa da varanda dos fundos quando Hallsy entrou. Ela levantou meus cabelos das costas da cadeira, passou os dedos por eles e disse:

— A linda noiva!

Inclinei a cabeça para cima e ela me beijou no rosto, com os lábios inchados de veneno. Eu nunca deixava minha mãe me beijar e ela teria ficado aborrecida se visse como eu era afetuosa com Hallsy, e até mesmo com Nell. Por sorte, Luke e eu a havíamos levado ao aeroporto logo depois da corrida que eu abandonara de forma tão insensível. Mamãe teria adorado ficar — ela se encontrara com Hallsy uma vez, e na próxima vez em que a vi, minha mãe estava usando um colar de diamantes falso com uma ferradura, uma réplica barata do que Hallsy usava —, mas fôramos Luke e eu que tínhamos comprado a passagem dela e seria trezentos dólares mais caro se ela voltasse no domingo. Controlar os cordões das marionetes dava uma sensação de poder, até eu me lembrar de que aquilo não seria possível sem Luke.

O sr. Harrison saiu para a varanda dos fundos com uma garrafa de uísque Basil Hayden's e colocou-a em cima da mesa, junto aos copos e aos brownies. Na primeira vez em que Hallsy trouxera aqueles brownies ninguém me disse que eram de maconha. Eu comi três pedaços e tive que ser levada para a cama, com a cabeça rodando, um dos giros finalmente me fazendo cair em um feitiço do sono poderoso contra o qual lutei, lutei, até acordar às duas da madrugada, gritando por causa de uma aranha andando sobre a minha cabeça (não havia aranha nenhuma). O sonho todo me assustou tanto que detonou uma crise de cãibras que parecia estar rasgando a minha panturrilha. Eu gritava e agarrava a minha perna, e Luke ficou apenas me olhando, como se nunca tivesse visto uma cena daquelas na vida. Pela manhã, o sr. Harrison grunhiu dentro da xícara do café: "O que foi toda aquela agitação na noite passada?" Aquela foi a única vez na vida em que ele ficou aborrecido comigo e, desde então, nunca mais toquei em um brownie da Hallsy.

Assim, naquela noite, vi que Luke me olhava de relance quando estendi a mão para pegar um.

— Vou comer só um — sussurrei.

Luke suspirou de um modo que fez as narinas dele parecem os lados de um triângulo.

— Você que sabe.

Luke odeia drogas. Ele experimentou um baseado uma vez, na faculdade, e disse que fizera com que se sentisse burro. Ele também entrou naquela farra esquisita de ecstasy com uma ex-namorada no penúltimo ano de faculdade, quando tomaram uma pílula toda noite, por quatro noites seguidas, mas foi aí que a vida louca de Luke Harrison terminou. Garret chegara naquela tarde, e já estava no segundo brownie (eu havia cheirado cocaína com ele no banheiro, na festa de Natal da família do ano anterior, e ambos havíamos jurado não contar a Luke). O sr. Harrison e Hallsy estavam só beliscando, mas a sra. Harrison se manteve fiel à sua vodca. Tinha a sensação de que ela mantinha a mesma atitude que Luke em relação às drogas — não se incomodava que os outros usassem com moderação, só não era para ela.

— Vocês finalmente conseguiram organizar todo o itinerário da lua de mel? — perguntou Hallsy.

— Finalmente — respondeu Luke com um gemido, me dirigindo um olhar brincalhão de reprovação. Era demais pedir a ele que planejasse uma maldita coisa naquele casamento?

— Obrigada por me colocar em contato com a sua amiga — falei para Hallsy.

— Ah, então vocês vão *mesmo* passar por Paris, agora? — Hallsy engoliu o último bocado de brownie e arrotou alto. Ela adora brincar de não ter boas maneiras, acha que a faz parecer livre e arrojada, como um dos caras. Essa estratégia tem mesmo feito muito bem a ela.

— Na volta — explicou Luke —, vamos voar para Abu Dhabi, passar uma noite, depois passamos sete dias nas Maldivas. Voltamos para Abu Dhabi, e passamos três dias em Paris. Não é exatamente no caminho, mas Ani quer muito ir a Paris.

— É claro que ela quer ir a Paris! — Hallsy revirou os olhos para Luke. — É a lua de mel dela.

— Dubai me soa parecida demais com Las Vegas — disse, tentando não parecer na defensiva. — Preciso de um pouco de cultura.

— Paris vai ser o contraste perfeito para o tempo na praia. — Hallsy afundou de volta na cadeira e apoiou a cabeça na mão. — Estou tão feliz por vocês não terem decidido ir a *Londres*. — Ela combinou o revirar de olhos com o tempo que levou para dizer a palavra "Londres". — Principalmente porque vocês podem acabar morando lá e... — ela fungou grosseiramente — boa sorte com isso!

Comecei a dizer que nenhuma decisão havia sido tomada ainda, mas Luke inclinou a cabeça na direção da prima, com uma expressão confusa no rosto.

— Hallsy, você morou em Londres depois da faculdade.

— E foi horroroso! — uivou ela. — Gente amarela do deserto andando por toda parte. Achei que seria raptada e vendida como escrava branca por aquele povo do Oriente Médio. — Ela apontou para o cabelo coberto de luzes de seiscentos dólares.

Uma risada baixa subiu da garganta de Garret, e a sra. Harrison afastou a cadeira da mesa.

— Nossa. Acho que vou tomar outra vodca.

— Você sabe que estou certa, tia Betsy! — gritou Hallsy enquanto a sra. Harrison se afastava. Os brownies estavam fazendo meu cérebro parecer terra úmida e quente, esperando a semente de uma planta. Ele se agarrou àquela frase "Você sabe que estou certa, tia Betsy!", repetindo-a vezes sem conta.

— Sua mãe concorda comigo, só que nunca vai admitir — disse Hallsy para Luke, em um tom arrogante. Ele riu dela. — Falando de coisa que ela nunca admitiria. — Ela virou a cadeira de modo a me encarar. Havia um farelo solitário de brownie preso ao lábio dela, trêmulo como uma verruga peluda. — Ani, você precisa me prometer uma coisa.

Fingi que minha boca estava cheia de brownie e que não precisava responder. Essa recusa era uma tentativa patética de mostrar que a linguagem dela me ofendia. Hallsy não entendeu.

— Não me coloque sentada com os Yates no seu casamento. Pelo amor de *Deus*.

— O que você fez dessa vez? — perguntou o sr. Harrison em um tom sarcástico. Os Yates eram uma família de amigos dos Harrison, embora fossem muito mais próximos dos pais de Hallsy, já que tinham um filho mais ou menos da idade dela. Um filho que eu já ouvira dizer que Hallsy assediara, bêbada e desajeitada, em várias ocasiões.

Hallsy levou a mão ao coração e fez biquinho, de um modo que ela achava que a fazia parecer fofa.

— Por que está presumindo que foi algo que *eu* fiz?

O sr. Harrison a encarou e Hallsy riu.

— Está certo. Eu meio que fiz uma coisa. — Luke e Garret gemeram, e ela se apressou a dizer: — Mas minhas intenções foram as melhores!

— O que foi? — Minha voz foi uma surpresa para mim, tanto quanto para as outras pessoas ao redor da mesa.

Hallsy se virou para mim, com uma expressão que parecia desafiadora nublando seus olhos.

— Você conhece James, o filho deles?

Assenti. Eu o encontrara uma vez. Ele tomara uns drinques conosco, acho. Eu havia perguntando o que ele fazia, e o idiota me respondera que aquela era uma pergunta rude. Não me importava nem um pouco o que ele fazia, só queria que ele fosse educado e respondesse a pergunta para eu poder me gabar do que *eu* fazia.

Hallsy aproximou o queixo do pescoço e assumiu um tom confuso.

— Quer dizer, eu sempre meio que desconfiei. — Ela virou o pulso significativamente e olhou ao redor da mesa para se certificar de que todos haviam entendido. — E alguém me contou há pouco tempo que era verdade. Ele saiu do armário. — Ela deu de ombros. — Por isso, mandei flores para a sra. Yates e um cartão de condolências. — Hallsy continuou a falar pelo canto da boca. — Só que, no fim das contas, na verdade ele não era gay.

Luke deu uma gargalhada e levou a mão ao rosto. Ele separou os dedos para que todos pudessem ver seus olhos.

— Com quem mais isso poderia acontecer? — gemeu Luke, provocando risadas em todos, menos em mim. O brownie me distraíra e me deixara alerta para o maravilhoso, o espantoso. Eu estava fascinada pelo que chamavam na ilha de Gray Lady, a "Dama Grisalha", a grossa camada de neblina e pó que pode ser vista quando o sol se põe em Nantucket. Naquele momento, a Gray Lady estava por toda parte.

Hallsy deu um soquinho no ombro de Luke.

— De qualquer modo, agora ela não está falando comigo, nem com a minha mãe. A história é essa. Ora, eu só estava tentando ser solidária!

Luke estava rindo. Todos estavam rindo. Achei que eu também estivesse, mas meu rosto parecia anestesiado pela neblina. Talvez nem sequer fosse uma neblina, talvez fosse um gás venenoso e estivéssemos sob ataque, e eu fosse a única que havia percebido. Encontrei minhas pernas, me levantei e peguei a taça de vinho, como se estivesse indo até a cozinha para me servir de mais, que era o que eu deveria ter feito. Jamais deveria ter dito o que disse a seguir, que foi:

— Não se preocupe, Hallsy.

A risada morreu e todos se viraram para mim, ali em pé, obviamente prestes a dizer alguma coisa importante.

— Vamos enfiá-la na mesa das solteironas flácidas, com o resto do seu tipo.

Não fechei delicadamente a porta ao passar, como costumava fazer. Apenas deixei que fechasse rápido e com força, como a boca de uma planta carnívora.

—⁓—

Luke esperou algumas horas antes de ir se juntar a mim na cama. Eu estava lendo um livro de John Grisham. Havia livros de bolso de John Grisham espalhados por todo canto da casa dos Harrison.

— Ah, oi? — Luke se agigantou ao lado da cama, como um fantasma louro.

— Oi. — Eu estava lendo a mesma página, vezes sem conta, durante os últimos vinte minutos. A neblina havia clareado, e agora eu me perguntava sobre a gravidade do que acontecera. Do que eu fizera.

— O que foi aquilo? — perguntou Luke.

Dei de ombros e continuei a fingir que estava lendo.

— Ela falou "gente amarela do deserto". Contou uma das histórias mais ignorantes que já ouvi. Não o incomodou?

Luke arrancou o livro da minha mão e as molas enferrujadas da cama rangeram quando ele se sentou.

— Hallsy é completamente maluca. Por isso, eu não deixo nada do que ela diz me incomodar. Você também não deveria.

— Acho que então você é uma pessoa bem mais tranquila do que eu. Porque eu me incomodei.

Luke grunhiu.

— Ani, por favor. Hallsy cometeu um erro. É como... — ele parou e pensou por um momento — é como se você ouvisse dizer que alguém tem câncer e mandasse flores para aquela pessoa. E acabasse não sendo verdade. Como disse Hallsy, as intenções dela foram as melhores.

Encarei Luke, boquiaberta.

— A questão não é ela ter recebido a informação errada. A questão é ela achar que ser gay é um "diagnóstico" tão horrível — fiz o gesto para aspas, chamando atenção para a analogia ofensiva de Luke — que merecesse flores e *condolências* da parte dela!

Luke cruzou os braços.

— Quer saber? É disso que estou falando quando digo que estou ficando de saco cheio dessa história.

Apoiei-me nos cotovelos, fazendo as cobertas subirem, como uma ponte levadiça se erguendo pelo movimento dos meus joelhos.

— Ficando de saco cheio de quê?

Luke gesticulou para mim.

— Disso. Dessa... dessa... *birra*.

— Eu sou birrenta por ter me ofendido com uma demonstração evidente de racismo e de homofobia?

Luke levou as mãos à cabeça, como se estivesse protegendo os ouvidos de um barulho alto. Então fechou os olhos por um instante e voltou a abri-los.

— Vou dormir na casa de hóspedes.

Ele arrancou um travesseiro da cama e saiu do quarto.

Não esperava dormir nada, então me acomodei para continuar lendo *O último jurado*. Terminei ao amanhecer, quando o sol já entrava pelas persianas em faixas amarelas preguiçosas. Abri a seguir *O júri*, e já havia lido quase cem páginas, quando ouvi o chuveiro ser aberto na porta ao lado e Luke gritando para a sra. Harrison que queria os ovos fritos com a gema mole. Eu sabia que ele fizera isso por minha causa. Luke queria que eu soubesse que, agora, uma única parede nos separava, que ele escolhera vir da casa de hóspedes e começar o dia sem falar comigo. Odiei um pouco a mim mesma quando dobrei o canto da página e passei a unha pela dobra, para marcá-la. Então me odiei um pouco mais quando o barulho úmido do jato do chuveiro soou mais próximo. Afastei a cortina do boxe, entrei e senti as mãos dele nos meus quadris, prontas a perdoar, os pelos úmidos e crespos ao redor da ereção.

— Desculpe. — Gotas de água se acumularam em meus lábios. Era difícil me desculpar, mas eu já fizera coisas piores. Pressionei meu rosto contra a curva do pescoço dele, quente e cheia de vapor como uma calçada de Nova York exposta sem piedade ao auge do verão.

8

Minha mãe me deixou de castigo por duas semanas depois da festinha de Dean. Ela gostava de usar a expressão "Mas que piada", para as frases de efeito cafonas de *Friends*. E era exatamente isso o que era o castigo que ela me dera, uma piada. Pois, com o meu comportamento na festinha de Dean, eu mesma me punira.

Ainda assim, eu era tolerada na mesa de almoço e devia isso, principalmente a Hilary e Dean. Todos os outros pareceram aliviados quando anunciei que estava em prisão domiciliar pelo resto do mês. Em quarentena, eles ainda tinham tempo para decidir: Meu passo em falso era contagioso?

Não sei bem por que motivo, mas Hilary realmente fora com a minha cara. Talvez fosse porque eu havia apoiado e cooperado com a inútil rebelião adolescente dela, ou talvez porque ela havia me pedido para ler o trabalho que fizera sobre *No ar rarefeito* e eu basicamente tivesse reescrito o trabalho a ponto de ela conseguir um A+. Não me importava. Fosse o que fosse que ela precisasse de mim, eu daria.

Olivia tentou agir como se não se importasse, quando descobriu sobre a festinha de Dean, como se não fosse nada de mais eu ter sido convidada e ter mantido segredo, ou ter transado com Liam, o que ela deixara claro que tinha vontade de fazer.

— Foi divertido? — perguntou ela em um tom animado. Olivia piscou rapidamente, como se isso desse mais animação ao sorriso em seu rosto.

— Acho que sim? — Levantei as palmas da mão para cima e isso ao menos arrancou dela uma gargalhada de verdade.

Nos filmes de TV, as garotas mais populares da escola são sempre lindas, com curvas voluptuosas distribuídas em proporções impossíveis como Barbies. Mas a Bradley, e outras escolas similares, com frequência desafiava essa lei.

Olivia era bonita de um modo que uma avó comentaria: "Nossa, que jovem adorável." Tinha os cabelos tão encaracolados que ficavam fofos para o alto, e se tornavam mais cheios e rebeldes quando ela usava o secador. As bochechas ficavam vermelhas demais quando ela bebia, e tinha cravos escuros no nariz, que ficava mais oleoso com o passar do dia. Liam não se interessaria por ela de modo espontâneo, a atração com certeza seria dolorosamente forjada.

Com o tempo, Nell me ensinara a abrandar meu potencial para figurante de anúncios de cerveja, em vez de enfatizá-lo. O esforço excessivo para alcançar os símbolos de status e beleza — cabelos louros perfeitamente penteados, pele bronzeada sem marcas e uma logomarca cor de bronze estampada por toda a bolsa — é pura e simplesmente vergonhoso. Isso foi algo que levei anos para aprender: mamãe vinha me segurando pelo queixo e aplicando "um pouquinho de cor" nos meus lábios desde que eu tinha onze anos, porque se exibir era algo celebrado no Mt. St. Theresa's, e nunca era motivo de zombaria.

Como eu, Liam estava aprendendo a ver os cachos de Olivia como charmosos, em vez de bizarros, e até a achar que seus peitos chatos eram mais cheios do que ele pensava. Não interferi nisso. Durante toda a minha vida, tive dificuldade para dizer o que queria, para pedir o que queria. Tinha medo de ser um incômodo para as pessoas. Gostaria de colocar a culpa por esse modo de ser no que acontecera comigo naquela noite, ou nas semanas que se seguiram, mas acho que é apenas parte da minha personalidade. Pedir a Liam para ir comigo conseguir uma pílula do dia seguinte fora uma das coisas mais ousadas que eu jamais fizera e, com aquela única palavra "amigo", escrita bem devagar como se fosse um menino pequeno que ainda estivesse aprendendo a escrever corretamente, lembrei por que era tão raro eu pedir alguma coisa.

Olivia precisava apenas de um pouco de tempo para se certificar de que o meu afastamento não era uma armadilha. Para aceitar que eu estava sendo sincera. Quase três semanas depois da festa de Dean, eu a vi na outra extremidade do departamento de matemática. Olivia parou enquanto eu avançava na direção dela e comentou:

— Você está magra. — O comentário saiu mais como uma acusação do que como um elogio, do modo que até garotas de catorze anos sabem fazer. Como isso aconteceu? Como *você* fez isso?

Eu me senti iluminar por dentro e respondi, feliz:

— Corrida!

Mas a verdade era que, desde aquela noite, a única coisa que conseguia parar no meu estômago era melão. Eu avançava com dificuldade nas minhas corridas, meu tempo piorando em vez de melhorar, e o sr. Larson gritava: "Vamos, TifAni!", exasperado, não encorajador.

Quando Hilary me convidou para dormir na casa de Olivia, no sábado, o último do meu castigo, minha mãe concordou, como eu sabia que ela faria. Mamãe disse que eu havia sido tão prestativa e bem-comportada que merecia uma folga do meu castigo. Isso também era uma piada. Ela era totalmente obcecada pelos pais de Hilary e de Olivia, principalmente pela mãe de Olivia, Annabella Kaplan, nome de solteira, Coyne, descendente da família dona da Macy's, que dirige um Jaguar antigo. Mamãe sabia que não deveria interferir com aquela amizade burguesa, as mensalidades, na verdade, eram o preço a pagar pelos contatos sociais, não pela educação que eu receberia. Do mesmo modo que eu sabia que deveria desviar o olhar ao ver Liam passar o braço pelos ombros de bailarina de Olivia, enquanto sentia a acidez queimar minha garganta.

—⚡—

Mamãe me deixou na porta da casa de Olivia às 17 horas, no sábado. A casa não parecia grande coisa olhada de fora, com certeza se esperaria mais da neta do cara da Macy's. Mas era apenas camuflada pelas árvores, pelas vinhas e pela hera, e, ao se atravessar os portões, podia-se perceber que a casa continuava, e continuava... o pátio se abrindo em um grande terreno, com uma piscina e uma casa de hóspedes onde morava Louisa, a empregada dos Kaplan.

Bati à porta dos fundos. Vários segundos se passaram antes que eu visse o topo da cabeça tingida de um vermelho-morango desbotado de Hilary vir em minha direção. Eu nunca via os Kaplan quando vinha à casa de Olivia. Seu pai tinha um temperamento horrível e as consequências muitas vezes eram marcas roxas ao redor dos pulsos dela. A mãe costumava estar sempre se recuperando de alguma cirurgia plástica. A amálgama do jeito de ser dos pais — abusivos e vaidosos — só solidificava ainda mais em minha mente a ideia que eu tinha de Olivia como a pobre e glamorosa garota rica, que ansiei ser por tantos anos depois de conhecê-la. Nem mesmo o que ela me fez, ou o que aconteceu a ela mais tarde, foi o bastante para dissipar meu anseio.

Hilary abriu a porta.

— E aí, garota. — Ela e Olivia chamavam a todas de garotas. Levei anos para me livrar desse hábito irritante.

Meus olhos se demoraram na faixa nua da barriga muito chapada de Hilary, exposta pela camiseta curta. Pelas costas dela, os meninos a chamavam de maria-homem, por causa dos ombros largos e do corpo atlético. Mas eu achava os músculos tonificados de Hilary fascinantes. Ela não era magra como Olivia, mas não havia nem um grama sequer de gordura em seu corpo, e Hilary não praticava nenhum esporte, a mãe havia forjado uma carta, como se fosse o "treinador de squash" dela, para liberá-la das aulas de educação física da escola. Era como se Hilary tivesse um corpo construído por aulas de pilates, antes mesmo dele ser conhecido.

Eu me sentia nervosa por estar ali. Olivia não me convidara, fora Hilary quem me chamara. Nas duas últimas semanas, a história de Olivia com Liam chegara a outro patamar. Eu o deixara ir sem lutar. Se fosse para escolher entre ter Liam, ou ter Olivia e Hilary como amigas — nós havíamos descoberto que, acrescentando meu nome, nosso acrônimo agora era HOT, gostosas —, ora, eu sabia qual das duas opções tinha mais potencial a longo prazo.

— Vem. — Hilary subiu a escada dois degraus de cada vez, os tendões se flexionando cada vez que ela os empurrava contra a gravidade. Hilary sempre tinha que fazer tudo de um jeito um pouco mais esquisito do que os outros. Era parte do seu estilo.

Olivia tinha uma ala inteira da casa para si mesma — um espaço grande, ao estilo de um *loft*, com um banheiro separando o quarto dela do quarto da irmã mais nova, que estava em um colégio interno. Hilary havia me contado que a irmã de Olivia era a mais bonita das duas, a favorita. Era por isso que Olivia mal comia.

Olivia estava sentada no chão, as pernas cruzadas, encostada preguiçosamente contra a cama. Sacos de balas de goma Swedish Fish e de caramelos Starburst, uma garrafa de vodca e uma garrafa tombada de Coca Diet a cercavam como doces baixas de guerra.

— E aí, garota. — Olivia puxou a bala de goma em forma de peixe entre os dentes até o corpo do animal se partir ao meio. Então estendeu a mão para a garrafa de vodca. — Bebe.

Misturamos a vodca com a Coca Diet, cravamos os dentes na bala, tentando fazer com que absorvesse o amargo da bebida. O sol começou a se afastar da janela, nossas pupilas se dilataram, mas não acendemos as luzes.

— Vamos chamar o Dean — disse Olivia, só quando já tínhamos acabado com boa parte da vodca. Quando o objetivo é ser fodida, a voracidade de Dean deve ser considerada.

Eu estava zonza de fome e do açúcar que ingerira. Olivia sorriu para mim, os espaços entre seus dentes tingidos de vermelho-natal.

— Ele vai vir se souber que você está aqui.

Se ao menos eu também tivesse conseguido gostar de Dean, se sua mera presença, a lembrança sensorial de seu esperma na minha língua não me dessem asco, talvez tudo acabasse de forma diferente.

— Ele vai vir! — Hilary deitou-se de costas com uma gargalhada, levou os joelhos ao peito e começou a se balançar para a frente e para trás. Eu podia ver a calcinha dela, de um verde radioativo, dessa vez.

— Cala a boca. — Encaixei os lábios na garrafa de vodca e estremeci quando o líquido desceu pelo meu estômago como lava quente.

Olivia estava no telefone dizendo:

— Só espera escurecer, ou a Louisa vai ver.

Se fosse com as garotas do Mt. St. Theresa's, estaríamos todas aglomeradas ao redor do espelho, pintando febrilmente as nossas bochechas com blush, passando tanto rímel nos cílios que ficariam parecendo pernas peludas de aranhas. Mas Olivia apenas ajeitou o coque bagunçado no alto da cabeça, prendendo-o junto do couro cabeludo.

— Eles vão trazer bebidas.

— Quem vem? — Esperei, torcendo para ouvir o nome de Liam.

— Dean, Liam, Miles. — Ela mastigou uma bala. — E Dave. Eca.

— A porra do Dave — concordou Hilary.

Eu disse que precisava ir ao banheiro. Saí cambaleando pelo corredor e tranquei a porta ao entrar, porque o que eu estava prestes a fazer era muito vergonhoso: eu ia me maquiar. Minhas bochechas estavam muito vermelhas quando me olhei no espelho. Lavei o rosto para tentar esfriá-lo um pouco e deixar a pele pronta como uma tela em branco. Procurei nas gavetas por lápis de olho, brilho labial, qualquer coisa. Encontrei um rímel velho, já esfarelando, e fiquei enfiando o pincel no tubo, sem parar, tentando aproveitar o máximo de produto possível.

Ouvi os garotos subindo a escada e me encarei com firmeza no espelho.

— Está tudo bem. Você está bem.

Eu não me dera ao trabalho de acender a luz, e os últimos raios de sol iluminaram meu rosto, apagando qualquer aparência de confiança que eu esperara ver.

Quando voltei ao quarto de Olivia, vi todos sentados em círculos, tomando as cervejas que eles haviam levado em sacos de papel úmidos. Havia um espaço vago entre Liam e Dean. Sentei ali e fiquei o mais próximo de Liam que ousei. Dean me passou a garrafa. Não entendia a diferença entre uma cerveja comum e a que eles haviam levado, e abaixei o saco de papel para ler o rótulo: cerveja puro malte. Bebi sem saber o que aquilo queria dizer.

Depois de uma hora de conversa boba, quando as palavras ficavam cada vez mais imprecisas na minha mente, Olivia anunciou que era seguro ir para fora fumar.

Descemos as escadas nos arrastando, passamos pela cozinha e saímos um a um pela porta, como se fôssemos a mais bem treinada brigada de incêndio. Nós nos agrupamos em um círculo na privacidade do jardim, que nos protegia da vista da janela da cozinha, os braços de uma árvore de bordo se esticando em nossa direção, esperando por um abraço. Não havia percebido que aquela era uma cozinha auxiliar.

— A cozinha da empregada — explicou Olivia. A cozinha era maior do que a minha, na nossa modesta McMansão. Os pais de Olivia raramente usavam aquele lado da casa, disse ela, e ninguém nos veria ali desde que ficássemos quietos.

Dean pegou um baseado dentro de um maço de cigarros, passou um isqueiro pela parte de baixo e levou uma extremidade à boca, antes de acender a outra.

Passamos o cigarro a partir da esquerda, Olivia e Hilary antes de mim, nenhuma das duas conseguindo tragar, tendo acessos de tosse, enquanto os caras reviravam os olhos e diziam para elas passarem logo adiante o cigarro, antes que apagasse.

Eu não fumara maconha desde aquela noite no oitavo ano, na casa de Leah. Estava apavorada com a possibilidade de voltar a sentir o que sentira, o modo como o barato da droga me atingira de repente, fechando sua capa ao meu redor, sem aviso. Todas as veias do meu corpo haviam inchado e começado a pulsar, e eu tivera certeza de que aquela sensação jamais iria embora, de que eu jamais voltaria a me sentir normal. Mas a vontade de me sair melhor do que Hilary e Olivia era maior do que o medo. Levei o baseado à boca, a ponta cintilando como um vaga-lume no primeiro dia de verão. Segurei a fumaça nos pulmões por um longo tempo, para impressionar Liam, soprando-a em uma graciosa fita de fumaça que espiralou ao redor do rosto dele.

— Preciso conhecer mais garotas católicas — disse Liam, os olhos sonolentos.

— Ouvi dizer que elas usam os dentes. — murmurou Olivia, bem baixo, como se estivesse nervosa para ver como a piada iria repercutir. Ela provocou uma enorme gargalhada, que Olivia tentou freneticamente calar, o medo que sentia do pai sobrepujando temporariamente o orgulho. Era a coisa certa a fazer.

Dean bateu nas minhas costas.

— Não se preocupe, Finny, você estava bem fora de si.

Foi um desses momentos estranhos em que não se tem controle das próprias reações, quando a dor está exposta demais para ser escondida. Eu ri, e o contraste entre o som da risada e a expressão do meu rosto só tornava tudo pior.

Depois que fumamos o cigarro até o fim, Liam disse que precisava ir ao banheiro e entrou em casa. Eu me perguntei se deveria segui-lo, enquanto a conversa continuava aos sussurros. Sentia as consequências do que acabara de fazer, da minha bravata ao tragar por tanto tempo. Meu coração pulsava com força nos ouvidos quando percebi que Olivia também não estava mais ali, que se esgueirara sem que eu nem percebesse. Espiei por entre as folhas cor de rubi do bordo e sobre as cercas vivas que protegiam as janelas, mas a cozinha estava vazia.

— Estou com frio — falei, entrando em pânico ao perceber o quanto estava com frio. Eu tremia. — Vamos entrar. — Eu precisava me mexer, precisava me concentrar em colocar um pé diante do outro, em colocar a mão na maçaneta fria e girá-la, me concentrar em qualquer coisa que não fosse o modo como meu corpo tremia, como uma daquelas dentaduras de corda — gengivas vermelhas e brilhantes, dentes branquíssimos sobre um par de pés —, que saem tremendo por cima da mesa. A ideia de diversão de um daqueles tios velhos que usam cardigãs.

— Vamos ficar aqui mais um pouco. — Era Dean que estava falando. Era o braço de Dean me puxando. Ele era o único que ainda estava ali. Onde estavam todos os outros?

— Espera. — Abaixei a cabeça e apoiei a testa contra o peito dele. Faria qualquer coisa para evitar sua boca, que estava vindo em minha direção.

Dean levou o dedo ao espaço entre o meu queixo e o meu pescoço, e ergueu minha cabeça com força.

— Estou com frio de verdade — protestei, mas cedi. Engoli em seco com dificuldade quando senti os lábios úmidos de Dean nos meus. Só um pouquinho, pensei. Você só precisa fazer isso um pouquinho. Não seja grosseira.

Brinquei com a língua gorda de Dean e notei que as palmas das minhas mãos ainda estavam contra o peito dele, ainda o afastando. Passei os braços, então, obedientemente, ao redor da nuca peluda dele.

Os dedos de Dean estavam no botão da minha calça. Era cedo demais para parar, Dean não acreditaria em mim se eu já pusesse um fim naquilo. Com a maior calma possível, interrompi o beijo.

— Vamos entrar. — Tentei parecer ofegante e sedutora, mas nós dois sabíamos que não havia lugar dentro da casa para eu cumprir a promessa velada. Tarde demais, percebi que meu jogo era perigosamente transparente, que eu havia cometido o erro fatal de menosprezar Dean. Ele agarrou o botão da minha calça com tanta força que minha pélvis foi puxada para a frente e meus pés saíram do chão. Caí para trás, aterrissando sobre o meu pulso em um ângulo dolorido, e deixei escapar um ganido de cachorrinho ferido que reverberou pelo pátio.

— Cala a boca! — sibilou Dean. Ele ficou de joelhos e me esbofeteou.

Mesmo antes de entrar na Bradley, mesmo antes que todas as evidências provassem que eu não era como as outras, não imaginava que eu era do tipo em quem se batia. A mão quente em meu rosto me fez perder o controle. Comecei a gritar, um som gutural, primitivo, que eu nunca ouvira antes. Há tão poucas ocasiões na vida moderna em que nosso corpo assume o controle, em que temos a oportunidade de descobrir o que ele fará para tentar sobreviver, que gritos e cheiros emitirá. Naquela noite, no chão com Dean, arranhando e guinchando, um suor grosso se acumulando nas minhas axilas, descobri como o meu corpo reagia ao assumir o controle, e não foi a última vez que isso aconteceu.

Dean havia aberto o botão e descera minha calça até os quadris quando as luzes da frente da casa foram acesas e ouvimos os gritos do pai de Olivia. Ela saiu apressada pela porta dos fundos, gritando para que eu fosse embora e nunca mais voltasse. Ouvi Dean ofegando atrás de mim enquanto eu corria para o portão e minhas mãos esbarravam na tranca.

— Anda logo! — Dean me afastou do caminho, destrancou o portão e abriu-o. Ele passou correndo, mas parou e inexplicavelmente ficou segurando o portão aberto para que eu também pudesse escapar. A entrada de carros estava logo à minha frente quando ouvi o barulho de mais passos atrás de mim. Eram os outros garotos, correndo para o Navigator de Dave, que estava estacionado na rua.

Saí correndo e virei à direita. Não sabia para onde estava indo, só sabia que a direita era a direção oposta do carro de Dave. Continuei correndo até a luz da casa de Olivia desaparecer completamente e ficar escuro, então, desabei na lateral da rua, sentindo os pulmões arderem com o frio da noite, o coração dando cambalhotas loucas no meu peito, como se eu nunca tivesse corrido assim, como se corrida não fosse o esporte que eu praticava na escola.

Estava nas entranhas da Main Line, as mansões distantes da rua, suas luzes cintilantes e presunçosas se refletindo entre as árvores. Eu entrava no meio do arbusto mais próximo ao ouvir a mera vibração do motor de um carro, e ficava espiando por entre as folhas vermelhas e amareladas com a respiração presa, só deixando escapar o ar quando via que não era o Navigator de Dave. A adrenalina havia apagado do meu corpo qualquer efeito do baseado, mas pelo modo como eu ziguezagueava pela estrada, era fácil ver que levaria horas até que sumissem os efeitos da vodca misturada com a Coca Diet, e horas antes que eu percebesse que meu pulso estava tão inchado que tinha duas vezes o tamanho normal. E que estava latejando em sintonia com as batidas do meu coração.

Eu havia formulado um plano: pegar a avenida Montgomery, então seguir reto até a Arbor, onde poderia virar à direita para chegar à casa de Arthur. Eu jogaria pedrinhas na janela dele, como os garotos faziam nos filmes, quando gostavam de uma garota. Arthur me deixaria entrar. Tinha que deixar.

Entrei em várias ruas erradas, a cada vez certa de que era aquela que me levaria à via principal. Em um determinado momento, fiquei tão desesperada que não me escondi ao ver as luzes de um farol aparecerem no topo de uma colina alta. O veículo era baixo e reluzente, com certeza não era o carro de Dave.

Quando o carro parou no topo da colina, eu me joguei contra a janela e perguntei como chegar à avenida Montgomery. A expressão no rosto da mãe no outro lado da janela foi de pânico. Ela abriu a boca, horrorizada, e o carro guinchou sob seus pés. O Mercedes deu um salto à minha frente e seguiu rasgando a noite, perseguindo em velocidade acelerada o jantar onde a mulher, com certeza, iria regalar as amigas flácidas com a história de ter escapado por um triz de uma ladra de automóveis agressiva que aparecera como se fosse um bicho-papão, na Glenn.

Depois do que pareceu ao mesmo tempo uma eternidade e apenas um segundo, eu me vi dobrando uma rua que se abria em uma longa fileira de postes de luz, com um posto de gasolina Wawa na esquina que ficava no final da rua. Eu estava tão impaciente que desatei a correr, as mãos soltas ao lado do corpo como o sr. Larson havia nos ensinado. "Cerrar o punho despende energia", havia explicado ele, nos mostrando o próprio punho cerrado. "E vocês querem conservar o máximo de energia possível."

Corri até a placa fluorescente do posto de gasolina, protegendo os olhos contra as luzes súbitas e cortantes, como se fosse o sol saindo de repente de trás das nuvens. Empurrei a porta da loja de conveniência com o ombro, vi que estava quente lá dentro e me dei conta do quanto cheirava mal, agora que estava em um espaço fechado. Parei a poucos centímetros do balcão para evitar que o homem no caixa sentisse meu fedor.

— A avenida Montgomery fica mais acima, à direita, certo? — Fiquei horrorizada ao perceber que estava falando arrastado.

O homem no caixa levantou os olhos das palavras cruzadas que fazia, com uma expressão irritada. Ele piscou, e foi como se todo o seu rosto se alterasse.

— Moça. — Ele levou a mão ao peito. — Você está bem?

Passei a mão pelos cabelos e senti terra nele.

— Eu só tropecei.

O homem estendeu a mão para o telefone.

— Vou chamar a polícia.

— Não! — Joguei o corpo para a frente, e ele recuou um passo, ainda segurando o telefone.

— Não faça isso! — gritou ele. Percebi, pela primeira vez, que ele também estava assustado.

— Por favor — falei. O dedo dele havia pressionado apenas o primeiro número. — Não preciso da polícia. Só quero que me diga como chegar à avenida Montgomery.

O homem parou, ainda segurando o fone com as duas mãos, com tanta força que a pele dos nós de seus dedos estava branca.

— Você está muito longe de lá — disse ele, por fim.

Ouvi a porta atrás de mim se abrir e congelei. Não queria fazer uma cena com outro cliente da loja de conveniência.

— Pode apenas me dizer como chegar lá? — sussurrei.

O homem abaixou lentamente o fone, e pareceu inseguro quando estendeu a mão para um mapa.

Ouvi meu nome.

Era o sr. Larson atrás de mim. Era a mão do sr. Larson no meu ombro, guiando-me para fora da loja de conveniência, tirando as sacolas com comida pronta do assento do passageiro e me ajudando a entrar no carro. A sensação de ser encontrada era de rendição, e me fez abrir mão de todos os meus segredos. De todas as minhas mentiras — as que eu contava a todos, até para mim mesma. Lágrimas escorriam pelo meu rosto, aberto de um lado com um corte, deixando uma marca preta fina, escura como a meia-noite, que poderia ser um traço de caneta, quando comecei a contar a ele o que havia acontecido. E não consegui mais parar.

O sr. Larson me deu uma coberta, água e uma bolsa de gelo para o meu rosto. E queria me levar para o hospital. Mas fiquei tão histérica ao ouvir a sugestão que ele acabou concordando em me levar para seu apartamento. O fato de o sr. Larson saber exatamente como lidar com a situação — me levar para um lugar seguro, me acalmar, me deixar sóbria — não me surpreendeu na época, mas surpreende agora. Ele era um adulto, é claro que sabia o que fazer, mas o que eu não conseguiria perceber na época, aos quatorze anos, era o quanto vinte e quatro é jovem. Menos de dois anos antes, o sr. Larson estava mergulhando pelado no lago Beebe, em Cornell, com os companheiros de fraternidade, era o único que havia conseguido ficar com uma caloura que todos chamavam de Puta Merda, porque ela era tão linda que todos diziam "puta merda" em um arquejo, quando a viam. Nem parecíamos assim tão distantes em idade, na época. Se eu estivesse usando maquiagem e um vestido, poderíamos estar voltando para o apartamento dele depois de um primeiro encontro que tivesse ido muito, muito bem.

Eu tinha chegado a Narberth, havia caminhado pelo menos dez quilômetros desde a casa de Olivia. Era quase uma da madrugada, e o sr. Larson estava voltando para casa, vindo de um dos bares em Manayunk, onde morava a maioria dos amigos dele, onde ele moraria se não fosse uma caminhada tão longa para a Bradley todas as manhãs. Ele me contou que havia parado na loja de conveniência do posto para comprar alguma coisa para beliscar em casa. Então deu um tapinha na barriga e disse:

— Venho beliscando demais ultimamente. — Ele estava tentando me fazer sorrir, e foi o que fiz, por educação.

Eu não o achava gordo, mas quando chegamos ao apartamento dele e, já enrolada na coberta que ele me dera, olhei ao redor da sala e examinei as fotos nas paredes, vi que o sr. Larson tivera o mesmo corpo magro e musculoso de Liam e Dean. Ombros musculosos conquistados após trabalhar duro na academia, mas a cintura estreita deixando claro como seria o corpo antes do supino. Depois que o sr. Larson se tornara meu técnico, depois que ele começara a se dar bem comigo, havia parado de pensar nele como o cara mais bonito que já vira ao vivo. Mas aquelas fotos me lembraram do que eu vira no primeiro dia de aula. Apertei mais a manta ao redor do corpo, achando subitamente que o decote em V do meu suéter era profundo demais.

— Aqui está. — O sr. Larson apareceu na porta, com um pedaço gorduroso de pizza Tombstone em um prato.

Comi obedientemente. Havia insistido para que ele não fizesse nada para mim, porque não estava com fome. Mas experimentei a pizza aquecida no micro-ondas, a massa ainda crua e fria, e uma fome desvairada me dominou — comi aquele pedaço, e mais três depois dele, antes de me recostar no sofá, exausta.

— Está se sentindo melhor? — perguntou o sr. Larson. Assenti, a expressão fechada.

— TifAni — ele começou a falar, debruçando-se para a frente na poltrona reclinável que havia perto do sofá. Ele tivera o cuidado de se sentar ali. — Precisamos conversar sobre os próximos passos.

Enfiei a cabeça na manta. A pizza me dera energia para voltar a chorar.

— Por favor — choraminguei. *Por favor, não conte aos meus pais. Por favor, não conte na escola. Por favor, apenas seja meu amigo e não torne tudo isso ainda pior do que já é.*

— Eu provavelmente não deveria lhe contar isso. — Ele suspirou. — Mas já tivemos problemas como esse com Dean, antes.

Usei a manta para secar o rosto e levantei a cabeça.

— Como assim?

— Essa não é a primeira vez que ele abusa fisicamente de uma aluna.

— *Tenta* abusar — eu o corrigi.

— Não — disse o sr. Larson com firmeza. — O que Dean fez na casa dele três semanas atrás não foi uma tentativa, o que ele fez esta noite não foi uma tentativa.

Mesmo depois de tudo terminado, depois das cinzas adubarem a relva, depois de eu me mudar para a universidade, e então para Nova York, e conseguir tudo o que queria, o sr. Larson continuava sendo a única pessoa que me dissera que aquilo, nada daquilo, era culpa minha. Vi a hesitação momentânea até mesmo nos olhos da minha mãe. Quando você paga um boquete para alguém, não é algo que alguém *o* force a fazer. Como pode ter sido do jeito que você contou? Como você pode ter ido àquela festinha, sendo a única garota, beber daquele jeito e não esperar que acontecesse o que aconteceu?

— Meus pais nunca vão me perdoar por arruinar tudo — falei.

— Sim — prometeu o sr. Larson. — Eles irão perdoá-la.

Recostei o corpo, apoiei a cabeça no sofá e fechei os olhos, sentindo as pernas doerem pelo tempo que passara andando pelas ruas da Main Line. Eu poderia ter adormecido ali mesmo, mas o sr. Larson insistiu para que me deitasse na cama dele, que ele ficaria bem no sofá.

Ele fechou a porta com delicadeza e entrei embaixo do edredom vermelho-escuro, já gasto. O sr. Larson tinha cheiro de homem mais velho, como o meu pai. Fiquei me perguntando com quantas garotas ele teria dormido naquela cama, se o sr. Larson havia beijado seu pescoço enquanto subia em cima delas, lentamente, com dedicação, como eu sempre imaginara que seria o sexo.

Acordei no meio da noite gritando. Não cheguei a me ouvir, mas deve ter sido bem terrível porque o sr. Larson entrou correndo, ofegante, no quarto. Ele acendeu a luz, ficou parado ao lado da cama, pedindo em voz alta para que eu acordasse, que era apenas um pesadelo.

— Você está bem — ele me tranquilizou quando viu que meus olhos estavam fixos nele. — Você está bem.

Segurei o edredom sob o queixo, toda coberta a não ser a cabeça, como minha mãe costumava fazer com os montes de areia, na praia.

— Desculpe — sussurrei, envergonhada.

— Não precisa se desculpar — disse o sr. Larson. — Deve ter sido muito ruim, mesmo. E achei que você iria querer ser acordada.

Minha cabeça sem corpo assentiu.

— Obrigada.

O sr. Larson estava usando uma camiseta, esticada contra a largura impressionante dos ombros dele. E se virou para sair do quarto.

— Espera! — Segurei a coberta com mais força contra o corpo. Não conseguiria ficar sozinha naquele quarto. Meu coração saltava ameaçadoramente em sua cavidade no peito, o primeiro sinal da vertigem. Daquele jeito, ele não conseguiria bater por muito mais tempo e, se parasse, eu precisava ter alguém por perto para pedir socorro. — Não posso... não vou conseguir dormir. Pode ficar aqui?

O sr. Larson olhou para mim, na cama, por cima dos ombros largos. Havia uma tristeza em seu rosto que não compreendi.

— Eu poderia dormir no chão.

Assenti com a cabeça, encorajando-o. Ele foi até a sala e voltou com um travesseiro e uma coberta. Ele arrumou tudo no chão, perto da cama, então apagou a luz e se ajeitou sobre a cama improvisada.

— Tente dormir, TifAni — disse ele, sonolento. Mas não tentei. Fiquei acordada a noite toda, ouvindo sua respiração compassada, que me acalmava, como se me dissesse que tudo ficaria bem. Eu não sabia na época, mas teria uma vida inteira de noites insones me esperando depois disso.

Pela manhã, o sr. Larson colocou um *bagel* congelado no micro-ondas para mim. Ele não tinha cream cheese, só uma manteiga rançosa, suja com migalhas de pão.

Mesmo com o inchaço tendo cedido durante a noite, eu ainda tinha aquela marca vermelha fina no meu rosto. Mas era o pulso que estava me preocupando, por isso o sr. Larson se ofereceu para ir até a farmácia, para comprar uma atadura elástica para o pulso e uma escova de dentes para mim. Depois disso, ele queria me levar para casa, e prometeu que me ajudaria a contar aos meus pais o que acontecera. Concordei relutante.

Quando ele saiu para ir a farmácia, peguei o telefone e liguei para casa.

— Oi, querida! — disse mamãe.

— Oi, mãe.

— Ah! — disse ela. — Antes que eu me esqueça, Dean Barton ligou para você alguns minutos atrás.

Eu me agarrei ao telefone como se fosse uma corda de salvação.

— Ele ligou?

— Disse que era importante, ah, espere, deixe eu achar o recado. — Ouvi mamãe procurando, e tive que me controlar para não gritar para que ela se apressasse. — O que foi, meu bem?

— Eu não disse nada — falei, irritada, antes de me dar conta de que ela estava falando com o meu pai.

— Sim, no freezer que fica na garagem. — Uma pausa. — Está *dentro* dele.

— Mãe! — rugi.

— Calma, TifAni — disse ela. — Seu pai, você sabe como ele é.

— O que Dean disse?

— O recado está aqui comigo. É para você ligar para ele o mais rápido possível, é sobre o trabalho de química. Ele deixou o número também. Parecia muito nervoso. — Havia uma risadinha travessa na voz dela. — Ele deve gostar de você.

— Me passa o número? — Encontrei um Post-it e uma caneta na gaveta do sr. Larson e anotei.

— Já ligo de novo para você.

— Espere, TifAni, a que horas devo pegá-la?

— Já ligo de volta!

Desliguei e rapidamente liguei para o número de Dean. Precisava saber o que estava acontecendo antes que o sr. Larson voltasse da farmácia.

Dean atendeu ao terceiro toque. Seu "alô" soou hostil.

— Finny! — O tom dele mudou completamente quando percebeu que era eu. — Onde diabos se enfiou na noite passada? Tentamos encontrar você.

Inventei uma mentira sobre como acabara indo para a casa de uma colega de corrida, que mora perto de Olivia.

— Bom, bom — disse Dean. — Agora, escuta, sobre o que aconteceu ontem. Estou arrependido de verdade. — Ele riu, envergonhado. — Fiz merda.

— Você me bateu — falei tão baixo que não tive certeza de que Dean ouvira ou não, até ele responder:

— Foi mal mesmo, Finny. — A voz dele pareceu entalada na garganta quadrada. — Me sinto péssimo quando lembro do que fiz. Vai conseguir me perdoar algum dia? Não vou conseguir viver comigo mesmo se você não me perdoar.

Havia um desespero na voz de Dean muito parecido com o que eu mesma sentia — seria tão mais fácil se aquilo nunca tivesse acontecido... E só nós tínhamos o poder de tornar essa possibilidade verdadeira.

Engoli em seco.

— Está certo.

O suspiro de alívio dele soou pesado no meu ouvido.

— Obrigado, Finny. Obrigado.

Liguei de volta para a minha mãe e disse a ela que pegaria o trem.

— E, mãe? — perguntei. — Você tem alguma pomada para cortes em casa? O cachorro da Olivia arranhou meu rosto quando eu estava dormindo. — Olivia não tinha cachorro.

Quando o sr. Larson voltou, eu estava vestida e com as minhas mentiras prontas. Insisti que eu pegaria o trem, que ele não conhecia meus pais, que seria melhor se eu contasse tudo a eles sozinha.

— Tem certeza? — perguntou. O tom dele deixava claro que não estava acreditando em nada do que eu dizia.

Assenti, com uma expressão contrita.

— Há um trem passando às 11:57, vindo de Bryn Mawr. Podemos chegar a tempo se sairmos agora. — Dei as costas ao desapontamento que vi no rosto do sr. Larson, para que ele não percebesse meu próprio desapontamento. Às vezes me pergunto se não foi aquela decisão que colocou tudo o que aconteceu em andamento. Ou se teria acontecido de qualquer modo. Se, como diziam as freiras no Mt. St. Theresa's, Deus tem um plano para todos nós e conhece os desenlaces antes mesmo de nascermos.

9

Não menti para Luke. Contei a ele que iria mandar um e-mail para o sr. Larson, alguns dias depois que voltamos de Nantucket. Não conseguira parar de pensar nele, não tinha sido capaz de parar de imaginar nós dois sentados ombro a ombro em um bar à meia luz, uma mistura de preocupação e desejo no rosto dele quando eu confessasse meu segundo segredo mais terrível: não tinha certeza de que conseguiria levar aquilo adiante. O modo como ele me beijaria — o controle que tentaria ter a princípio por causa da mulher. De Booth. De Elspeth. Mas então ele se lembraria de que era eu.

Era nesse momento que corriam os créditos finais da minha breve fantasia. O sr. Larson jamais faria *aquilo* comigo. Eu nem queria realmente fazer aquilo com ele, também. Ia me casar. Era só o frio na barriga típico que toda noiva sentia antes do casamento. E "é normal ter frio na barriga", mamãe me lembrou quando a sondei, deixando escapar para ela que talvez não estivesse tão preparada para casar quanto imaginava estar. "Homens como Luke não aparecem todos os dias na vida de uma mulher", alertou-me mamãe. "Não estrague tudo, Tif. Você jamais vai conseguir outro tão bom quanto ele."

A atração que o sr. Larson exercia sobre mim tinha a ver com o fato de ele ter estado lá quando tudo aconteceu. Ele me vira na minha pior condição, como uma cadela de rua, e ainda assim me apoiara, fizera tudo que pudera para me ajudar. Ele imaginara o futuro que eu poderia ter, antes mesmo de eu querer esse futuro para mim, e foi quem me estimulou nessa direção. Aquilo era fé. Quando era menina, achava que ter fé era acreditar que Jesus morreu por nós, e que se eu me agarrasse a isso o encontraria quando também morresse. Mas fé não significa mais isso para mim. Agora, significa alguém que está vendo algo em você que você mesmo nunca viu, alguém que não desiste até que você também veja. Quero isso. Sinto falta disso.

"Por que você precisa fazer isso?", perguntou Luke quando pedi o e-mail do sr. Larson. Não estava desconfiado, mas também não ficava animado com a ideia.

"O que quer dizer com por quê?", retruquei, ríspida, como faria com um estagiário que questionasse uma tarefa que eu acabara de passar. O que você *não* entendeu? "É uma loucura termos esbarrado um com o outro daquele jeito. Ele vai participar do documentário. Quero saber se vamos gravar ao mesmo tempo. E sobre o que ele vai falar." A expressão de Luke não se alterou, por isso apelei para o melodrama. "Sobre tudo, Luke. Quero falar com ele sobre tudo."

Luke pousou o braço sobre o sofá e grunhiu.

"Ele é meu cliente, Ani. Só não quero que as coisas... se confundam... desse jeito."

"Você não entende", suspirei. Fui com uma expressão desolada para o quarto e fechei a porta. Quando pedi novamente o e-mail a ele no dia seguinte, Luke me respondeu apenas o que eu pedira e nada mais.

Com o endereço do sr. Larson no campo "Para", invoquei minha Rainha do Baile interior e escrevi um e-mail doce e animado.

"Nem acredito que nos esbarramos daquele jeito! Que mundo pequeno, não? Adoraria marcar alguma coisa uma hora dessas, sinto que temos tanto para conversar."

Apertei a tecla para atualizar a caixa de entrada oito vezes, antes que aparecesse a resposta do sr. Larson. Abri o e-mail, o rosto quente de esperança.

"Que tal um café?", havia escrito ele. "Se sentiria confortável com essa possibilidade?" Revirei os olhos com tal força que provavelmente queimei as calorias das uvas que estava comendo. Café? Ele ainda estava me tratando como aluna.

"Acho que alguns drinques nos deixariam mais 'confortáveis'", escrevi.

"Você sempre soube o que queria, desde garota", foi o retorno dele. A palavra "garota" me irritou. Mas concordei.

No dia em que iríamos nos encontrar, usei um vestido-camiseta bem largo de couro e botinhas abertas nos dedos. Pensei: *É isso o que uma mulher "ousada" usa no meio do verão.*

— Você está fantástica — comentou LoLo quando passou por mim no corredor. — Aplicou Botox na testa?

— Essa é a coisa mais gentil que você já me disse — retruquei, e LoLo deu uma risada que mais parecia um cacarejo, como eu sabia que faria. Achei que estávamos apenas trocando amabilidades, mas LoLo diminuiu o passo e voltou um pouco, levando-me para um canto.

— Então, aquela sua matéria sobre a "Vingança pornô" é brilhante. Realmente brilhante.

Eu havia lutado muito por aquela ideia, para conseguir seis páginas na seção de temas em destaque falando sobre mulheres que houvessem sido vítimas de ex-namorados vingativos, sobre o modo como as leis a respeito de privacidade e assédio sexual não acompanhavam o ritmo da tecnologia, e como, assim, não havia nada que as forças da lei pudessem fazer para ajudá-las.

— Obrigada. — Sorri, satisfeita.

— É impressionante como você consegue fazer qualquer coisa — continuou LoLo. — Mas acho que isso terá mais impacto em *você sabe onde* do que aqui. — As sobrancelhas dela se esforçaram para se erguer na testa, mas logo desistiram.

Entrei no jogo.

— É uma matéria de abordagem atual. Eu não demoraria muito para publicá-la.

— Ah, acho que não precisaremos esperar muito. — O sorriso dela revelou uma fileira de dentes com a cor de quem tomava muito café, atrás de uma camada de batom Chanel.

Assumi a mesma expressão que ela.

— Essa é uma notícia *fantástica*.

LoLo balançou os dedos de unhas escuras para mim.

— *Ciao*.

Pareceu um bom presságio.

Através da neblina dionisíaca do bar, as costas largas do sr. Larson pareciam uma miragem. Passei pela variedade de saias-lápis da Theory que se aglomeravam no happy hour, pelos banqueiros com alianças guardadas no bolso, e pelos saltos altos parecendo entoar um mantra: "Que seja o cara certo. Que seja o cara certo. Que seja o cara certo."

Bati no ombro dele. Ou o sr. Larson havia tirado a gravata, ou não a usara naquele dia, e a camisa estava aberta em um V curto, deixando à mostra a base do pescoço, a pequena faixa de pele ali tão chocante quando a primeira vez que o vira usando jeans. Era uma lembrança de todas as maneiras que eu ainda não o conhecia.

— Desculpe! — Ergui um dos cantos da boca em um sorriso contrito. — Fiquei presa no trabalho. — Assoprei uma mecha de cabelo para longe do rosto para provar o quanto eu estava cansada. Sou tão ocupada, mas consegui arrumar tempo para *você*.

Aquilo não era verdade, é claro. Começara a me arrumar no banheiro da *The Women's Magazine* às 19:20, aproximadamente. Passara desodorante, escovara os dentes, mantivera o antisséptico bucal na boca por tanto tempo que meus olhos se encheram de água. Então, passei para a maquiagem, e para o esforço que era parecer que não estava usando quase nada. Eram 19:41 quando saí do escritório. Um minuto antes do horário que eu determinara que estaria no bar, em Flatiron, às 20:07 da noite. "O atraso perfeito para ele perceber que você não está louca para encontrá-lo", como Nell diz.

Os lábios do sr. Larson pairaram sobre a beirada do copo.

— Eu deveria fazê-la correr algumas voltas. — Ele deu um gole na bebida, e percebi que havia pouco uísque no copo, que ele já estava aquecido.

A ideia do sr. Larson me dizendo o que fazer agora, gritando para que eu corresse mais rápido, para que acertasse o passo, para que *não* me desconcentrasse, fez com que os pelos na minha nuca se arrepiassem. Eu me ocupei por um tempo sentando no banco ao lado dele. Não podia deixar que visse que estava arrepiada. Ainda não.

Prendi uma mecha de cabelo atrás da orelha.

— Sabia que ainda faço seu treino em terreno inclinado pelo menos uma vez por semana?

O sr. Larson abafou uma risada e, apesar da pele enrugada ao redor dos olhos, o rosto dele permanecera jovem, sem se deixar abater pelos cabelos grisalhos nas têmporas.

— Onde? O único problema dessa cidade é que ela é tão... plana.

— Eu sei, nada se compara à colina de Mill Creek. Moro em Tribeca, por isso tenho que me contentar com a ponte do Brooklyn. — Deixei escapar um suspiro eloquente. Ambos sabíamos que morar em um apartamento elegante, sala e quarto, perto da ponte do Brooklyn, era muito mais do que morar em alguma mansão velha em Bryn Mawr.

O barman notou a minha presença e me perguntou com um aceno de cabeça o que eu queria beber.

— Vodca martíni — pedi. — Puro. — Aquele era o meu drinque de editora de revista. Não sou louca por martíni como sou, por exemplo, por um enorme saco de *pretzels* com cobertura de chocolate, mas, quando preciso de alguma bebida que me aqueça rápido, esse é o elixir da minha escolha. Às vezes, a bebida consegue até me enganar e me levar a pensar que estou com o tipo de cansaço que me fará dormir.

— Olhe para você. — O sr. Larson se afastou um pouco para examinar melhor tudo o que eu vestira para ele. O vestido ousado, o fio de diamante na orelha que eu expusera de propósito. Percebi uma centelha de divertimento e de aprovação se mesclando nos olhos dele. Foi por uma fração de segundo, mas de certo modo foi insuportável, como tocar um forno quente por acidente. A resposta do organismo sobrepujando todas as funções do corpo. — Sempre soube que era isso que você iria se tornar.

Eu poderia ter surtado ali mesmo, mas optei pela indiferença.

— Exagerada?

— Não, isso. — Ele me apontou. — Você é uma dessas mulheres para quem as pessoas olham na rua e se perguntam quem será ela. O que faz.

Meu drinque foi colocado à minha frente e tomei um gole flamejante. Precisava disso para não travar no que diria a seguir.

— O que faço é escrever muito sobre dicas para um bom boquete.

O sr. Larson desviou os olhos.

— O que é isso, Tif.

O som do meu antigo nome, o desapontamento na voz do sr. Larson, era como sentir novamente a mão de Dean no meu rosto. Dei outro gole grande, que deixou meus lábios pegajosos de vodca e tentei me recuperar.

— É demais vindo de uma antiga aluna?

O sr. Larson rolou o copo entre as palmas das mãos.

— Odeio ouvi-la se depreciando desse jeito.

Apoiei o cotovelo no balcão, girei o banco para poder encará-lo e percebi que estava me divertindo com a situação como um todo.

— Ah, não estou fazendo isso. Se não posso ter minha integridade jornalística, então ao menos posso ter bom humor sobre isso. Acredite em mim, estou bem.

O sr. Larson me encarou, e mal consegui suportar a compreensão que vi neles.

— Você com certeza parece bem. Acho que estou só tentando descobrir se realmente está bem.

O martíni ainda não assumira o comando, e eu ainda não estava pronta para entrar naquele assunto. Achei que começaríamos devagar, com alguma energia sexual pairando, eu fazendo piadas autodepreciativas sobre o meu trabalho, o sr. Larson vendo além da minha rotina supostamente simples e percebendo a ambição, a astúcia que faltavam à mulher dele. Será que eu também sentia que faltava algo a Luke? *Sim, sim*, eu diria, com tristeza, talvez deixando meus olhos ficarem marejados. *Ele simplesmente não entende. Muito poucas pessoas entendem*. E então um olhar expressivo para o sr. Larson, assegurando-o de que era um de poucos.

— Está certo, está certo. — Ri. — Essa coisa do documentário está mexendo com a minha cabeça.

O sr. Larson riu também e fiquei aliviada.

— Sei o que quer dizer.

— Estou ressabiada — disse. — Mas também estou louca para fazer.

O sr. Larson não pareceu compreender.

— Por que estaria ressabiada?

— Porque não sei que rumo vão dar ao programa. Sei o que uma edição pode fazer. — Baixei a voz e me aproximei mais dele, como se não admitisse para muitas pessoas o que estava prestes a dizer, mas estivesse disposta a abrir uma exceção para ele. — Quero dizer, manipulo muitas informações nas matérias que escrevo, sei exatamente o resultado que quero atingir antes mesmo de fazer a pesquisa e ligar para o dr. Hack, do *Today Show*. Se o que ele me disser não se encaixar na linha que imaginava para a matéria, só precisarei fazer a pergunta de um jeito diferente. Ou... — inclinei a cabeça, lembrando a outra opção — ... tento falar com a versão do dr. Hack, no programa *Good Morning America*, e consigo que ele me dê algo que se encaixe.

— Então é assim que funciona. — Os olhos do sr. Larson se estreitaram, cautelosos, como se ele estivesse espiando através de um buraquinho na minha fachada. Aquele acesso direto era a rachadura que eventualmente poderia quebrar todo o para-brisa.

Fiz uma careta para mim mesma.

— Estou só dizendo que não posso colocar todas as minhas esperanças nisso.

O sr. Larson abaixou mais o ombro, bem perto do meu, agora. O hálito dele estava em fogo por causa do uísque Lagavulin.

— Não, você não pode. Mas não acho que tenha motivos para se preocupar. Dito isso — ele se afastou, levando junto aquele calor de turfa, e foi como se eu caísse na água fria do oceano —, nada é garantido. Você tem que saber que, não importa o que digam a seu respeito, tudo o que importa é o que você sabe a seu respeito. Aqui. — Ele cobriu o peito com a mão. Aquilo era uma coisa tão sincera, tão "coisas especiais que são ditas depois do colégio", que teria zombado se outra pessoa tivesse falado. Mas viera do sr. Larson, e eu lembraria com carinho, repetiria para mim mesma em meus momentos mais depressivos, por muitos anos.

Brinquei com o canto úmido do meu guardanapo.

— Sr. Larson, não há muito para me confortar aqui.

Ele suspirou, como se houvesse recebido uma notícia muito ruim.

— Tif, meu Deus. Isso me deixa arrasado.

Fiquei furiosa comigo mesma pelo modo como meu rosto se franziu, enrugado e feio. Bati com a mão na testa, escondendo o estrago.

O sr. Larson se abaixou, tentando ver por baixo da minha mão.

— Ei — disse ele —, por favor. Não tive a intenção de aborrecê-la. — E lá estava a pressão perfeita da mão dele nas minhas costas, um pouco mais para baixo do que o necessário, aquela sensação entre as minhas pernas, tão desesperada que eu ansiava para que passasse logo, tão deliciosa que sentiria falta quando passasse.

Dei um sorriso vacilante. Todos gostavam de ver coragem.

— Juro que não estou mal.

O sr. Larson riu e a mão dele subiu pelas minhas costas, acariciando-as de um modo encorajador, paternal. Amaldiçoei-me por ter jogado as cartas erradas de novo, mas fiz uma anotação mental. *Ele gosta de mim abatida.*

— Então, qual é o combinado? — ele perguntou, tirando a mão das minhas costas e endireitando o corpo. — Vai para lá em setembro, para as gravações?

Era uma pergunta lógica. Não havia muita oportunidade para falar demais.

— Vou. E você?

Ele se mexeu no banco e fez uma careta. Era pequeno demais para alguém como ele conseguir se sentar confortavelmente.

— O mesmo.

O barman se aproximou e perguntou se eu queria outro. Assenti, animada, mas o sr. Larson disse que não queria nada. Desanimei um pouco e tentei não demonstrar.

— Whitney está de acordo? — bufei, irritada. — Porque Luke não está.

— Luke não quer que você participe do programa? — Percebi que isso aborrecia o sr. Larson e fiquei satisfeita.

— Ele tem a sensação de que isso pode me levar de volta a uma época muito ruim. E bem no momento em que estamos planejando nosso casamento.

— Ora, ele está preocupado com você. Posso entender.

Balancei a cabeça, animada com a oportunidade de falar mais sobre o grande São Luke.

— Ele só não quer ter que lidar comigo e com a minha histeria tola. Nada o faria mais feliz do que eu não mencionar Bradley nunca mais.

O sr. Larson passou o dedo pela borda do copo, carinhosamente, e pude *sentir* a mão dele alisando o Band-Aid sobre o corte do meu rosto naquela noite, no apartamento dele. "Pronto", ele havia dito depois de prender o curativo no meu rosto.

Agora, o sr. Larson falou com a boca no copo vazio:

— Superar não significa não falar a respeito. Ou não se sentir magoada. Imagino que sempre vá doer. — Ele relanceou o olhar para mim, com uma expressão quase constrangida, para ver ser eu concordava, o que era uma cortesia que Luke nunca fazia. Não, Luke simplesmente subia em seu púlpito improvisado e se dedicava a me dizer exatamente como eu deveria metabolizar aquela parte cruel da minha vida. Por que eu precisava participar daquele documentário? Não deveria dar tanta atenção ao que todas aquelas malditas pessoas pensavam a meu respeito. É fácil dizer isso quando todas as malditas pessoas ao seu redor o amam.

— Não tinha a intenção de falar por você — disse o sr. Larson. — Me desculpe. — O pedido de desculpas dele me fez perceber que eu estava de cara fechada.

— Não. — Afastei a imagem de Luke. — Está certíssimo. Obrigada. Por dizer isso. Ninguém jamais me diz coisas assim.

— Estou certo de que ele faz o melhor que pode. — O sr. Larson estendeu a mão para a minha, mas fiquei tão surpresa que todos os meus membros ficaram tensos, e ele teve que se esforçar um pouco para conseguir pegar a minha mão e levantá-la no ar, como um homem levando uma mulher ao salão de baile nos tempos vitorianos. — Ele obviamente ama você. — O sr. Larson pressionou o polegar contra o meu dedo, apenas um pouco, e erguendo as sobrancelhas para mim.

Era o momento perfeito para ser ousada.

— Mas queria alguém que me entendesse.

Ele pousou a mão sobre o balcão do bar, com cuidado. Eu me perguntei se ele teria percebido a pulsação de cada nervo que havia atingido.

— É uma via de duas mãos, Tif. Você precisa se permitir ser entendida.

Apoiei a cabeça sobre a mão. E falei a frase que havia ensaiado várias vezes na mente desde nosso reencontro-surpresa.

— Sr. Larson — falei —, não quer mesmo me chamar de Ani, não é?

— Esse é seu modo de me perguntar se pode me chamar de Andrew? — Os lábios dele se curvaram em um arco, como em cada lembrança que eu tinha dele diante da turma, em sala de aula. Realmente não era possível atropelar aquele homem, e fui dominada por um desejo enorme por ele, tão básico e primitivo quanto a sede. — Porque você pode.

O bolso da camisa de Andrew se acendeu como o coração do Homem de Ferro. Ele pegou o celular e eu vi "Whit" escrito na tela. A ausência das últimas três letras do nome da esposa soaram como uma traição.

— Desculpe — disse ele. — Vou encontrar com a minha esposa para jantar, depois daqui. Não me dei conta da hora.

Merda, é claro que ele iria encontrar a tal da esposa depois dali, Ani. O que achou? Que vocês dois iriam declarar amor verdadeiro um ao outro em um bar de vinhos sem alma e sem charme, em Flatiron, e sair dali para um quarto de hotel? Você é desprezível.

— Só quero dizer uma coisa rapidamente — falei, e isso ao menos fez com que Andrew afastasse os olhos da tela do celular. — Algo que quero dizer há muito tempo. Sinto muito, mesmo. Pelo que aconteceu no gabinete do diretor Mah. Por eu ter voltado atrás em relação ao que havíamos combinado.

— Não precisa se desculpar, Tif.

Ele não iria me chamar de Ani, mas eu não me importava.

— Mas quero fazer isso, nunca contei, mas... — abaixei a cabeça — ... falei com Dean ao telefone naquela manhã, no seu apartamento. Quando você saiu para ir à farmácia.

Andrew pensou sobre o que eu disse por um momento.

— Mas como ele soube que você estava no meu apartamento?

— Ele não sabia. — Expliquei que eu havia ligado para a casa dos meus pais para dizer que estava a caminho, e que descobrira que Dean estava tentando me achar. — Na verdade, achei que poderia ir à escola na segunda-feira e que tudo ficaria bem. — Deixei escapar um murmúrio zombeteiro. — Deus, fui uma idiota.

— Dean foi o idiota. — Andrew pousou o celular sobre o balcão e fixou os olhos em mim. — Foi tudo culpa do Dean. Em nenhum momento foi culpa sua.

— E eu deixei que ele escapasse do que fez — bufei, aborrecida. — Porque tive medo de deixar de ser popular caso agisse diferente. Fico tão *furiosa* comigo por isso. — Na faculdade, quando surgiram os rumores de que uma caloura tinha sofrido assédio de um jogador de lacrosse, eu me descobri irada por ela não ter denunciado. *Não deixe que ele se safe!*, senti vontade de gritar, quando me vi parada ao lado da garota na fila para o bufê de saladas. Mas então algo sobre o modo como ela colocava floretes de couve-flor no topo da salada... ninguém jamais colocava couve-flor na salada... caiu como um peso no meu coração. Fez-me imaginar se aquele era o legume favorito da garota quando criança, se a mãe dela preparava especialmente para ela, mesmo que os irmãos e irmãs detestassem couve-flor. Senti vontade de estender a mão e passar os braços ao redor das costas dela, pressionar meu rosto contra os cabelos louros cheirando a sabonete e dizer *Eu sei*.

Porque eu também não consegui denunciar. O sr. Larson havia enfiado a cabeça na sala do diretor Mah assim que chegou à escola, na segunda-feira, como havíamos planejado, e contara a ele que tinha havido outro problema com Dean Barton e também com o aluno novo, Liam Ross. Eu nem cheguei a responder a chamada. A sra. Dern me encontrou no corredor e disse que eu precisava ir imediatamente para a sala do diretor Mah. Passei lentamente pelo salão comunitário dos alunos do penúltimo e do último ano, pelo refeitório, onde apenas alguns alunos se demoravam tomando café da manhã, e subi para a diretoria. O sr. Larson estava parado em um canto da sala de Mah, deixando educadamente o único assento vago para mim. Senti a expectativa dele em seu sorriso encorajador. Quando neguei tudo, o único lugar para onde tive coragem de olhar foi para os tamancos Steve Madden que eu usava, as solas esbranquiçadas pela chuva. Eu me perguntei se mamãe saberia como limpar aquilo.

"Então você não tem um incidente para reportar?", o diretor Mah praticamente arquejou, sem nem sequer se importar em esconder seu alívio. Afinal, os Barton haviam financiado o novo anexo do refeitório.

Sorri e disse que não. O corte no meu rosto estava mal disfarçado pelo corretivo. O diretor Mah percebeu e fez um esforço pífio para fingir que não tinha visto.

"O que aconteceu?", perguntou o sr. Larson, no corredor.

"Não podemos simplesmente deixar isso pra lá?", supliquei. Não parei de andar. Vi que ele quis segurar o meu braço e me deter, mas ambos sabíamos que não poderia fazer isso. Passei a andar mais rápido, tentando escapar do desapontamento dele, que empesteava o corredor como uma colônia barata.

Agora, tantos anos mais tarde, Andrew me examinou como faria com uma sarda nova no peito. Quando ela havia aparecido, exatamente? Seria perigosa?

— Precisa se dar um pouco mais de crédito, Tif — disse ele. — Você estava apenas tentando superar o que acontecera. — Sob a luz mortiça do bar, não consegui perceber um único defeito no seu rosto largo e belo. — Você se tornou alguém, e fez isso *honestamente*. Ao contrário de algumas pessoas que conhecemos.

— Dean — reconheci, com raiva. Embora às vezes ache que somos mais parecidos do que eu gostaria de admitir.

Permanecemos sentados por alguns minutos em um silêncio sonhador, as luzes suavizando nossas feições, preenchendo nossas falhas. Observei, pelo canto do olho, que o garçom vinha novamente em nossa direção. Tentei evitá-lo, mas ele perguntou:

— Posso servir mais alguma coisa a vocês?

Andrew enfiou a mão no bolso da calça.

— Só a conta.

Meu martíni cheio cintilava para mim, zombeteiramente.

— Talvez possamos marcar um almoço ou algo assim? — tentei. — Quando estivermos na cidade, no fim de semana da gravação.

Andrew encontrou o cartão de crédito que estava procurando e passou-o por cima do balcão. Ele sorriu para mim.

— Gostaria muito.

Sorri também.

— Obrigada por pagar a conta.

— Lamento não poder ficar para mais um. — Andrew balançou o braço para liberar o relógio da manga e ergueu as sobrancelhas para ver a hora. — Estou me demorando demais.

— Está tudo bem, vou só ficar por aqui, bebendo sozinha... — suspirei exageradamente — ... vendo as pessoas me olhando e se perguntando quem sou e o que faço.

O sr. Larson riu.

— Admito que estou sendo um pouco meloso, mas tenho orgulho de você, Tif.

A rachadura no para-brisa ficou um pouco mais profunda.

A porta do quarto estava fechada, uma faixa negra corria paralela ao chão. Luke provavelmente fora para a cama cedo. Despi o vestido e fiquei parada perto do ar-condicionado por alguns instantes.

Lavei o rosto e escovei os dentes. Tranquei a porta e apaguei as luzes. Deixei as roupas sobre o sofá e me esgueirei para dentro do quarto de calcinha e sutiã — havia usado os mais bonitos. Só para garantir.

Luke se espreguiçou quando abri uma gaveta.

— Oi — sussurrou.

— Oi. — Abri o sutiã e deixei-o cair no chão. No início, Luke costumava me dizer para ir direto para a cama depois disso, mas já não falava mais essas coisas. Vesti um shortinho largo e uma regata.

Entrei embaixo das cobertas. O ar no quarto estava congelante e artificial, o ar-condicionado na janela grunhindo agressivamente em um canto. As luzes estavam apagadas, mas tudo era visível por causa da iluminação da Freedom Tower, e era possível imaginar assassinos em série como Patrick Bateman, do filme *Psicopata americano*, fazendo hora extra no imenso quartel-general da Goldman Sachs. Percebi que os olhos de Luke estavam abertos. Não se consegue encontrar um quarto absolutamente escuro em Nova York, e essa era outra razão para eu amar a cidade — a luz do mundo exterior cintilando o tempo todo, assegurando-me de que havia alguém acordado, alguém que poderia me ajudar caso acontecesse algo ruim.

— Conseguiu o que queria? — perguntou Luke, a voz tão neutra quanto era plana a pista de corrida ao longo da West Side Highway.

Escolhi as palavras com cuidado.

— Foi bom conversar com ele.

Luke virou-me de lado, suas costas eram como um julgamento à minha frente.

— Vou ficar tão feliz quando tudo isso estiver terminado e você puder voltar ao normal.

Sei de que normalidade Luke sente falta, sei que Ani ele quer de volta em sua cama. É a Ani depois de uma noite no Chicken Box, o bar famoso em Nantucket por sua longa fila de garotas tiritando em vestidos tubinho Calypso da cor de ovos de Páscoa. Há uma *bartender* lá, Lezzie. O nome dela, na verdade, é Liz, mas quando a pessoa parece uma versão mais jovem e levemente mais magra da atriz Delta Burke, se veste com roupas em padrão de camuflagem e usa uma argola entre as narinas, os babacas de sangue azul acham que um apelido como Lezzie, lésbica, é tão genial como as piadas de comediantes como Louis C.K.

As esposas dos amigos de Luke ficam irritadas e desconfortáveis perto de Lezzie, mas eu não. Já se tornou uma brincadeira corrente no nosso grupo — mande Ani pegar as bebidas, e ela voltará com ao menos um drinque "A vida é boa" (uma combinação nojenta de vodca de framboesa, Sprite, suco de cranberry e Red Bull) de brinde, porque Lezzie a ama. Luke também gosta dela — na medida em que Lezzie expõe a vasta diferença entre mim e as outras garotas, com seus brincos gordos de pérola e casacos de lã da Patagônia, bonitas, mas presunçosamente assexuadas. Luke ficou com a garota que não se esquivava na presença de uma sapatão durona, com a garota que, na verdade, ainda flerta com ela.

"Minha pequena Ani Lennox", diz Lezzie, sempre que me vê. "Quantas bebidas diet?"

Levanto os dedos para indicar o número de garotas que querem seus drinques com diet Sprite e Red Bull Light. Lezzie ri e diz: "Saindo em um instante."

Enquanto Lezzie prepara os drinques, Luke roça o nariz nos meus cabelos úmidos e pergunta no meu ouvido: "Por que ela chama você de Ani Lenox, mesmo?"

E eu sempre inclino a cabeça, expondo mais do meu pescoço para ele e digo: "Porque Annie Lennox é gay. E se eu for gay, Lezzie pode trepar comigo."

Quando Lezzie finalmente coloca os drinques sobre o balcão, Luke está rígido em seu short vermelho Nantucket, e tenho que caminhar estrategicamente à frente dele quando levamos os drinques para os Booths e os Griers e as Kinseys.

"As bebidas com limão são diet", digo às garotas. E a mentira traz um sorriso sádico ao meu rosto. Lezzie adora servir bombas calóricas "diet" para ajudar na manutenção do tamanho 36 dos jeans brancos daquelas vacas.

Damos uns goles, o bastante para diminuir o impacto do frio do lado de fora. Nantucket pode chegar a dez graus, às vezes até a cinco graus, quando o sol se põe, até mesmo nos momentos mais quentes do verão. Então chamamos um táxi e voltamos para a casa dos Harrison, onde há quartos o bastante para acomodar todos os membros da fraternidade que se formaram com Luke. Algumas pessoas ficam para trás para fumar maconha, jogar pingue-pongue de cerveja ou para aquecer no micro-ondas as estranhas combinações culinárias criadas por pessoas bêbadas, mas não eu e Luke. Não, sempre vamos direto para o quarto, meu vestido já acima da cintura antes mesmo de nos jogarmos na cama. Muito tempo antes, decidimos que eu sempre usaria um vestido para ir ao Chicken Box, não importava o frio que estivesse do lado de fora. Facilitava o acesso quando chegávamos em casa.

Sempre fico fascinada com o rosto de Luke, enquanto ele grunhe sobre mim, as veias que aparecem, o modo como o sangue sobe para o rosto dele, preenchendo os espaços entre as sardas de tal modo que parece que ele não tem nenhuma. Luke nunca tenta me fazer gozar nessas noites — é como se houvesse decidido que aquele ritual é apenas para ele —, mas eu sempre gozo de qualquer modo. E gozo porque me lembro de uma noite, quase dois anos antes, quando Lezzie me seguiu até o banheiro e me prensou contra a parede, os lábios surpreendentemente delicados e nervosos nos meus. O modo como ela empurrou a coxa carnuda entre as minhas pernas quando comecei a beijá-la também, dando-me algo contra o que pressionar meu sexo, um lugar para amenizar o tesão.

Debati comigo mesma se deveria contar a Luke a respeito. Não porque fosse a coisa certa a fazer ou alguma outra bobagem do gênero, mas porque eu não conseguia me decidir se ele ficaria excitado? Ou ficaria enojado? Descobrir o doce limite da perversão, esse sempre foi um esforço perene com Luke.

Acabei decidindo não contar. Talvez houvesse contado, caso Lezzie se parecesse mais com uma modelo estilo Kate Upton, ou caso ela não tivesse escolhido me agarrar por volta da época em que comecei a ficar estragada, como uma caixa de leite esquecida no fundo da geladeira.

Ainda assim, estou junto com Luke quando ele fecha bem os olhos e urra no gozo final. Gosto quando um cara continua dentro de mim depois, mas Luke sai rápido. Ele se deita de costas e diz em um arquejo o quanto me ama, porra.

Talvez eu nunca consiga sair completamente do fosso da burguesia, mas isso também não significa que não seja uma esposa troféu. Sou apenas de um tipo diferente.

10

Estou muito calma e determinada quando sou liberada da sala do diretor Mah. Posso ter decepcionado o sr. Larson de um modo que ele jamais faria comigo, mas o próximo passo é claro. Procurar Olivia. Tenho que me desculpar por ter feito uma cena e por ter causado problemas para ela, em casa. Precisava fazer o que fosse necessário para voltar às boas graças dela. Achava que isso era possível, porque atendia aos interesses de Dean me deixar feliz. Olivia seguiria as determinações de Dean, disso eu tinha certeza.

Tentei encontrá-la antes do almoço. Cheguei até a olhar por baixo da porta de seu cubículo favorito no banheiro. Mas não tive sorte. Minha oportunidade seguinte seria no almoço. O que significava que eu teria que encontrá-la antes de os outros chegarem, o que seria fácil já que Olivia costumava ser a primeira a se sentar à mesa para receber os súditos, e nunca entrava na fila do bufê. Encontrei-a no lugar de sempre, concentrada em seu ritual desordenado favorito: rasgar uma bala de goma Swedish Fish, na altura do rabo do peixe, fazer bolinhas com ela e colocar na boca. Vi uma mancha roxa no formato de uma meia lua no canto da boca de Olivia e me senti mal. Gostaria de dizer que foi porque fiquei enojada com a ideia do que o pai teria feito com ela, mas eu tinha catorze anos e era egoísta. Aquela mancha roxa era o meu funeral.

— Liv — disse, torcendo para que o uso do apelido a amaciasse em relação a mim.

— Hein? — perguntou ela, como se achasse que alguém havia dito seu nome, mas não tivesse certeza. Eu me sentei ao seu lado.

— Sinto muito sobre sábado. — Lembrei o que Dean me dissera e acrescentei: — Eu não deveria ter fumado aquele baseado depois de beber. Me deixou alucinada.

Olivia se virou na minha direção e me deu um sorriso tão sombrio, tão desprovido de qualquer emoção humana, que às vezes ainda acordo no meio da noite, assombrada pela lembrança.

— Estou bem. — Ela apontou para o meu rosto, para o corte mal coberto pelo corretivo. — Somos gêmeas.

— Porra, aqui está você, Finny. — Dean estava ao meu lado, segurando a bandeja do almoço lotada de sanduíches, batatas *chips* e refrigerante. Ele jogou-a na mesa perto de mim. — Que merda é essa? Achei que tínhamos um trato?

Eu disse que não estava entendendo.

— Acabei de sair da porra da sala do Mah — disse ele. Então, anunciou em voz alta para o grupo reunido na mesa que fora alertado sobre um "incidente" que ocorrera durante o fim de semana e que ele talvez não fosse poder participar de um jogo importante em Harverford, que aconteceria naquela semana. Aquilo provocou um arquejo escandalizado coletivo.

— Que palhaçada — disse Peyton, furioso, e Liam assentiu ferozmente, mesmo que não jogasse futebol.

— Bem — murmurou Dean —, posso jogar se nada mais acontecer entre hoje e o dia do jogo.

(Sempre desejei ter dito: *Então, não estupre mais ninguém nos próximos dois dias.*)

Dean me lançou um olhar devastador.

— Achei que estivéssemos bem!

— Não fui eu — choraminguei.

— Então você *não esteve* na sala dele essa manhã? — quis saber Dean.

— Estive, mas não fui lá por conta própria — falei. — O sr. Larson e o diretor me chamaram lá. Não tive escolha!

Dean estreitou os olhos redondos e brilhantes para mim.

— Mas como eles sabiam que deveriam te chamar se você não *disse* nada?

— Não sei — falei, de forma nada convincente. — Acho que eles desconfiaram.

— Desconfiaram do quê? — O peito de Dean se ergueu em uma risada maligna. — Eles não são mágicos, como a porra do David Copperfield, não leem mentes! — Dean cruzou os braços e se virou para o coro de risadas do grupo. Teria me juntado a eles se a farpa não houvesse sido dirigida a mim. Havia algo ao mesmo tempo tão bizarro e encantador no fato de Dean saber quem era

David Copperfield e de se referir a ele daquele jeito. — Suma daqui, TifAni. Vá morder o pinto do sr. Larson ou coisa parecida.

Olhei ao redor da mesa. Para os sorrisos forçados de Olivia, Liam e Peyton. Hilary não sorriu, mas também não olhou para mim.

Eu me virei e saí do novo refeitório, passando sob a placa presa na última viga, que ostentava "Família Barton, 1998".

Achei que o sr. Larson pegaria leve comigo no treino que tivemos mais tarde, naquele mesmo dia, por causa de tudo pelo que eu passara, mas ele forçou mais do que nunca. Fui a única que não conseguiu completar o teste de velocidade em menos de sete minutos e trinta segundos, e todos tiveram que dar voltas na pista por minha causa. Eu o odiei. Só caminhei em vez de alongar, mesmo que o sr. Larson tenha nos dito uma vez uma balela de que nossos músculos ficariam muito volumosos se não os alongássemos depois de corrermos. Ele me chamou de volta, mas disse que minha mãe iria passar mais cedo para me pegar e que eu tinha que ir embora.

Eu costumava pegar o trem de volta para casa, mas naquele dia a minha mãe iria me pegar para que pudéssemos aproveitar as pré-vendas da Bloomingdale's e do shopping King of Prussia.

Eu nunca usava o chuveiro do vestiário depois do treino. Ninguém usava. Eram péssimos. Mas, naquele dia, tive que abrir uma exceção porque não queria passar as horas seguintes tremendo dentro das minhas roupas suadas, enquanto experimentava jaquetas de lã. Eu me lavei rapidamente sob a água, que cheirava mal, como se estivesse parada nos canos desde a época em que o lugar era um colégio interno. Enrolei uma toalha ao redor do corpo e fui até meu escaninho pisando com a lateral dos pés, para tentar limitar ao máximo a quantidade de pele que entraria em contato com o chão pegajoso. Quando dobrei em um canto, vi Hilary e Olivia. Nenhuma delas praticava qualquer esporte, ou tinha que fazer educação física, e nunca as havia visto no vestiário antes.

— O que estão fazendo aqui? — perguntei.

— Oi! — disse Hilary, a estranha voz rouca mais vigorosa do que o normal. Ela prendera os cabelos em um meio coque alto depois que eu a vira na aula de química. Uma mecha dos cabelos louro-avermelhados havia escapado, tão frágil e maltratada que apontava direto para o ar, como um chifre pontudo. — Estávamos procurando por você.

— Estavam? — Minha voz ficou mais alta.

— Sim — confirmou Olivia, animada. Sob as luzes frias, como as de um laboratório, o nariz dela parecia cheio de minúsculos cravos pretos. — O que vai, ah... O que você vai fazer essa noite?

Qualquer coisa que você me pedir para fazer.

— Eu ia fazer compras com a minha mãe. Mas posso fazer isso outra noite se for rolar alguma outra coisa.

— Não. — Olivia relanceou o olhar para Hilary, tensa. — Está tudo bem. Podemos marcar outro dia. — Ela começou a se afastar e entrei em pânico.

— Não, é sério — chamei. — Não era nada de mais. Posso dizer à minha mãe para irmos fazer compras outra noite.

— Não se preocupe com isso, Tif. — Hilary se virou, seu perfil praticamente o de um samurai. Havia algo semelhante ao remorso em seus olhos de extraterrestre. — Fica para outra vez.

Elas saíram apressadas. Droga. Eu fora ansiosa demais. Acabara assustando as duas. Eu me vesti com raiva e lutei para passar a escova pelos meus cabelos molhados.

Estava sentada no meio-fio, do lado de fora do ginásio, esperando a minha mãe, quando Arthur deixou a mochila cair no chão perto dos meus pés e se sentou.

— Oi.

— Oi — falei, quase tímida. Já fazia algum tempo que não conversávamos.

— Você está bem?

Assenti, e estava sendo sincera. A interação com Olivia e Hilary me revitalizara. Ainda havia uma chance.

— Mesmo? — Arthur levantou os olhos para o sol, estreitando-os por trás dos óculos de lentes sujas. Mas de algum modo o olhar era intenso, como um grafite em uma parede de um prédio abandonado. — Porque ouvi sobre o que aconteceu.

Virei a cabeça para olhar para ele.

— O que você ouviu?

— Bem. — Ele deu de ombros. — Quero dizer, *todo mundo* já sabe sobre a festinha na casa do Dean. O que aconteceu com Liam. E Peyton. E Dean.

— Obrigada por dar ouvidos a todo mundo — resmunguei, mal-humorada.

— E sobre a pílula do dia seguinte — acrescentou ele.

— Ai, meu Deus — gemi.

— Todos acham que você estragou a reunião na casa da Olivia porque estava com ciúme dela e do Liam se agarrando.

— As pessoas estão achando isso? — Enfiei a cabeça entre os joelhos e senti algumas mechas de cabelo deslizarem pelos meus braços, como cobras.

— É verdade? — perguntou Arthur.

— As pessoas não se perguntam como isso veio parar aqui? — Apontei para o meu rosto, que eu nem sequer havia me preocupado em cobrir com o corretivo depois do banho.

Arthur deu de ombros.

— Você caiu?

— Sim — funguei. — E Dean me acertou.

Vi o BMW da minha mãe se aproximando. Ela parou o carro, que era como um polegar inchado entre os sedãs e SUVs pretos e marrons. É claro que a mãe de TifAni FaNelli dirigia um carro vermelho de puta, o gene da promiscuidade estava no DNA.

— Tenho que ir — disse a Arthur.

A manhã chegou, clara e fresca. Era início do outono e vesti, animada, o novo casaco preto que minha mãe comprara para mim na noite anterior. Eu o vira na Banana Republic, que não estava em liquidação como a Bloomingdale's. Mas mamãe disse que eu tinha ficado tão elegante que ela levaria assim mesmo. Ela teve que dividir o pagamento entre cartão de crédito e dinheiro, e me disse para não contar ao papai. Deus, isso me irritava tanto quanto ela o chamava de papai!

No trem, a caminho da escola, a esperança ainda era como um balão cheio e brilhante no meu peito. Hilary e Olivia ainda não tinham me dispensado. Havia uma nova energia no ar e eu estava "elegante".

Quando entrei na escola, senti algo diferente. Uma pulsação. Os corredores pareciam vivos. Naquela manhã, uma pequena multidão de calouros se aglomerava na entrada, esticando o pescoço para ver algo épico. Eu me aproximei do salão comunitário do penúltimo e do último ano, um lugar onde era permitida somente a entrada daqueles alunos — essa era uma regra séria, que até mesmo os pais e professores respeitavam. Eles paravam na porta do salão e chamavam o nome do aluno com quem queriam falar, em vez de simplesmente entrarem e procurarem.

Dessa vez, quando me aproximei, a multidão se afastou. Um espaço largo se abriu, como em um filme câmera lenta.

— Ah, meu Deus — disse Allison Calhoun, outra caloura que me esnobara no meu primeiro dia na escola, mas que começara a me bajular quando vira que Olivia e Hilary me aceitaram. Ela levou a mão à boca e riu maliciosamente.

Quando consegui chegar até a entrada do salão, descobri o que havia atraído a multidão. Meu short de corrida — o mesmo que eu usara na véspera, para o treino — estava preso no quadro de avisos na parede que ficava em um extremo do salão, sob um cartaz escrito à mão, onde se lia: "Sinta o cheiro de uma puta (Por sua conta e risco... Ela fede!)." A palavras estavam escritas em letras grandes e gordas, de cores fortes, parecendo o tipo de fonte feliz usado em cartazes de vendas de bolo para arrecadar fundos para crianças com câncer. Somente uma garota poderia ter escrito aquilo. Subitamente me lembrei de Hilary e Olivia no vestiário, na véspera, agindo daquele jeito gentil e esquisito.

Voltei pelo meio da multidão da mesma forma que entrara. Havia um banheiro no caminho e me tranquei em um dos cubículos. Lembrei que minha menstruação tinha descido na véspera e que eu ficara profundamente aliviada, pois isso queria dizer que a pílula do dia seguinte havia funcionado. A corrida fizera descer tudo. Quando despira o short, havia uma mancha marrom-avermelhada no fundilho. Não conseguia sequer imaginar como devia parecer sujo e nojento, como devia ser o cheiro da mistura de suor e sangue. Ficara tão distraída com a súbita bondade de Hilary e Olivia que nem percebera que meu short tinha sumido, quando fui arrumar a bolsa.

A porta foi aberta e ouvi o fim de um debate acalorado.

— Mereceu.

— Pelo amor de Deus, foi cruel demais, não acha?

Subi silenciosamente sobre a tampa do vaso sanitário e agachei.

— Dean vai longe demais — disse outra garota. — É tudo muito divertido até ela tentar se matar como fez Ben.

— O Ben não pode ajudar sendo gay e não podia fazer nada — disse a primeira garota. — Ela pode ajudar sendo uma piranha.

A amiga riu, e engoli um soluço. Ouvi a água correr e o som de toalhas de papel sendo amassadas. Então a porta se fechou novamente quando as duas saíram.

Nunca havia matado aula na vida. Mesmo hoje em dia, não consigo faltar ao trabalho alegando doença. Toda aquela obediência de boa garota católica penetrou nos meus ossos, mas o dia havia me deixado abalada demais e afastara qualquer medo a respeito do que poderia acontecer se eu não seguisse as regras. Tudo o que importava era respeitar a humilhação que sentia, tão aterradora que me deixou sem ar. Esperei onde estava, mexendo sem parar em uma mecha de cabelo ("comportamento de autorrelaxamento", de acordo com o especialista em linguagem corporal da *The Women's Magazine*), até o sinal chamando para a primeira aula parar de tocar. Esperei mais cinco minutos para garantir que não esbarraria em nenhum retardatário nos corredores. Então desci do vaso sanitário, silenciosa como o Homem-Aranha, abri a porta do banheiro e saí sorrateiramente para o corredor, e de lá para a saída dos fundos. Pegaria o trem na estação da rua 13. E passaria o dia andando pela cidade. Estava no meio do estacionamento quando ouvi alguém chamar meu nome, atrás de mim. Era Arthur.

— Acho que temos alguma sobra de lasanha aqui. — Arthur procurou nas profundezas da geladeira.

Relanceei o olhar para o relógio do forno. Eram 10:15 da manhã.

— Estou bem.

Arthur fechou a porta com os quadris, trazendo nas mãos uma travessa, a cobertura amarela por causa do queijo. Ele cortou uma fatia generosa e levou o prato ao micro-ondas.

— Ah. — Arthur lambeu o molho de tomate do dedo, agachou-se e começou a procurar alguma coisa na mochila. — Toma. — Ele jogou meu short para mim.

Era leve como papel, mas quando aterrissou no meu colo emitiu um "puff" em tom grave, como se alguém houvesse me dado um soco no estômago.

— Como conseguiu isso? — perguntei em um arquejo.

— Não é exatamente a porra da *Mona Lisa* — disse ele.

— O que quer dizer?

Arthur fechou o zíper da mochila e revirou os olhos para mim.

— Você nunca foi ao Louvre?

— O que é o Louvre?

Arthur riu.

— Ai, gente.

O micro-ondas apitou e Arthur se levantou para checar a temperatura do prato. Com ele de costas para mim, cheirei rapidamente o short. Tinha que saber que cheiro os outros haviam sentido.

Era ruim. O odor era forte, primitivo, invadia os pulmões como uma doença. Amassei o short em uma bola, enfiei na mochila e abaixei a cabeça sobre uma das mãos, as lágrimas escorrendo em silêncio, em uma trilha diagonal sobre o meu nariz.

Arthur se sentou à minha frente e me deixou chorar, enquanto enfiava pilhas de massa vermelha quente na boca. Entre uma garfada e outra, ele disse:

— Quando eu terminar aqui, vou mostrar uma coisa que vai fazer com que se sinta muito melhor.

Arthur acabou com a porção de lasanha em minutos. Ele levou o prato para a pia e deixou lá, sem nem se incomodar em passar uma água. Então acenou com a mão, chamando-me, e seguiu em direção à porta, no canto da cozinha. Presumi que a porta desse para a lavanderia, ou para um armário, mas quando Arthur a abriu, vi que era apenas um retângulo preto e frio. Mais tarde eu viria a descobrir que a casa antiga de Arthur tinha várias portas — que levavam a escadas dos fundos, a armários e a cômodos cheios de livros e papéis, com sofás florais encostados nos cantos. Em certo momento, o lado materno da família de Arthur teve dinheiro, mas ele estava tão emaranhado em fundos de investimentos e complicadas decisões legais tomadas no passado que ninguém jamais o gastaria. O sr. Finnerman havia abandonado Arthur e a mãe oito anos antes, o que devastara a sra. Finnerman, apesar de ela não admitir. "Só uma boca a menos para alimentar!", ela gostava de dizer sempre que percebia a piedade de alguém. Ela havia conseguido um emprego na Bradley pouco depois de Arthur nascer, pois sabia que o sr. Finnerman jamais se levantaria antes do meio-dia, que jamais faria a parte dele, que o emprego dela asseguraria uma vaga para o filho e maior tranquilidade financeira. Nem todos são abastados na Main Line, mas as prioridades ali com certeza são diferentes daquelas com que fui criada.

Educação, viagens, cultura — é para isso que se usa qualquer centavo guardado, nunca para carros potentes, marcas famosas ou cuidados pessoais caríssimos.

Ainda assim, na Main Line, vir de uma família que costumava ser abastada é infinitamente mais aceitável do que descender de fortuna recente. Essa era parte da razão de Arthur desprezar Dean. Arthur tinha um bem que rendia muito mais do que o último Mercedes S-Class: ele tinha conhecimento. Sabia coisas misteriosas como que se deve passar o sal e a pimenta juntos, e que o bife deveria ser sempre servido ao ponto para malpassado. Ele sabia que a Times Square era o lugar mais abominável da face da terra e que Paris era dividida em vinte *arrondissements*. Com os relacionamentos e as notas que tinha, logo ele seria aceito na Universidade de Columbia, onde sua família materna tinha um legado.

Com a mão na maçaneta, Arthur se virou para mim.

— Você vem?

Mais de perto, percebi que havia alguns degraus na penumbra, antes que a escuridão engolisse tudo. Sempre odiei o escuro. Ainda ia para a cama com a luz do corredor acesa.

Arthur tateou a parede até encontrar o interruptor, e uma lâmpada solitária foi acesa. Uma nuvem de poeira se ergueu assim que ele deu o primeiro passo. Arthur havia tirado os sapatos quando entráramos em casa, e seus pés eram inchados, a pele perfeita e brilhante como a de um bebê.

— Meu porão não é assim — disse, procurando não ficar para trás. O chão era cinza, de concreto, as paredes rasgadas com entranhas cor de laranja expostas. Um exército de bagunça ocupava um dos lados do porão... mobília descartada, caixas de discos arranhados, livros empoeirados, antigas revistas *New Yorker* cheias de mofo.

— Deixe-me imaginar. — Arthur sorriu para mim por sobre o ombro. Sob a luz amarelada, a acne dele parecia púrpura. — É *acarpetado*.

— É sim, e daí? — Arthur continuou na direção da bagunça encostada na parede e não respondeu. Aumentei a voz para alcançar o outro lado do cômodo. — O que há de errado com o carpete?

— É *cafona* — declarou ele, andando com dificuldade entre as caixas. Pelo resto da vida, eu só moraria em lugares com piso de madeira.

Arthur se agachou, por isso durante algum tempo eu só consegui ver os cabelos oleosos dele.

— Ah, meu Deus — ouvi uma risada —, olha só pra isso.

Quando ele se levantou, estava segurando uma cabeça de veado no ar, como um sacrifício.

Torci o nariz

— Por favor, diz que não é de verdade.

Arthur encarou os olhos gentis do animal, como se estivesse tentando decidir.

— Claro que é de verdade — concluiu. — Meu pai caça.

— Sou contra caçadas — falei, sarcástica.

— Mas é a favor de hambúrgueres. — Arthur jogou a cabeça de veado dentro de uma caixa aberta. Um chifre escultural se elevou curvo no ar, como um pé de feijão ossudo que não levava a lugar nenhum. — Você só deixa as outras pessoas fazerem o trabalho sujo.

Cruzei os braços. O que queria dizer é que era contra a caçada por *esporte*, mas não queria discutir com ele e prolongar ainda mais aquela pequena escavação. Estávamos lá embaixo havia poucos minutos e eu já me sentia enrugada e com frio, como pele que fica tempo demais embaixo de um maiô molhado.

— O que você quer me mostrar? — pressionei.

Arthur dobrou o corpo e começou a procurar em outra caixa. Ele examinava o que quer que houvesse exumado e jogava de lado quando não era o que estava procurando.

— Aha! — Ele levantou o que parecia uma enciclopédia e acenou para que eu me aproximasse. Suspirei e segui o caminho que ele abrira entre a bagunça. Quando cheguei ao lado de Arthur, percebi que ele segurava um anuário escolar nas mãos.

Arthur folheou até chegar à contracapa interna e a inclinou para que eu pudesse ler o bilhete que estava perto da ponta rosada do dedo dele.

Art-man,

Não vou ficar todo gay e cheio de merda dizendo o amigo legal que você é, então vai se foder!

Bart-man

Li o bilhete três vezes antes de compreender. Bart-man era Dean, uma brincadeira com o sobrenome dele, Barton.

— Em que ano foi isso?

— Em 1999. — Arthur molhou o dedo na saliva e começou a virar as páginas. — No sexto ano.

— E você era *amigo* do Dean?

— Ele era meu melhor amigo *de todos*. — Arthur riu de um jeito maldoso. — Olha. — Ele parou em uma página com uma colagem de fotos tiradas sem posar. Alunos brincando na hora do almoço, fazendo caras engraçadas nos sábados especiais na escola, posando com um dragão verde gigante, o mascote da Bradley. Havia uma foto no canto inferior esquerdo, indistinta como todas as fotos parecem ser depois de alguns anos, de modo que nossos eus passados parecem pertencer a um mundo estranho e antigo, e percebemos, até com certo desdém, tudo o que sabemos agora que não sabíamos na época. Como costumávamos ser tolos. Arthur e Dean estavam com a pele muito branca, típica do inverno, os lábios rachados precisando desesperadamente de um protetor labial. Arthur era um garoto corpulento, embora nada parecido com o volume que exibia naquele momento, ao meu lado. Mas Dean. Era tão miúdo, o braço ao redor do pescoço de Arthur tão leve e frágil que poderia ter sido o irmão mais novo de alguém.

— Foi no início do verão logo antes de ele ter espichado — explicou Arthur. — Dean ficou grande e virou um babaca.

— Não consigo acreditar que vocês já foram amigos. — Eu me aproximei mais do anuário e estreitei os olhos. Perguntei-me se as garotas do Mt. St. Theresa's diziam isso para Leah agora. *Não consigo acreditar que você já foi amiga da* TifAni. Elas ririam, sem acreditar — *isso é um elogio, Leah*. Se não estavam dizendo isso ainda, logo diriam.

Arthur fechou o anuário de repente, quase prendendo o meu nariz. Deixei escapar um gritinho, surpresa.

— Portanto, não aja como se fosse a primeira a conhecer a ira de Dean Barton. — Ele passou o polegar pela letra dourada da capa, pensativo. — Ele faria qualquer coisa para que as pessoas se esquecessem de que ele costumava passar a noite na casa da bichinha.

Arthur enfiou o livro embaixo do braço. Achei que iríamos sair dali, mas algo em um canto chamou a atenção dele. Arthur entrou mais fundo no meio das caixas, inclinou-se e trocou o anuário pela nova descoberta. Ele estava de costas para mim, por isso, a princípio, não vi o que tinha nas mãos, só ouvi a risadinha exultante que deixou escapar. Quando Arthur se virou, o corpo longo e flexível de um fuzil estava apontado para mim. Ele aproximou a arma do ombro, pousou o rosto gordo contra o cano e encaixou o dedo sobre o gatilho.

— Arthur! — gritei, cambaleando para trás. Perdi o equilíbrio e apoiei a mão com força em um troféu de natação velho. Foi o meu pulso machucado, o que virara no chão quando Dean me esbofeteara, e deixei escapar um resmungo incoerente.

— Ah, meu Deus! — Arthur se dobrou em uma risada cruel e silenciosa, apoiando-se no rifle como se fosse uma bengala. — Calma — ofegou ele, o rosto cintilando em um vermelho furioso —, não está carregado.

— Não tem a menor graça. — Fiquei em pé com dificuldade e apertei o pulso, tentando aliviar a dor no tendão machucado.

Arthur secou os olhos e suspirou, exorcizando os últimos resquícios da crise de riso. Olhei com raiva para ele, que revirou os olhos zombeteiramente.

— É sério. — Ele virou o rifle, segurou-o pelo cano e o estendeu para mim. — Não está carregado.

Soltei meu pulso com relutância, segurei o punho da arma que estava um pouco escorregadio pelo suor de Arthur. Por um momento, estávamos os dois segurando o rifle, um par de corredores de revezamento pegos pela câmera no momento em que passavam o bastão. Então Arthur soltou a arma e todo o peso dela ficou na minha mão. Era mais pesada do que havia me dado conta e o cano escorregou para o chão, arrastando-se no piso de concreto. Passei a outra mão pela barriga fria da arma e levantei-a de novo.

— Por que seu pai deixaria essa arma aqui?

Arthur encarou o nariz metálico do fuzil, os óculos embaçados e sujos sob a luz trêmula. Quase estalei os dedos e falei "Oi, tem alguém em casa?".

Mas em um instante ele projetou o quadril para a frente e deixou o pulso frouxo.

— Por quê? — disse ele, a voz fina e leve como uma pluma. — Para eu virar homem, tolinha. — Arthur esticou a última palavra, projetou ainda mais o quadril, e eu ri, sem saber se aquela era a reação adequada, mas sabendo que era o que ele esperava de mim.

Era quase novembro quando a temperatura despencou, acabando de vez com os últimos espasmos de calor que pudessem lembrar o verão. Mesmo assim, gotas de suor escorriam por dentro do meu top de ginástica quando toquei a campainha na casa de Arthur. A treinadora auxiliar do time feminino de hóquei, que vinha substituindo o sr. Larson havia semanas, não tinha ideia do que estava fazendo e só nos dizia para correr oito quilômetros todo dia. Ela faria qualquer coisa para se ver livre de nós por uma hora, para que pudesse paquerar o coordenador de educação física da Bradley, que era casado e tinha dois filhos pequenos na escolinha. Eu passara a cortar caminho pelo bosque e ficava fumando na casa de Arthur pelo tempo que levaria entre os quilômetros cinco e oito. Ou a técnica Bethany não percebia que eu não voltava com o resto da equipe, ou não se importava. Aposto na última opção.

Arthur abriu uma fresta da porta, apenas o bastante para encaixar seu rosto largo, como um Jack Nicholson com espinhas em *O iluminado*.

— Ah, é você — disse.

— Quem mais seria? — Eu vinha passando na casa dele depois do treino de corrida durante as últimas semanas, desde aquele dia em que havia matado aula. A escola descobrira, o que não era uma grande surpresa, e mamãe e papai haviam me deixado de castigo, o que também não fora surpresa. Quando meus pais me perguntaram por que eu havia feito aquilo, e o que era "tão importante" para que eu tivesse deixado a propriedade da escola no meio do dia, eu disse a eles que sentira desejo de comer um *penne alla vodka* no Peace A Pizza.

"Desejo?", mina mãe se estressou. "O que você tem? Está grávida?" Os cantos do rosto dela pareceram despencar quando se deu conta de que alunas do ensino médio ficavam grávidas o tempo todo e como seria humilhante para ela ter que levar a filha de catorze anos para fazer compras em uma loja para gestantes, como a Pea in the Pod.

"Mãe!" Minha reação foi indignada, embora eu não tivesse esse direito. Ela errara o alvo por pouco.

Acho que a escola desconfiou que alguma coisa havia acontecido no salão dos alunos naquele dia, algo que violava o código de excelência moral da Bradley, mas Arthur havia pegado meu short antes que descobrissem exatamente o que fora, e com certeza não seria eu quem contaria.

Pior do que isso foi o fato de o sr. Larson ter ido embora, sem explicação. "Ele nos deixou para abraçar uma nova oportunidade", foi tudo o que a diretoria disse.

Eu havia confidenciado a Arthur, apenas a Arthur, sobre a noite que passara na casa do sr. Larson. Os olhos dele se arregalaram por trás dos óculos sujos, quando contei que havíamos dormido no mesmo quarto.

— Puta merda! — arquejou Arthur. — Você transou com ele?

Dei um olhar indignado na direção dele. E Arthur riu.

— Estou só brincando. Ele tem namorada. Gostosa. Ouvi dizer que é modelo da Abercrombie & Fitch.

— Quem contou isso? — perguntei, irritada, sentindo-me pesada e atarracada na mesma hora, a gorducha fracassada de quem o sr. Larson tivera pena.

Arthur deu de ombros.

— É o que todo mundo diz.

Mesmo eu estando de castigo, meus pais tinham apenas uma vaga ideia de quando terminava meu treino de corrida, por isso era fácil passar um tempo com Arthur na maioria dos dias. Pela primeira vez, sentia-me grata por morar tão longe e precisar pegar o trem para voltar para casa.

"Às vezes o treino leva uma hora e meia, às vezes duas", disse à mamãe. "Depende de quantos quilômetros temos que correr no dia." Ela acreditou na minha palavra e, assim, tudo o que eu tinha que fazer era ligar para ela do telefone público cheio de germes na estação de Bryn Mawr e dizer "Pegando o trem das 18:37". À essa altura, o treino já terminara havia muito tempo e o efeito explosivo inicial da maconha já havia se diluído em um lodo quente e grosso. Eu pousava o fone de volta, observava o trem das 18:37 chegar rangendo até parar com um "puff" exausto. Ou eu estava me movendo mais devagar, ou tudo mais parecia estar.

O olhar de Arthur passou além do meu ombro, até as quadras de squash atrás de mim e o estacionamento mais além, onde babás esperavam que as crianças saíssem dos treinos, os Hondas em mau estado vibrando com a música que saía do rádio.

— Tem gente vindo até aqui, tocando a campainha e saindo correndo.

— Quem tem feito isso? — perguntei, sentindo-me mal.

— Quem você acha? — Ele me encarou com uma expressão acusadora, como se eu houvesse levado as pessoas à porta.

— Já pode me deixar entrar? — Uma gota de suor gelado escorreu pelo meu top de ginástica. E demorou no caminho.

Arthur abriu a porta, e passei por baixo do braço dele.

Eu o segui escadas acima, três lances que gemeram alto sob o nosso peso. Arthur havia se mudado do quarto dele para o sótão durante o verão, como me explicara na primeira vez em que me levara lá.

"Por quê?" Eu passara os olhos pelo quarto nu com certo desconforto, esfregando o braço para tentar afastar os arrepios. Não havia isolamento nas paredes, e o lugar parecia um quarto improvisado muito vulnerável. Não era nada aconchegante. Arthur esticara a mão para fora da janela e batera com a parte de baixo do cachimbo de maconha contra a beirada. Algumas cinzas pretas flutuaram no ar, como flocos de neve carbonizados.

"Privacidade", respondera ele.

Arthur levara poucas coisas suas quando se mudara para o sótão, até as roupas haviam ficado no quarto antigo, que ele agora usava como closet todas as manhãs, antes de sair para a escola. Mas um objeto muito importante havia subido com ele e ganhara lugar de destaque sobre uma pilha de livros que serviam como mesinha de cabeceira: uma foto de Arthur ainda criança, com o pai. A foto fora tirada no verão e os dois estavam na praia, rindo e olhando para o oceano amarronzado e lamacento. Alguém havia colado conchas de cor pastel ao redor da moldura. Eu pegara o porta-retratos uma vez e dissera, zombeteira: "Isso parece muito com aqueles projetos que fazemos na aula de artes, quando estamos no jardim de infância."

Arthur retirou a foto da minha mão: "Minha mãe fez para mim. Não encoste nele."

Embaixo da foto querida estava o anuário do ensino fundamental da Bradley, que tinha um papel importante em um dos nossos novos passatempos favoritos: desfigurar as fotos de turma das HOs e dos Pernas Peludas. Era mais divertido destruí-las em suas formas daquela época — aparelhos nos dentes, cabelos eriçados, pernas e braços magricelas e feios.

Fazíamos isso depois de fumar e de descer cambaleando as escadas, as pernas bambas, rindo, em uma expedição até a cozinha. A sra. Finnerman ficava em sala de aula até as cinco, então ainda tinha mais uma ou duas horas no colégio, cuidando da papelada relacionada ao trabalho. Por isso, a casa era nossa até essa hora. Era o arranjo perfeito, e ela não sabia nada a respeito.

Algumas pessoas, quando estão estressadas, perdem peso e não conseguem comer. Eu achava que seria uma dessas assim que tudo aconteceu, mas logo depois que aquela ansiedade de sabor ácido em relação ao que seria de mim se dissolveu e revelou o que *havia* sido de mim — a aluna nova gostosa já derrotada em apenas sete semanas de aula —, a comida nunca parecera tão saborosa.

Arthur havia descoberto isso anos antes e era um parceiro de crime entusiasmado. Juntos, preparávamos todos os tipos de guloseimas para saciar nosso vazio emocional — leve a Nutella ao micro-ondas até ela endurecer e virar um cookie de chocolate. Isso foi na época em que não havia Nutella em todo lugar, e eu perguntara quando vira um pote no armário da cozinha: "Que diabos é isso?"

"Uma tranqueira europeia esquisita qualquer", dissera Arthur com um dar de ombros. Eu o encarara, impressionada.

Também abríamos o conteúdo de uma embalagem de massa pronta para cookies em um tabuleiro e a colocávamos direto no forno, sem cortar em pedaços. Deixávamos assar até as beiradas estarem douradas e o meio cru, pegajoso. Comíamos às colheradas. Todas as roupas que mamãe comprara para mim no início do semestre pareciam estar começando a se rebelar. O cós da minha calça cáqui se abria como acontecera com as minhas pernas ao receber a cabeça de Peyton no meio delas, recusando-se a fechar, não importava o quanto eu tentasse.

Naquele dia, depois de termos descido estrepitosamente as escadas até a cozinha — o anuário preso embaixo do braço de Arthur como minha futura sogra fazia com sua carteira Chanel —, Arthur anunciou que queria nachos. Ele abriu bem as portas dos armários da cozinha, como um maestro conduzindo uma sinfônica.

— Você é um gênio — falei, os cantos da minha boca já se movendo, com fome.

— Você quis dizer um "genachos". — Arthur me lançou um olhar petulante por sobre o ombro, e ri tanto da combinação boba das palavras "gênio" e "nachos" que caí de joelhos. E fiquei lá, no chão de cerâmica da cozinha antiga, um tipo de cerâmica que minha mãe teria descrito como "do tempo em que o arco-íris era preto e branco". A expressão "do tempo em que o arco-íris era preto e branco" fez o lado do meu corpo doer ainda mais de tanto rir.

— TifAni, vamos — chamou Arthur, sério. — Não temos muito tempo. — Ele apontou para o relógio do forno. Eram 17:50.

A possibilidade de não comer me deixou sóbria. Fiquei em pé e comecei a pegar as coberturas na geladeira — um pedaço cintilante de queijo cheddar, molho vermelho-sangue, um pote aguado de creme azedo.

Preparamos nossos nachos em silêncio, chapados, cobrindo tudo toscamente com os molhos. Levamos a travessa para a mesa de café da manhã de linóleo, ainda sem nos falarmos, mais preocupados em disputar quem ficava com o nacho com mais queijo. Quando não sobrou nem mais um farelo de tortilha, Arthur se levantou da mesa e pegou um pote de sorvete de menta com pedaços de chocolate no congelador. Ele achou duas colheres, enfiou-as na superfície macia, de cor pastel, e colocou o pote sobre a mesa, entre nós dois.

— Estou tão gorda — gemi, escavando um grande pedaço de chocolate.

— Quem se importa. — Arthur enfiou a colher na boca e puxou-a de volta lentamente, sugando todo o conteúdo.

— Esbarrei com Dean no corredor, hoje. Ele disse "você está com uma bunda grande, hein?". — Eu gostava mais do sorvete que ficava na beirada do pote. Era ali que ele derretia primeiro e obedecia quando eu o recolhia.

— Lixo branco e rico de merda. — Arthur golpeou o sorvete com a colher. — Você não sabe nem a metade da história.

Passei a língua em um dente no fundo da boca para tirar um pedaço pequeno de chocolate.

— O que eu não sei?

Arthur franziu o cenho, os olhos fixos no sorvete.

— Nada. Deixa pra lá.

— Tá — parei de comer por um momento —, *agora* você vai ter que me contar.

— Confia em mim — ele baixou o queixo para me olhar sobre as lentes dos óculos, formando mais um papo abaixo do pescoço —, você não vai querer saber.

— Arthur! — exigi.

Ele deixou escapar um suspiro pesado, como se lamentasse ter tocado no assunto, mas eu sabia que não lamentava. Quanto mais sagrada a informação, mais desesperada a pessoa que guarda o segredo fica para revelá-la, e mais é preciso insistir para aliviá-la do fardo. Desse modo, ela não se sente terrivelmente culpada sobre trair a confiança de alguém — afinal, o que poderia fazer? Fora coagida a contar! Digo "ela" porque é um jogo eminentemente feminino, e quando recordo tudo isso agora, o modo como era natural para Arthur colocar a bola em jogo, percebo que isso é mais eloquente em relação à sexualidade dele do que suas próprias declarações, tão teatrais, tão exageradas, que nunca deixavam descobrir se ele, na verdade, não estava só zombando de todo mundo, representando o papel que todos haviam determinado para ele. Brilhantemente.

— Acho que mereço saber — disse, a voz cheia de significados. — Entre todas as pessoas.

Arthur levantou a mão no sinal universal de "pare". *Ele não conseguia mais aguentar!*

— Está certo — concordou. Ele enfiou a colher no sorvete e apoiou as mãos sobre a mesa, pensando em como me contar o que estava prestes a dizer. — Havia um garoto. Ben Hunter.

Eu me lembrei do nome que ouvira na noite do Fall Friday Dance, quando deixara o baile com as HOs e os Pernas Peludas para vê-los beber na Clareira. O misto de nojo e empolgação de Olivia ao contar ter visto Arthur pagando um boquete para Ben, e o adendo de Peyton de que Ben tentara se matar, concluindo de um jeito maldoso que não havia conseguido. Nunca acreditei na primeira parte da história, parecia uma mentira de Olivia, contada para reunir um grupo de curiosos ao redor dela. Mesmo assim, algo me impediu de contar a Arthur o que eu sabia. Havia uma pequena parte em mim que acreditava que poderia ser verdade e que não queria saber se realmente era. Eu não conseguia suportar a ideia de Arthur de joelhos na Clareira, o esquisito número um chupando o pau do esquisito número dois. Arthur era minha bússola intelectual, não outro animal furioso e sexual. Não era como eu.

Fingi nunca ter ouvido o nome de Ben Hunter.

— Quem é ele?

— Dean fez ele se matar. Bem — Arthur levantou os óculos mais para cima, deixando a marca da digital na lente esquerda —, tentar se matar, ao menos.

Deixei a colher no pote de sorvete, que já estava tão quente e derretido que ela afundou, lentamente, a areia movediça verde absorvendo-a.

— Como? Como se faz alguém tentar se matar?

Os olhos de Arthur ficaram embotados.

— Você tortura a pessoa por anos, então a degrada... — Ele fez uma careta. — É nojento. Tem certeza de que quer saber?

O sorvete gorgolejou em minha garganta quando perguntei em um gemido:

— Vai me contar logo?

Arthur suspirou e curvou ainda mais os ombros de jogador de futebol americano.

— Você conhece a Kelsey Kingsley? — Assenti. Fazíamos história juntas. — Ela fez uma festa de formatura no oitavo ano. A Kelsey mora em uma casa gigante. Tem piscina, quadra de tênis, tudo, mas tem também muito terreno vazio. Enfim. Dean, Peyton e alguns outros jogadores imbecis apareceram. Eles já estavam no colegial àquela altura, por isso foi meio sinistro, mas Peyton tinha uma queda por Kelsey. Ele gosta de carne fresca. — Arthur apontou com o queixo para mim, como se eu fosse um exemplo típico disso. — Eles convenceram Ben a ir com o grupo para o bosque, disseram que tinham erva. — Arthur pegou uma porção de sorvete com a colher, do tamanho de uma bola de golfe. A boca dele estava verde quando voltou a abri-la. — Não sei por que Ben acreditou neles. Eu jamais teria acreditado. Peyton e aqueles caras? Eles seguraram Ben no chão, levantaram a camisa dele e Dean... — Arthur engoliu o sorvete e estremeceu por estar gelado demais.

— Dean, o quê?

Arthur pressionou as têmporas com os dedos. Deixou escapar o ar. E ergueu as sobrancelhas para mim.

— Dean cagou no peito dele.

Eu me recostei na cadeira e tapei a boca com as mãos.

— Que nojo!

Arthur voltou a encher a colher de sorvete.

— Falei. De qualquer modo — Arthur deu de ombros —, quando o soltaram, ele saiu correndo. Ben ficou sumido por quase vinte e quatro horas antes que alguém o descobrisse no banheiro de uma farmácia perto do shopping Suburban Square. Ele tinha comprado uma lâmina de barbear e... — Arthur dobrou a mão direita e imitou o movimento de rasgar a pele do pulso, cerrando os dentes como se a dor fosse real.

— Mas ele não morreu? — Percebi que estava segurando meu próprio pulso, aplicando pressão a um ferimento imaginário.

Arthur balançou a cabeça.

— As pessoas normalmente não cortam fundo o bastante para romper a artéria principal. — Ele parecia orgulhoso por saber disso.

— E onde está Ben agora?

— Em uma clínica qualquer. — Arthur deu de ombros. — Faz só seis meses, se pensarmos bem...

— Você ainda fala com ele? — perguntei, observando-o com atenção para ver como reagia.

Arthur franziu o rosto todo e balançou a cabeça de leve.

— Gosto do garoto, mas ele tem problemas. — Dito isso, ele empurrou o anuário para o centro da mesa, afastando o pote de sorvete do caminho. Minha colher mergulhou de vez e desapareceu de vista.

— Vamos brincar com Dean em homenagem a Ben — sugeriu ele, folheando até chegar à nossa página favorita. Desenhamos orelhas de macaco em Dean e escrevemos "Macaco vê, macaco leva bala", acima do rosto sorridente. A princípio eu havia escrito "Macaco vê, macaco fala", mas Arthur riscara a palavra "fala" e escrevera "leva bala".

Tínhamos outras páginas que costumávamos visitar. A de Olivia recebia muita atenção. Eu havia decorado o nariz dela com pontinhos pretos. E escrevera "Preciso de uma limpeza de pele." "E de uma plástica nos seios," acrescentara Arthur.

Mas ele preferia Peyton a Olivia. O anuário tinha três anos. Na época, estavam todos no sexto ano e Peyton no oitavo. Era um feito e tanto, mas Peyton era ainda mais bonito quando estava no ensino fundamental. Desenhamos rabos de porco nas laterais da cabeça dele e, embora tivesse sido eu a fazer isso, tinha que piscar várias vezes toda vez que abríamos o livro naquela foto, e me forçar a lembrar que não era uma garota. "Come meu rabo lindo", havia escrito Arthur. "E me enforca junto", acrescentara ele, recentemente. E explicara que uma vez, em uma viagem de ônibus, Peyton havia passado o cachecol ao redor do pescoço de Arthur e o apertara até deixar uma mancha roxa.

— Tive que usar blusas de gola alta por um mês inteiro — disse Arthur em um tom pomposo. — E você sabe como sinto calor com facilidade.

Arthur desenhou um balão de pensamento saindo da boca de Dean e perguntou:

— O que o cavalheiro Dean Barton está pensando hoje? — Antes que eu pudesse decidir, a porta foi aberta e ouvimos a sra. Finnerman gritando "oi". Arthur pegou a boca do cachimbo de maconha na mesa e enfiou-o no bolso.

— Na cozinha, mamãe! — gritou ele, de volta. — TifAni está aqui.

Virei-me no assento para ver a sra. Finnerman entrar na cozinha, desenrolando uma echarpe de fios grossos do pescoço.

— Oi, querida — ela disse para mim.

— Oi, sra. Finnerman. — Sorri, torcendo para que o sorriso não parecesse preguiçoso e chapado.

Ela tirou os óculos, embaçados por ela ter saído do frio do lado de fora para o calor da casa, e secou-os na bainha da blusa.

— Vai ficar para o jantar?

— Ah, não, eu não posso — respondi. — Mas obrigada.

— Você sabe que é sempre bem-vinda, querida. — Ela voltou a colocar os óculos e seus olhos brilhavam por trás das lentes. — Sempre.

O sr. Larson nos avisara de que isso aconteceria. Duas semanas de gramática, seguidas imediatamente por nosso debate sobre *No ar rarefeito*. Esse anúncio havia provocado um gemido dramático coletivo na turma e um sorriso brincalhão no sr. Larson, o tipo de sorriso que eu imaginava que ele dava a todas as mulheres com quem saía, pouco antes de deslizar a mão sob o peso louro dos cabelos delas e se inclinar para um beijo gentil.

Como minhas aulas de gramática no Mt. St. Theresa's haviam sido uma tortura, achei a notícia desapontadora, mas, para minha surpresa, ela também me encheu de adrenalina. *Me aguardem*, eu havia pensado em setembro. Expressões que pediam gerúndio, particípios de verbos, modificadores de substantivos... eu esfregaria tudo na cara daqueles amadores. Depois que o sr. Larson foi embora e meu espírito competitivo murchou, eu me sentia grata só porque as coisas estavam rolando normalmente.

A professora que colocaram no lugar do sr. Larson, a sra. Hurst, tinha o corpo de um garoto de dez anos e comprava suas roupas — calças cáqui e camisas de cor pastel — na loja infantil da Gap. Vista de costas, ela poderia facilmente ser confundida com o irmão mais novo, e chato, de algum aluno do ensino médio. A filha dela era aluna do último ano na Bradley, e como fora aceita cedo em Dartmouth, e tinha um nariz grande e adunco e olhos com cercados de linhas vermelhas, eu presumira que era uma nerd inofensiva, louca por livros. Mas anos de desprezo por parte de garotas e garotos bonitos, que não eram *tão* loucos por sexo a ponto de querê-la, haviam transformado a garota em uma fofoqueira amarga. A mãe, sentada na frente da sala de aula, com um tornozelo ossudo apoiado sobre o outro, sabia tudo a meu respeito desde o princípio.

Ela começou a implicar comigo no dia em que alguém levou donuts — que haviam sobrado da reunião para confecção do anuário, mais cedo naquela manhã — para a sala de aula. A sra. Hurst cortou os doces comprados na Krispy Kremes ao meio, embora houvesse onze donuts e apenas nove alunos na turma, mais do que suficiente para que todos pegassem um inteiro. Achei que ela havia feito isso para que pudéssemos experimentar outros sabores, e peguei uma metade com recheio de creme e cobertura de chocolate e a outra apenas com açúcar por cima.

"TifAni", a sra. Hurst estalou a língua de uma forma desaprovadora. "Tenha dó, deixe alguns para o resto da turma."

Os insultos dela eram discretos assim, o bastante para provocar risadinhas em alguns alunos hesitantes em se envolverem em políticas sociais. A turma de inglês avançado, que era cheia de filhos de mães ansiosas por universidades da Ivy League, não era a audiência ideal para a sra. Hurst (que teria mais sorte se desse aula aos degenerados cruéis de química), mas ela aceitava o que conseguisse.

Minha amizade com Arthur não escapou a ela. Isso, combinado ao fato de que Arthur era a pessoa mais inteligente da sala e não exatamente modesto a respeito disso, o tornava um alvo ainda mais frequente do que eu.

Certa manhã, uma explicação particularmente intrincada sobre orações apositivas fez com que Arthur escrevesse seu próprio exemplo no bilhete que ficávamos passando entre nós, algo que fazíamos o tempo todo, até mesmo no refeitório, quando não conseguíamos falar livremente. "A sra. Hurst, a professora burra..." Levei a mão rapidamente à boca para sufocar uma risada, mas um barulhinho agudo escapou. A turma pareceu congelar junto com a sra. Hurst, que levou algum tempo olhando por cima do ombro ossudo, a caneta vermelha sangrando no quadro como um ferimento à bala.

— Sabe de uma coisa? — Ela apontou a caneta na minha direção. — Quero que você me ajude com isso.

Outro aluno qualquer teria se dado conta da humilhação iminente, teria cruzado os braços mimados e privilegiados e se recusado a ir. Era melhor se arriscar a ir parar na sala da coordenação do que receber o castigo na frente dos colegas. Mas eu ainda carregava o peso daquele medo de garota católica e, quando uma professora dizia para fazer alguma coisa, eu fazia. Senti o olhar enviesado de Arthur quando me levantei e fui arrastando os pés até a frente da sala, como uma condenada caminhando para a forca.

A sra. Hurst enfiou a caneta na minha mão e se afastou do quadro, abrindo espaço para que eu me aproximasse.

— Talvez um exemplo pudesse ajudar? — disse ela em um tom excessivamente doce. — Escreva.

Levei a caneta ao quadro e esperei.

— TifAni.

Olhei para a sra. Hurst por baixo do meu braço levantado, esperando pelo resto da frase.

— Escreva — repetiu ela. — TifAni.

Escrevi meu nome, já sentindo as garras do medo apertarem meu estômago. Quando coloquei o pingo no "i", a sra. Hurst continuou:

— Vírgula.

Coloquei a pontuação depois do meu nome e esperei pelas próximas instruções.

Ela disse:

— Um rato de shopping barato. *Vírgula*.

Se o arquejo coletivo da turma foi em reação ao que a sra. Hurst dissera ou ao terrível "Vá se foder" que Arthur deixou escapar, não tenho certeza. Mas então Arthur se levantou, deu a volta na mesa e se aproximou da professora, que estava tendo bastante dificuldade em manter a expressão severa no rosto com aquele touro de 1,88 metro e quase 150 quilos indo em sua direção.

— Arthur Finnerman sente-se novamente agora mesmo. — As palavras da sra. Hurst saíram atropeladas, e ela recuou quando Arthur se postou à minha frente, como um cão protegendo o dono de um intruso.

Ele apontou o dedo para o rosto da professora e foi a vez dela arquejar.

— Que merda você acha que é, sua vaca burra?

— Arthur. — Pus a mão sobre o braço dele, e descobri que a pele sob a camisa polo estava quente ao toque.

— Bob! — gritou subitamente a sra. Hurst. Então gritou de novo, e de novo, com uma regularidade de louca. — Boob! Booooob! Boob!

Bob Friedman, também professor de inglês, atravessou correndo o corredor e entrou na sala, parecendo zonzo, segurando uma carcaça de maçã entre o polegar e o indicador.

— O que aconteceu? — ofegou ele, a boca ainda cheia.

— Bob. — A sra. Hurst deixou escapar um suspiro trêmulo, mas esticou o corpo e se ergueu em toda aquela presença esquelética. — Preciso de sua ajuda para acompanhar o sr. Finnerman até a sala do sr. Wright. Ele está me ameaçando *fisicamente*.

Arthur riu.

— Você não passa de uma vaca maluca, dona.

— Ei! — O sr. Friedman apontou a carcaça da maçã para Arthur e saiu pisando firme em direção à frente da sala, só que tropeçou em um livro no caminho e seguiu cambaleando, quase perdendo os óculos no processo. O professor empurrou os óculos para cima do nariz antes de pairar a mão sobre as costas de Arthur. Todos tínhamos ouvido rumores sobre o seminário a respeito de assédio sexual que os professores eram obrigados a fazer anualmente. Eles tinham pânico de nos tocar.

— Vamos. Para a sala do sr. Wright, *já*.

Arthur deixou escapar um som de desdém e afastou a mão fantasma do sr. Friedman. Então saiu da sala em um rompante, bem à frente do professor.

— Obrigada, Bob — disse a sra. Hurst, toda empertigada e formal, puxando a bainha da blusa e inflando o peito chato. O sr. Friedman assentiu e se apressou atrás de Arthur.

Vários alunos haviam levado a mão à boca, e dois nerds estavam quase às lágrimas.

— Peço desculpas pela perturbação — disse a sra. Hurst, tentando parecer severa. Mas vi o tremor em sua mão quando apagou meu nome do quadro e me disse para sentar. Ao menos, depois disso, ela parou de me perturbar.

Não vi Arthur na escola pelo resto daquele dia. Depois do treino, caminhei pela trilha batida que levava à casa dele, as folhas no chão tão finas e secas que se esfarelavam sob meu tênis.

Arthur não atendeu quando eu bati. Soquei a porta, de novo e de novo, fazendo as persianas sacudirem nas janelas, mas ele não atendeu.

Arthur não foi à escola no dia seguinte, e presumi que havia sido suspenso pelo resto da semana, mas quando sentei diante da mesa de almoço, da minha antiga mesa de almoço, que agora era meu lar permanente, os olhos da Tubarão se encheram de lágrimas e ela sussurrou para mim que Arthur havia sido expulso.

A palavra "expulsão" me encheu com o mesmo tipo de horror que provocavam palavras como "câncer" ou "ataque terrorista".

— Como podem ter expulsado o Arthur? Ele nem chegou a *fazer* nada. Não de verdade.

— Acho que foi a gota d'água para eles. — A Tubarão piscou e uma lágrima se formou. Observei fascinada a lágrima escorrer não pela bochecha dela, mas pelo lado do seu rosto. Ela limpou a lágrima, como se faz quando uma formiga está subindo pela sua coxa. — Depois do peixe.

Ela poderia muito bem estar falando espanhol, matéria em que eu mal conseguia tirar um C.

— O peixe?

— Ah. — A Tubarão se remexeu na cadeira. — Achei que ele tinha contado.

— Não tenho ideia do que você está falando. — A impaciência fez com que meu tom saísse alto, e a Tubarão levou o dedo aos lábios, pedindo silêncio.

Ela baixou a voz.

— Não sei, eu não estava lá. Mas ele foi suspenso no ano passado por pisar em um peixe na aula de biologia.

Eu podia imaginar a cena, percebi. Podia imaginar o modo como Arthur mostrara os dentes e arregalara os olhos para a sra. Hurst, aquela expressão, e o pé grande descendo sobre o corpo azulado escorregadio, que se debatia e tentava respirar no chão molhado, sabendo que precisava pisar com a maior força possível, ou o bicho simplesmente deslizaria.

— Por que ele faria uma coisa dessas?

— Aqueles caras. — A Tubarão balançou, como uma mãe já lamentando a violência nos vídeos de música. — Dean. Eles o desafiaram. — Ela levou os dedos às têmporas, esticando tanto a pele que se tornou um tubarão asiático. — Coitado do Arthur. Ele nunca vai conseguir entrar na Universidade de Columbia com isso no histórico. Nem mesmo com a mãe já tendo estudado lá.

―⚭―

No fim daquela mesma tarde, fingi estar com cãibra menos de dois quilômetros depois de uma corrida de oito quilômetros e gesticulei para que as outras garotas continuassem a correr sem mim. Então voltei na direção da escola em sete minutos.

Dessa vez, fiquei apertando a campainha da porta e não soltei até sentir a casa tremer sob os passos de Arthur. Ele abriu a porta de supetão e me deu um olhar desanimado.

— Arthur! — gritei para ele.

— Já me acalmei. — Ele se virou e começou a subir a escada. — Vem.

―⚭―

Sentamos na cama dele e Arthur me passou o cachimbo com erva.

— É mesmo definitivo? — perguntei.

Arthur abriu bem a boca e exalou uma gorda fita de fumaça.

— É mesmo definitivo.

— Era o desgraçado do Dean que deveria ser expulso — resmunguei.

— Há um motivo para o refeitório ter recebido o nome da família dele. — Arthur bateu com a lateral do cachimbo na cabeceira da cama, soltando a erva que estava dentro. Ele ofereceu de novo e balancei a cabeça, recusando.

— Bem, talvez ele tivesse sido expulso se eu tivesse tido colhão — falei.

Arthur gemeu e se arrastou para fora da cama. Eu me equilibrei quando o colchão afundou do meu lado.

— O que foi? — quis saber.

— Mas você não teve — disse ele. — Não teve! Então para com essa *babaquice* de autoflagelo.

— Você está bravo comigo por isso? — Levei as mãos ao estômago. Não aguentaria ter mais ninguém bravo comigo. Nunca mais.

— *Você* deveria estar brava consigo mesma! — urrou Arthur. — Teve a chance de acabar com ele e não fez porque... — ele deu uma gargalhada alta — na verdade achou que poderia se redimir. — Aquilo o fez rir ainda mais. — Ah, meu Deus! Ah, meu Deus! — Ele continuou a repetir, como se fosse a coisa mais engraçada que já ouvira.

Senti tudo ficar muito quieto dentro de mim.

— Ah, meu Deus, *o quê*?

Arthur suspirou com uma expressão de pena.

— É só que... você não vê? Não entende? Você foi atacada fora dos portões da escola. Mas você é tão... — Ele agarrou os cabelos. Quando os soltou, tufos se erguiam loucamente para todos os lados. — É uma vadia tão burra que não conseguiu entender.

Eu preferia ter levado um milhão de bofetadas de Dean do que ouvir isso. Ao menos o que Dean queria de mim, o que estava furioso por não poder ter, era a coisa mais básica e primitiva do mundo, e não era de forma alguma um reflexo do que eu era como ser humano. A consciência de que Arthur me via como alguém completamente diferente da maneira como eu achava que ele me via foi devastadora. Não éramos os amigos, parceiros, unidos em nosso desprezo pelas HOs e pelos Pernas Peludas acima de tudo. Eu era um refúgio que Arthur bondosamente recolhera. Não o contrário. Devolvi do único modo que sabia.

— Sim, bem — disparei —, ao menos Dean me quis. Tive uma chance. Ao contrário de você. Que fica andando por aí curtindo uma paixonite de três anos por ele.

O rosto de Arthur se franziu muito levemente e, por um instante, achei que ele também iria chorar. Ele me defendera, fora o único a fazer isso, além do sr. Larson. Antes que eu pudesse impedir que aquele trem atropelasse tudo, as feições de Arthur se compuseram em um olhar frio e cruel. E já *era* tarde demais.

— Do que diabos você está *falando*?

— Você sabe do que estou falando. — Afastei meu rabo de cavalo do ombro. Meus cabelos, meus seios, tudo no meu corpo, que me colocara em tanta encrenca, era a minha única arma para me defender. — Você não engana ninguém. — Passei os olhos pelo quarto e vi o anuário sobre a escrivaninha de Arthur. Pulei da cama, peguei-o e folheei até chegar à nossa página favorita.

— Ah, vamos ver. — Encontrei a foto de Dean. — "Come o meu rabo. Com força, até sangrar." — Havia tanta coisa escrita sobre a foto de Dean que Arthur desenhara uma seta saindo do rosto dele e descendo até a parte de baixo da página, onde escrevera mais. — Ah, e essa pérola: "Arranque meu pau com os dentes." — Levantei os olhos para Arthur. — Você deve dormir agarrado com esse anuário toda noite, como uma cobertinha de estimação, seu veado de merda.

Arthur partiu para cima de mim. As patas dele agarraram o livro e o arrancaram das minhas mãos. Tentei puxar de volta e, ao fazer isso, perdi o equilíbrio.

Cambaleei para trás e bati a cabeça contra a parede. Fiquei furiosa como uma criança pequena por causa daquele disparate. Urrei e apertei o lugar onde estava doendo.

— Já parou para pensar — bufou Arthur, nossa briguinha incitando seu coração, enterrado sob todas aquelas camadas de gordura —, que não quero foder com você não porque sou gay, mas porque você é nojenta?

Abri a boca para me defender, mas Arthur me cortou:

— O que você deveria fazer era arrancar eles fora... ninguém jamais fez nada importante na vida com uns travesseirões desses. — Ele juntou as mãos nos próprios peitos e sacudiu-os violentamente.

Se eu estivesse correndo, estaria subindo a montanha da New Gulph naquele momento, e, ainda assim, não me encontraria tão ofegante quanto estava. Meus dedos estavam ao redor do porta-retratos que ficava sobre a mesa de cabeceira de Arthur, o que tinha a foto dele com o pai, rindo para a água, e antes que Arthur conseguisse me agarrar, saí correndo. Eu o ouvi nas escadas atrás de mim, mas, ao contrário do que acontecia nos filmes de terror, o assassino era lento, obeso e estava chapado. Eu já chegara à porta e pendurara a mochila no ombro antes mesmo que Arthur chegasse ao segundo andar. Então saí e continuei a correr até ter certeza de que ele estava bem atrás de mim, o corpo dobrado, apoiado nos joelhos, ofegante e furioso. Não parei por quase mil metros, e percebi que agora estava indo na direção da estação Rosemont, que era mais distante, mas não seria um lugar em que Arthur pensaria em me procurar. Quando finalmente diminui o passo e comecei a caminhar, olhei para a foto nas minhas mãos, vi ali a felicidade que Arthur desejava e considerei a possibilidade de voltar. Mas então pensei no quanto o pai dele era escroto. Eu provavelmente estava fazendo um favor a Arthur levando aquela foto. Talvez o ajudasse a seguir em frente, a deixar de ser aquele babaca gordo. Parei na rua e encontrei um lugar seguro para guardar o porta-retratos, enfiando-o em uma pasta para proteger aquela decoração estúpida com conchas.

Alguns dias depois, descobri que Arthur estava estudando na Thompson High, uma escola pública em Radnor. Em 2003, a Thompson High mandou apenas dois alunos de sua turma de graduação, em um total de 307, para universidades da Ivy League. Arthur não estava destinado a ser um deles.

11

Foi um e-mail que, caso eu tivesse vinte e dois anos, recém-saída da universidade e desesperada por um emprego, teria ligado correndo para Nell e gritado: "Ah, meu Deus, escuta só isso!"

Cara srta. FaNelli,

Meu nome é Erin Baker, e sou coordenadora de RH da Type Media. Temos uma vaga para diretora de comportamento na revista Glow, *e adoraríamos recebê-la para uma entrevista, se for do seu interesse. Poderia convidá-la para um café, nesta semana, para conversarmos a respeito? O salário é competitivo.*

Cordialmente,
Erin

Fechei o e-mail. Não estava com pressa para responder, porque não tinha o mínimo interesse. Sim, diretora de comportamento era um passo à frente em relação ao cargo de editora sênior, mas não precisava me preocupar com dinheiro, não mesmo. Não importava quanto me oferecessem, não seria o bastante para mudar para uma revista exatamente igual à *The Women's Magazine*, só que nem de perto tão icônica. Ainda mais quando LoLo havia deixado a *The New York Times Magazine* aos meus pés, como um gato faz com um rato sem cabeça.

Embora eu tivesse escrito vezes demais as palavras "o membro dele" no tempo em que estava na *The Women's Magazine*, havia um reconhecimento no nome da revista que me dava proteção, mais ou menos o que também me garantia o noivado com Luke. Quando digo às pessoas que trabalho em uma revista, e me perguntam em qual — e sempre, sempre me perguntam —, eu nunca, jamais, me canso de inclinar a cabeça modestamente e responder em meu melhor tom afetado, que termina quase como uma pergunta: "Na *The Women's Magazine?*". Aquela inflexão na voz... já ouviu? É como a daqueles desgraçados presunçosos de Harvard... "Ah, eu estudei em Cambridge." "Onde?" "Harvard?" Sim, todos já tínhamos ouvido falar da porra da Harvard. Eu adorava aquele reconhecimento instantâneo. Já havia me explicado o bastante no colegial, justificado minha presença entre a realeza: "Moro em Chester Springs. Não é longe demais. Não sou pobre demais."

Saí do meu e-mail. Responderia para essa Erin Baker mais tarde, diria uma bobagem qualquer do tipo: "Agradeço muito por pensar em mim, mas neste momento estou muito satisfeita com o meu cargo."

Tamborilei com minhas unhas pintadas de verde-musgo no topo da mesa, imaginando onde estaria Nell. Vários minutos se passaram antes que eu percebesse que ela havia chegado. As cabeças se virando perto da entrada do restaurante eram o primeiro sinal. O segundo era o topo da cabeça dela, do tom mais chocante de louro, vindo direto em minha direção.

— Desculpe! — Ela dobrou o corpo esguio para sentar. Nell era tão alta que suas pernas longas e finas nunca encaixavam embaixo da mesa. Ela cruzou-as para o corredor, uma bota pendendo sobre a outra, os saltos muito altos e finos. — Não consegui encontrar um táxi.

— Esse lugar fica a uma estação de metrô da sua casa — falei.

— Metrô é para quem trabalha. — Ela sorriu para mim.

— Babaca.

O garçom apareceu e Nell pediu uma taça de vinho. A minha já estava pela metade. Vinha tentando fazer o vinho render, já que só estava me permitindo duas taças, basicamente no jantar.

— Seu rosto — disse Nell, sugando as maçãs do rosto.

Finalmente.

— Estou morrendo de fome.

— Eu sei. É uma droga. — Nell abriu o cardápio. — O que vai pedir?

— O *tartare* de atum.

Nell pareceu confusa enquanto examinava o cardápio, pequeno como um livro de orações, nas mãos dela.

— Onde está isso?

— Sob as entradas.

Nell riu.

— Estou tão feliz que nunca vou me casar!

O garçom voltou com o vinho de Nell e perguntou o que poderia nos servir. Nell pediu um hambúrguer, porque é uma sociopata. Nem comeria o prato todo, de qualquer jeito. O Adderall que tomava iria fazê-la se desinteressar da comida depois de algumas mordidas. Eu gostaria que funcionasse para mim, mas sempre que tomava um dos comprimidos azuis de Nell, mesmo quando tomávamos junto com cocaína, que fazia a manhã surgir em um piscar de olhos, meu apetite sempre abria caminho até a superfície. A única coisa que funcionava para mim era a boa e velha disciplina.

Quando fiz o pedido, o garçom comentou:

— Só para você saber, é um prato muito pequeno. — Ele fechou o punho para me dar uma ideia do tamanho.

— Ela vai se casar. — Nell bateu as pestanas para o garçom.

O homem deixou escapar um "ah". Ele era gay, pequenino e bonito. Provavelmente tinha algum ursão musculoso com quem iria se encontrar quando saísse do trabalho. Quando pegou o cardápio da minha mão, disse:

— Parabéns. — A palavra foi como um cubo de gelo em um dente com nervo exposto.

— *O que foi?* — arquejou Nell. Minha testa havia se enrugado naquele formato em V, como sempre acontece quando estou prestes a começar a chorar.

Cobri os olhos com as mãos.

— Não sei se quero fazer isso. — Pronto, eu havia dito. Em voz alta. Aquela admissão foi como uma pedrinha minúscula que se deslocava e rolava pela encosta da montanha, tão insignificante que não parecia possível que fosse gerar a enorme avalanche branca que se seguiu.

— Muito bem — disse Nell, clinicamente, os lábios pálidos torcidos. — Isso é recente? Há quanto tempo vem se sentindo assim?

Deixei o ar escapar entre os dentes.

— Há muito tempo.

Nell assentiu. Ela segurou a taça de vinho entre as mãos e ficou encarando as profundezas rubras. Sob a luz baixa do restaurante, não havia como distinguir o azul dos olhos dela. Algumas garotas precisam daquela luz, precisam ter aquelas duas piscinas cintilantes em destaque, antes que se possa decidir que sim, ela é bonita. Mas não Nell.

— Como você se sentiria — disse ela, as narinas levemente dilatadas —, se terminasse tudo. Se Luke, um dia, fosse apenas um cara que você um dia conheceu?

— Você está mesmo citando a música de Gotye? — perguntei, irritada.

Nell inclinou a cabeça para mim. Os cabelos louros deslizaram por um ombro e caíram para a frente, cintilando como uma estalactite na beira de um telhado.

Suspirei e pensei por um momento.

Havia aquela noite, não fazia muito tempo, quando um cara esquentadinho me chamara de puta feia porque achara que eu passara a frente dele na fila do bar.

"Vá se foder!", eu havia devolvido.

"Preferia que fosse com você." A corrente ao redor do pescoço dele dançava, prateada, sob as luzes, e a pele nojenta, flácida em certos lugares, de um modo que parecia precoce para a idade que ele deveria ter. Se ao menos o homem houvesse resistido às sessões de bronzeamento artificial na Hollywood Tans, como eu.

Mostrei para ele meu dedo mais eloquente.

"Você é adorável, mas estou noiva."

A expressão no rosto dele. Aquele anel tinha poderes quase mágicos em seu modo de me encorajar, de me proteger de qualquer dano.

Disse para Nell.

— Me sentiria muito triste.

— Por quê?

Porque quando você tem vinte e oito anos e mora em um prédio com porteiro em Tribeca, anda de táxi, frequenta o Giuseppe's e está planejando um casamento em Nantucket com alguém com o pedigree de Luke, está bem na vida. Quando você tem vinte e oito anos, é solteira, não se parece em nada com Nell e anuncia no eBay aqueles mesmos sapatos que ela estava usando para conseguir pagar a conta de luz, Hollywood faz filmes tristes a seu respeito.

— Porque amo Luke.

As duas palavras seguintes soaram inocentes o bastante, mas eu conhecia Nell e sabia que ela as escolhera para que tivessem o máximo impacto.

— Que fofo.

Assenti, desculpando-me com ela.

O silêncio que se seguiu parecia zumbir, como a rodovia atrás da minha casa, na Pensilvânia. Cresci tão acostumada com esse som que o confundia com silêncio. Só percebi isso quando recebi amigas do Mt. St. Theresa's para dormir em casa. "Que *barulho* é esse?", quis saber Leah, torcendo o nariz para mim em uma expressão acusadora. Leah estava casada agora. Já tinha um bebê que vestia, dos pés à cabeça, de rosa algodão-doce, para mostrar em seus álbuns do Facebook.

Nell juntou as mãos em uma última prece.

— Sabe, as pessoas não se importam tanto com você quanto imagina. — Ela riu. — Isso soou mal. O que quis dizer foi que talvez esteja apenas na sua cabeça que você precisa provar algo.

Se isso fosse verdade, significava, então, um desperdício de gastos, um vestido Carolina Herrera amuado no meu armário. E também significava fazer aquele documentário sem o meu anel de noivado com aquele tumor de quatro quilates em cima, que era a prova concreta de que eu valia mais do que haviam estimado anteriormente.

— Não está apenas na minha cabeça.

Nell me encarou com os olhos cor de tinta.

— Está, sim. E você deveria pensar sobre isso. Pensar bem. Antes que cometa um grande erro.

— Isso é ótimo. — Eu ri agressivamente. — Vindo da pessoa que me ensinou a manipular *cada pessoa na minha vida*.

Nell abriu os lábios e moveu-os sem pronunciar as palavras que queria dizer. Percebi que ela estava repetindo para si mesma o que eu acabara de falar, tentando compreender o sentido. Em um instante, sua expressão mudou da frustração para a perplexidade.

— Porque achei que isso — ela girou as mãos freneticamente, chamando de "isso" tudo pelo que eu batalhara — era o que você queria. Achei que você *queria* Luke. Achei que essa pequena farsa a faria *feliz*. — Nell bateu com a mão no lado do rosto e bradou: — Meu Deus, Ani, não siga adiante com isso se não a faz feliz!

— Quer saber? — Cruzei os braços. Cada um deles uma barreira cuidadosamente colocada para impedi-la de chegar ao que realmente importava. — Eu a convidei para vir aqui na esperança de que pudesse fazer eu me sentir melhor. Não pior.

Nell levantou o corpo, com a despreocupação e alegria de uma animadora de torcida.

— Muito bem, Ani. Luke é um cara incrível. Ele a vê exatamente como você é e a aceita por isso. Luke não espera que você seja alguém que não é. Santo Deus! Você deveria agradecer a sua estrela da sorte por ele. — Ela me encarou com irritação.

Nosso adorável garçom reapareceu com uma cesta nas mãos.

— Desculpe — murmurou ele. — Vocês provavelmente não vão querer. Mas aceitam pão?

Nell deu um sorriso ofuscante e irritante para ele.

— Eu *adoraria* uma cesta de pães.

O rapaz se animou visivelmente sob o brilho que ela emitia, o sangue coloriu suas bochechas e os olhos dele brilharam, mais atentos, como acontecia com todos quando Nell jogava um punhado de seu pó encantado. Perguntei-me se o garçom percebeu, quando seu braço atravessou o espaço entre mim e Nell, para colocar a cesta de pão no centro da mesa, que o ar parecia estalar ali, como um alerta.

As semanas se passaram, empurrando Nova York para longe do verão, setembro lutava sem muita determinação contra o calor. A filmagem estava marcada para começar, estivesse eu pronta ou não. E, para o casamento, eu tinha um vestido que me cabia, e a costureira fizera maravilhas com a folga entre a minha cintura e o corpinho do vestido tamanho 40. Eu travara quando o encomendara. Tamanho 40? "A modelagem dos vestidos de casamento é completamente diferente da de roupas comuns", assegurara-me a vendedora. "Você pode ser um tamanho 36, ou até mesmo 34, em uma loja como a Banana Republic, mas isso faz com que seu tamanho para um vestido de casamento seja 40 ou 42."

"Não peça o 42", falei, torcendo para que a minha expressão horrorizada também deixasse claro que eu nunca mais compraria na Banana Republic.

Eu iria de carro para "casa", para a Main Line, na quinta-feira à noite. O primeiro dia de gravação seria na sexta-feira. A equipe do documentário não conseguira permissão para gravar dentro da escola, o que me causou alívio, mas não pelas razões óbvias. A Bradley não iria querer divulgação negativa, e com certeza seria isso que a minha história daria a eles. Assim, ficava implícito que o ângulo que o documentário pretendia abordar se alinhava mais com o meu. Eu me perguntei quem mais a equipe teria conseguido, além de Andrew. Interroguei, mas eles não me disseram.

Fiz uma pilhagem no armário da editora de moda na véspera da minha partida: jeans escuros encerados, blusas de seda da Theory, botinhas de camurça que não eram nem muito baixas nem muito altas. Consegui que a editora de acessórios me emprestasse um colarzinho lindo: uma corrente delicada de ouro rosé com um pequeno pingente de diamantes cintilando no centro. Ficaria bonito — e de bom gosto — diante da câmera. Um profissional havia arrumado meu cabelo na véspera, em ondas bagunçadas que estavam na moda. O objetivo era parecer simples e caro.

Estava dobrando uma blusa cor de carvão para guardar na bolsa de viagem quando ouvi a chave de Luke na porta.

— Oi, amor — chamou ele.

— Oi — respondi, mas não alto o bastante para que ele pudesse me ouvir.

— Você está aí? — Os sapatos Ferragamo de Luke se aproximaram, e logo o corpo dele apareceu na porta aberta. Luke estava usando um terno azul-marinho espetacular, a calça estreita feita de um tecido tão precioso que brilhava. Ele apoiou as mãos nos batentes da porta e se inclinou para a frente, expandindo o peito.

— Belo saque — disse Luke, acenando com a cabeça para a pilha sobre a cama.

— Não tive que pagar por elas, não se preocupe.

— Não, não estava falando por isso.

Luke me observou transferir as pilhas de roupas da cama para o espaço aberto na bolsa.

— Como está se sentindo em relação a tudo isso?

— Bem — respondi. — Acho que estou com boa aparência. Me sinto bem.

— Você está sempre com boa aparência, meu amor. — Luke sorriu.

Eu não estava com humor para brincadeiras.

— Gostaria que você pudesse ir comigo — suspirei.

Luke assentiu com uma expressão compreensiva.

— Eu sei. Eu também gostaria. Mas me sinto mal de deixar John, porque não sei quando terei a oportunidade de vê-lo novamente.

Luke estava com tudo programado para ir comigo naquele fim de semana, mas algumas semanas antes ele descobrira que seu amigo, John — que estava alimentando órfãos na Índia, ou alguma merda dessas, que fazia com que eu me sentisse uma vaca materialista pelo que eu fazia —, estava vindo para Nova York. Ele só ficaria na cidade por dois dias e voltaria para passar outro ano na Índia. John não poderia nem mesmo vir para o nosso casamento. Ele estava trazendo a noiva, outra voluntária, chamada Emma, que tinha vinte e cinco anos. Eu me sentira imediatamente atingida pelo lindo nome e pela idade perfeita. Ainda não conseguia acreditar que faria trinta em dois anos. "Ela tem vinte e cinco anos?", eu comentara mal-humorada quando Luke me contara. "Ela é o quê, uma noiva criança encomendada pelo correio?"

"Ter vinte e cinco anos não é ser assim tão nova", devolvera Luke. Ele percebeu o que falou e acrescentou: "Quero dizer, para se casar."

Eu compreendia o quanto John era importante para Luke. Mesmo as coisas estando frias entre mim e Nell, no momento, se ela se mudasse para o outro lado do mundo e voltasse para Nova York apenas por duas noites, eu também largaria tudo para vê-la. Aquilo não me preocupava. O que me incomodara fora o alívio palpável de Luke por se livrar da viagem. Aquela era uma mágoa que eu não conseguia afastar. Eu havia mandado um e-mail para o sr. Larson, pensando *Luke me levou a isso*. "Quer marcar aquele almoço na Main Line?"

— Mas amo você — disse Luke. No entanto a frase saiu como uma pergunta: "Mas amo você?" — Vai se sair muito bem, amor. Basta contar a verdade. — Ele riu, de repente. — A verdade a libertará! Cara, não vejo esse filme há tanto tempo. Aliás, o que aconteceu com Jim Carrey?

Tive vontade de dizer a ele que aquela era uma frase da Bíblia, não do filme *O mentiroso*. Também quis dizer a ele para levar aquilo a sério ao menos por uma vez. Eu estava indo para o covil dos leões sem nada para me proteger além de uns poucos quilates verdes no dedo. Como aquilo poderia ser o bastante? Mas o que disse foi:

— Ele fez aquele filme *O incrível mágico Burt Wonderstone*. Que foi bem engraçado.

Quando eu perguntara ao diretor, Aaron, que hotel havia reservado para mim, ele ergueu as sobrancelhas, surpreso. "Achamos que você ficaria com a sua família."

"Eles moram bem distante", retrucara eu. "Provavelmente seria mais conveniente se me colocassem em um hotel na área onde será feita a filmagem. Acho que o hotel Radnor é bem razoável."

"Terei que confirmar se isso cabe em nosso orçamento", dissera ele. Mas eu sabia que caberia. Ninguém comentara nada a esse respeito comigo, mas eu desconfiava que minha história era o ponto que unia todos os aspectos do documentário. Não havia nenhuma luz nova sobre o incidente sem a minha versão dos fatos. Meus seios também ajudavam, já que os olhos de Aaron pareciam se desviar para eles involuntariamente.

Eu não dormira no meu quarto de criança desde que saíra da faculdade e, mesmo naquela época, fazia isso apenas esporadicamente. Fiz estágio durante todos os verões que passei na universidade. Em Boston, no meu primeiro ano de faculdade e nos anos que se seguiram, em Nova York. E tentava passar a maior parte dos feriados com Nell e a família dela. Meu sono era divino na casa de Nell.

Era uma experiência completamente diferente na casa dos meus pais, onde eu costumava ficar acordada a maior parte da noite, agarrando uma revista de fofocas tola e me sentindo apavorada. Não tinha televisão no meu quarto, e isso foi antes da época em que as faculdades distribuíam notebooks como se fossem preservativos no centro médico, e o único modo que eu conhecia para me distrair da ansiedade galopante que sentia, do nojo que eu tinha daquele quarto, daquela casa desencavada das minhas sombras do passado, era ler sobre o triângulo amoroso entre Jennifer Aniston, Brad Pitt e Angelina Jolie. Para mim, apenas fofocas superficiais conseguem competir com lembranças tristes e sombrias. As duas conseguem ser mutuamente exclusivas.

Conforme fiquei mais velha, e passei a ganhar mais dinheiro, foi como uma epifania — eu realmente podia pagar um hotel. Era fácil atribuir isso ao fato de que, quando ia para casa, levava Luke, e meus pais não deixariam que dormíssemos no mesmo quarto. Nem mesmo agora que estamos noivos. "Não me sinto confortável com vocês dois dormindo na mesma cama sob o meu teto até estarem casados", dissera mamãe, com discrição, e estreitara os olhos para mim quando eu ri.

Não contei aos meus pais, até o último minuto, que Luke havia desistido da viagem E diante da insistência vazia de minha mãe para que eu ficasse em casa, expliquei calmamente que a produção do estúdio de filmagem já pagara por um quarto de luxo no hotel Radnor. Disse também que era mais conveniente para mim dessa forma, pois eu ficaria a apenas cinco minutos de Bradley.

"Na verdade, são dez minutos", argumentara mamãe.

"É melhor do que quarenta", retruquei, irritada. Então me senti mal. "Que tal sairmos para jantar no sábado à noite? Por conta de Luke. Ele está chateado por ter cancelado."

"Que gentil da parte dele!", derramou-se ela. "Que tal você escolher o lugar?", então ela acrescentou: "Mas adoro o Yangming."

—⚯—

Assim, enfiei meu corpo seco no jipe de Luke (*nosso* jipe, ele me corrigiu) na quinta-feira à noite. Orgulhosa da placa de Nova York. Orgulhosa da minha carteira de motorista expedida em Nova York. As luzes da rua se refletiam na bolha que era o anel em minha mão toda vez que eu girava o volante, e criavam um jato de luz cor de jade tão forte que chegava a ofuscar. "Filadélfia, a apenas um passo, um pulo, uma corrida de táxi, um trem e outro táxi de distância" de Nova York, disse Carrie Bradshaw certa vez. Parecia muito mais distante do que isso. Como se ficasse em uma outra dimensão, a vida de outra pessoa de quem eu sentia pena agora. Uma pessoa tão inocente e despreparada para o que aconteceu, que não fora apenas triste. Fora perigosa.

—⚯—

— Então o que pediremos para você fazer primeiro é dizer seu nome, sua idade e quantos anos tinha na época do... — Aaron lutou para encontrar uma palavra — ... do incidente. Vamos nos referir a ele usando a data em que aconteceu, talvez. Então, quantos anos você tinha em 12 de novembro de 2001.

— Preciso passar mais pó no rosto? — perguntei, preocupada. — Meu nariz costuma ficar muito brilhoso.

A maquiadora se aproximou e examinou a camada de base para o palco.
— Você está bem.

Eu estava sentada em um banco preto. A parede atrás de mim também era preta. Sexta-feira foi o dia em que ficamos no estúdio, uma sala cavernosa em um andar acima de um Starbucks, em Media, na Pensilvânia. O lugar todo cheirava ao combustível queimado e caro demais dos norte-americanos diabéticos. Eu contaria a minha história ali e, no sábado de manhã, quando os alunos estivessem dormindo para exorcizar os excessos da noite anterior, faríamos algumas tomadas minhas nos arredores de Bradley. Aaron disse que queria que eu destacasse "pontos de interesse". Os pontos de referência nos quais minha vida se tornara sem sentido antes e destroçada depois, agora eram pontos de interesse, eu supunha.

— Simplesmente finja que somos apenas eu e você, conversando — disse Aaron. Ele queria gravar tudo em uma única tomada. Eu deveria ir seguindo, do início ao fim, sem interrupção. — A continuidade emocional da história é importante. Se você sentir que está ficando emotiva, com vontade de chorar, não tem problema. Simplesmente continue. Posso fazer umas entradas aqui e ali, para mantê-la nos trilhos, se achar que você está divagando. Mas queremos que você continue, sem parar.

Eu queria dizer a ele que não ficaria emotiva, com os olhos marejados, mas talvez ficasse enjoada. Vomitar bile no vaso sanitário, na minha mão, pela janela do carro, foi meu jeito de lidar com a situação durante muito tempo. ("É normal, não há nada para se preocupar", o terapeuta especializado em luto assegurara aos meus pais.) Respirei fundo. Os botões repuxaram na minha blusa de seda conforme meu peito se expandiu e se retraiu.

— Então, vamos começar com o básico, como eu disse. — Aaron pressionou a escuta em seu ouvido e disse em voz baixa. — Posso ter silêncio no estúdio? — Ele olhou para mim. — Vamos só fazer uma checagem de som de trinta segundos. Não diga nada.

A equipe, cerca de doze pessoas, ficou em silêncio enquanto Aaron contava o tempo no relógio. Percebi pela primeira vez que ele usava uma aliança de casado. De ouro. Grossa demais. A esposa teria o peito chato e era por isso que ele não conseguia tirar os olhos dos meus?

— Conseguimos? — perguntou Aaron, e um dos caras do som assentiu.

— Fantástico. — Aaron bateu palmas e saiu da cena. — Muito bem, Ani, quando dissermos "Tomada", quero que você diga as três coisas que pedi, nome, idade... ah! Isso é importante! Tem que ser a idade que você terá quando o programa for ao ar, daqui a oito meses...

— Também fazemos isso nas revistas — balbuciei, nervosa. — Usamos a idade que a pessoa terá quando a edição chegar às bancas.

— Exatamente! — confirmou Aaron. — E não se esqueça de acrescentar quantos anos você tinha em 12 de novembro de 2001. — Ele levantou o polegar dando OK.

Dali a oito meses eu estaria com vinte e nove anos. Mal conseguia aceitar isso. Nesse momento, me dei conta de uma coisa que me animou.

— Meu sobrenome também será diferente dali a oito meses — falei. — Devo dizer o novo sobrenome em vez do atual?

— Sim, com certeza — disse Aaron. — Boa lembrança. Teremos que filmar tudo de novo se não fizermos tudo certo. — Ele se afastou de mim e voltou a levantar o polegar. — Você vai se sair muito bem. Está *linda*.

Como se estivesse ali para gravar uma merda de um programa matinal.

Aaron assentiu para um dos membros da equipe. A energia na sala era muito solene quando o homem disse:

— Tomada um. — O homem bateu a claquete, e Aaron apontou para mim e mexeu os lábios, dizendo sem som "Agora".

— Olá, meu nome é Ani Harrison. Tenho vinte e nove anos. E no dia 12 de novembro de 2001 eu tinha catorze anos.

— Corta! — gritou Aaron. Então abaixou a voz e disse: — Você não precisa dizer "Olá". Diga apenas "Sou Ani Harrison".

— Ah, é verdade. — Revirei os olhos. — Sim, ficou bobo. Desculpe.

— Não se desculpe! — falou Aaron, excessivamente solícito. — Você está indo muito bem. — Eu poderia jurar que vi de relance um dos membros da equipe revirar os olhos. A mulher tinha um buquê de cachos arrepiados emoldurando o rosto fino, as maçãs do rosto provavelmente mais pronunciadas agora na idade adulta, do modo como teriam sido as de Olivia.

Quando gritaram corta dessa vez, eu fiz tudo certo.

— Sou Ani Harrison. Tenho vinte e nove anos. Em 12 de novembro de 2001, eu tinha catorze anos.

Corta. Aaron se empenhou em dizer que eu fizera um ótimo trabalho. Aquela mulher com certeza estava revirando os olhos.

— Vamos fazer umas tomadas onde você apenas diz seu nome, está certo?

Assenti. O estúdio ficou em silêncio, e Aaron apontou para que eu continuasse.

— Sou Ani Harrison.

Aaron contou nos dedos até cinco e apontou para que eu dissesse de novo.

— Sou Ani Harrison.

Corta.

— Está se sentindo bem? — perguntou Aaron, e eu assenti. — Ótimo. *Ótimo*. — Ele estava todo aceso. — Agora você só vai falar. Simplesmente conte-nos o que aconteceu. Melhor ainda, conte para mim o que aconteceu. Também não precisa olhar diretamente para a câmera. Basta fingir que sou seu amigo e que você está me contando a história da sua vida.

— Entendi. — Eu me esforcei muito para conseguir sorrir para ele.

Silêncio no estúdio. A claquete abaixou como uma guilhotina. Nada mais me restava a fazer se não contar.

12

Se não fosse pela bala Swedish Fish, eu não teria estado lá, bem no coração dos acontecimentos. Nem sequer gostava daquela bala antes de entrar na Bradley, mas as Swedish Fish estavam entre uma das poucas coisas que Olivia comia, e ela era muito magra. Racionalmente, eu compreendia que Olivia era magra não porque sua dieta incluía as balas, mas porque as balas *eram* a sua dieta. Não importava. A ânsia por mastigar as balas, por sentir a acidez nos cantos da boca, me fizera ir ao refeitório uma segunda vez, às vezes uma terceira. Nada conseguia me deter. Nem a mesa dos meus antigos amigos localizada precariamente perto da caixa registradora, nem minha calça que agora estava tão apertada que eu precisava usar um alfinete de fralda como botão. (Isso me garantia uns três ou quatro centímetros.)

Atravessei o refeitório até a parte principal, onde ficava a comida. Passei pela fila dos sanduíches, pela dos pratos quentes, pelo balcão de saladas e pelas máquinas de refrigerante — Teddy estava lá, amaldiçoando o fato de a máquina de gelo estar sempre quebrada —, e entrei na fila para pagar. Assim como nas grandes farmácias, doces, chocolates e chicletes ficavam perto da caixa registradora. Havia duas filas e, em um momento bastante constrangedor, quase esbarrei em Dean, quando nós dois nos adiantamos para tentar entrar na fila mais curta. Cedi o lugar a ele sem lutar — era o lugar que ficava mais perto da mesa dele, que eu estava tentando evitar de qualquer modo. Observei Dean seguir até a frente, arrastando os pés como se a espera o estivesse aborrecendo. Há algo sobre ver alguém por trás, algo sobre o modo como as pessoas caminham, que sempre achei de uma intimidade enervante. Talvez fosse porque a parte de trás do corpo não está sempre em guarda, como a da frente — a queda dos ombros e a flexão dos músculos das costas, essa é a forma mais honesta de uma pessoa ser vista.

O sol alto do meio-dia entrava pela esquerda do refeitório e alguns raios se refletiram na penugem na nuca de Dean. Estava pensando em como era estranho que os cabelos ali fossem louros e finos como de bebê, e em todas as outras partes do corpo fossem escuras e ásperas, quando Dean voou para o lado.

Por que Dean está saltando? Essa foi a primeira coisa que pensei e o que continuei a pensar mesmo quando uma fumaça densa tomou conta da parte nova do refeitório, a parte onde eu não era mais bem-vinda. Na verdade, minha excomunhão foi minha salvação.

Eu estava caída no chão, e meu pulso ruim parecia gritar. Urrei quando alguém passou correndo e pisou no meu dedo. Fisicamente, tive a sensação de que estava gritando. Senti a garganta vibrar, mas não conseguia ouvir nada. Alguém agarrou meu pulso machucado e me colocou em pé. Senti novamente a pressão de um grito no peito, mas não consegui colocá-lo para fora porque a fumaça irritava meus pulmões. Fui dominada por uma tosse horrível, do tipo que nos dá a sensação de que nunca mais vamos voltar a respirar direito de novo.

Foi Teddy que me segurou pelo pulso. Saí com ele pela entrada, na parte antiga do refeitório, onde a fila para as refeições começava às 11:51 para o primeiro turno do almoço. Senti algo quente e gosmento na palma da minha mão e olhei para baixo, esperando ver sangue. Mas era apenas o saco de balas de goma que eu ainda segurava.

O refeitório estava tomado pela fumaça negra. Não conseguiríamos sair por onde costumávamos entrar, e Teddy e eu demos meia-volta ao mesmo tempo, como se estivéssemos ensaiando uma dança para um show de talentos. Subimos cambaleando o lance de escada atrás de nós, em direção ao Salão Brenner Baulkin, onde eu estivera apenas uma vez, para fazer o meu exame de admissão.

Quando relembro esse momento, agora, o silêncio toma tudo. Com certeza o alarme de incêndio devia estar tocando em uma altura intolerável acima de nós, e devia haver gritos e gemidos. Mais tarde, contaram-me que a voz rouca que Hillary se esforçava tanto em cultivar foi deixada de lado e ela parecia uma garotinha, choramingando "Mamãe, *mamãe*", enquanto tremia no chão, os cacos de vidro cintilando como diamantes em seus cabelos pálidos e secos. O pé esquerdo dela, ainda calçado no tamanco Steve Madden, já não era mais parte do seu corpo.

Olivia estava caída perto dela, sem perguntar por ninguém. Olivia estava morta.

Teddy abriu a porta do salão com força. Sob a imponente mesa de carvalho, onde o diretor Mah servia bifes nos jantares que oferecia aos pais que faziam doações de nível platina para a escola, estavam outros. A Tubarão, Peyton, Liam e Ansilee Chase, uma aluna mais velha que atuava de modo exageradamente dramático em toda peça da escola que estrelava. Aquela era uma representação aleatória do ano e das posições sociais na escola. Era o laço terrível que sempre nos ligaria.

Minha primeira lembrança de som era o arfar de Ansilee, o modo como ela disse "Ai, meu Deus! Ai, meu Deus!", quando ele entrou na sala, menos de trinta segundos depois de nós, o revólver balançando de um modo brincalhão ao lado do corpo, bem ao nível dos nossos olhos. Não sabia disso na época, mas ele estava segurando uma pistola semiautomática Intratec TEC-9. Parecia uma metralhadora em pequena escala. Imploramos silenciosamente a Ansilee que calasse a boca, levando nossos dedos trêmulos aos lábios. Ele teria nos encontrado de qualquer modo. Aquele dificilmente era um grande esconderijo.

— Buuu! — O rosto dele apareceu entre as pernas elegantes da cadeira. Um rosto pequeno e pálido, enfeitado com cabelos negros e macios que pareciam suaves e novos como os de uma criança.

Ansilee perdeu o controle e começou a chorar alto e a rastejar para longe dele, derrubando a cadeira ao sair do esconderijo sob a mesa para se levantar. O rosto dele desapareceu e tudo o que víamos eram as pernas, do joelho para baixo. Ele estava usando short, mesmo que estivéssemos em novembro, e suas panturrilhas eram brancas e espantosamente lisas. Gostaria de dizer que um de nós foi atrás dela e tentou salvá-la — Ansilee já tinha sido aceita em Harvard, não podia morrer —, mas o que sempre digo em relação a isso é: "Estávamos em choque! Tudo aconteceu tão rápido!"

O som do revólver não foi nada comparado ao som do corpo de Ansilee atingindo o chão.

— Deus do céu! — ofegou Liam. Ele estava ao meu lado, agarrou minha mão e ficou olhando para mim como se me *amasse*. O piso de madeira era coberto por um grande tapete oriental, mas pelo barulho nauseante que a cabeça de Ansilee fez quando bateu no chão, o tapete não era nem de perto tão espesso e luxuoso quanto parecia.

A Tubarão me puxou para junto do peito dela, e senti os seios grandes arfando como as mulheres das capas de livros românticos. O rosto dele apareceu novamente entre as pernas da cadeira.

— Oi. — Ele sorriu. Era um sorriso totalmente desconectado de todas as coisas da vida que nos traziam alegria: um dia de primavera espetacular depois de um inverno soturno, a primeira vez que o noivo vê a noiva, o rosto animado dela enfeitado por camadas de véu branco. Ele apontou o revólver para nós e moveu o braço da direita para a esquerda de modo que, por um instante, mirava em cada um de nós, e um gemido baixo atravessou o grupo. Baixei os olhos para o chão na minha vez, obrigando-me a não tremer, a não ser a mais obviamente assustada. De algum modo compreendia que isso me tornaria mais interessante para ele.

— Ben — sussurrou a Tubarão. — Por favor. — Senti os dedos dela se cravarem na minha pele, a axila suada sobre o meu ombro, e me lembrei do nome Ben.

— Vai se foder — Não mirava qualquer um de nós. Durante um longo momento ele nos manteve em expectativa. Então a expressão de Ben se suavizou como a chama de uma vela quase no fim. — Ah, gente. É o Peyton.

— Ben — Peyton estava tremendo tanto que o piso também se movia —, cara, você não precisa... — Peyton não disse mais nada depois de "precisa". Que palavra estúpida para ser a última de alguém. O rosto lindo dele recebeu o impacto. Um dente de Peyton caiu bem na minha frente, branco e perfeito, como um chiclete Adams.

Dessa vez o revólver estava baixo e próximo. O som fez Liam se esconder atrás da Tubarão e de mim, o mais longe que conseguiu de Peyton, sem abandonar o abrigo da mesa. Teddy estava no outro extremo, agarrado a uma perna da mesa como se fosse a perna da mãe e ele estivesse implorando para que ela não saísse no sábado à noite. Meus ouvidos pareciam estar afundando no meu crânio. Levei o dedo a um deles e senti a umidade. Uma gota de sangue caiu no tapete, espalhando vermelho nas fibras como uma explosão sônica. Foi a única gota vinda de mim.

Ben ficou agachado um pouco mais, admirando seu trabalho. As cadeiras haviam apoiado Peyton e sustentavam o corpo dele erguido, os braços abertos como os de um espantalho. Não restava nada do rosto dele abaixo do nariz. Um sopro de vapor o cercava, como uma risada em uma noite gelada.

Liam estava enfiado atrás das minhas costas, a boca como um beijo úmido no meu ombro, por isso ele não viu o milagre que aconteceu a seguir. Mas o resto de nós observou sem acreditar quando Ben endireitou o corpo, e então tudo o que era possível ver dele eram as panturrilhas lisas e brancas se afastando, virando à esquerda, na direção da escada dos fundos que levava ao térreo, onde ficava o departamento de idiomas. Acima dele ficavam os dormitórios abandonados, dos tempos em que a Bradley era um colégio interno. Eles agora só os usavam para as suspensões em que o aluno ficava na escola.

Nem sequer me dei conta de que estava prendendo a respiração até estar ofegante como se houvesse acabado de cruzar a linha de chegada em uma corrida.

— Quem é ele? — Eu me apoiei no peito da Tubarão. — Quem era esse? — perguntei novamente, embora soubesse.

— Ansilee está bem? — choramingou Liam, a voz alta, patética e estranha, aquela abrupta mudança de poder tirando dele toda a serenidade de aluno novo e descolado. Tudo o que ele precisava fazer para responder à própria pergunta era olhar para trás. Porque eu fiz isso e vi a cabeça de Ansilee aberta como um caixão.

— É como aquela merda que aconteceu em Columbine — balbuciou Teddy do outro lado da mesa. Estávamos todos no ensino fundamental quando acontecera o massacre de Columbine. Eu não sabia da Bradley, mas no Mt. St. Theresa's ficamos ao redor da única TV velha que havia na biblioteca, assistindo à cobertura, até a irmã Dennis desligar o aparelho e nos ameaçar com deméritos se não voltássemos imediatamente para a sala de aula.

A fumaça estava subindo do refeitório. Tinha consciência de que precisávamos sair dali, mas também sabia que a única saída era pelo caminho que *ele* seguira.

— Alguém está com celular? — Nem todo adolescente tinha um celular naquela época, embora todos naquela sala tivessem. Mas não importava, porque ninguém havia tido tempo de pegar a mochila antes de fugir.

— O que vamos fazer? — Olhei para a Tubarão, certa de que ela teria a resposta. Quando ela não falou, eu mesma disse: — Temos que sair daqui.

Nenhum de nós queria rastejar para fora da mesa. Mas a fumaça estava invadindo cada vez mais o salão, pútrida com o cheiro de cabelo humano e de materiais industrializados derretidos: mochilas de poliéster, bandejas de almoço de plástico, roupas de raiom da Abercrombie & Fitch. Afastei a cadeira que estava à nossa direita, e Teddy fez o mesmo onde estava, e nós quatro nos arrastamos e nos levantamos. Havia um aparador majestoso em um canto, e foi ali que nos encontramos. O corpo do móvel nos bloqueava da cintura para baixo e nos dava a sensação de proteção em alguma medida.

Discutimos sobre o que fazer. Liam queria ficar onde estávamos e esperar pela polícia, que, com certeza, tinha que estar a caminho. Teddy queria ir embora. O fogo estava se alastrando rápido demais. Havia uma janela grande no alto da parede, por onde o sol entrava e se refletia na mesa sob a qual Peyton e Ansilee esperavam. Aquela ideia pareceu de bom senso. Teddy subiu em uma cadeira, esbarrando no ombro de Ansilee que estava sob nossa possível rota de fuga. Teddy empurrou e grunhiu, mas não conseguiu abrir a janela, e era o mais forte dos que haviam sobrado na sala.

— Temos que sair daqui! — insistiu Teddy.

— Ele pode estar esperando por nós lá fora! — disse Liam. — Foi isso o que os garotos de Columbine fizeram! — Ele bateu com a mão no bufê. — Veado! Veado filho da puta!

— Cala a boca! — gritei. Era preciso gritar para ser ouvida acima do alarme de incêndio, que parecia fritar os nossos ouvidos. — É por isso que ele está fazendo tudo isso! — Liam olhou para mim como se estivesse com medo de mim. Não compreendi na época o quanto isso era importante.

— Ele não vai fazer nada conosco se estivermos com ela. — Teddy apontou para a Tubarão.

Liam riu de um jeito maldoso.

— Ele também não vai te machucar! É por isso que está querendo sair daqui.

— Não — Teddy balançou a cabeça —, Ben e eu nunca fomos amigos. Mas ele amava Beth. — Fazia tanto tempo que eu não ouvia o nome verdadeiro da Tubarão, que a princípio nem sequer soube de quem Teddy estava falando.

— Fazia tempo que não via o Ben. — A Tubarão fungou e passou o braço pelo nariz. — E aquele... aquele não era o Ben.

Uma cadeira virou, e o barulho fez com que nos juntássemos em um clamor nervoso de corpos. Foi o gemido que fez com que nos afastássemos.

— Ah, meu Deus — disse a Tubarão. — Peyton.

O ar parecia úmido quando ele tentava respirá-lo. A Tubarão e eu demos a volta com cuidado ao redor do bufê e nos agachamos ao lado de Peyton. Ele havia conseguido arrastar metade do corpo para fora da mesa, as mãos estendidas como garras, os dedos paralisados como se houvessem sido mergulhados em gesso, que secara. Peyton tentou falar, mas apenas sangue gorgolejou do lugar onde antes ficavam seus lábios.

— Peguem uma toalha ou qualquer outra coisa! — gritou a Tubarão para Teddy e Liam, ambos imóveis como fotografias em um canto.

Eles por fim se moveram. Ouvi a prataria sacudindo enquanto os dois procuravam no aparador até finalmente encontrarem toalhas e guardanapos com o brasão verde-primavera onde se lia "Escola Bradley". Eles jogaram o que encontraram para nós.

A Tubarão e eu pressionamos um guardanapo em um dos lados do rosto lindo e destroçado de Peyton. Sangue e tecido muscular pegajoso se colaram ao tecido no lugar onde antes ficava o maxilar dele, deixando-o completamente vermelho com tamanha rapidez que parecia um truque de mágica. Era uma visão horrorosa, o rosto arrebentado, as feições e a pele, mas não era como repetir uma palavra vezes sem conta até não a reconhecermos mais, o poder da repetição transformando o ordinário em exótico. Saciedade semântica, não é? Com Peyton, acontecia o inverso: se olhássemos para o rosto dele por tempo o bastante, ele ficava mais grotesco do que se não o olhássemos, se apenas imaginássemos o quanto poderia estar terrível.

Peyton conseguiu deixar escapar um gemido. Peguei a mão dele, que ainda se agitava loucamente, e abaixei-a até o chão, apertando os dedos com gentileza.

— Está tudo bem — disse a Tubarão. — Você tem aquele jogo importante na semana que vem. — Ela começou a chorar com mais intensidade. — Vai vencer o jogo importante da semana que vem.

Todo mundo sabia que Bradley não tinha nenhuma chance. Peyton gemeu e apertou a minha mão de volta.

Não sei quanto tempo ficamos sentadas ali, conversando com Peyton. Dizendo a ele que seus pais o amavam e que precisavam que ele fosse para casa, por isso ele deveria lutar. Continue lutando, você está indo bem. É tão forte, nós dissemos a ele, mesmo quando a mão dele ficou fria na minha, mesmo quando respirar deixou de ser tão difícil para ele, porque logo Peyton mal estava respirando.

E durante todo esse tempo, as chamas no refeitório se espalhavam pelas escadas, até conseguirmos ver os picos agudos das labaredas ameaçando continuar sua dança corredor adentro, nos prender no Salão Brenner Baulkin e nunca mais nos deixar sair.

— Onde está a merda da polícia? — ganiu Liam. Todos havíamos chorado de alívio quando ouvimos as sirenes no mínimo dez minutos antes.

— Temos que ir — disse Teddy. Ele olhou para Peyton e desviou os olhos no mesmo instante, cobrindo-os com as mãos. — Sinto muito, gente, mas temos que ir.

— Mas ele ainda está respirando. — Baixei os olhos para Peyton. Eu pousara a cabeça dele no meu colo quando ele começara a sufocar com o próprio sangue. O meio das minhas pernas estava úmido e pegajoso, e alguma parte louca e terrível da minha mente se voltou para a lembrança da última vez em que a cabeça de Peyton estivera entre as minhas pernas, como um súbito facho de luz aceso no meio da noite, arrancando-me do sono mais profundo. Ao menos nessa lembrança, os olhos de Peyton estavam abertos, de uma ignorância bondosa e transparente, achando que estava fazendo algo de bom.

— TifAni, vamos morrer se não sairmos daqui agora! — disse Teddy.

A Tubarão implorou:

— Você pode carregá-lo ou coisa parecida?

Teddy tentou, e todos nós tentamos ajudá-lo, até mesmo Liam, mas Peyton estava tão moribundo e pesado quanto um bloco de cimento.

A sala cheirava a calor e a doença. Teddy implorou uma última vez.

Antes que saíssemos para o corredor segurando as mãos da pessoa que estivesse à nossa frente e da que estivesse atrás de nós, quatro adolescentes determinados, de mãos dadas como crianças do jardim de infância atravessando a rua, Liam revistou o aparador. Ele estava procurando por alguma coisa, por qualquer coisa, para nos proteger. O melhor que conseguiu fazer foi entregar a cada um de nós uma faca de carne.

— Minha mãe me disse para nunca lutar com um estuprador com uma faca — falei, tão zonza por causa do calor que nem sequer me ocorreu a graça mórbida de dizer isso para Liam. — Porque ele pode ser mais forte e virar a faca contra nós.

— Ele não é um estuprador — disse a Tubarão, baixinho.

— Ah, é — retrucou Liam. — Ela deveria ter dito "veado assassino psicopata"?

Também pegamos guardanapos de tecido fino, o que sobrara dos que havíamos usado no rosto de Peyton, e os amarramos ao redor da nossa boca como bandidos.

Olhei para Peyton uma última vez antes de partirmos. O peito dele suspirou um adeus. Senti a agonia de deixá-lo sozinho e vivo como se fosse uma gestação, tão plena e abrangente que teria o poder de mudar toda a minha vida.

Descemos o corredor o mais rápido possível, indo para a esquerda, até chegarmos à escada. Entramos de supetão pela porta, nossa pequena e organizada fila se desfazendo quando nos tornamos um redemoinho de braços e pernas agarrados um ao outro em um círculo apertado — ninguém sabia o que poderíamos encontrar ali, ninguém queria estar na frente da fila.

Para nosso imenso alívio, a escada parecia vazia. Arrancamos nossa máscara, cheios de gratidão.

— O que acham? — perguntou a Tubarão. — Para cima ou para baixo?

— Eu diria para cima — opinou Teddy. — Ben não teria subido. — As instalações do internato conduziam a outra escada, que nos levaria para baixo, para o departamento de matemática, onde havia uma saída.

— Bom palpite — disse Liam, e Teddy sorriu. E ainda sorria quando a bala arrebentou sua clavícula, o sangue se espalhando na parede de trás como as pinturas de Jackson Pollock sobre as quais estávamos aprendendo na aula de arte contemporânea.

Eu só sabia que a bala viera de cima. E logo estava descendo as escadas correndo, escorregando nas curvas, esbarrando na Tubarão e em Liam enquanto os tiros acertavam o corrimão — o barulho de metal contra metal era diferente de qualquer coisa que eu já ouvira.

A porta para o primeiro andar levava ao departamento de idiomas, e o momento mais longo da minha vida foi o tempo que levou para a Tubarão virar a maçaneta e abrir a porta, o que demorou segundos o bastante para que Ben tivesse tempo de se aproximar. A porta era velha e lenta e permaneceu aberta atrás de nós depois que passamos correndo. Ben não precisou diminuir o passo para abri-la de novo, apenas se esgueirou por ela nos seguindo. Ele era magro e rápido, teria sido um excelente corredor.

Liam virou à direita, mas errou ao achar que uma sala vazia daria um bom esconderijo. Foi um movimento de autopreservação (não que eu o culpe por isso) que acabou me salvando.

"Por que você não o seguiu?", costumam me perguntar a essa altura da história.

"Porque", digo, irritada por ter sido interrompida, porque fosse qual fosse o idiota que havia me interrompido, não conseguiria entender que Ben estava tão próximo que eu podia ouvir que a respiração dele era diferente da nossa. Aguda e rápida, como a de um animal cujos pulmões houvessem evoluído para a caça. — Ele estava logo atrás de nós. Eu sabia que teria nos visto e nos seguido, e então teríamos sido encurralados, que foi o que aconteceu.

— Com Liam? — perguntou Aaron.

— Com Liam.

— Vamos voltar ao que aconteceu depois.

A Tubarão e eu seguimos pelo departamento de idiomas. Subimos as escadas e, quando chegamos ao último degrau, lá estava a porta para o refeitório. Bem fechada. Ela poderia ter criado o bolsão de pânico em caso de incêndio para o qual o sr. Harold estava sempre nos alertando, mas isso não acontecera. A porta contivera o fogo na parte antiga do refeitório e o fizera ir para o fundo e avançar na direção do Salão Brenner Baulkin, onde estivéramos pouco tempo antes, onde Peyton e Ansilee ainda estavam. Havia um caminho livre depois da porta, passando pela parte nova, onde os sprinklers, que pulverizavam água do teto, tinham sido acionados, vencendo o fogo. Havia uma saída para a quadra, ali. A Tubarão e eu não diminuímos o passo, entramos correndo.

Mas foi no lugar onde os Pernas Peludas e as HOs costumavam sentar que nós paramos, com água pelos tornozelos, e ainda caindo do teto, colando nossos cabelos ao lado do rosto. Foi ali que achei que iria vomitar meu coração quando vi Arthur.

Ele estava bloqueando a nossa saída, parado no meio da confusão de mobília e corpos, o rosto coberto de água, com o fuzil de caça do pai levantado na frente do corpo como o bastão que um equilibrista usa. Dean, ainda vivo, estava dobrado sobre uma caixa registradora virada de ponta-cabeça, o braço direito, que estivera mais próximo da explosão, parecia ter sido marmorizado, com músculos brancos e sangue que viera de um lugar tão profundo que parecia alcatrão.

— Aí está você — disse-me Arthur. O sorriso dele me apavorou mais do que tudo.

A Tubarão falou:

— Arthur. — E começou a chorar.

Ele olhou para ela, com uma expressão desaprovadora.

— Sai daqui, Beth. — Ele apontou o rifle para ela e acenou para trás dele, para a quadra. Para a liberdade dela.

A Tubarão não se moveu, e Arthur se abaixou, de modo a ficar no mesmo nível dos olhos peculiares dela.

— Estou falando sério, Beth. Gosto de você.

A Tubarão se virou para mim e disse em um soluço:

— Sinto muito.

Então ela passou por Arthur na ponta dos pés e saiu correndo quando ele gritou:

— Não se desculpe com ela, porra!

Observei-a sentir a relva sob os pés. A Tubarão foi para a esquerda, uma última corrida em direção ao meio do estacionamento da escola. Então, não consegui mais vê-la só ouvir seu grito primitivo quando se deu conta de que ainda estava viva.

— Vem cá. — Arthur usou a arma para me chamar, como se fosse um dedo longo e mágico.

— Por quê? — Estava envergonhada por estar chorando. Odeio saber como reagirei quando tudo estiver terminado. Odeio saber que não serei corajosa.

Arthur apontou o fuzil para o teto e deu um tiro. Eu e Dean gritamos junto com o alarme de incêndio que ainda uivava, furioso por ainda não ter sido atendido.

— Vem cá! — gritou Arthur.

Fiz o que ele mandou.

Arthur apontou o fuzil para mim e implorei. Estava muito arrependida por ter pegado a foto do pai dele, falei. Eu a devolveria. Estava no meu escaninho (não estava). Podíamos ir até lá. Era dele. Qualquer coisa para atrasar o que sabia que ele estava prestes a fazer.

Arthur me encarou com raiva, os cabelos molhados caindo em cima dos olhos, sem que ele nem se importasse em afastá-los.

— Toma — disse ele. A princípio achei que ele havia dito no sentido de "aguente", como se quisesse dizer "aguente o que está prestes a acontecer com você". Uma provocação para que eu não me acovardasse. Mas então percebi que Arthur não estava apontando a arma para mim, ele estava *entregando-a* para mim.

— Não quer ser você a fazer isso? — Ele olhou para Dean. O medo havia desfigurado as feições de macaco dele e o transformado em outra pessoa, em

uma pessoa nova, que eu nunca vira antes e que nunca havia me machucado.
— Não quer ser você a arrancar fora o pau desse filho da puta? — Mais perto de Arthur agora, vi que havia uma crosta branca, endurecida, nos cantos da boca dele.

Cometi o erro de morder a isca, de esticar a mão e tentar pegar o fuzil.

— Na-não. — Arthur tirou a arma do meu alcance. — Mudei de ideia.

Então ele deu meia-volta, com uma graça surpreendente, e atirou no meio das pernas de Dean, que deixou escapar um grito inumano, enquanto sangue e água aspergiram no seu rosto como uma fonte do Epcot Center.

Então a faca de carne deslizou por baixo da omoplata de Arthur. Mas foi um ferimento profundo, um corte lateral, do modo que se corre um abridor de carta sob a aba de um envelope. A faca saiu do mesmo jeito que entrou, quase sem nenhum esforço. Arthur se virou na minha direção, arqueou o lábio e chegou a dizer:

— Hã?

Tomei um galeio, do modo que meu pai me ensinara a fazer antes de jogar uma bola — a única coisa útil que o homem me ensinou na vida. Enfiei a faca no lado do pescoço de Arthur, e ele cambaleou para o lado, fazendo um barulho como se estivesse tentando limpar o catarro do peito. Fui com ele, arranquei a faca e enfiei-a mais uma vez. Sabia que havia atingido o esterno, ouvi o rangido quando a faca entrou no peito e, dessa vez, não consegui puxá-la de volta. Mas não tinha problema, não era necessário. Arthur ainda conseguiu gorgolejar algo como:

— Eu estava só tentando ajudar. — E o sangue de cor intensa que saía de seus lábios passou a correr mais forte.

É o ponto onde sempre arremato a história, foi onde concluí para Aaron.

Mas havia mais uma coisa, a parte que eu nunca contara a ninguém. É que, naquele exato momento, eu pensei *Eles agora têm que me perdoar*, enquanto Arthur caía de joelhos, o peso da parte superior do corpo empurrando-o para a frente. No último segundo, o instinto de sobrevivência falou mais alto e algum circuito no cérebro percebeu que se ele aterrissasse sobre o peito, faria a faca entrar ainda mais fundo. Arthur jogou o corpo para trás, mas os músculos rígidos das coxas falharam e ele acabou caindo de lado, com um baque, um braço esticado sob a cabeça, uma perna por cima da outra, com os joelhos levemente dobrados. Sempre penso em Arthur quando chego aos exercícios de coxas na aula de barra, quando reproduzo aquela mesma posição para queimar a gordura na parte de trás das coxas. "Mais dez!", exigia o professor, animado, enquanto eu erguia a minha perna, o músculo falhando e eu desejando muito desistir. "Vocês podem fazer qualquer coisa... qualquer coisa!... por dez segundos!"

13

— Incrível. — Aaron bateu palmas e rompeu o encanto que mantinha a sala quieta. Os membros da equipe esticaram o corpo e começaram a andar de um lado para outro. Ouvi — Quer beber alguma coisa? — e sequei meu rosto.

Aaron veio até mim, as mãos juntas.

— Obrigado por se mostrar tão aberta e vulnerável para nós.

Apressei-me em apagar a história que estava escrita por todo o meu rosto.

— Tudo bem — murmurei.

— Você provavelmente precisa de uma bebida ou alguma outra coisa. — Aaron se abaixou e apertou meu braço com carinho. Eu me certifiquei de que ele sentisse meu corpo ficar tenso sob seu toque. Ele se afastou.

Aaron me lembrava um abutre que eu namorara na faculdade. Aquele maldito *emo*, dançarino de *break*, que me perguntara sobre os tendões abertos no pescoço de Peyton e sobre o abaixar lento da cortina sobre os olhos azuis — "o brilho do olhar foi se apagando lentamente, ou Peyton sabia o que estava acontecendo? Ele aceitou?" Antes eu achava que esse interesse profundo por tudo o que era sangrento em minha vida era por amor por mim. Agora o pêndulo balançava para o outro lado.

Aaron pigarreou.

— Então, tome um drinque! — Ele deu uma risadinha rígida. — Mas lembre-se de que temos horário marcado amanhã, às sete da manhã, em seu quarto de hotel. — Seria o pessoal de cabelo e maquiagem. Depois, eles recolheriam as escovas redondas e o curvex, e todos iríamos para Bradley, para as "tomadas na locação".

— Pode deixar. — Levantei e me afastei. Já estava quase chegando na porta quando Aaron me deteve.

— *Caramba*, muito bem... — disse ele. — Venho querendo perguntar isso durante toda a tarde.

Olhei de cara fechada para ele, para que não perguntasse.

Mas Aaron se inclinou para a frente e me disse algo que eu não esperava de jeito algum. Algo que trouxe à minha língua aquele sabor ácido que eu conhecia tão bem. Quando ele terminou a proposta, ergueu as mãos como que quem diz *Não atire!* E disse:

— Só se você se sentir confortável, é claro.

Deixei que ele se constrangesse com o meu silêncio por um instante.

— Isso é alguma armadilha? — Cruzei os braços. — Para conseguir um clímax no documentário ou algo parecido?

Aaron pareceu chocado. Magoado até.

— Ani, meu Deus, é claro que não. — Ele baixou a voz. — Você sabe que estou do seu lado, não é? Todos estamos — Aaron gesticulou ao redor da sala — ao seu lado. Posso entender por que você pensaria isso, depois de tudo por que passou. Diabos, eu também desconfiaria de todo mundo. — A palavra "diabos" soou confortável aos meus ouvidos, como algo que um avô diria. — Mas espero que confie em mim. Não é uma armadilha. Jamais faria isso com você. — Ele se afastou e fez uma pequena reverência. — Por que não pensa a respeito? Temos todo o fim de semana.

Cerrei os lábios e fitei de novo a aliança dele. Revi a imagem que criara de Aaron, de lascivo para gentil. Eu me perguntei se fora essa a realidade o tempo todo e, se isso era verdade, o que mais eu percebera errado.

Abri a porta do estúdio e fui envolvida pelo frio de setembro. Estava tão feliz com o fim do verão. Sempre odiara o verão. Isso parecia estranho, se levasse em conta as lembranças que estavam associadas ao outono para mim, mas sempre que percebia aquele primeiro friozinho no ar e notava as folhas mudando de cor estremecia de alegria. O outono sempre seria uma oportunidade para eu me reinventar.

Acenei, despedindo-me de alguns membros da equipe, que levavam câmeras e equipamentos para a caçamba de um furgão preto antigo. Por um momento, pensei na possibilidade de tirar uma foto da cena e mandá-la para Nell com o seguinte texto: "O furgão mais com cara de veículo de estuprador que você já viu?" Mas lembrei do modo como ela me olhara no jantar, a combinação de decepção e desprezo no rosto perfeito, e decidi não fazer isso. Programei o GPS do jipe com o endereço do hotel Radnor. Não fizera muito aquele caminho quando estava no ensino médio e fora para "casa" tão poucas vezes desde então, que as ruas por onde costumava passar agora me davam uma vaga sensação de déjà-vu. *Estive aqui antes, mas quando?* Essa confusão me dava orgulho. Significava que aquele lugar não era mais o meu lar. Nova York era o meu lar. *Você não me rejeitou, eu rejeitei você.*

Saí lentamente do estacionamento. Era uma motorista mais cuidadosa, agora que não dirigia mais com tanta frequência. Agarrei o volante como se fosse uma velhinha de cabelos grisalhos e manobrei para entrar na rua Monroe. Ouvi o celular zumbir na minha bolsa, mas não teria como ver o que era até poder parar o carro.

Alguns anos atrás, LoLo nos fizera assinar uma promessa, alguma parceria com a Oprah, dizendo que não dirigiríamos e trocaríamos mensagens de texto ao mesmo tempo. Não era a minha palavra que fazia com que eu não pegasse o celular, mas a estatística sob a qual assinei meu nome: Mandar ou ler mensagens de texto e dirigir ao mesmo tempo aumenta em dois mil por cento o risco de um acidente fatal de carro.

"Isso não pode estar certo!", eu havia cobrado do nosso responsável pela checagem de fatos. Martin é tão rígido que uma vez brigamos por causa de uma frase que eu escrevera "Você *precisa* desse brilho labial na sua vida."

"Talvez devêssemos colocar isso de outro modo?", sugerira ele. "Não estamos falando de água, ou comida, portanto tecnicamente você não 'precisa' disso em sua vida."

"Está brincando comigo, não é? É para ser divertido."

"Bem, ao menos retire a ênfase que o itálico dá à palavra 'precisa'."

Mas quando eu questionara a precisão daquela estatística de dois mil por cento, ele apenas assentira com uma expressão solene: "Está certo."

Ouvi um estalo alto e me assustei tanto que o carro derrapou. Levei a mão rapidamente à nuca, para ver se havia me machucado. Ainda com o coração batendo acelerado, percebi que eram apenas os operários em uma obra à minha esquerda, erguendo mais uma McMansão. Às vezes, quando estou esperando o metrô, ou atravessando a rua, surge uma dor fantasma na minha cabeça, ou no meu ombro, e, quando toco o lugar com a mão, espero ver sangue. A última pessoa a perceber que vai levar um tiro é sempre a pessoa que acabou de ser baleada.

Havia um posto de gasolina Wawa à minha direita. Virei o volante, confundindo a mulher do GPS quando parei no estacionamento do posto.

— Continue à esquerda, continue à esquerda — repreendeu-me ela. Apertei os botões até ela ficar em silêncio.

Peguei a bolsa e tirei o celular lá de dentro. Não havia mensagens de Luke. Abri o e-mail. Vi a mensagem do sr. Larson — de Andrew — sobre nosso almoço no domingo. "Hoje foi mais difícil do que eu esperava", escrevi. "Alguma possibilidade de você poder me encontrar para uma rápida..." Parei de escrever por um momento. Sabia que estava forçando a barra, por isso escrevi "fatia de pizza na Peace A Pizza?". Por Andrew, eu comeria carboidratos.

A Peace A Pizza era o lugar de encontro de quem morava por ali, quando estávamos no colegial. O diretor Mah era tão fã que sempre era eleito o freguês do mês, e aparecia levantando o polegar para a câmera, constrangido, na foto que ficava pendurada perto da máquina de refrigerante. Dean havia escrito uma vez "Eu amo pizza faz tempo" atravessado no rosto do sr. Mah. É claro que ele não se encrencou por causa disso, mesmo todos sabendo que fora ele que fizera a brincadeira.

Apertei "enviar" e esperei cinco minutos, pois sabia que não receberia uma resposta tão cedo. Resolvi voltar para o meu hotel. Talvez quando eu chegasse lá ele ligasse.

O hotel Radnor é um desses lugares que se divulga como um belo hotel-butique no coração da Main Line — um destino para recém-casados —, quando na verdade é apenas um Marriott floreado com um estacionamento enorme e o rugir da rodovia não muito atrás.

Quem quer que houvesse se hospedado no meu quarto antes de mim, era fumante, e não fora discreto a esse respeito. Nossa diretora de beleza havia alertado sobre fumantes de terceira mão no *Today Show* — esse é o tipo que sofre os efeitos dos resquícios que ficam entranhados no tecido feio do sofá e aparentemente causam os piores danos à pele. Normalmente, eu desceria até a recepção e pediria para mudar de quarto como uma vaca exigente, mas havia algo sobre o hálito daquele quarto que me acalmava. Imaginei uma garota, uma desajustada como eu, aconchegada na poltrona de tecido floral perto da janela estreitando os olhos enquanto tragava o cigarro, a ponta incandescente em resposta. Ela voltara à cidade para um funeral, decidi. A garota também não se dava bem com os pais, e era por isso que estava hospedada ali, em vez de ficar em casa.

Senti uma deliciosa camaradagem por ela que fez com que eu me sentisse menos solitária. O que era exatamente como eu me sentia, às seis da tarde de uma sexta-feira, a última parte de *Nunca fui beijada* passando na TBS. Segurei a xícara de café cheia de vodca morna entre as mãos, tentando ignorar os M&M's no frigobar, acenando para mim como uma prostituta daquela região da Filadélfia onde Hilary fora uma vez e voltara com a tatuagem de uma borboleta na parte de baixo das costas.

Fazia uma hora que eu mandara a mensagem para Andrew, e os únicos e-mails que recebera foram do Groupon, me alertando para ofertas de lipoaspiração, queratina, massagem sueca, rejuvenescimento da pele e encontros. Havia outro e-mail, da Saks, que selecionara um par de botinhas de couro de cobra Jimmy Choo por 1.195 dólares só para mim. Eu não era tão extravagante.

Chequei o cronograma de gravações para o dia seguinte, tentando calcular se teria tempo para dar uma corrida antes da hora em que chegariam os cabeleireiros e o pessoal da maquiagem. Não esperava dormir e, com certeza, também não ia ficar ali. Tive uma ideia repentina e pousei a xícara. Procurei na mesinha de cabeceira e — Aha! — lá estava, um catálogo telefônico, amarelo e velho nas minhas mãos.

Larson, Larson, Larson, pensei, folheando até a letra L, passando a unha pintada de vermelho-escuro sobre os nomes até chegar a "Lar".

Lá estavam, três Larsons, mas apenas um deles vivia em Grays Lane, em Haverford. Andrew uma vez apontara a casa dos seus "velhos" enquanto corríamos. Ele usara aquela palavra "velhos", que era uma das palavras doces que Andrew usava, por isso eu sabia que era aquela.

Olhei para o telefone. Se eu ligasse do hotel, poderia desligar se qualquer outra pessoa que não Andrew atendesse. Whitney talvez estivesse lá, os pais com certeza estariam. Mas, Cristo, o que eram esses aparelhos que existiam agora, em que o número de quem ligava aparecia na tela da TV? Eu havia dito a Andrew em que hotel ficaria. E se eu ligasse e o hotel Radnor aparecesse à vista de todos, interrompendo qualquer programa educativo ou cultural a que a família pudesse estar assistindo? Andrew saberia que era eu desligando na cara da mãe dele, se ela pegasse o telefone antes dele. Eu não sabia nada sobre os pais de Andrew, mas os imaginava como acadêmicos aposentados, ambos com tufos macios de cabelos brancos, taças de vinho tinto nas mãos, enquanto discutiam a crise de energia sob a ótica da administração de Obama em tom baixo e respeitoso.

Os intelectuais responsáveis por criar alguém como Andrew Larson, com toda a inteligência emocional que me atraía para ele, desesperada como uma fã de banda de rock.

A vodca abriu algum canal na minha memória, porque em um instante me lembrei de um truque das noites em que dormíamos na casa de amigas. Discar *67 antes do número do telefone para bloquear a identidade de quem ligava. Resolvi testar primeiro ligando para o meu telefone celular e teclei o código secreto antes do meu código de área. Idolatrava meu código de área, o 917. Não era mais uma garota da Pensilvânia. Era uma nova-iorquina.

Na minha tela lia-se "número desconhecido" e deixei escapar uma gargalhada. Mal conseguia acreditar que havia funcionado.

Tomei um pouco mais de coragem da minha xícara de vodca. Sabe, talvez eu nem precisasse desligar se os pais dele atendessem. Na verdade era uma ligação absolutamente inocente. A produção havia mudado a minha agenda de gravação no domingo e eu não poderia mais almoçar, só queria me encontrar com ele para colocar a conversa em dia enquanto estávamos os dois na cidade. Ainda não seria uma mentira. Minha agenda de gravação mudaria se eu fizesse o que Aaron me pedira para fazer.

Digitei o *67 primeiro. Houve uma pausa, então o murmúrio gentil do sinal de discagem no meu ouvido e o toque estridente na casa dos Larson, a vários quilômetros de distância.

— Residência dos Larson. — A voz que atendeu poderia rachar um cérebro ao meio.

— Oi — Eu me levantei e comecei a andar de um lado para outro. Mas esqueci que o fio do telefone era curto e o aparelho caiu no chão com barulho, arrancando o fone da minha mão. — Merda! — sibilei, abaixando para pegar o fone.

— Alô? — disse a voz no chão. — Alô?

— Oi — disse novamente —, desculpe. O sr. Larson está?

— É ele falando.

— Desculpe, Andrew Larson.

— É ele. *Quem* está falando?

Senti vontade de desligar. Teria sido mais fácil se eu tivesse feito isso. Mas a memória muscular assumiu o comando e os nós dos meus dedos ficaram brancos ao redor do fone.

— Aqui é Ani FaNelli. Estou tentando falar com o seu filho. — Para que o pedido não soasse *indecente*, acrescentei: — Fui aluna dele.

Ouvi alguns bufos mal-humorados do sr. Larson pai. Então:

— Ah, bom, garota, achei que estivesse me passando um trote. — A risada dele estalou do outro lado. — Só um segundo.

Ele pousou o fone. Ouvi vozes abafadas no fundo. Houve momentos angustiantes de silêncio antes que Andrew Larson Jr. dissesse:

— TifAni?

Esqueci tudo sobre dissimular e dar desculpas. Só disse a verdade a ele. O dia tinha sido difícil e eu estava sozinha.

Andrew não levara Whitney com ele para o fim de semana. Quando ouvi isso, prendi a respiração, torcendo para que ele sugerisse que tomássemos um drinque, em vez de nos encontrarmos na Peace A Pizza, que fora a ideia que eu dera. Mas ele disse apenas:

— Peace A Pizza. Não vou lá há anos. Daqui a quarenta minutos?

Pousei o fone no gancho com um clique acusador. Pizza. Tão cedo que nem anoitecera ainda. Não havia nada de indecente a esse respeito. Alívio e desapontamento disputavam o melhor lugar em meu espírito. Senti a forte determinação de ambos.

Havia retirado a maquiagem própria para filmagem quando entrara no hotel, evitando fixar os olhos nos lugares em que as luzes fluorescentes eram mais cruéis, o pó e a base se acumulando nas marcas de expressão ao redor dos meus olhos e da minha boca. Eu tinha vinte e oito anos e, graças à minha pele de oliva muito lisa, costumava ser confundida com alguém que acabara de sair da faculdade, mas era impossível dizer quanto tempo isso duraria. Já vira a idade devastar as pessoas mais rapidamente do que um câncer. Não havia antioxidantes o bastante no mundo para evitar isso.

Voltei a trabalhar na maquiagem — hidratante com base, corretivo, pó bronzeador, rímel, batom. Luke sempre ficava impressionado com o peso da minha bolsa de maquiagem. "Você realmente usa todas essas coisas?", perguntara ele, uma vez. Era um elogio porque, sim, eu usava.

Eram 18:50 quando entrei no jipe de Luke. Catorze minutos. Era o tempo que levava para atravessar os quase quatro quilômetros até Bryn Mawr. Segui em uma velocidade baixa e apavorada, e não apenas para poder chegar com o tempo certo de atraso. Estava realmente com medo de ter abusado demais da sorte, agora. Tinha medo de que o universo interviesse, apontasse o dedo para alguma caminhonete luxuosa e a arrastasse para a minha faixa, prendendo-me entre o corpo polido do carro e o canteiro central, o volante arrebentando meu esterno em vários caquinhos de osso, um deles indo direto para o meu coração ou para o meu pulmão. Isso provaria, finalmente, que era mentira que eu conseguiria escapar daquele refeitório porque havia coisas importantes me aguardando na vida, coisas que os cinco jamais conseguiriam de qualquer modo. Que era o que eu dizia a mim mesma quando caía em um poço de depressão, quando tudo o que conseguia ver era a cabeça aberta de Ansilee, e parecia que o dia jamais se tornaria noite.

Não sabia que tipo de carro Andrew dirigia, por isso não havia como saber se ele já estacionara antes de eu entrar. Aquele único drinque que tomara no hotel caíra no meu estômago vazio e induzira uma bruma de coragem, mas a ansiedade ainda era forte. O lugar estava cheio de adolescentes com as pernas desengonçadas, longas demais e muito inquietas para ficarem paradas embaixo da mesa. Como Nell, eles as esticavam nos corredores de passagem, como uma série de pula-pulas caídos. Nem sinal de Andrew. Fiquei em um canto e esperei.

Estava com aquela sensação de não saber onde colocar os braços — deveria cruzá-los, segurar um cotovelo com a mão? —, quando as portas se abriram e uma rajada de ar frio trouxe Andrew para dentro. Ele estava usando um suéter de linha elegante e um jeans bom, escolhido por uma consultora de estilo magnificamente magra na Barneys.

Dei um breve aceno para ele, que veio em minha direção.

Andrew assoviou.

— Esse lugar está lotado — disse. Concordei, esperando novamente que ele sugerisse que fôssemos a algum outro lugar, mas Andrew continuou: — Acho que devemos entrar na fila.

Quando estava no colegial, pizzas com coberturas inovadoras ainda faziam muito sucesso. Pizza de macarrão com queijo, de cheeseburger com bacon, de *penne alla vodka* — tudo parecia incrível para mim. Agora, tudo em que penso é que são carboidratos com cobertura de carboidratos. Não era de espantar que na época eu fosse a porca gorda que era.

Disse isso a Andrew e ele riu.

— Você nunca foi uma porca gorda. — Ele deu uma pancadinha no abdômen musculoso. — Já isso aqui, por outro lado.

Era verdade. Havia uma robustez em Andrew na época, típica dos rapazes de fraternidade, fanfarrões. Ainda acho difícil de acreditar que Andrew tinha vinte e quatro anos quando foi meu professor. Tinha vinte e quatro anos naquela noite no quarto dele, quando me acordou de um pesadelo e implorei a ele para que ficasse comigo. Havia tanta tristeza no rosto dele quando concordara. Por um longo tempo, achei que era porque Andrew estava com pena de mim, mas agora me perguntava se o motivo não fora outro. Se talvez ele não estivesse lamentando a grande diferença de idade entre nós, imaginando como seria se ela fosse apenas cinco anos mais nova.

Pela divisória de vidro, as pizzas cintilavam cheias de coberturas que, sozinhas, já eram mais do que eu vinha comendo nas refeições dos últimos dias. Meu estômago roncou.

Pedi uma fatia de margarita. Uma escolha segura, argumentei comigo mesma, porque nenhum extra na pizza significava nenhum extra a mais nos meus dentes. Andrew pediu uma fatia de pizza de salada mediterrânea.

Não havia mesas vagas, apenas cadeiras livres, e se aquele era todo o tempo que eu teria com Andrew não iria desperdiçá-lo perto de um par de garotos esqueléticos e gozadores, com guardanapos no colo, para o caso de uma ereção imprevisível. Acenei com a cabeça para a porta.

— Quer sentar lá fora?

Havia dois bancos na frente, mas ambos estavam ocupados, por isso Andrew e eu demos a volta até o lado da pizzaria e nos sentamos no meio-fio, os pratos de papel equilibrados precariamente sobre as coxas, o cascalho espetando nossa pele através do jeans.

Dei uma mordida.

— Ah, meu Deus! — gemi.

— Não é melhor do que as de Nova York — comentou Andrew.

— É melhor do que qualquer coisa. — Levantei o dedo. — Dieta para o casamento.

Andrew assentiu.

— Whitney também ficou louca com isso. — Uma alcachofra suculenta rolou do pedaço dele e atingiu o chão com um baque úmido. Pensei na cabeça aberta de Ansilee e tive que apoiar o prato de papel no colo. De repente, o molho de tomate assumiu a consistência de sangue. Isso também me acontecia de vez em quando com ketchup, normalmente quando eu passava algum tempo me lembrando de Peyton. Às vezes, vejo o rosto destruído dele o dia todo, e nenhuma comida vermelha é segura. Nem carne. Basta pensar. Levei o guardanapo à boca e me forcei a engolir a última mordida que eu dera.

— Então, hoje o dia não foi fácil, não é?

Andrew estava sentado perto de mim, mas não tão perto que pudesse haver algum roçar inocente das nossas coxas. Ele não se barbeara aquela manhã e a barba por fazer era dourada sob a luz do fim do verão que permanecia no céu. Chegava a doer o coração olhar para ele.

— Não foi porque eu tive que falar a respeito — disse. — Não me importo com isso. Minha preocupação é sobre as pessoas acreditarem. — Inclinei o corpo para trás, apoiando-me nas mãos, algo que eu nunca fizera em uma esquina de Nova York. — Olhei para o pessoal da equipe, que estava ao redor, depois que terminamos, e só pensava: *Eles realmente acreditam em mim?* Não sei o que fazer para que as pessoas acreditem em mim. — Observei os carros ultrapassarem uns aos outros na rua. — Faria qualquer coisa. — Respirei fundo, aquele antigo desespero se acendendo em mim, como uma tragada em um cigarro. Esse desespero me torna capaz de fazer coisas que não quero, e se não tomar conta de mim com muita atenção, minha faca pode muito facilmente deslizar, sim, e se enfiar bem fundo em Luke, acabando com a vida que eu trabalhara tão duro para conseguir. Mas quando fico em pé perto de Andrew e vejo como minha cabeça mal chega aos ombros dele, quando penso em como ele é grande e em como é difícil eu me controlar, me pergunto se ele não seria a única coisa que valeria meu exílio da tribo que usava roupas xadrez clássicas.

— Você está fazendo — disse Andrew. — Nesse momento. Contando o seu lado da história. Se depois disso as pessoas ainda não acreditarem, você fez tudo o que podia.

Assenti, obediente, mas não estava convencida.

— Sabe o que mais me enfurece?

Andrew mordeu a fatia de pizza e um fio brilhante de óleo escorreu por seu pulso. Ele levou a boca ao pulso antes que o óleo desaparecesse sob o punho do suéter, afundando o dente na própria pele. Observei as marcas brancas se apagarem dali.

— Os Partidários de Dean — falei. — Acho que os odeio mais do que odeio Dean. Principalmente as mulheres. Você não acreditaria no lixo que mandam para mim. *Ainda.* — Adotei a voz severa de uma senhora de igreja do Meio-Oeste americano com papo e pernas não depiladas. — Deus sabe o que você fez e você vai responder a ele em sua próxima vida. — Arranquei a crosta da pizza. — Malditos baba-ovos de Cristo. — Eu me encolhi diante das minhas próprias palavras, arrependida no mesmo instante. Luke podia até rir quando eu dizia coisas como aquela, mas não era aquilo que Andrew queria de mim. *Abatida*, tentei manter em mente, *é isso o que funciona com ele.* — Desculpe. É só que... se eles soubessem o que Dean fez comigo.

Andrew deu um gole no refrigerante.

— E por que não conta a eles?

— Essa é a única coisa... — suspirei. — É a única coisa que minha mãe não quer que eu fale. Luke também não quer. Ele sabe o que aconteceu, é claro, mas não quer que os pais saibam sobre aquela noite. É humilhante. — Achei um pedaço de crosta sem nada vermelho em cima e mordisquei-o. — Mas não é só por causa da minha mãe ou de Luke. Também hesito quando penso em registrar o que aconteceu em vídeo, principalmente no que diz respeito a Liam. É uma alegação séria para fazer a alguém que sempre vai ter quinze anos na cabeça de todo mundo. — Observei um grupo de adolescentes implicando uns com os outros na calçada, com copos do Starbucks nas mãos. Café tinha gosto de gasolina quando eu tinha aquela idade, agora é almoço. — Um garoto de quinze anos que foi caçado dentro de uma sala de aula e baleado no peito. Não pareceria certo até para mim. Não sei. Os pais dele já passaram por muita coisa.

Andrew suspirou.

— É duro, Tif.

Segurei os tornozelos.

— O que você faria, se fosse eu?

— Se fosse comigo? — Andrew limpou as migalhas do colo e mudou de posição, os joelhos virados para mim. — Acho que existe um jeito de poder ser honesta sem falar mal dos mortos. E com certeza eu não perderia a oportunidade de mostrar quem Dean realmente é. — A ponta do joelho dele esbarrou na minha coxa por acaso, e ele se afastou rapidamente. — Não há ninguém nesse mundo que mereça essa honra mais do que você.

Deixei os olhos ficarem marejados e me virei para Andrew, para que ele visse. Meu peito parecia um pano de prato torcido.

— Obrigada.

Andrew sorriu para mim. Ele tinha uma rúcula presa no dente e o amei ainda mais.

Arrisquei:

— Quer passar pela Bradley e ver se tem algo acontecendo por lá essa noite? — Havia nos imaginado fazendo isso, é claro, só não achei que realmente perguntaria a ele. Mas o céu estava perdendo a briga contra a escuridão, havia apenas um pedaço da borda restante da pizza no prato de Andrew e eu não queria ir embora ainda. Ele disse que sim, de um modo que me fez pensar que estivera esperando que eu perguntasse, e meu coração pareceu pulsar em cada membro do meu corpo.

Andrew se ofereceu para dirigir. Ele tinha um BMW, velho o bastante para transmitir aquela perfeita displicência de dinheiro antigo que eu jamais conseguiria projetar normalmente. Havia tacos de golfe no banco de trás e um copo vazio do Starbucks no console central. Andrew esticou a mão para o copo.

— Pode me passar o copo? — pediu. Quando passei, vi o nome "Whitney" escrito na lateral. Também estava marcado no copo que o pedido fora café com leite desnatado. Não conseguia pensar em uma descrição mais precisa para a esposa sem graça de Andrew: Whitney é o tipo de mulher que toma café com leite desnatado.

Andrew enfiou o copo de café em uma lata de lixo próxima e se acomodou atrás do volante. Ele ligou o carro, revelando que estava ouvindo músicas dos anos 1990 no Pandora. A banda Third Eye Blind uivou, de um jeito assustador. Quantas vezes eu dirigira por aquelas mesmas ruas, ouvindo aquelas mesmas músicas? Há tanto tempo que aquela situação, Andrew e eu sentados um ao lado do outro no carro, teria causado preocupação. Ainda causava agora, mas por motivos diferentes.

Não era uma distância muito longa até a Bradley. Dobramos à esquerda na avenida Lancaster, novamente à direita na North Roberts, e à direita na Montgomery. Os alunos da Bradley costumavam ir caminhando até a Peace A Pizza antes de tirarem carteira de motorista. Eu costumava fazer isso com Arthur o tempo todo.

O campo de futebol se estendia à nossa esquerda, vazio e teimosamente verde, como se ainda fosse o meio do verão. A mão grande de Andrew acionou a seta e esperamos pacientemente por uma abertura no trânsito. Então estávamos passando pelas arquibancadas, pela entrada do caminho que eu costumava usar para chegar à casa de Arthur. A sra. Finnerman não havia se mudado, permanecia à vista de todos como a mãe do garoto que arquitetara alegremente a morte dos colegas na prestigiosa Bradley. A mídia lamentara "Como isso pode ter acontecido aqui?" e, ao menos daquela vez, pareciam estar sendo sinceros. Tiros em escolas pertenciam a cidades de classe média do Meio-Oeste, que cresciam ao redor de centros comerciais, onde não havia legado da Ivy League e armas eram colocadas de presente nas meias de Natal. O carro parou no acostamento, e Andrew se virou para mim.

— Quer entrar?

Olhei para fora da janela, para os olhos negros da escola. Na maior parte das vezes em que entrei na Bradley, o vômito estava subindo pela minha garganta. Deveria ter sentido a mesma coisa naquele momento, como uma espécie de condicionamento, de reação pavloviana ao lugar, mas Andrew era como uma rede que mantinha o medo longe. Estava vagamente consciente de que Luke havia feito eu me sentir assim em algum momento, logo que nos conhecemos — lembrando-me de que aquela esperança e aquele calor moravam em mim e que até dormir era possível —, quando Andrew esticou a mão e eu me sobressaltei.

— Desculpe. — Ele sorriu e seus dedos alcançaram meu cinto de segurança. — Esse cinto às vezes trava.

— Não, eu é que peço desculpas, você só me pegou de surpresa — balbuciei. Ouvi um clique e a pressão no meu peito relaxou.

O centro atlético estava destrancado.

— Assim é que se faz, Bradley — murmurei, e Andrew concordou, também em um murmúrio, enquanto mantinha a porta aberta para eu passar. A Bradley deveria ter se preocupado com melhores medidas de segurança depois do que acontecera, mas a escola havia fincado pé contra a forte pressão da mídia e do Estado para que instalasse detectores de metal e segurança armada. Para a diretoria, aquele fora um incidente isolado e não havia motivos para aterrorizar ainda mais os alunos com invasão de privacidade e revistas aleatórias por seguranças armados e sem pudores com o gatilho. A escola também teve o apoio dos pais, já que muitos deles haviam sido alunos da Bradley, e ninguém queria que a instituição onde *estudara a primeira esposa de J. D. Salinger* tivesse os mesmos padrões de segurança de uma escola pública de um bairro pobre.

Descemos as escadas até as quadras de basquete.

— Com certeza não são permitidos sapatos nesse piso. — Andrew acenou com a cabeça para as minhas botas de camurça, as que tinham o salto baixo prateado e barulhento, e foi na direção do chão acarpetado que circundava a quadra.

Eu o ignorei e pisei no chão polido. Minhas botas fizeram barulho enquanto eu dava alguns passos, e Andrew parou e ficou observando eu arrastar o salto pelo piso, desenhando uma linha branca indistinta que terminou com um guincho de furar o ouvido. Ele saiu da área acarpetada, aproximou-se de mim e arrastou o salto do mocassim no piso, fazendo outra marca para combinar com a minha.

Do ginásio, passamos ao departamento de ciências, onde um pôster da tabela periódica com moldura de bronze me fez sorrir.

— Sabe o sr. Hardon?

O sr. Hardon era professor da turma avançada de química. Ele tinha um bigode que se curvava involuntariamente, e graças à infelicidade de ter um sobrenome como aquele — muito próximo de *"hard-on"*, que em inglês quer dizer ereção — e ao seu humor esquisito, era mais conhecido como um pervertido e todos se referiam a ele como sr. Hard-on.

— Está se referindo ao sr. Hard-on? — Andrew sorriu e isso o deixou catorze anos mais novo.

Parei de andar.

— Você sabia que era assim que nós o chamávamos?

— Tif, todo o corpo docente o chamava assim. O nome dele era *literalmente* sr. Hard-On. — Ele apontou o queixo para mim, como se pedisse mais crédito. — Era lógico.

Minha risada ecoou pelo corredor vazio e alcançou os sete degraus até a mansão antiga. Se os subíssemos, o refeitório estava à direita e o departamento de inglês à esquerda. Pensei naquele som ricocheteando no espaço que eu e a Tubarão atravessáramos, depois de termos perdido Liam, e imediatamente desejei não ter pensado.

O laboratório de informática apareceu à nossa direita e, se antes era uma sala bagunçada, agora estava cheia de iPads pousados sobre bases de aparência futurística. A sala escura refletiu nossa imagem no vidro, olhando para dentro.

Andrew encostou os dedos no painel de vidro.

— Não consigo imaginar o que todos disseram a meu respeito.

— Não disseram nada. Todos o amavam. Ficamos todos arrasados quando você foi embora.

O vidro refletiu a imagem de Andrew abaixando a cabeça.

— Aqueles Barton, eles jogam sujo. — Ele olhou para mim pelo reflexo. — Teria sido meu último ano de qualquer modo. Dar aula sempre foi temporário para mim, até eu amadurecer um pouco. Simplesmente não estava preparado para ter um emprego de verdade depois de me formar. Embora — ele torceu a boca para o lado, considerando — eu provavelmente tivesse ficado mais tempo depois do que aconteceu. Pelo menos outro ano para ajudar vocês a se ajustarem.

Aquilo nunca havia me ocorrido, que eu poderia ter tido Andrew por mais tempo do que tive. A raiva apertou meu peito quando me dei conta de que o sr. Larson fora mais uma coisa que Dean havia tirado de mim.

Continuamos a descer o corredor e chegamos à entrada do salão comunitário dos alunos dos dois últimos anos do ensino médio. Entrei, o espaço ainda intimidante, apesar de já não ser mais tão familiar. Eu raramente ficava ali, nem mesmo quando já estava no último ano. Havia um código exclusivo em relação àquele lugar mesmo quando se tinha a idade certa para frequentá-lo. E não era um espaço onde os párias pudessem aproveitar um período livre. Eu não era completamente sem amigos nos anos que permaneci na Bradley. Tinha a Tubarão. Ficáramos muito próximas, mas perdemos contato quando fomos para a faculdade. Ainda me arrependo disso. Também havia algumas garotas da equipe de corrida — continuei a me inscrever para o esporte todos os anos. Realmente adorava correr antes que eu mesma transformasse a corrida em algo difícil e torturante, que eu fazia para impressionar Luke. Uma sensação de conforto me dominava conforme eu vencia os quilômetros sob meus pés, uma ausência absoluta de dúvidas a meu próprio respeito.

Andrew se demorou na porta aberta do salão. Era tão alto que conseguia descansar as mãos na viga do teto. Ele se inclinou para a frente, o peito largo se estendendo e parecendo ainda mais largo, o corpo bloqueando o caminho. Eu costumava brincar de um tipo de jogo quando comecei a chegar à adolescência, quando meus seios se desenvolveram e eu estava ansiosa para que os caras da minha idade me alcançassem: examinava o porão úmido onde estivesse acontecendo qualquer festa do sétimo ano e imaginava qual garoto era forte o bastante para me aguentar. Quem quer que fosse, não importava se tinha espinhas, ou a voz estridente, se fosse grande o bastante, era ele que eu queria. Isso foi algo que compreendi a meu respeito: quero alguém que possa me machucar, mas que não vá fazer isso. Luke falhou comigo nesse sentido. Sei que Andrew não falharia.

— Você pensa em Arthur de vez em quando? — perguntei a ele.

Andrew deslizou as mãos para dentro do bolso da calça, deixando apenas os polegares para fora. A especialista em linguagem corporal da *The Women's Magazine* me contara que quando alguém coloca a mão no bolso é porque está tímido... a menos que deixe os polegares para fora. Nesse caso, é sinal de confiança.

— Na verdade, sim, muito.

Assenti.

— Eu também.

Andrew deu alguns passos para dentro do salão, diminuindo a distância entre nós e desligando todos os meus alertas, como um avião em pane. Se ele quisesse avançar o sinal, poderia, aquele lugar havia transformado o que restara da minha resolução férrea em pó. Não restava nada do dia, a não ser o céu cinzento, e, com o branco da sala ao nosso redor, poderíamos muito bem estar em um filme em preto e branco.

— No que pensa quando se lembra dele?

Passei os olhos pelo tórax de Andrew enquanto pensava na pergunta.

— Penso em como ele era inteligente. *Astuto*. Arthur compreendia as pessoas de um modo que nunca conseguirei entender. Ele realmente era capaz de ler as pessoas. Eu gostaria de poder fazer isso.

Andrew se aproximou mais alguns passos, até estar bem à minha frente. O cotovelo apoiado no parapeito alto da janela. O lábio dele estava apenas levemente curvado.

— Não acha que consegue ler as pessoas?

— Eu *tento*. — Sorri, satisfeita. Aquilo era um flerte?

— Você é muito centrada, Tif. — Ele apontou o dedo direto para a minha barriga. — Nunca duvide disso.

Abaixei os olhos para o dedo dele, a centímetros do meu corpo.

— Sabe o que mais? — perguntei.

Andrew esperou que eu continuasse.

— Ele era *engraçado*. — Olhei para fora da janela, para a quadra. — Arthur era engraçado. — Eu havia dito isso para Luke uma vez, e ele se afastara de mim.

Andrew estreitou os olhos, lembrando de Arthur.

— Ele podia ser muito engraçado.

— Mas não me sinto mal — falei baixinho. — Isso é ruim? Não me sinto mal pelo que fiz com ele. Não sinto nada. — Fiz um gesto com a mão da esquerda para a direita, ilustrando o que falara. — Me sinto indiferente quando me imagino matando-o. — Prendi o ar e tornei a soltá-lo, fazendo o mesmo som de assoprar um pedaço de comida quente. — Minha melhor amiga acha que ainda estou em choque por causa disso. Ela diz que bloqueei qualquer emoção para me poupar do trauma. — Balancei a cabeça. — Gostaria que fosse isso, mas não acho que é.

Andrew cerrou as sobrancelhas e esperou que eu continuasse a falar. Como não continuei, ele perguntou:

— E o que você acha que é, então?

— Que talvez — mordi o lábio — eu seja uma pessoa fria. — Eu me apressei a continuar. — Que sou egoísta e que só consigo ter *sentimentos* sobre coisas que me beneficiam.

— Tif — disse Andrew —, você *não* é egoísta. É a pessoa mais corajosas que eu conheço. Passar pelo que você passou, naquela idade... e não só passar por aquilo, mas sobreviver e desabrochar como desabrochou... é impressionante.

Estava sufocando as lágrimas agora, apavorada com a possibilidade de assustá-lo com o que estava prestes a dizer:

— Consigo esfaquear meu amigo até a morte, mas não consigo admitir que estou prestes a casar com o cara errado.

Andrew pareceu ficar mal.

— Isso é verdade?

Pensei a respeito antes de confirmar, ainda havia tempo para retirar o que dissera e afastar as dúvidas, como sempre fazia comigo mesma, mas assenti.

— Então o que você está fazendo? Por que não termina tudo simplesmente? — Andrew parecia tão perturbado que só fez com que eu me sentisse pior. Eu achava que todos, em algum nível, sentiam certa reserva pela pessoa com quem estavam.

Encolhi os ombros.

— Não é óbvio? Estou assustada.

— Com o quê?

Fixei os olhos no ponto acima do ombro de Andrew e tentei pensar em uma forma de explicar.

— Com Luke, eu sinto uma... uma solidão devastadora, às vezes. E não é culpa dele. — Passei um dedo sob o olho. — Ele não é má pessoa, só não entende. Mas então penso: *Ora, quem entenderia? Entender aquele pedaço horroroso da minha vida?* Não sou fácil, e talvez isso seja o melhor que possa esperar para mim. Porque também há muitas coisas boas na nossa relação. Estar com Luke é um seguro a seu próprio modo.

Andrew franziu o rosto.

— Seguro?

— Tenho na cabeça — levei os dedos às têmporas e tamborilei — que ninguém vai poder me magoar se eu for Ani Harrison. TifAni FaNelli talvez seja o tipo de garota que é esmagada, mas Ani Harrison, não.

Andrew se curvou para ficar olho com olho comigo.

— Não me lembro de ninguém esmagando TifAni FaNelli.

Mostrei o indicador e o polegar a uns centímetros de distância.

— Mas esmagaram. Deixaram desse tamanho.

Andrew suspirou e logo o suéter de aparência elegante estava roçando em meu rosto, os dedos dele na minha nuca. Havíamos nos tocado tão poucas vezes na vida que fiquei arrasada, de verdade, por não conhecer melhor o cheiro e a sensação da pele dele. Senti uma tristeza enorme me atingir por Luke, por Whitney, pelos filhos dela, com nomes tão lindos, todos os corações envolvidos que nos manteriam distantes.

―~~―

A disposição da antiga sala de aula de Andrew não mudara. Ainda havia as três longas mesas encostadas uma na outra em formato de colchete, o professor na frente da sala, entre as pontas. Mas mesas e bancos de metal escorregadio haviam substituído as antigas mesas de linóleo e as cadeiras quebradas e descombinadas. Era tudo no estilo da loja Restoration Hardware, um conjunto de móveis que não ficaria inteiramente deslocado no meu próprio apartamento, no estilo que eu adotara e que a sra. Harrison descreve como "eclético". Eu me debrucei sobre a mesa e examinei minha imagem distorcida: o queixo alongado, pontudo, um olho aqui, outro lá. Sempre que eu tinha uma espinha, na época do colegial, costumava observar o quanto estava feia em qualquer superfície minimamente reflexiva — o reflexo na janela da sala de aula, o painel de vidro que me separava do almoço servido no refeitório. Nunca teria conseguido me concentrar na aula com tantas oportunidades à minha frente.

Andrew foi até sua antiga mesa e examinou algumas quinquilharias do sucessor.

— Sabe, o sr. Friedman ainda trabalha aqui — disse Andrew.

— É mesmo? — Lembrei do dia em que ele foi chamado para tirar Arthur de sala, a sra. Hurst tentando fingir que não estava tão assustada quanto deveria estar. — Ele sempre foi meio idiota.

— Na verdade — Andrew se virou e se encostou na mesa, apoiando um cotovelo sobre o outro exatamente como costumava fazer quando estava dando aula ali —, Bob é muito inteligente. Demais até para ser professor. É por isso que ele não consegue interagir bem com os alunos. — Andrew levou a mão à testa. — Está em outro nível que não o nosso.

Assenti. Estava mais escuro do que o anoitecer agora, mas o departamento de inglês e idiomas dava para a rua principal, iluminada pelos postes da rua e do prédio da universidade, a Bryn Mawr.

— Era por isso que todos adoravam a sua aula — falei. — Você sabia como interagir conosco. Era como se fosse um de nós.

Andrew riu.

— Não sei se isso é um elogio.

Ri também.

— Não, é sim. — Voltei a olhar para meu reflexo, que parecia saído de uma casa de espelhos de parque de diversões. — Era bom ter um professor tão jovem. Com apenas poucos anos a mais que nós.

— Não sei se fui de muita ajuda — disse Andrew. — Nunca havia visto aquele tipo de crueldade antes. Não sei, talvez também acontecesse quando eu estava no colegial e eu simplesmente não estivesse prestando atenção. — Ele pensou por um momento. — Mas acho que teria percebido. Havia algo muito brutal na Bradley que notei de imediato. E você — ele gesticulou para mim —, você nunca teve chance.

Não gostei daquilo. Sempre se tem uma chance. Eu simplesmente havia destruído a minha.

— Eu não era muito esperta quando estudei aqui — falei. — Mas se tivesse que encontrar alguma coisa positiva em tudo o que aconteceu, foi que aprendi a me defender. — Rocei os nós dos dedos pela mesa. — Arthur me ensinou muito, acredite ou não.

— Há maneiras melhores de aprender — disse Andrew.

Sorri com tristeza.

— Eu teria gostado muito. Mas fiz o melhor com o que tive.

Andrew abaixou a cabeça, como se estivesse organizando os pensamentos para fazer uma conexão importante entre o Museu de História Natural e o medo de mudança de Holden Caulfield, o personagem de *O apanhador no campo de centeio*.

— Você foi honesta comigo, por isso — ele pigarreou —, quero ser honesto com você, também.

Havia um facho de luz iluminando perfeitamente o espaço atrás dele. Era tão forte que Andrew não parecia ser nada além de uma silhueta, sem rosto e sem expressão. Meu coração saltava no peito, certa de que ele estava prestes a admitir algo importante. Nossa ligação, a química especial que havia entre nós... não existiam apenas na minha cabeça.

— Sobre o quê?

— Aquele jantar. Não foi só um acaso graças ao "mundo pequeno em que vivemos". — Ele respirou fundo. — Eu sabia que Luke era seu noivo. E pressionei-o para que marcasse o jantar e eu pudesse ver você.

A esperança aumentou em mim como uma febre.

— Como sabia?

— Não consigo me lembrar exatamente quem me contou, mas foi um dos meus colegas de trabalho, que sabia que eu tinha dado aula aqui. Ele me disse que Luke estava noivo de uma garota da Bradley. Luke havia mencionado seu nome antes, Ani, mas não conseguia me lembrar de nenhuma Ani da Bradley. Então fiz a pesquisa básica no Facebook. — Andrew gesticulou, como se estivesse digitando, então cobriu o rosto com as mãos, em um gesto engraçadinho e feminino, e riu. — Deus, isso é embaraçoso, mas investiguei Luke no Facebook. E vi você nas fotos dele. Não consegui acreditar que fosse mesmo você.

O céu já terminara sua transformação e a sala agora estava quieta, completa com as sombras que havia recolhido da noite. Mas naquele momento algo atravessou a rua e, por um segundo, sem o reflexo amarelo ofuscante atrás dele, vi o rosto de Andrew perfeitamente. Ele parecia apavorado.

Ficamos olhando para fora da janela enquanto um carro prateado, parecendo uma pequena bala de revólver, estacionou em frente à entrada da velha mansão. A palavra "Segurança" na lateral do carro se partiu ao meio quando o motorista abriu a porta, desceu e seguiu caminhando na direção da escola com uma passada de policial.

Meu coração pareceu despencar no peito e voltar para o lugar, como sempre acontecia pouco antes de eu começar a ter minhas vertigens. Eu me recusava a chamar isso de ataque de pânico. Ataques de pânico eram para pilotos nervosos ou hipsters neuróticos. Os demônios deles, fossem quais fossem, nem sequer se comparavam ao terror de saber o que está prestes a acontecer, aquela coisa ruim pela qual eu vinha esperando desde que saíra do refeitório. Agora seria a minha vez.

— Ele está aqui por nossa causa?

Andrew balançou a cabeça.

— Não sei.

— O que ele está fazendo aqui?

— Não sei — disse Andrew mais uma vez.

O segurança desapareceu dentro do prédio e, a distância, ouvimos uma porta batendo e o eco de um grito.

— Olá?

Andrew levou o dedo aos lábios e gesticulou para que eu me aproximasse. Ele afastou a cadeira da mesa e, por mais que eu não conseguisse acreditar, entramos juntos embaixo da mesa, Andrew se dobrando e ajeitando os braços e pernas enormes para abrir espaço para mim.

Quando estávamos um de frente para o outro, com os joelhos se tocando, ele puxou a cadeira que estava atrás de nós, nos apertando ainda mais, e *sorriu* para mim.

Não conseguia mais sentir meu coração batendo, outra característica que diferenciava aquela vertigem de um ataque de pânico — eu não sentia palpitações corajosas, apenas uma triste bandeira branca — e em poucos minutos tive a certeza de que alguém entrara na sala. Fora mesmo um carro da equipe de segurança que víramos? A *The Women's Magazine* havia publicado uma série de artigos ao longo dos anos sobre predadores que se vestiam de policiais, bombeiros e até mesmo entregadores para terem acesso ao seu carro, à sua casa, a *você*. Era sempre você que eles queriam, para estuprar, torturar, matar. Minha visão pareceu se estreitar até uma pequena faixa, como quando desligávamos uma TV antiga, e restava aquele único ponto que só desaparecia quando a tela se apagava totalmente. Eu não estava respirando, tinha certeza disso. Meu coração havia parado e aqueles eram meus últimos momentos de consciência, os neurônios no cérebro ainda em brasa, antes de mergulharem de vez na escuridão.

Uma luz varreu a frente da sala e uma pessoa pigarreou.

— Tem alguém aqui?

A voz dele soou baixa e uniforme, do mesmo modo que Ben dissera "Buuu". Tão neutro que poderia ser qualquer palavra como: "Oi." "Não." "Claro." O sr. Larson cobriu a boca e pude ver pelas ruguinhas que se acumulavam ao redor de seus olhos que ele estava tentando conter o riso. Meus quadris começaram a tremer... por que meus quadris? Talvez porque eu não estivesse em pé. Nesse caso, teriam sido as minhas pernas, mas naquele momento o que estava sustentando o peso do meu corpo eram os meus quadris.

A luz desapareceu e chegamos mesmo a ouvir os passos se afastando, mas sabia que ele ainda estava ali, podia senti-lo. Ele havia encenado a saída, então voltara passo a passo. E os dois idiotas, estúpidos, achando que estavam a salvo. Um imitador. A Bradley tentara fingir que não precisávamos nos preocupar com isso. Mas precisávamos, sim. Sempre precisaríamos. O sr. Larson sussurrou:

— Acho que ele foi embora.

Balancei a cabeça e arregalei os olhos para ele, em desespero.

— O que foi? — sussurrou novamente o sr. Larson, e afastou a cadeira.

Agarrei o pulso grosso dele e balancei a cabeça, implorando para que não saísse dali.

— TifAni. — O sr. Larson olhou para a minha mão, e vi o horror no rosto dele. Soube que estávamos acabados. — Você está gelada.

— Ainda. Aqui. — Minha boca formou as palavras, sem som.

— TifAni! — O sr. Larson me sacudiu e se arrastou para fora, ignorando meus gestos desesperados para que voltasse. Ele usou a cadeira para se apoiar e ficar em pé, e eu fui mais para o fundo da mesa, preparando-me para o estalo quente do revólver, para a umidade que escorreria da cabeça do sr. Larson. Mas eu apenas ouvi: "Ele foi embora."

O sr. Larson ficou de joelhos e espiou embaixo da mesa, o gato feroz na jaula. Ele franziu o cenho e pareceu arrependido, prestes a chorar por mim.

— Ele foi embora. Estamos bem. Ele não poderia ter feito nada conosco. — Como não me mexi, o sr. Larson abaixou a cabeça e suspirou. O som foi cheio de remorso. — TifAni, lamento tanto. Merda, eu não estava pensando... a mesa... desculpe. — Ele estendeu a mão e implorou com os olhos para que eu a pegasse.

Durante todo aquele tempo com Andrew, eu usara a minha máscara de vítima, pois achei que era isso o que ele queria de mim. Mas não havia nenhuma atuação nos meus braços, trêmulos e fracos, quando os estendi para ele. Andrew teve que me pegar pelos cotovelos, porque eu estava sem forças, e aquele foi o único modo de ele conseguir me colocar em pé. A parte de baixo do meu corpo não estava funcionando muito melhor, e ele me puxou contra o peito. Ficamos abraçados daquele jeito por muito mais tempo do que precisávamos, bem depois de eu já ter minhas pernas de volta, e o não fazer nada se tornava a parte mais perigosa. Depois de um longo tempo, a mão de Andrew fez a pergunta na parte baixa das minhas costas, e logo estávamos nos beijando, o alívio ainda maior por todo o terror que sentira antes.

14

Na minha memória, o hospital é verde. Pisos verdes, paredes verdes, as olheiras fundas, da cor de gangrenas, sob os olhos dos policiais. Até o vômito chocho que afundou no vaso sanitário era verde. Fiquei ruborizada, lembrando-me de todas aquelas vezes em que mamãe me dissera para usar calcinha limpa "porque, TifAni, e se você sofrer um acidente de carro?". Não que a calcinha que eu estava tirando naquele momento não estivesse limpa, mas era velha e estava com um buraco bem no meio das pernas, grande o bastante para que alguns poucos pelos pubianos escapassem por ali. Levaria anos até que eu começasse a abrir as pernas para me depilar em Nova York com as indianas que trabalhavam no salão de depilação Shobha.

"Tudo?"

"Tudo."

Embrulhei a calcinha em mau estado na perna da minha calça, deixando-a ali dentro, antes de enfiar a calça no saco de provas e estendê-la para a policial — que se parecia mais com um homem do que o policial Pensacole. Dentro da mesma sacola estava meu cardigã J. Crew e a regata da Victoria's Secret, os dois manchados do sangue que ainda não secara completamente. Aquele cheiro me pareceu tão nostálgico e familiar. Onde já o havia sentido antes? Em produtos de limpeza, talvez. Ou na Associação Cristã de Moços de Malvern, onde eu aprendera a nadar.

Quem quer que tenha recebido aquela sacola plástica de provas, com roupas que guardavam o DNA de tantos adolescentes mortos, com certeza encontraria a calcinha nas pernas da calça. Não era um esconderijo brilhante. Mas a ideia da minha calcinha solta dentro da sacola, à mostra em todos os lugares por onde ela passasse, me enchia de desespero. Estava tão cansada de ser exposta...

Eu me enrolei na camisola fina do hospital, atravessei o quarto na ponta dos pés e sentei na cama, os braços cruzados, tentando conter meus seios. Eles pareciam enormes e imprevisíveis sem o sutiã. Minha mãe estava na cadeira perto da cama, sob ordens estritas de não chegar perto de mim, nem me tocar, ou qualquer outra coisa. Ela estava chorando. Era irritante.

— Obrigada — dissera-me a policial Machona, embora não parecesse nem um pouco grata.

Dobrei os pés sob o corpo. Havia semanas que não me depilava, e não queria que ninguém visse os pelos escuros ao redor dos meus tornozelos. A médica (nenhum homem tinha autorização para entrar, até meu pai estava no corredor) veio na minha direção para fazer o exame. Insisti que não estava ferida, mas a dra. Levitt disse que, às vezes, ficávamos tão em choque que não percebíamos que estávamos, sim, feridos, e ela só queria se certificar de que não era esse o caso. Eu me importaria se ela fizesse isso? Tive vontade de gritar para que parasse de falar comigo como se eu fosse uma criança de cinco anos, prestes a tomar a vacina antitetânica. Eu acabara de enfiar uma faca no peito de uma pessoa!

— Sinto muito — a policial Machona se enfiou na frente da dra. Levitt —, mas tenho que colher amostras de DNA antes. A senhora pode acabar destruindo provas durante o exame.

A dra. Levitt se afastou.

— É claro.

A policial Machona se aproximou de mim com um pequeno kit para coletar provas e, subitamente, me dei conta de como me comportara bem quando fora só a bela dra. Levitt querendo me examinar. Eu ainda não chorara. Vira episódios de *Law & Order* o bastante para saber que isso acontecia porque eu provavelmente ainda estava em choque, mas isso não me fazia sentir melhor a respeito da situação. Eu deveria estar chorando, não pensando no jantar, ou em como mamãe provavelmente me deixaria comer onde eu quisesse, depois de um dia como aquele. Aonde deveríamos ir? Minha boca se encheu de água enquanto eu considerava as possibilidades.

A policial Machona esfregou a pele sob as unhas das minhas mãos e aquela parte foi tranquila. Mas então ela se adiantou para a abertura na camisola do hospital e as lágrimas vieram com força. Segurei os pulsos da policial, que mais pareciam salsichas.

— *Para!* — Ouvi aquela palavra vezes sem conta, e a princípio achei que era a policial Machona que estava *me* dizendo para parar, mas então percebi que era eu, e que estava lutando como se ela fosse Dean, chutando, batendo, mordendo. A camisola se abriu e meus seios titânicos se espalharam por todo lado. Quando me dei conta de que mamãe também estava sobre mim, vendo meu corpo nu, rolei para o lado e vomitei de novo. Parte do vômito atingiu a calça preta de sapatão da policial Machona, e aquilo quase me fez sorrir.

Quando retornei a mim, tive a sensação de ter voltado no tempo. Achei que estava no hospital porque tivera uma reação ao baseado que fumara na casa de Leah. Pensei: *Deve ter muita gente aqui furiosa comigo*.

Tateei meu corpo antes mesmo de abrir os olhos, aliviada ao sentir que alguém havia voltado a amarrar a faixa da camisola do hospital e me prendido à cama com uma grossa manta branca.

O quarto estava vazio e silencioso, o anoitecer sombreando as janelas. Era hora do jantar. Eu decidira que queria ir ao Bertucci's. A *focaccia* e o pão de queijo deles eram exatamente o que eu estava com vontade de comer.

Eu me apoiei nos cotovelos e meus tríceps tremeram de um modo que fez com que eu me desse conta do quanto eles estavam envolvidos em gestos cotidianos que eu nem percebia. Havia uma secreção sobre meus lábios que minha língua não conseguia quebrar. Estava colada e tive que limpá-la com o punho.

De repente, a porta se abriu e minha mãe entrou.

— Ah! — Ela deu um passo atrás, surpresa. Havia uma xícara de café e um doce nas mãos dela. Naquela época, eu ainda não bebia café, mas queria as duas coisas, de tão faminta que estava. — Você está acordada.

— Que horas são? — Minha voz estava rouca. Como se eu estivesse doente. Engoli para me certificar, mas minha garganta não doía.

Mamãe sacudiu o Rolex falso de diamantes para fora da manga.

— São 6:30.

— Vamos jantar no Bertucci's — falei.

— Meu amor. — Mamãe se adiantou para sentar na beira da cama, mas se lembrou do aviso que recebera e endireitou o corpo. — São 6:30 da manhã.

Olhei novamente pela janela, a revelação que ela fizera me fez ver a luz do lado de fora como um desabrochar, não como um declínio.

— É de manhã? — repeti. Estava começando a me sentir confusa e chorosa de novo. E estava muito furiosa por não conseguir entender nada. — Por que você me deixou dormir aqui? — perguntei, irritada.

— A dra. Levitt lhe deu aquele comprimido, lembra? — disse mamãe. — Para ajudá-la a relaxar.

Eu me encolhi, tentando resgatar algumas lembranças, mas não consegui.

— Não me lembro — choraminguei. Cobri o rosto com as mãos e fiquei chorando em silêncio por alguma coisa que eu não sabia o quê.

— Shhh, TifAni — sussurrou mamãe. Não conseguia vê-la, mas imaginei que estivesse esticando os braços para mim, antes de se dar conta novamente de que não podia. O suspiro dela saiu resignado — Vou chamar a médica.

Os passos da minha mãe retrocederam, e então me lembrei das panturrilhas de Ben, tão brancas que me deixaram nauseada, desaparecendo na fumaça.

Minha mãe voltou, mas não com a dra. Levitt. A nova médica não estava usando jaleco, mas jeans desbotados, curtos, revelando tornozelos delgados e tênis brancos, novos em folha. Ela usava os cabelos grisalhos em um corte Chanel. Parecia o tipo de mulher que tinha um jardim e usava um chapéu de palha mole enquanto cuidava dos tomates que cultivava, e que se regalava com um copo de limonada na varanda ao terminar.

— TifAni — disse ela —, sou a dra. Perkins. Mas quero que me chame de Anita. — O pedido foi feito em um tom tranquilo e firme.

Pressionei as mãos contra o rosto, limpando uma mistura de oleosidade e lágrimas.

— Está certo — falei.

— Posso fazer alguma coisa por você? — perguntou Anita.

Funguei.

— Eu gostaria muito de escovar os dentes e lavar o rosto.

Anita assentiu com uma expressão solene, como se fosse uma coisa importante para eu fazer.

— Aguente firme, vou ver isso para você.

Anita saiu do quarto por cinco minutos e, quando voltou, trazia uma escova de dentes pequena, uma pasta de dente com sabor infantil e uma barra de sabonete Dove. Ela me ajudou a sair da cama. Não me incomodei por Anita me tocar, porque ela não parecia estar prestes a ter um ataque histérico a qualquer momento, forçando-*me* a consolá-*la*.

Abri a torneira para não ouvir Anita e mamãe conversado sobre mim enquanto eu usava o banheiro. Fiz xixi, lavei o rosto, escovei os dentes e cuspi um longo fio de pasta de sabor doce na pia. A saliva era tão grossa que não se rompeu em meus lábios, e tive que cortá-la com os dedos.

Quando saí do banheiro, Anita me perguntou se eu estava com fome. Eu estava. Faminta. Perguntei à mamãe o que acontecera com o café e o doce que ela estava segurando antes, e ela disse que meu pai comera. Olhei irritada para ela quando subi novamente na cama.

— Vou pegar o que você quiser, meu bem. O refeitório tem *bagels*, suco de laranja, frutas, ovos, cereais.

— Um *bagel* — falei. — Com cream cheese. E suco de laranja.

— Não tenho certeza se eles têm cream cheese — disse mamãe. — Talvez tenham apenas manteiga.

— Qualquer lugar que tenha *bagels*, tem cream cheese — retruquei irritada.

Era o tipo de resposta grosseira que costumava incitar minha mãe a me chamar de ingrata, mas ela não ousou fazer isso na frente de Anita. Apenas colocou um sorriso falso no rosto e se virou para sair do quarto, revelando os cabelos embaraçados na parte de trás da cabeça, que conseguira dormindo na cadeira dura do hospital.

— Posso me sentar aqui? — Anita apontou para a cadeira perto da cama.

Dei de ombros como se não tivesse importância para mim.

— Claro.

Anita tentou se acomodar com as pernas sob o corpo, mas a cadeira era pequena e desconfortável demais. Ela acabou se sentando do jeito normal, uma perna cruzada preguiçosamente sobre a outra, as mãos pousadas sobre o joelho, as unhas pintadas de um violeta claro.

— Você passou por muita coisa nas últimas vinte e quatro horas — disse Anita, o que não era inteiramente verdade. Vinte e quatro horas antes eu estava acabando de sair da cama. Vinte e quatro horas antes eu era apenas uma adolescente mimada que não queria ir para a escola. Fora há dezoito horas que eu descobrira como o interior do cérebro era viscoso, como era um rosto sem pele, sem lábios, sem a acne esquisita.

Assenti, mesmo que o cálculo dela estivesse incorreto, e Anita voltou a falar:

— Quer conversar comigo a respeito?

Gostava do fato de Anita estar sentada ao meu lado, em vez de à minha frente, olhando-me como se eu fosse um cadáver conservado, esperando para ser dissecado. Anos mais tarde, aprendi que aquilo era um truque psicológico para fazer as pessoas se abrirem. Eu havia escrito uma dica a respeito na *The Women's Magazine*: se precisar ter uma conversa difícil com o "seu homem" — como eu detestava aquela expressão! —, faça enquanto estiver dirigindo, porque ele estará mais aberto ao que você tiver a dizer quando estiver ao seu lado, do que se você levantar o assunto quando vocês estiverem frente a frente.

— Arthur está morto? — perguntei.

— Arthur está morto — respondeu Anita, muito objetiva.

Eu já sabia a resposta, mas foi chocante ouvir aquelas palavras vindas de uma pessoa que nem sequer conhecera Arthur. Que não tinha ideia de que Arthur existia apenas algumas horas atrás.

— Quem mais? — arrisquei.

— Ansilee, Olivia, Theodore, Liam e Peyton. — Eu jamais havia me dado conta de que o verdadeiro nome de Teddy era Theodore. — Ah, e Ben — acrescentou ela.

Esperei que ela lembrasse mais nomes, mas isso não aconteceu.

— E quanto a Dean?

— Dean está vivo — disse Anita, e eu a encarei, boquiaberta. Estava certa de que ele tinha morrido quando o deixei. — Mas está gravemente ferido. Talvez nunca mais volte a andar.

Levei a coberta à boca.

— Não vai voltar a andar?

— A bala entrou pelo ventre dele e atravessou a coluna. Ele está tendo o melhor tratamento possível — disse Anita. — Dean tem sorte por estar vivo.

Engoli em seco ao mesmo tempo que um soluço subia pela minha garganta. O impacto fez o meu peito doer.

— Como Ben morreu?

— Ele se matou — respondeu Anita. — Era esse o plano dos dois, o tempo todo. Por isso você não deve se sentir mal pelo que fez. — Tive medo de dizer a Anita que não me sentia mal. Não sentia nada.

Mamãe apareceu na porta, com um *bagel* roliço em uma das mãos e uma embalagem de suco de laranja na outra.

— Eles tinham cream cheese!

Mamãe tomara para si a tarefa de preparar o *bagel*. Ela não colocara nem perto da quantidade necessária de cream cheese, mas eu estava com tanta fome que nem a olhei atravessado por isso. Era estranho me sentir faminta daquele jeito. Não era como acontecia na hora do almoço, quando haviam se passado algumas horas desde o café da manhã e o estômago começava a roncar na aula de história. Era como se a fome se espalhasse por todo o corpo, não tivesse mais a ver com o estômago. Na verdade, o estômago não dói nada, mas seus membros parecem sem peso, fracos, e o maxilar compreende isso e tenta mastigar o mais rápido que pode.

Tomei rapidamente o suco de laranja. Cada gole parecia me deixar com mais sede, e apertei a embalagem tentando beber até a última gota.

Mamãe perguntou se eu queria mais alguma coisa, mas não queria. A comida e o suco de laranja haviam me devolvido energia, me dado força para compreender a realidade das últimas dezoito horas. Foi como se uma bolha invisível tomasse conta do quarto, uma bolha que não se romperia por algum tempo. Apenas me carregaria dentro dela para onde eu fosse, encharcando tudo ali dentro de infelicidade.

— Estava pensando — Anita se inclinou para a frente, apoiou as mãos sobre os joelhos e dirigiu um olhar humilde para minha mãe —, posso falar com TifAni a sós?

Mamãe esticou os ombros e se levantou, muito empertigada.

— Acho que depende do que TifAni deseja.

Era exatamente o que eu queria, mas com o apoio de Anita, meu desejo pareceu poderoso demais. Por isso falei baixinho, para não ferir os sentimentos dela.

— Está tudo bem, mamãe.

Não sei o que minha mãe esperava que eu dissesse, porque pareceu muito surpresa. Ela recolheu a embalagem de suco de laranja e os guardanapos do meu colo e disse, a voz rígida:

— Não há problema algum. Estarei bem aqui do lado de fora se precisar de mim.

— Acha que pode fechar a porta ao sair? — pediu Anita, quando minha mãe já se afastava. Mamãe teve dificuldade para afastar o calço da porta e não conseguiu por alguns segundos excruciantes. Eu me senti muito mal por ela. Finalmente conseguiu, mas a porta se fechou muito devagar e continuei a vê-la quando ela já não conseguia mais me ver. Mamãe levantou os olhos para o teto, passou os braços ao redor do corpo muito magro e oscilou para a frente e para trás, a boca se esticando em um soluço silencioso. Senti vontade de gritar para que papai a abraçasse, droga.

— Tenho a impressão de que é difícil para você ter sua mãe por perto — comentou Anita.

Não disse nada. Naquele momento, eu me sentia protetora em relação à minha mãe.

— TifAni — disse Anita. — Sei que você passou por muita coisa. Mais do que uma garota de catorze anos deveria ter que lidar. Mas preciso fazer algumas perguntas sobre Arthur e Ben.

— Contei tudo ao policial Pensacole, ontem — protestei. Depois que eu saíra correndo do refeitório, certa de que Dean estava morto, segui pelo mesmo caminho por onde Beth havia ido, só não gritei como ela. Eu não sabia onde estava Ben e não queria chamar a atenção para mim. Àquela altura, ele já colocara a arma na boca, mas eu não tinha como saber disso. Quando cheguei à fila de agentes da SWAT, agachados, as armas rentes ao corpo à medida que eu me aproximava, achei que eles estavam mirando em mim. Na verdade, cheguei a *me virar para voltar para a escola*. Mas um deles correu até mim e me fez passar pela multidão de espectadores de olhos arregalados e de mães histéricas, vestidas com os agasalhos esportivos que usavam para passear com os cães, gritando nomes para mim e me perguntando se seus filhos estavam bem.

— Acho que eu o matei! — eu estava dizendo, e os médicos tentaram colocar uma máscara de oxigênio no meu rosto, mas os policiais se adiantaram, exigindo detalhes, e contei a eles que eram Ben e Arthur.

— Arthur Finnerman! — falei em tom esganiçado quando eles começaram a perguntar sem parar, Ben *de quê?* Arthur *de quê?* Não conseguia lembrar o sobrenome de Ben.

— Sei que contou — disse Anita. — E eles estão muito gratos por aquelas informações. Mas não estou aqui para perguntar a você sobre o que aconteceu ontem. Estou tentando formar uma imagem clara de Arthur e Ben. Para tentar entender por que fizeram o que fizeram.

Subitamente me senti tensa em relação àquela Anita.

— Você é da polícia? Achei que era psiquiatra.

— Sou psicóloga forense — disse Anita. — Faço trabalhos ocasionais de consultoria com a polícia da Filadélfia.

Aquilo soava mais intimidante do que a própria polícia.

— Mas você é policial, ou não?

Anita sorriu, e a pele ao redor de seus olhos formou três linhas distintas.

— Não sou policial. Mas, para ser absolutamente sincera com você, vou repetir para eles tudo o que você me disser. — Ela se ajeitou na cadeira pequena e fez uma careta. — Sei que já deu muitas informações importantes, mas achei que poderíamos conversar sobre Arthur. Sobre seu relacionamento com ele. Pelo que entendi, vocês eram amigos.

Os olhos se moviam de um lado para outro, rapidamente, como se estivesse lendo um jornal. Como eu não disse nada, Anita tentou novamente.

— Você e Arthur eram amigos?

Deixei as mãos caírem sobre a cama, impotente.

— Ele estava muito bravo comigo.

— Ora, amigos às vezes brigam.

— Nós *fomos* amigos — falei, ressentida.

— E por que ele estava tão bravo com você?

Fiquei brincando com um fio solto da manta do hospital. Não teria como contar a história toda para ela sem falar daquela noite na casa de Dean. E não falaria daquilo. Nunca.

— Eu roubei uma foto... dele e do pai.

— Por que fez isso?

Estiquei os dedos dos pés, tentando diminuir a irritação. Era como quando mamãe fazia perguntas demais sobre os meus amigos. Quanto mais ela queria saber, mais eu sentia vontade de guardar para mim toda a informação pela qual mamãe ansiava tão desesperadamente.

— Porque ele me disse coisas muito horríveis e eu estava apenas tentando revidar.

— O que ele disse?

Puxei o fio solto com mais força, e um pequena família de fios saltou em resposta. Não podia contar a Anita as coisas terríveis que Arthur me dissera, porque então teria que contar sobre Dean. E sobre Liam e Peyton. Mamãe me mataria se algum dia descobrisse o que acontecera naquela noite.

— Ele estava bravo comigo porque comecei a andar com Dean, Olivia e os outros do grupo.

Anita balançou a cabeça uma vez, como se compreendesse.

— Então ele se sentiu traído por você?

Dei de ombros.

— Acho que sim. Ele não gostava de Dean.

— Por que não?

— Porque Dean foi mau com ele. E com Ben também. — E, de repente, eu tinha o mapa nas mãos, o que me levaria para fora daquela confusão, ilesa. Tinha que guiar todos com objetividade e rapidez, caso contrário eles começariam a cavar, cavar, cavar. E refariam todo o caminho até aquela noite em outubro. Eu disse, então, generosamente. — Sabe o que Dean e Peyton fizeram com o Ben?

A curiosidade cintilou nos olhos escuros de Anita. Contei tudo a ela.

Anita pareceu muito satisfeita com a informação que ofereci e me agradeceu por ser tão "corajosa e franca". Eu poderia ir para casa agora, se quisesse.

— Dean também está nesse hospital? — perguntei.

Anita estava recolhendo as próprias coisas para ir embora, mas parou quando fiz a pergunta.

— Acho que deve estar. Você queria vê-lo?

— Não — respondi. E depois: — Talvez. Não sei. Ele está mal?

— Meu conselho? — disse Anita. — Vá para casa ficar com a sua família.

— Tenho que ir à escola hoje?

Anita me olhou de um jeito estranho. Foi outro olhar importante, mas não percebi até mais tarde.

— A escola ficará fechada por algum tempo. Não estou certa de como eles farão para encerrar o semestre.

Anita ainda não pusera nenhuma tração em seu tênis novo, e eles guincharam sobre o chão brilhoso do hospital quando ela se afastou. Então minha mãe voltou ao quarto, dessa vez com meu pai, que parecia desejar estar em qualquer outro lugar, menos ali, com aquelas duas loucas.

Fiquei surpresa com a tristeza que me abateu quando deixei o hospital e vi as pessoas se apressando para ir trabalhar, os homens em seus ternos lavados a seco, as mulheres levando os filhos para a escola pública, praguejando porque haviam perdido o sinal verde da Montgomery com a Morris e agora chegariam atrasadas. Eu me dei conta de que, quando vamos embora, a vida continua. Ninguém é tão especial a ponto de deter isso.

Papai dirigiu porque mamãe estava muito trêmula.

— Veja! — Como prova, ela levantou a mão angulosa, que tremia muito.

Entrei no carro, o couro frio e duro sob a calça fina do hospital que haviam me dado para usar. Aquela calça permaneceria no meu guarda-roupa até a faculdade. Era a minha roupa preferida quando eu estava de ressaca. Só joguei fora quando Nell comentou o quanto era sinistro eu ter guardado a calça.

Demos voltas pelo estacionamento do hospital Bryn Mawr até encontrarmos a saída. Papai raramente fazia aquele caminho, e mamãe o atormentou durante todo o tempo que levamos até chegar em casa.

— Não, Bob, esquerda. *Esquerda!*

— *Ah, meu Deus*, Dina, relaxa.

Quando abandonamos as casas cênicas para trás, e os letreiros luminosos deixaram de ser das pequenas butiques charmosas e concessionárias de carros de luxo, para serem de estacionamentos do McDonald's e pequenos centros comerciais sem graça, uma espécie de pânico se infiltrou no labirinto das minhas emoções. E se as aulas nunca mais recomeçassem na Bradley? Não restaria nada que me ligasse a Main Line. Eu precisava da Bradley. Coisas demais haviam acontecido para que eu voltasse ao Mt. St. Theresa's, àquela vida tão convencional.

— Vou voltar para Bradley? — A pergunta pareceu pesar sobre os ombros da minha mãe, que se arquearam ainda mais, bem à minha frente.

— Não sabemos — disse ela, ao mesmo tempo que o pai dizia:

— É claro que não.

O perfil de mamãe era duro como aço quando ela sibilou:

— Bob. — Ela era boa em sibilar daquele jeito, era um dom que havia me passado. — Você prometeu.

Ajeitei o corpo no banco, deixando uma marca em forma de losango no vidro, no ponto onde minha testa estivera encostada. Aquele sabonete Dove não fora páreo para a minha zona T oleosa.

— Espere. O que você prometeu?

O fato de nenhum dos dois ter respondido e de ambos continuarem a olhar para a frente me deixou ainda mais nervosa.

— Ei? — chamei, mais alto. — O que você prometeu?

— TifAni. — Mamãe pressionou os dedos contra os lados do nariz, tentando controlar a dor de cabeça que chegava. — Nem sabemos o que a escola vai decidir fazer. O que seu pai prometeu é que iremos esperar notícias da diretoria da Bradley antes de tomarmos uma decisão.

— E *eu* vou ter voz nessa decisão? — Admito que disse isso da forma mais atrevida possível. Meu pai desviou o carro para a esquerda e apertou com força o pedal do freio. O corpo de mamãe foi para a frente, a pressão do cinto de segurança fez com que deixasse escapar um rosnado quase masculino.

Ele se virou e apontou o dedo para mim. Todo tipo de veias arroxeadas havia saltado no rosto dele.

— Não, você não vai! Não vai! — gritou ele.

Mamãe ofegou.

— *Bob.*

Afundei o corpo no canto do carro.

— Está bem — sussurrei. — Por favor, está bem. — A pele sob os meus olhos parecia em carne viva, e era como se alguém houvesse esfregado álcool no meu rosto quando comecei a chorar. Papai percebeu que ainda estava apontando o dedo para mim e abaixou a mão, lentamente, enfiando-a entre as pernas.

— TifAni! — Minha mãe se virou no assento para pousar a mão sobre o meu joelho. — Ah, meu Deus, você está branca. Meu amor, você está bem? Ele não teve a intenção de assustá-la. Só está chateado. — Sempre pensei nela como uma mulher bonita, mas o sofrimento a deixava feia e irreconhecível. Ela soluçou algumas vezes, os lábios buscando algo para dizer que me confortasse. Acabou dizendo. — Estamos todos tão chateados! — Ficamos sentados ali por algum tempo, esperando mamãe parar de chorar, o carro balançando como um berço enquanto o tráfego continuava a passar trovejando por nós.

Houve outro impasse quando chegamos em casa. Mamãe queria que eu descansasse no meu quarto. Ela havia pegado um frasco de comprimidos com Anita, para o caso de eu surtar, e disse que levaria o que eu quisesse — comida, lenços, revistas, esmaltes para o caso de eu querer fazer as unhas. Mas eu precisava ver TV. Precisava ser lembrada de que o mundo ainda estava ali, normal e tolo como sempre, com seus programas de entrevistas. E novelas ridículas. As revistas também poderiam ter o mesmo efeito, nos transportar para um mundo tolo, mas assim que completávamos os testes da última página, e descobríamos que, sim, somos maníacos por controle e afastamos os homens, o feitiço era quebrado. Eu exigia um passaporte permanente para um mundo fictício e perfeito.

Meu pai foi direto para o quarto de casal. Vinte minutos mais tarde, saiu de lá, barbeado, usando calça cáqui e a camisa amarela feia com a qual eu sempre me preocupava que ele pudesse usar nos raros dias em que ia me pegar no colégio.

— O que está fazendo? — perguntou mamãe.

— Vou para o escritório, Dina. — Meu pai abriu a geladeira e pegou uma maçã. Ele deu uma mordida, o dente abrindo a polpa como aquela faca fizera nas costas de Arthur. Afastei os olhos. — O que acha que estou fazendo?

— Só achei que ficaríamos juntos, hoje — disse ela, um pouco animada demais. De repente tive vontade de fazer parte de uma daquelas famílias típicas da Main Line, com irmãos, irmãs, tias e tios por perto, de morar em uma casa viva, com gerações que carregassem nosso grande nome.

— Eu ficaria se pudesse. — Ele prendeu a maçã entre os dentes, enquanto pegava o casaco no armário do hall e o sacudia. — Vou tentar chegar em casa mais cedo. — Antes de sair, ele me desejou melhoras. Obrigada, papai.

Nossa casa de paredes finas balançou nos alicerces quando ele bateu a porta. Minha mãe esperou até que tudo se assentasse ao nosso redor, antes de dizer:

— Está certo, se você preferir ficar deitada no sofá, tudo bem. Mas *eu* preferia que não visse os noticiários.

Os noticiários. Nem sequer me ocorrera sintonizar a televisão neles antes de mamãe levantar o assunto, e agora tudo o que eu queria era assistir a eles. Fixei os olhos nela com uma expressão desafiadora.

— Por que não?

— Porque seria muito perturbador para você — ela disse. — Estão mostrando imagens de... — Ela se deteve e cerrou os lábios com firmeza. — Você não precisa ver isso.

— Imagens do quê? — Pressionei.

— Por favor, TifAni — implorou mamãe. — Apenas respeite a minha vontade.

Eu disse que faria isso, mas não fiz, e subi as escadas para tomar banho e vestir roupas limpas. Então desci logo em seguida com a intenção de assistir aos canais de notícias, mas minha mãe estava mexendo na geladeira. A casa fora projetada com uma janela grande no meio da cozinha, assim, era possível sentar à mesa e ver TV na sala. Não estava com vontade de ouvi-la dizer que eu tinha desrespeitado a vontade dela, por isso sintonizei na MTV.

Alguns minutos mais tarde, ouvi minha mãe andando pela cozinha, murmurando alguma coisa sobre não termos comida em casa.

— TifAni — disse ela. — Vou rapidamente até o mercado. Quer alguma coisa?

— Sopa de tomate — pedi. — E Cheetos.

— Alguma coisa para beber? Refrigerante?

Ela sabia que eu parara de tomar aquele negócio quando começara a correr. O sr. Larson dissera que qualquer coisa que não fosse água nos desidrataria. Revirei os olhos.

— Não — respondi, em uma voz que ela mal conseguiu escutar.

Mamãe deu a volta até a frente do sofá e olhou para mim, que estava deitada, encolhida. Ela pegou uma manta e levantou-a no ar. A coberta aterrissou sobre mim, perfeitamente.

— Odeio deixá-la sozinha.

— Estou bem — grunhi.

— Por favor, não veja os noticiários quando eu sair — implorou ela.

— *Não vou ver*.

— Sei que vai — disse mamãe.

— Então por que está me dizendo para não ver?

Ela suspirou e sentou-se no sofá menor, à minha frente, as almofadas bufando sob seu peso. Então, pegou o controle e disse:

— Se você vai fazer isso, prefiro que faça comigo. — Era como se fosse a primeira vez em que eu iria fumar um cigarro ou coisa semelhante. — No caso de você ter alguma pergunta — acrescentou.

Mamãe mudou o canal da MTV para a NBC, e como era de prever, embora naquela hora do dia o *Today Show* costumasse estar testando um novo aspirador de pó, o segmento era dedicado a "Outra tragédia a tiros em uma escola". O apresentador do programa, Matt Lauer, na verdade, estava parado na calçada em frente à antiga mansão, na parte que fora carbonizada pelo fogo no refeitório.

"A Main Line é uma das áreas mais abastadas do país", estava dizendo Matt. "Ouvi várias vezes essa manhã que ninguém consegue acreditar no que aconteceu aqui, e, dessa vez, é mesmo verdade." A câmera saiu dele para mostrar uma imagem aérea, enquanto Matt listava a terrível contagem de corpos. "Sete estão mortos, os dois atiradores e cinco vítimas dos atiradores. Uma das vítimas morreu na explosão no refeitório, resultado de uma bomba tubo escondida dentro de uma mochila que foi deixada perto do que os policiais confirmaram ser a mesa favorita dos alunos mais populares da escola. Apenas uma bomba foi detonada, mas as autoridades acreditam que havia pelo menos cinco, e, se todas houvessem explodido, a carnificina teria sido muito pior. Nove alunos estão no hospital com ferimentos graves, mas não correm risco de vida. Alguns parecem ter sido mutilados."

Ofeguei.

— Mutilados?

Os olhos de mamãe ficaram maiores, e havia lágrimas neles.

— Era disso que eu estava falando.

— Com quem? Com quem isso aconteceu?

Mamãe levou a mão trêmula à testa.

— Não reconheci alguns nomes e acabei esquecendo-os. Mas havia uma. Sua amiga Hilary.

Chutei a manta para longe. Ela se enrolara nas minhas pernas e senti vontade de rasgar fio a fio aquela droga. O suco de laranja parecia ácido no meu estômago.

— O que aconteceu com ela?

— Não tenho certeza — minha mãe respondeu com um gemido. — Mas acho que foi o pé.

Tentei chegar ao banheiro antes de vomitar aquela bílis verde e pútrida por toda parte, realmente tentei. Mamãe disse que estava tudo bem, que ela usaria o removedor de mancha, que não tinha problema. O importante era que eu descansasse. Ela me deu o comprimido que Anita lhe entregara. Descanse.

Acordei algumas vezes e ouvi minha mãe ao telefone. Eu a ouvi dizer:

— É muito gentil. Mas ela está descansando no momento.

Depois disso, foi como se eu afundasse em um lodo negro, tão denso que era preciso um esforço físico para sair dele. Era noite quando finalmente consegui abrir espaço naquele lodo, quando fui capaz de formar as palavras para perguntar à mamãe com quem ela estava falando mais cedo.

— Com algumas pessoas — disse ela. — Seu antigo professor de inglês ligou para saber como você estava indo...

— O sr. Larson?

— Ã-hã, e também outra mãe. Elas ativaram aquela história de telefonemas em cadeia.

A escola estava com as aulas suspensas indefinidamente. Mamãe disse que eu tinha sorte por não estar no último ano.

— Imagine tentar mandar suas cartas de apresentação para as universidades com essa confusão? — Ela deu um risinho solidário.

— O sr. Larson deixou algum número de telefone?

— Não — respondeu mamãe. — Mas ele disse que voltaria a ligar mais tarde.

O telefone não voltou a tocar pelo resto da noite, e eu passei a primeira madrugada no sofá, o rosto sem expressão em frente à tela da TV, ouvindo Beverly, mãe de quatro filhos, falar entusiasmada sobre como o DVD de ABtastic foi a única coisa que conseguiu devolver o corpo que tinha antes, que ela tentara *de tudo*. As luzes também ficaram acesas. Outra peculiaridade da nossa casa é que o corredor do segundo andar é completamente aberto, assim, é possível sair de qualquer um dos quatro quartos, olhar sobre o corrimão e me ver, um bolinho sob a manta de tecido acrílico em cor pastel. Papai saiu do quarto algumas vezes, reclamando sobre como o facho de luz que passava sob a porta não o deixava dormir. Por fim, disse a ele que aceitaria aquela pequena perturbação no lugar das cenas horrorosas que não paravam de se repetir na minha cabeça. Ele não voltou a sair do quarto.

Cochilei quando o sol já estava nascendo, e, quando acordei de novo, a TV estava desligada e não consegui encontrar o controle remoto em lugar algum.

— Seu pai pegou — mamãe falou da cozinha, quando ouviu que eu estava me agitando. — Mas ele saiu e comprou um monte de revistas antes de ir para o trabalho.

Normalmente, minha mãe monitorava as revistas que eu lia. Mas ela entregou uma longa lista para o papai e disse a ele para comprar todas, até mesmo as que prometiam me ensinar como "Colocar as coxas dele em fogo". Eu sabia que era uma pequena oferta de paz, porque eles haviam banido a TV. Eu adorava aquelas revistas, e elas estão guardadas até hoje em uma caixa embaixo da minha antiga cama de infância. As revistas me fizeram querer mudar para uma cidade grande — qualquer cidade —, usar salto alto, viver uma vida fabulosa. No mundo daquelas revistas, tudo era fabuloso.

Em uma tarde preguiçosa qualquer, mamãe estava deitada no sofá menor, cochilando, eu esticada no sofá maior, examinando um tutorial de maquiagem de olhos esfumados, quando a campainha da porta tocou.

Ela se levantou de um pulo, olhando para mim com uma expressão acusadora, como se eu tivesse feito barulho para acordá-la. Ficamos olhando uma para a outra em silêncio até a campainha tocar de novo.

Minha mãe alisou os cabelos, afofando as raízes escuras, e passou a mão sob os olhos, para limpar as marcas de rímel.

— Droga. — Ela sacudiu o pé enquanto levantava, tentando fazer o sangue voltar a circular. Não adiantou, e mamãe foi mancando até a porta da frente.

Ouvi o murmúrio baixo de vozes. Ela disse:

— Ora, é claro.

Quando ela voltou para a sala, dois homens de cenho franzido a acompanhavam, os ternos da cor dos sofás que costumam ficar esquecidos no porão.

— TifAni. — Mamãe estava usando a sua voz de anfitriã. — Esse é o investigador... — Ela pressionou os dedos contra as têmporas. — Sinto muito, investigadores. Já esqueci os nomes. — A voz dela era baixa, de tenor, e ela parecia prestes a voltar a chorar. — Tem sido uma época tão difícil.

— É claro — disse o mais novo e mais magro. — Sou o investigador Dixon. — Ele assentiu para o parceiro. — Esse é o investigador Vencino. — O investigador Vencino tinha a mesma compleição que muitos na nossa família têm na maior parte do ano. Sem um bronzeado de verão, nossa pele tinha um tom de verde mórbido.

Mamãe se dirigiu a mim.

— TifAni, você pode se levantar, por favor?

Marquei a página onde estava o meu tutorial para maquiagem de olhos e fiz o que ela disse.

— Mais alguém morreu?

As sobrancelhas louras, quase brancas, do investigador Dixon se ergueram. Se elas não se eriçassem aleatoriamente, seria fácil achar que não existiam.

— Ninguém morreu.

— Ah. — Examinei as unhas. A matéria que eu estivera lendo sobre a maquiagem esfumaçada para os olhos dizia que pontos brancos nas unhas eram sinal de deficiência de ferro, e era o ferro que dava brilho e força aos cabelos, por isso é importante cuidar para não ter deficiência de ferro. Não havia manchas brancas nas minhas unhas. — Meus pais não me deixam ver o canal de notícias, por isso não tenho ideia do que está acontecendo. — Dei um olhar para os investigadores, como se perguntasse "Acreditam nisso?".

— Provavelmente é melhor assim — disse o investigador Dixon, e mamãe me deu aquele sorrisinho presunçoso que me fez sentir vontade de atirar a revista na cabeça dela.

— Há algum lugar em que todos possamos sentar e conversar? — perguntou o investigador Dixon.

— Está tudo bem? — Minha mãe levou a mão à boca, constrangida. — Desculpem. Quero dizer, mais alguma coisa aconteceu?

— Mais nada, sra. FaNelli. — O investigador Vencino pigarreou, e a pele esverdeada e flácida de seu pescoço se agitou. — Só queremos fazer algumas perguntas a TifAni.

— Já conversei com a polícia no hospital — falei. — E com aquela psiquiatra.

— Psicóloga — corrigiu o investigador Dixon. — E sabemos disso. Só queremos esclarecer algumas coisas. Temos a esperança de que possa nos ajudar. — Ele arqueou as sobrancelhas cheias de pontas. Tantas pessoas precisavam da minha ajuda.

Olhei para mamãe, que assentiu.

— Está certo.

Ela perguntou aos investigadores se aceitavam alguma coisa — café, chá, um lanche? O investigador Dixon aceitou café, mas o investigador Vencino balançou a cabeça, recusando.

— Não, obrigado, sra. FaNelli.

— Pode me chamar de Dina — disse mamãe, e o investigador Vencino não sorriu, do modo como a maioria dos homens faria.

Nós três nos sentamos à mesa, enquanto minha mãe colocava grãos de café na cafeteira. Tivemos que erguer as vozes acima do barulho da moagem.

— Então, TifAni — começou o investigador Dixon. — Sabemos sobre seu relacionamento com Arthur. Que vocês dois estavam brigados na época do… incidente.

Abaixei e levantei a cabeça como se dissesse: *sim, sim, sim.*

— Ele estava bravo comigo. Peguei uma foto do quarto dele. Ainda estou com ela se...

O investigador Dixon ergueu a mão, interrompendo-me.

— Na verdade, não estamos aqui pra falar de Arthur.

Pisquei, sem entender.

— Então estão aqui para falar sobre o quê?

— Sobre Dean. — O investigador Dixon me observou em busca de qualquer efeito que o nome pudesse ter causado. — Você e Dean eram amigos?

Passei o dedo do pé, descalço, pelo piso de madeira da cozinha. Costumava deslizar por aquele chão, de meia, os braços abertos, fingindo surfar. Então, um dia, uma farpa de mais de cinco centímetros perfurou o tecido da minha meia e se alojou na sola do meu pé. Aquilo foi o fim da brincadeira.

— Não exatamente.

— Mas vocês foram — adiantou-se o investigador Vencino. Era a primeira vez que ele falava comigo e, mais de perto, reparei no nariz torto, voltado para a esquerda, como se fosse um pedaço de argila maleável que houvesse sido empurrado para o lado. — Em um determinado momento?

— Acho que você pode dizer que sim — concordei.

O investigador Dixon relanceou o olhar para o investigador Vencino.

— Você havia se aborrecido recentemente com Dean?

Relanceei o olhar para a minha mãe, que esticava o corpo para ouvir a resposta acima do barulho da cafeteira.

— Um pouco, sim. Acho.

— Pode nos contar por quê?

Examinei minhas mãos, minhas unhas saudáveis. Olivia jamais teria que se preocupar novamente com deficiência de ferro. Subitamente lembrei que ela estava usando esmalte verde quando a vira pela última vez, na aula de química, debruçada sobre a mesa, anotando furiosamente. Hilary também estava usando o mesmo esmalte, provavelmente convencera Olivia a experimentar, porque ela não era do tipo que experimentava cosméticos. Ou talvez fosse para mostrar o apoio delas ao time de futebol. Divaguei, perguntando-me se por acaso as pessoas morressem com unhas verdes, se não passassem a vida tamborilando nas coisas e lavando os cabelos — porque tudo isso fazia o esmalte descascar —, o esmalte Sally Hansen continuaria a existir no seu dedo? Do modo que nossos dentes e ossos permanecem quando o resto de nós vira pó? Ali estaria Olivia, as unhas verdes sendo tudo o que restava. O investigador Dixon repetiu a pergunta.

— TifAni — chamou mamãe. A máquina desligou com um clique, e a próxima frase dela saiu alta demais, com uma ênfase que ela não pretendera. — Responda aos investigadores, por favor.

Como se fosse um desses brinquedos que as crianças levam para o banho e que aumentam quatro vezes de tamanho na água quente da banheira, eu inchei com as lágrimas. Não ia conseguir esconder o que acontecera naquela noite. Por que achei que conseguiria? Levei o punho aos olhos e esfreguei.

— Há muitas razões — suspirei.

— Talvez você se sentisse mais confortável se conversasse a respeito sem a sua mãe aqui? — perguntou o investigador Dixon em um tom gentil.

— Desculpe. — Mamãe pousou a xícara de café do investigador Dixon perto do cotovelo dele. — Se sentir mais confortável conversando sobre o quê? O que está acontecendo?

—ɯ—

As janelas da delegacia de Ardmore eram como quadrados de tinta opaca quando o advogado chegou, apresentando-se como Dan, sob as luzes pálidas do corredor. O investigador Dixon insistiu que não precisávamos de um advogado, e foi tão gentil que minha mãe quase acreditou nele. Mas ela mudou de tom depois de ligar para o escritório de papai. O advogado foi recomendado por um dos colegas do meu pai, cuja filha tinha sido presa por dirigir bêbada naquele verão. Nem minha mãe nem eu ficamos impressionadas. O homem tinha uma aparência descuidada e usava um terno com a bainha da calça comprida demais, fazendo dobras ao redor dos tornozelos como o pescoço de um buldogue.

Dan ("Nenhum advogado competente se chama Dan", sibilou mamãe) quis que eu contasse toda a história desde o princípio, antes que os investigadores se juntassem a nós em uma sala de interrogatório gelada. Eles realmente baixam a temperatura dessas salas, para que a pessoa se sinta o mais desconfortável possível e, assim, confesse mais rápido, e todos possam estar em casa a tempo para o jantar.

— Nenhum detalhe é sem importância. — Dan dobrou as mangas da camisa social, de um azul-royal horrível, que parecia fruto de uma promoção de leve dois e pague um na Jos. A. Bank. Ele tirara o paletó e o pendurara nas costas da cadeira, sem perceber que deixara o ombro esquerdo para dentro, enquanto o direito pendia com a manga para fora. — Tudo, desde o início do ano escolar. Qualquer ligação que você tenha tido com todos os envolvidos nisso. Tudo.

Nem mesmo eu conseguia acreditar em como tudo aquilo começara bem para mim, que eu havia sido procurada por pessoas como Dean ou Olivia, e como a minha sorte desaparecera terrivelmente e com enorme rapidez. Passei apressada pelos detalhes da noite na casa de Dean, ficando muito vermelha quando contei como recobrara os sentidos com Peyton fazendo, você sabe o quê, comigo.

— Fazendo sexo oral? — perguntou Dan, e devo ter parecido estar tostada de sol sob aquela luz fluorescente que não perdoava nada.

— Sim — murmurei. Segui com a lista do que acontecera, o modo como eu desmaiara e acordara durante a noite, voltando a mim primeiro com Peyton, então com os outros que vieram em seguida. Contei o que acontecera depois, a noite na casa de Olivia, o corte no meu rosto, que não fora feito pelo cachorro dela. Estava preocupada com a ideia de envolver o sr. Larson na coisa toda, mas Dan dissera que nenhum detalhe era sem importância.

— O sr. Larson... — Dan pigarreou. E pareceu embaraçado. — Aquela noite, no apartamento dele?

Fiquei encarando-o por um instante, antes de compreender o que ele queria dizer.

— *Não* — falei. — O sr. Larson nunca fez nada... desse jeito. — Estremeci para mostrar meu nojo.

— Mas o sr. Larson sabia sobre os estupros? Ele pode confirmar essa história?

Aquela foi a primeira vez que alguém se referiu ao que acontecera comigo no plural. O(s) estupro(s). Não sabia que aquelas outras coisas poderiam ser consideradas estupro.

— Sim.

Dan fez uma anotação no caderninho dele. A caneta, então, ficou imóvel.

— Agora, Arthur.

Ele estava deprimido? Estava usando drogas? ("Não", falei. "Quero dizer, sim, mas só maconha." "Maconha é uma droga, TifAni.") Relembrando, Arthur alguma vez dissera alguma coisa que indicasse, ao modo dele, o que estava planejando fazer?

— Bem — dei de ombros —, eu sabia que ele tinha aquela arma. A que estava com ele no refeitório.

Dan não piscou por tanto tempo que eu quase acenei a mão na frente do rosto dele e cantarolei "alôôô".

— Como você sabia disso?

— Ele me mostrou a arma. Ficava no porão dele. Era do pai de Arthur. — Dan ainda não piscava. — Não estava carregada, nem nada — continuei, tensa.

— Como você sabe? — perguntou Dan.

— Ele a apontou para mim. De brincadeira.

— Ele *apontou* para você?

— E me deixou segurar também — acrescentei. — Arthur não seria burro de me deixar segurar a arma e não dizer que estava carregada. E se eu... — Parei de falar, porque Dan abaixara a cabeça, como se houvesse cochilado em um voo de avião. — *O que foi?*

O peito de Dan fez com que a voz dele saísse abafada.

— Você tocou na arma?

— Por dois segundos, mais ou menos — retruquei rapidamente, tentando consertar o que quer que eu houvesse estragado. — Então devolvi. — Dan continuou a não me encarar. — Por quê? Isso é ruim?

Dan levou as mãos aos lados do nariz e apoiou o peso da cabeça.

— Pode ser.

— *Por quê?*

— Porque se eles encontrarem suas digitais na arma, a situação pode ficar muito, muito feia.

A luz acima de nós tremeu e estalou, como se houvesse queimado um inseto em uma noite úmida de verão, e percebi o que Dan queria dizer. Mamãe também se dera conta disso? E papai?

— Eles acham que eu estou *envolvida* nisso?

— TifAni — disse Dan, a voz alta e surpresa. — O que exatamente você acha que está fazendo aqui?

Depois de Dan e eu termos "confabulado", como colocou o investigador Dixon — como se o advogado fosse meu técnico e eu fosse o zagueiro e carregasse as expectativas de toda a cidade sobre meus ombros robustos —, tive permissão para usar o banheiro e para ver meu pai e minha mãe. Eles estavam sentados em um banco, do lado de fora da sala de interrogatório. Meu pai estava com a cabeça apoiada nas mãos, como se não pudesse acreditar que aquela era a vida dele, como se quisesse simplesmente adormecer para quem sabe ter a sorte de acordar em outro lugar. Minha mãe estava com as pernas cruzadas, o pé coberto pela meia fina, meio descalçado de um dos seus sapatos de salto alto sedutores. Eu havia dito a ela para não usá-los ali, mas ela insistira. Mamãe tentara me aplicar maquiagem ("Talvez um pouco de rímel antes de sairmos?"). Eu apagara as luzes da cozinha, saíra e esperara no carro, deixando-a sozinha e confusa na casa escura.

Meu pai se levantou para apertar a mão de Dan, quando nos aproximamos. Para mamãe, eu disse:

— Você sabe que eles acham que tenho alguma coisa a ver com isso?

— É claro que não acham isso, TifAni — retrucou ela, a voz estridente e pouco convincente. — Estão apenas verificando todas as possibilidades.

— Dan disse que eles têm as minhas digitais na arma.

— Podem ter, *podem* — disse Dan, os ombros saltando quando mamãe guinchou:

— O quê?

— Dina! — bradou meu pai. — Baixe a voz.

Mamãe apontou o dedo para ele, a unha de acrílico temendo de fúria.

— Não ouse me dizer o que fazer, Bobby. — Ela recuou a mão e mordeu o punho cerrado. — Isso é tudo culpa sua — choramingou ela, os olhos bem fechados, marcas de lágrimas na grossa camada de base que cobria seu rosto. — Eu disse! A TifAni precisava daquelas roupas. Ela não teria sido discriminada. E, veja só, foi exatamente o que aconteceu!

— É tudo minha culpa porque não paguei por algumas *roupas*? — A boca dele estava aberta, os molares escuros. Meu pai detestava ir ao dentista.

— Por favor! — sussurrou Dan, levantando a voz. — Esse não é o lugar para fazer uma cena.

— Você é *inacreditável* — resmungou papai. Minha mãe apenas jogou os cabelos rígidos de laquê para trás, voltando a ser ela mesma.

— Não sei se eles têm as impressões digitais dela — falou Dan. — Mas TifAni me confidenciou que Arthur lhe mostrou uma das armas que *nós achamos*

— ele levantou a mão como um guarda de trânsito, fazendo parar uma das faixas —, que foi usada no crime. E que ele a deixou segurar.

O modo como mamãe olhou para mim, às vezes não temos outra opção senão lamentar por nossos pais. Por todas as maneiras como eles acham que nos conhecem. E como parece que estamos zombando deles quando descobrem que não conhecem. Antes de eu contar a Dan sobre aquela noite na casa de Dean, perguntei se ele teria que contar aos meus pais.

— Não, se você não quiser — disse Dan. — É uma informação confidencial do cliente. Mas, TifAni, do modo como as coisas estão indo, vai vazar. E é melhor que eles escutem de você, primeiro.

Balancei a cabeça.

— Jamais poderia contar isso a eles.

Dan disse:

— Eu posso contar, se você quiser.

O barulho dos saltos dos sapatos contra o piso de linóleo manchado anunciaram a chegada do investigador Dixon, e todos esperamos que ele falasse.

— Como estão, pessoal? — O investigador relanceou o olhar para o pulso, embora não estivesse usando relógio. — Vamos seguir logo com isso, certo?

Eu não sabia que horas eram, mas, quando me sentei ao lado de Dan, o investigador Dixon à nossa frente e o investigador Vencino parado em um canto, meu estômago roncou, impaciente.

A mesa — manchada como sempre ficavam os óculos de Arthur — estava vazia, a não ser por um copo de água (meu) e por um gravador pousado bem no centro. O investigador Dixon apertou um botão e disse:

— Dia 14 de novembro de 2001.

— Na verdade, hoje é dia 15 de novembro. — O investigador Vencino deu uma batidinha no vidro do próprio relógio. — É 00:06.

O investigador Dixon se corrigiu e acrescentou:

— Aqui estamos os investigadores Dixon e Vencino, TifAni FaNelli e o advogado dela, Daniel Rosenberg. — A descoberta do nome todo de Dan me deu muito mais confiança nele.

Com as formalidades fora do caminho, contei minha história de novo. Até o último detalhe vulgar. É uma espécie de inferno, confessar seus segredos sexuais mais humilhantes em uma sala cheia de homens de meia-idade peludos.

Ao contrário de Dan, os investigadores Dixon e Vencino não me interromperam com perguntas. O que me fez achar que talvez não tivesse problema pular algumas partes. Mas Dan gentilmente me incitou:

— E foi com o sr. Larson que você esbarrou no Wawa naquela noite, lembra-se?

Quando terminei, o investigador Dixon se espreguiçou na cadeira e bocejou com vontade. Ele ficou um longo tempo daquele jeito, as pernas esticadas, e os braços atrás da cabeça, encarando-me.

— Então — disse, por fim —, sua história é que Dean, Liam e Peyton abusaram de você naquela noite na casa de Dean? E que Dean fez a mesma coisa novamente na casa de Olivia?

Olhei para Dan, que assentiu, antes de responder ao investigador.

— Sim — falei.

— Veja, TifAni, não estou acompanhando. — Por causa do modo como o investigador Vencino estava encostado contra a parede, o peito dele se dobrava por cima da barriguinha protuberante. Não havia uma parte do corpo dele que não estivesse coberta por pelos negros que pareciam dar coceira. — Acho que o que não estou entendendo é: se Dean *abusou* de você — ele deu uma risadinha grosseira —, por que você iria querer salvá-lo de Arthur?

— Eu estava tentando *me* salvar!

— Mas Arthur era seu amigo — falou o investigador Vencino, em um tom condescendente, como se eu houvesse esquecido. — Ele não tentaria machucar você.

— Ele *tinha sido* meu amigo. — Fixei tanto os olhos na mesa que minha visão ficou borrada. — Mas eu estava com medo dele. Arthur estava furioso comigo. Eu tinha pegado aquela foto do pai dele... Acho que vocês não estão entendendo o quanto isso o deixou furioso comigo. Já contei a vocês. Ele me *perseguiu* quando fui embora da casa dele.

— Vamos voltar um pouco atrás. — O investigador Dixon deu um olhar de alerta ao colega por cima do ombro. — Conte-me o que você sabe sobre o relacionamento de Dean e Arthur.

Pensei naquele anuário no quarto de Arthur. Os rostos ansiosos e sorridentes. Era impossível imaginar como tudo terminaria.

— Eles eram amigos no ensino fundamental — falei. — Arthur me contou.

— E quando os dois deixaram de ser amigos? — perguntou Dixon.

— Arthur disse que foi quando Dean se tornou popular. — Dei de ombros. Era uma história velha como o tempo.

— Arthur alguma vez falou em querer machucar Dean?

— Não — respondi. — Não exatamente.

Vencino se adiantou.

— O que quer dizer com "não exatamente", TifAni?

— Não, tá? Ele não disse nada sobre isso.

— Nunca? — insistiu Dixon, com gentileza. — Pense melhor.

— Quero dizer que ele falava as bobagens de sempre sobre o Dean. Mas, não, Arthur nunca disse "Vou pegar a arma do meu pai, entrar na escola e atirar nas bolotas de Dean". — A palavra "bolotas" me fez dar uma risadinha. Dei um soluço e sucumbi a uma crise silenciosa e dolorosa de riso, do tipo que se espalha como fogo no palheiro, quando alguém quebra o silêncio sóbrio em um funeral com um arroto úmido de Coca Diet.

— Minha cliente está exausta — disse Dan. — Talvez seja melhor vocês deixarem ela voltar para casa e descansar um pouco. Não esqueçam que TifAni tem catorze anos.

— Assim como Olivia Kaplan — comentou o investigador Vencino.

O som do nome de Olivia me fez endireitar o corpo. Esfreguei os braços que ficaram arrepiados.

— Como está a Hilary?

— Ela sofreu uma amputação — informou Vencino. E não disse mais nada.

Dei um gole na água, a mão trêmula. A sala havia ficado ainda mais gelada, e me encolhi quando engoli, quando o líquido pareceu escorrer pelos meus pulmões.

— Mas ela vai ficar bem? Vai voltar para a Bradley? — Olhei para Dixon, para fazer a pergunta que eu vinha querendo fazer desde que deixara o hospital. Talvez eles já tivessem uma resposta. — A Bradley, quero dizer, a escola não vai fechar as portas ou nada parecido, não é?

— É o que você quer que aconteça? — retrucou Vencino, que estava atrás de Dixon.

Eu não sabia como fazer o investigador Vencino compreender o quanto eu não queria que isso acontecesse. Eu não suportaria voltar à minha vida apenas a alguns quilômetros de distância da Main Line. Aqueles poucos quilômetros faziam a diferença entre a Universidade de Yale e a de West Chester, entre me mudar para Nova York quando crescesse ou ficar por ali mesmo em minha própria mini McMansão, a mão esfregando a barriga inchada como um travesseiro muito fofo, enquanto o bebê ali dentro chutava sem parar. Virei as mãos para cima sobre a mesa.

— Só quero que tudo volte ao normal.

— Ah — disse Vencino, levantando o dedo, como se houvesse entendido. — Ora, agora isso pode acontecer, não pode? Agora que você já se livrou de todas as pessoas que lhe causaram tantos problemas? — Um sorriso destilando cianeto se espalhou pelo rosto dele, que fez um floreio sarcástico com as mãos, como uma apresentadora de concursos na televisão mostrando o carro que apenas o vencedor levaria para casa. — Recebam-na, camaradas! Bem aqui entre nós, está uma garota de muita sorte!

Dan olhou furioso para Vencino.

— Isso foi bem inapropriado, investigador.

O investigador Vencino cruzou os braços.

— Desculpe — disparou. — Tenho coisas mais importantes com que me preocupar do que os sentimentos de TifAni.

Dan fungou e se dirigiu a Dixon.

— Vocês já têm tudo de que precisam? — Ele deu uma batidinha no meu ombro. — Porque acho que o melhor para a minha cliente é ir para casa e descansar um pouco.

Descansar. Aquilo nunca mais aconteceria com facilidade, mesmo quando supostamente deveria acontecer.

—⚬—

Do lado de fora do corredor, Dan pediu para falar comigo a sós por um momento. Ele me disse que passaria na minha casa pela manhã para ter aquela "conversa" com meus pais, que eu não conseguiria ter. A manhã seguinte era sexta-feira, e eu teria preferido esperar até segunda-feira, para não ter que passar o fim de semana inteiro junto com os dois, meu pai e minha mãe, em casa, ambos, sem dúvida, me desprezando. Mas Dan disse que, se esperasse até segunda-feira, havia uma chance de a história vazar, e eu não ia querer que meus pais descobrissem tudo pelo *The Philadelphia Inquirer*, não é mesmo?

— Não vamos adiar o inevitável. — Dan pousou a mão no meu ombro e baixei os olhos para o chão, para os sapatos dele, feitos de um couro falso tão ruim que pareciam de borracha.

— Você se saiu bem lá dentro — comentou Dan. — Vencino gosta de intimidar as pessoas. Ele só estava tentando perturbá-la. Mas você não se deixou intimidar. Isso foi bom.

— Mas eles acham que planejei tudo com Arthur, ou coisa parecida — falei. — Como podem achar isso?

— Não acham — retrucou Dan. — Como sua mãe disse, eles estão apenas verificando todas as possibilidades.

— Vou ter que voltar aqui?

— Talvez. — Dan me deu um sorriso encorajador, do tipo que as pessoas dão quando a verdade é algo que não queremos ouvir, e precisamos ser valentes.

Mamãe me fez tomar um daqueles comprimidos da Anita, para me ajudar a dormir. Eu queria guardar para mais tarde, para depois que os dois fossem para a cama e eu pudesse ficar zapeando pelos noticiários, a televisão sem som, as legendas ativadas, mas mamãe insistiu que eu tomasse logo, na frente dela. Como se fosse uma droga de vitamina, em vez de um comprimido para dormir, que mais tarde descobri que causavam tanta dependência quanto a heroína.

Quinze minutos depois, o sono começou com aqueles sonhos esquisitos que nos acordam subitamente e nos fazem pensar *Nossa, isso foi estranho*. No sonho, eu tinha o que parecia uma framboesa crescendo no alto da cabeça, uma fruta linda, cheia e madura. E ficava tentando cobri-la com os cabelos, mas toda vez que passava na frente do espelho via o volume arredondado e grande como uma bolha no meu perfil. Logo, outras framboesas brotaram, uma próxima à linha dos cabelos, outras perto da minha orelha. *Vou ter que mandar remover isso, e vai ser muito doloroso*, pensei. Aquele era o ponto em que eu costumava acordar, mas o comprimido de Anita embotou esse instinto, por isso só me virei na cama, uma vez, então entrei fundo naquele apavorante e bizarro buraco do coelho.

Eu estava no meio de uma multidão de pessoas. Eram meus colegas de turma, isso eu sabia, só que não reconhecia nenhum deles. Estávamos parados na beira de um píer, e as cores eram marrom sem graça e amarelo, desbotadas, como se fossem uma ilustração de Nova York na virada do século XX. Começou como um sussurro: "Arthur está vivo." E cresceu até se tornar um burburinho, que chegou até mim. "Arthur está vivo?", perguntei a ninguém em particular.

Houve uma agitação na multidão, todos nós em movimento, tentando encontrar Arthur. Tentei sair dali, abrindo caminho a cotoveladas, mas eu era parte de uma multidão imensa. Sabia que se conseguisse sair dali, seria capaz de encontrá-lo. Daquele jeito, não descobriríamos onde ele estava.

Então eu saí, e Arthur estava à minha frente, rindo. Uma risada doce, como se estivesse vendo o seriado *Friends* e tivesse achado engraçado algo que Chandler dissera. Chandler sempre fora o personagem favorito dele na série.

— Você está vivo? — arquejei, e Arthur continuou a rir.

— Ei! — Soquei o peito dele. — Você está vivo? Como não me contou? — Bati com mais força, queria parar aquela risada delirante de qualquer maneira. Aquilo não era *engraçado*. — Como pôde não ter me contado?

— Não fique brava. — Arthur segurou meus punhos, detendo-me, sorrindo para mim. — Estou aqui. Não fique brava.

Acordei e a primeira coisa que senti foi uma sensação ruim. Logo depois me senti desorientada — como alguma coisa ruim já poderia ter acontecido se eu estava acabando de acordar? Por uma fração de segundo, a confusão me dominou, como acontece em certos sábados de manhã, quando achamos que temos que nos arrumar para o colégio e então nos damos conta, *ahhh, é sábado*. Os fins de semana perdiam a magia por algum tempo. Tudo perdia.

Ouvi o som de comida estalando no forno e o relógio acima da TV marcava 12:49. Dan havia dito que passaria lá em casa naquela manhã. Já teria ido? Já teria compartilhado todos aqueles detalhes chocantes com meus pais, enquanto eu me debatia e suava, a apenas alguns metros de distância?

A coberta havia se enrolado ao redor do meu tronco, deixando minhas pernas e meus pés expostos. Rolei para o lado, e o cheiro forte e quente de um corpo imóvel e superaquecido se ergueu no ar.

— Mãe? — chamei, ansiosa pela resposta dela, que me diria o quanto estava furiosa.

Ouvi os pés descalços dela no piso da cozinha, então não ouvi mais nada enquanto vinha atravessando o tapete da sala.

— Você está acordada! — Ela bateu palmas. — O comprimido realmente derrubou você, hein?

Ela não tinha ideia.

— Dan já apareceu?

— Ele ligou, mas eu disse que provavelmente era melhor ele vir essa tarde, já que você ainda estava dormindo.

Engoli em seco, e minha língua ficou presa no céu da boca por mais tempo do que deveria. Engoli em seco novamente, em pânico, tentando soltá-la.

— Onde está o papai?

— Ah, querida — disse ela. — Foi para o escritório. Alguma coisa importante está acontecendo por lá. Talvez tenha até que trabalhar no fim de semana.

— É mesmo? — Nunca soubera de papai indo para o trabalho no fim de semana. Nunca.

Mamãe interpretou por engano o meu alívio como saudade.

— Tenho certeza de que ele vai chegar cedo em casa.

— A que horas Dan vem?

— Logo — disse mamãe. — Talvez seja melhor você tomar um banho? — Ela levantou o nariz e abanou a mão, brincando. — Você está com um cheirinho forte.

Eu poderia estar cheirando como Olivia nesse momento, eu quase disse. *A podre.* Cheguei bem perto de dizer isso.

Nunca consegui tomar banhos rápidos.

"O que você está fazendo aí?", meu pai perguntava, socando a porta, nas manhãs de aula.

Não sei o que eu "faço" no banho... o que todo mundo faz, eu acho, só que demoro mais.

Eu tomara dois banhos desde terça-feira, e, juntos, eles foram mais curtos do que um único que eu costumava tomar antes. Continuava ouvindo barulhos, e afastava a cortina, certa de que veria o fantasma de Arthur parado ali, como um sopro furioso de ar.

Fechei a água antes mesmo de enxaguar todo o sabonete das costas.

— Mãe? — chamei alto. Muitas vezes, quando eu estava assustada, o melhor remédio era apenas ouvir o grito irritado de resposta da minha mãe.

— Não *grite*, TifAni.

Chamei novamente pela minha mãe, gritando bem alto dessa vez. Nada, ainda. Eu me enrolei na toalha, fui até a porta do banheiro com o corpo pingando, abri a porta e gritei:

— *Mamãããããe!*

— *Ai, meu Deus, estou no telefone!* — A voz dela me disse tudo.

Fui para o meu quarto, deixando as marcas dos meus passos úmidos no carpete. Ergui o fone do gancho e levei-o ao ouvido. Eu implorara para ter meu próprio telefone. Quando conseguira, o cobrira com adesivos cor-de-rosa cintilantes, como a Rayanne da série *Minha vida de cão*.

Peguei Dan no meio de uma frase:

— ... indicação de que ela estivesse tendo problemas com os colegas de escola?

— Não. — Mamãe fungou. — Ela recentemente havia dormido na casa de Olivia.

— Acho que essa foi a noite em que Dean a atacou — falou Dan. — Ela dormiu na casa de Andrew Larson.

— O treinador? — perguntou mamãe em um gemido. Dan e eu a ouvimos assoar o nariz. — Nem sei mais quem é essa menina. — Segurei a toalha com mais força contra o corpo. *Essa menina.* — Como ela pôde fazer isso?

— Adolescentes nem sempre tomam as decisões mais inteligentes, Dina. Tente não ser muito dura com ela.

— Ah, pelo amor de Deus! — retrucou mamãe, ríspida. — Eu já estive no colegial. Quando uma menina tem o corpo como o da TifAni, vai a uma festa só com garotos e bebe demais, ela sabe o que está fazendo. E TifAni sabia que não deveria fazer isso. Ela conhece os valores da nossa família.

— Mesmo assim — retrucou Dan. — Adolescentes cometem erros. E TifAni teve que pagar pelos dela da pior maneira imaginável.

— E a polícia sabe tudo isso? — Minha mãe estava fora de si, sem dúvida pensando, por mais ridículo que parecesse, como aquilo tudo era humilhante para uma família como a nossa, com os nossos *valores*.

— TifAni contou a eles na noite passada.

— E então, o que acharam? Que ela planejou tudo, todo esse *massacre*, junto com os outros párias da escola, para ter sua vingança? — Deixou escapar um único "Rá!", como se fosse a coisa mais absurda do mundo.

— Acho que essa é uma possibilidade — disse Dan, e consegui imaginar o impacto que isso teria tido no rosto dela. O fato de Dan não achar a possibilidade absurda. — A questão é que eles não têm evidência alguma para provar essa teoria.

— E quanto à arma? A que TifAni tocou?

— Não ouvi nada a esse respeito — respondeu Dan. — Vamos torcer para que nunca venha à tona.

— Mas e se vier?

— Mesmo se vier, dificilmente será evidência o bastante para acusar TifAni de algum crime. E se Arthur ficava mostrando a arma, é plausível imaginar que haveria as digitais de outros alunos nela também. E tenho certeza de que também haveria uma história para confirmar a de TifAni.

Mamãe deixou o ar escapar com força.

— Bem, agradeço por ter me ligado — falou. — Com sorte, toda essa especulação absurda logo morrerá.

— Estou certo de que é o que vai acontecer — disse Dan. — Eles estão apenas colocando os pingos nos "is".

Mamãe agradeceu a Dan mais uma vez e se despediu. Não desliguei até ter certeza de que tanto minha mãe quanto ele já haviam feito. O telefone fez um estalo úmido quando o afastei da minha orelha. Sequei-o com a toalha antes de pousar o fone com um clique cuidadoso.

— TifAniii! — A voz de mamãe soou furiosa e meu nome pareceu envolver toda a casa.

Eu não respondi, apenas deixei que as gotas de água caíssem ao meu redor no carpete do quarto — azul-turquesa, mamãe havia me deixado escolher. Ele acabaria mofando, ela sempre me dizia isso quando eu deixava a toalha molhada sobre o carpete, e isso seria só mais uma razão para me odiar.

Minha mãe me disse que eu não era a filha que ela criara. Chorei, mas os lábios dela continuaram cerrados em uma linha rígida. Depois disso, caímos em um silêncio efervescente. Ainda não havia informação sobre quando a escola retomaria as aulas, e eu passava os dias no sofá, os olhos fixos na TV, levantando apenas para comer, tomar banho ou ir ao banheiro. Como meus pais haviam resolvido me castigar com o silêncio, acabavam não me proibindo de ver os canais de notícias.

Sete dias depois do ataque, a Bradley já não era a história mais importante dos noticiários e, quando era mencionada, não havia nenhuma nova informação, apenas entrevistas chorosas com pais de alunos e com colegas que estavam perto da explosão no refeitório — mas não tão perto que não estivessem vivos e bem para aparecer diante das câmeras, gesticulando loucamente com seus membros ainda intactos. De vez em quando, um repórter mencionava que a polícia estava investigando a possibilidade de outras pessoas estarem envolvidas, mas não dava nomes, nem qualquer outro detalhe.

Por isso, na segunda-feira à noite, quando o investigador Dixon ligou e disse à minha mãe que precisávamos voltar imediatamente à delegacia e levar nosso advogado, fiquei furiosa com a jornalista Katie Couric, por não ter me preparado para o que estava prestes a acontecer.

Dan nos encontrou na delegacia, usando o mesmo terno largo. Se mamãe e eu estivéssemos nos falando, eu teria perguntado a ela por que Dan usava roupas tão mal-acabadas e de aparência barata, se era advogado e provavelmente ganhava muito bem. Meu pouco conhecimento sobre advogados vinha do filme *Hook – A volta do capitão Gancho*, em que Robin Williams fazia o papel de um advogado muito bem pago, que trabalhava demais e nunca tinha tempo para os filhos.

Papai ainda estava a caminho da delegacia quando Dan e eu fomos levados à sala de interrogatório pelos investigadores Dixon e Vencino. Daquela vez, Vencino segurava uma pasta de arquivo grossa e tinha um sorriso astuto e maroto no rosto.

— TifAni — disse o investigador Dixon, quando nos sentamos um em frente ao outro. — Como vai?

— Bem, eu acho.

— Ora, é bom ouvir isso — disparou Vencino. Todos o ignoraram.

— Sabemos que você esteve sob grande pressão nos últimos dias — falou Dixon, o tom, a linguagem corporal, até as sobrancelhas bizarras, tudo parecendo simpático. — E gostaríamos de lhe dar a oportunidade de fornecer qualquer outra informação importante que, porventura, possa ter lhe escapado na última vez em que nos falamos. — Ele levou os dedos à cabeça para demonstrar como uma informação importante poderia desaparecer da cabeça da pessoa como uma nuvem de fumaça.

Olhei para Dan, a luz cruel da sala destacando como nós dois estávamos vulneráveis. O que quer que estivesse naquela pasta de arquivo de papel manilha combinava com o que Vencino pensava.

— Não vamos ser reticentes, investigadores — disse Dan. — TifAni foi honesta com vocês. Diria que devem a ela a mesma cortesia.

Franzi o cenho, a cabeça abaixada, procurando freneticamente qualquer outra coisa na minha mente.

Dixon projetou o lábio inferior e assentiu, como se aquela fosse uma possibilidade, mas como se ele precisasse ser convencido antes.

— Vamos deixar TifAni responder — disse ele, e todos os três olharam para mim, em expectativa.

— Não sei — falei. — Contei, sim, tudo o que achei que era importante.

— Tem certeza disso? — perguntou Vencino. Ele acenou com a pasta de papel manilha para mim, como se eu devesse saber o que havia lá dentro.

— *Sim*. Sinceramente, se não falei alguma coisa, não foi de propósito.

Dan deu uma palmadinha tranquilizadora na minha mão.

— Por que simplesmente não nos contam o que está acontecendo aqui?

Vencino pousou o arquivo sobre a mesa com um baque alto. A força fez com que a capa se abrisse e uma pilha de cópias coloridas me lembrasse. Lentamente, *de propósito*, Dixon espalhou as cópias das páginas do anuário da Bradley sobre a mesa para que eu e Dan víssemos.

Vencino apontou para cada foto com a ponta amarelada e malcuidada dos dedos e leu as coisas que Arthur e eu escrevêramos. "Arranque meu pau com os dentes." "Me sufoque com ele." "Descansem em paz HOs." Eu escrevera aquela última. O sr. Larson nos dissera para escrever um haicai de Halloween, em uma ilustração de um túmulo, sob as palavras "Descanse em paz, fazendeiro Ted". Parecera uma tarefa infantil demais na época, mas ficara gravado na minha mente. Mais tarde, eu escreveria aquilo sob a foto de Olivia, e Arthur rira maldosamente ao ler.

— Essa letra é sua, não é? — perguntou Dixon.

Dan olhou para mim muito sério.

— Não responda, TifAni.

— Na verdade, não precisamos que ela responda — disse Vencino e assentiu para Dixon. Outra pasta de arquivo se materializou em suas mãos.

Bilhetes. Os que Arthur e eu costumávamos trocar o tempo todo, mesmo quando não estávamos em aula e poderíamos ter dito em voz alta o que estávamos escrevendo. Alguns eram sobre nada... falavam sobre como o diretor Mah era uma toupeira e que Elisa White havia se tornado uma piranha. Eu deixara minha marca através da cor da tinta que usara, o mesmo verde-trevo das páginas do anuário. Minha intenção, risível agora, fora declarar minha lealdade à Bradley. Não que eles precisassem da cor da tinta para saber que fora eu. Havia frequentado uma escola católica com freiras que não sabiam como explicar as insinuações sexuais na literatura, e então abstinham-se dela ano após ano em favor de aulas de gramática e de caligrafia, portanto, minha letra perfeita deslizava e se curvava pelas páginas do anuário, meu DNA aparente em cada volta graciosa:

"Você viu o cabelo da Hilary hoje?"

"Está tão oleoso. Toma um banho, querida. A boceta dela deve ser tão fedida. Isso se ela tiver boceta. No ensino fundamental falavam que ela na verdade era um homem. Ou pelo menos que era hermafrodita, não dá pra acreditar que o Dean comeu a Hilary."

"Dean e Hilary? Quando? Tinha certeza de que ela era virgem."

"Ah, que isso. Todo mundo sabe. Dean mete em qualquer lugar. (Sem querer ofender.) Ele vai ser um desses caras que se casam com uma ex-Miss América, mas trepam escondido com as garçonetes gordas do T.G.I Friday's. O mundo ficaria mesmo melhor sem ele. Levante a mão e peça para ir ao banheiro se concorda comigo."

"Você não vai acreditar no que acabou de acontecer no banheiro."

"É melhor me dizer rápido. Temos três minutos antes do sinal tocar."

"Paige Patrick estava fazendo um teste de gravidez."

E outro bilhete. De um outro dia. Esse tinha a data no topo, porque fora eu que o começara e tinha sido ensinada a colocar a data no canto superior direito de tudo, até mesmo de um bilhete idiota, rabiscado às pressas:

"29 de outubro de 2001.
Hoje Dean esbarrou comigo no corredor e me chamou de bunda grande. Estou pensando seriamente em mudar de escola."
(Eu não estava! Só gostava de dizer isso para que Arthur me lembrasse de todos os motivos por que a Bradley era superior ao Mt. St. Theresa's, o que ele fazia com prazer: "Ah, você sente saudades das mães treinadoras de futebol?")

"Você diz isso pelo menos uma vez por semana. Não vai mudar de escola. Ambos sabemos disso. Vou matar todos eles para você. O que acha?"

"Beleza. Como vamos fazer isso?"

"Tenho a arma do meu pai."

"O que vai acontecer se pegarem a gente?"

"Não vou ser pego. Sou terrivelmente esperto."

Eu não sabia como fazer os investigadores entenderem. Aquele era o modo como falávamos uns com os outros. Éramos todos jovens e cruéis. Uma vez, um calouro do time de júniores de futebol engasgara com uma fatia de laranja, no ônibus, quando a equipe voltava de um jogo. Em vez de ajudarem o garoto, ou darem algum tipo de alarme, Dean, Peyton e todos os outros caras riram do modo como o menino ficou pálido, os olhos esbugalhados (o treinador auxiliar finalmente percebeu o que estava acontecendo e fez a manobra de Heimlich). Por semanas, depois disso, os garotos nos regalaram com essa história, vezes sem conta, as veias no pescoço se estirando por causa das gargalhadas, enquanto o pobre garoto que engasgara com a laranja ficava olhando da mesa dele, tentando não chorar.

— Estou quase certo de que quando olharmos seus cadernos vamos descobrir que essa é a sua letra e que você usava uma caneta verde. — O investigador Vencino deu um tapinha na barriga, satisfeito, como se acabasse de comer uma ótima refeição.

— Bem, vocês terão que conseguir uma ordem judicial para ter acesso às coisas de TifAni. E se já tivessem a ordem judicial, a essa altura já a teriam usado. — Dan se recostou na cadeira e deu um sorrisinho falso para Vencino.

— Era só brincadeira — falei baixinho.

— TifAni! — alertou Dan.

— Sinceramente — disse o investigador Dixon —, é melhor se soubermos por ela. Porque enquanto estamos aqui, a ordem judicial já está sendo providenciada.

Dan me encarou, concentrado, tentando se decidir. Por fim, assentiu e disse com um suspiro:

— Conte a eles.

— Era brincadeira — repeti. — Achei que ele estava *brincando*.

— E você estava? — perguntou o investigador Vencino.

— É claro que estava — falei. — Nunca pensei que aconteceria alguma coisa assim. Nem em um milhão de anos.

— Sei que já faz alguns anos desde que terminei o ensino médio — Vencino começou a andar de um lado para o outro —, mas, garotinha, é melhor acreditar que nunca fizemos esse tipo de brincadeira.

— Vocês dois chegaram a discutir esse... plano... verbalmente? — perguntou o investigador Dixon.

— Não — respondi. — Quero dizer, acho que não.

— Que história é essa de "acho que não"? — quis saber Vencino. — Ou conversou ou não.

— Eu só... não prestei atenção nisso — falei. — Por isso, sim, pode ser que ele tenha brincado a respeito, talvez eu também tenha, mas não gravei se dissemos alguma coisa assim ou não, porque não levei a sério.

— Mas você sabia que Arthur tinha as armas que usou no ataque — falou Dixon, e eu assenti. — Como sabia?

Relanceei o olhar para Dan, que acenou para que eu continuasse.

— Ele mostrou a arma para mim.

Dixon e Vencino se entreolharam, tão espantados que, por um segundo, nenhum dos dois pareceu estar mais aborrecido comigo.

— Quando foi isso? — perguntou Dixon. E contei a ele que havia sido naquela tarde, no porão de Arthur. A cabeça do veado. O anuário. O modo como ele apontara a arma para mim e eu caíra sobre o meu pulso já machucado.

O investigador Vencino balançou a cabeça, no canto da sala, sombras escurecendo seu rosto como um machucado.

— *Traste* desgraçado.

— Arthur chegou a brincar — Dixon colocou aspas com as mãos na última palavra — sobre machucar mais alguém?

— *Não*. Achei que ele queria me machucar.

— Sabe — Vencino tamborilou a unha horrível contra o queixo —, isso é engraçado porque Dean está dizendo exatamente o oposto.

Abri a boca para falar, mas Dan se intrometeu.

— O que Dean está dizendo?

— Que Arthur ofereceu a arma para TifAni. Que disse a ela que aquele era o momento de... desculpem a linguagem, mas é com esse tipo de garotos que estamos lidando aqui... "arrancar fora o pau daquele filho da puta". — Vencino esticou a pele sob os olhos e fez uma careta. — Ele disse que TifAni esticou a mão para pegar a arma.

— Eu nunca disse que não havia feito isso! — explodi. — Eu ia usar a arma para atirar em *Arthur*, não em Dean.

Dan alertou:

— TifAni... — Ao mesmo tempo que Dixon bateu o punho na mesa, fazendo voar algumas cópias do anuário, que pairaram, imóveis como em uma foto, antes de dançarem no espaço, sem caírem no chão por algum tempo até que o investigador gritasse: — Você é uma mentirosa! — O rosto do homem estava vermelho como se ele estivesse prestes a ter um ataque cardíaco, de um modo que só acontece com quem é naturalmente louro. — Você vem mentindo para nós desde que nos viu pela primeira vez. — Ele também vinha mentindo para mim, enganando-me com a máscara de simpatia.

No final daquilo tudo, deduzi que ninguém jamais diz a verdade, e foi aí que comecei a mentir.

Os noticiários me informaram que o funeral de Liam seria o primeiro, dez dias depois do que acontecera. Algumas horas depois, chegou um e-mail da "família" Bradley. Foi assim que começaram a nos chamar depois do que aconteceu. A "família Bradley", e até mesmo eu, ovelha negra que era, recebi a mensagem.

Minha mãe também recebeu e me perguntou se eu precisava comprar um vestido preto. Minha risada foi o modo que encontrei de chamá-la de demente.

— Eu não vou.

— Ah, vai, sim. — Ela cerrou tanto os lábios que pareciam mais finos do que uma folha de grama.

— Eu *não* vou — repeti, com mais determinação dessa vez. Estava sentada no sofá, os pés calçados com meias, pousados sobre a mesa de centro. A meia cheia de cabelos e fiapos. Haviam se passado três dias desde o interrogatório, e eu ainda não tinha tomado banho ou colocado um sutiã. Eu fedia.

— TifAni! — gritou mamãe, quase em lágrimas. Ela respirou fundo e levou as mãos ao rosto. Então, disse em um tom mais razoável: — Não foi assim que criamos você. O certo a fazer é ir.

— Não vou ao enterro do cara que me estuprou.

Mamãe arquejou.

— Não fale assim.

— Assim como? — Eu ri.

— Ele está morto, TifAni. Teve uma morte horrível e, apesar de talvez ter cometido alguns erros na vida, era só um menino. — Ela segurou o nariz e fungou alto. — Não merecia o que aconteceu. — A voz dela saiu alta e chorosa na última palavra.

— Você nem sequer o *conheceu*. — Apontei o controle remoto para a TV e desliguei-a, o maior ato de rebeldia que eu poderia ter. Eu me desvencilhei da manta que cobria as minhas pernas peludas e olhei com raiva quando passei por ela, a caminho das escadas e do meu quarto, onde não pisara nos últimos dois dias.

— Você vai, ou não pagarei mais a escola e você não poderá voltar para a Bradley! — gritou mamãe, atrás de mim.

Na manhã do enterro de Liam, o telefone tocou e tirei o fone rapidamente do gancho.

— Alô?

— TifAni! — Meu nome foi dito com surpresa.

Enrolei o dedo no fio.

— Sr. Larson?

— Estou tentando falar com você há algum tempo — disse ele em uma voz apressada. — Como você está? Está bem?

A linha estalou e mamãe disse:

— Alô?

— Mamãe — falei, irritada. — Já atendi.

Nós três ficamos em silêncio por um instante.

— Quem é? — perguntou ela.

Ouvimos o som óbvio de um homem pigarreando.

— É Andrew Larson, sra. FaNelli.

— TifAni — sibilou mamãe. — Desligue o telefone.

Enrolei o telefone com mais força no dedo.

— Por quê?

— Eu disse, desligue o...

— Está tudo bem — manifestou-se o sr. Larson. — Estava só ligando para saber se TifAni estava bem. Adeus, TifAni.

— Sr. Larson. — Dei um grito agudo, mas só havia mamãe na linha, gritando acima do sinal de discagem. — Eu disse para parar de ligar! Ela só tem catorze anos!

Gritei de volta:

— Não aconteceu nada! Eu disse a você que não aconteceu nada!

Sabe o que é mais doentio? Mesmo estando com medo de ir ao enterro de Liam, mesmo estando tão furiosa com minha mãe por me obrigar a ir, mesmo assim queria estar bonita.

Passei uma hora me arrumando. Curvei meus cílios por quarenta segundos de cada lado, de modo que meus olhos parecessem permanentemente arregalados. Papai tinha que trabalhar (às vezes eu achava que ele ficava só sentado no escritório vazio, olhando de cara feia para o computador desligado), por isso fomos apenas mamãe e eu, sem nos falarmos, no BMW cereja cintilante, com o aquecimento que só funcionava quando o pé dela acionava o acelerador. Por isso, estremecíamos juntas cada vez que parávamos em um sinal vermelho.

— Quero que você saiba — disse ela, enquanto tirava o pé do freio e liberava uma deliciosa rajada de ar quente — que não perdoo o que Liam fez. É claro que não. Mas você também tem que assumir a sua parcela de responsabilidade no que aconteceu.

— Para — implorei.

— Estou só falando. Quando bebe, você se coloca em uma situação em que...

— Eu *sei*! — Entramos na rodovia e o carro ficou silencioso e quente depois disso.

A igreja que eu costumava frequentar quando estudava no Mt. St. Theresa's era linda, se a pessoa gostasse desse tipo de lugar. Mas não estávamos indo a uma igreja para a "cerimônia em memória" de Liam (não chamavam de funeral, todos tiveram uma cerimônia em memória de cada um). Liam era quacre e estávamos indo a uma casa de oração.

Eu me senti tão confusa que cheguei a deixar de lado minha irritação com mamãe por tempo bastante para resmungar:

— Achei que os quacres viviam em comunidades próprias e que não acreditavam em coisas como medicamentos modernos ou coisa assim.

Apesar de tudo, mamãe sorriu.

— Esses são os *amish*.

O lugar era uma casa térrea, feita de pranchas de madeira de um branco desbotado, atrás dos galhos de um carvalho que envolviam a casa como braços, as folhas vermelhas e laranja pendendo como veias. Chegamos quarenta e cinco minutos antes da hora e, ainda assim, havia uma longa fila de sedãs pretos cintilantes esperando na grama lamacenta, e mamãe foi forçada a estacionar no topo da colina. Ela tentou segurar meu braço quando descíamos, mas me desvencilhei e saí andando rapidamente à frente, o ritmo dos saltos dela atrás de mim soando esquisito e me dando grande prazer.

Mas quando nos aproximamos da entrada vi a multidão, as câmeras de TV e meus colegas, em grupos, se abraçando e confortando uns aos outros. Foi o bastante para me fazer perder a coragem e diminuir o passo para que minha mãe conseguisse me alcançar.

— Que cena — sussurrou ela. Diante das mulheres em terninhos pretos muito chiques e pérolas ao redor do pescoço, mamãe ficou segurando constrangida o pendente de cruz que usava ao redor do pescoço. Os diamantes falsos eram opacos, mesmo com o sol forte do fim da manhã.

— Venha — disse mamãe, adiantando-se. O salto alto afundou na grama e ela cambaleou para trás. Alguns fios de cabelo grudaram no brilho labial cor-de-rosa e ela os cuspiu. — Droga — murmurou, arrancando o sapato da lama.

Quando chegamos mais perto da multidão, alguns colegas pararam de falar, os olhos úmidos e arregalados fixos em mim. Outros chegaram mesmo a se afastar, e o que mais me abalou foi que não fizeram isso de um modo cruel. Eles estavam nervosos.

A casa de oração ainda não estava nem metade cheia. Ela acabaria lotando e ainda sobrariam pessoas, mas por enquanto havia um espetáculo a ser encenado do lado de fora, diante das câmeras. Mamãe e eu nos apressamos a entrar e encontramos lugares na parte de trás. No mesmo instante, ela se abaixou, procurando embaixo do banco da frente por um apoio para os joelhos. Como não encontrou nenhum, chegou o corpo para a frente no assento, fez um rápido sinal da cruz e juntou as mãos. Ela apertou bem os olhos, os cílios que pareciam de plástico enfiados nas bochechas.

Uma família de quatro pessoas — a filha, Riley, era do segundo ano na Bradley — quis acomodar-se no nosso banco, à esquerda, e tive que cutucar mamãe para que ela abrisse os olhos. Estava bloqueando a passagem.

— Ah! — Ela deslizou para trás no banco e virou os joelhos para o lado para que a família tivesse espaço para passar.

Eles se sentaram, Riley perto de mim, e acenei com a cabeça solenemente para ela. A garota era membro do conselho da escola, estava sempre no púlpito nas reuniões com os alunos nas segundas-feiras de manhã, falando sobre quanto dinheiro o grupo que lavava carros havia conseguido arrecadar no fim de semana. A boca de Riley era o traço que mais se destacava no rosto dela, era grande, e quando a garota sorria os olhos se retraíam, como se estivessem se escondendo dos lábios.

Riley acenou de volta, os cantos da boca grande se erguendo no lado do rosto. Pela minha visão periférica, vi ela se inclinar na direção do pai e murmurar alguma coisa no ouvido dele. Houve um efeito-dominó: o pai se inclinou na direção da mãe, e a mãe no ouvido da irmã mais nova, que gemeu:

— Por quê?

A mãe sussurrou mais alguma coisa, um aviso, um suborno, dependendo da dinâmica da família, e a garota se levantou, revirou os olhos, as pernas ainda levemente dobradas, e saiu do banco. A família a seguiu.

A mesma coisa aconteceu algumas outras vezes. Colegas da Bradley ou reconheciam a Judas no banco mais atrás e nem sequer se davam ao trabalho de parar, ou se levantavam e mudavam de lugar quando me viam. Os bancos estavam se enchendo rapidamente, e como em uma sessão de cinema lotada, famílias e grupos de amigos precisavam se separar para conseguir lugar. Examinei cada pessoa que entrava, preocupada que pudesse ser Hilary ou Dean. Sabia que eles estavam no hospital e que permaneceriam internados por um longo tempo, mas ainda assim procurei por eles.

— Eu disse que não deveríamos ter vindo — sussurrei para mamãe, triunfante. Ela não sabia de nada.

Mamãe não respondeu, e levantei os olhos para ela. Havia dois círculos vermelhos, um em cada lado do rosto dela.

No fim, algumas pessoas mais velhas e gentis se aproximaram. Elas perguntaram se os lugares estavam sendo guardados para alguém.

— São todos seus — disse mamãe, muito educada, como se estivesse guardando os lugares exatamente para eles.

Em minutos, as pessoas que não conseguiram lugar dentro da casa de oração foram forçadas a ficar em pé do lado de fora, pressionando os ouvidos contra as saídas de ar-condicionado para ouvir. Eu poderia atestar pessoalmente que metade dos alunos presentes no funeral não havia trocado mais do que algumas poucas palavras com Liam desde que ele entrara para a Bradley, em setembro. Era estranho, mas sentia algum tipo de ligação especial com ele. Sabia que o que Liam fizera fora errado. Consegui sentir algo que se parecia com perdão por ele no meu primeiro ano de faculdade, no seminário sobre abuso sexual de que todos os alunos novos tinham que participar.

Depois da apresentação inicial, feita por uma policial local, uma garota erguera a mão. "Então, se tivermos bebido, ainda assim é estupro?"

"Se isso fosse verdade, eu já teria sido estuprada centenas de vezes na vida", retrucou a aluna sênior bonita que estava moderando a palestra, muito orgulhosa de si mesma quando o auditório caiu na gargalhada. "Só é estupro se você estiver bêbada demais para consentir."

"Mas e se eu disser que sim, mas apagar?", pressionou a garota.

A aluna sênior olhou para a policial. Era sempre nesse momento que o assunto ficava mais delicado.

"Uma boa regra prática", disse a policial, "e estamos falando com os homens também, é que todos conseguem perceber quando uma pessoa está apagada, quando não está dando conta de si. Todos sabem quando alguém bebeu muito além da conta. Isso deve guiar seus parceiros, mais do que um sim ou um não."

Implorei silenciosamente à garota que fizesse a próxima pergunta.

"Mas e se ele também estiver bêbado demais?"

"Não é uma situação fácil", admitiu a policial. Ela nos deu um sorriso encorajador. "Simplesmente façam o melhor que puderem." Como se fosse dia de corrida de velocidade na aula de educação física ou coisa semelhante.

Penso nisso às vezes. Pergunto-me se Liam era tão mau assim. Talvez ele simplesmente não soubesse que o que estava fazendo era errado. Chega um momento em que não se consegue mais ficar com raiva de todo mundo.

Nunca havia estado em um serviço fúnebre quacre antes, nem minha mãe, por isso procuramos na internet e descobrimos que não era um rito formal. De certa forma, as pessoas simplesmente ficavam em pé e falavam quando sentiam vontade.

Tantas pessoas se levantaram para dizer coisas gentis sobre Liam, enquanto os pais dele e o irmão mais novo, que tinha os mesmos olhos azuis inquietos, estavam grudados uns aos outros no canto. De vez em quando, o dr. Ross, o pai, começava a chorar baixinho, o barulho semelhante a um uivo abafado e lento, que ia crescendo, alcançando cada parede da casa de oração, saindo pelos canos e saídas de ar-condicionado, de modo que as pessoas do lado de fora se afastavam, pois o metal amplificava o som como um microfone. Muito antes de as Kardashian ficarem conhecidas do público, na TV, eu já sabia como era a aparência de alguém que exagerara no Botox quando chorava. No fim, o dr. Ross, cirurgião plástico bem-sucedido e muito procurado, não era nada diferente das donas de casa esticadas que iam ao seu consultório, ansiosas para tentar qualquer coisa que revertesse o dano conquistado quando estavam desesperadas em busca de um marido.

Ele mal conseguia se controlar conforme as pessoas se levantavam para dizer como Liam era especial, divertido, bonito e brilhante. Brilhante. Está aí uma palavra que os pais sempre usam para descrever os filhos que não tiram boas notas, ou porque não se esforçam, ou porque não são, na verdade, brilhantes. Naquele momento decidi que, não importava o que acontecesse, eu não iria ficar parada esperando para descobrir em qual das duas possibilidades me encaixava. Colocaria mãos à obra. Qualquer coisa para sair daquele lugar.

Depois do serviço religioso, nós nos aglomeramos para sair da casa de oração, grupos de três ou quatro garotas chorando, o sol se refletindo brilhante nos cabelos louros.

O cemitério ficava à esquerda, e todos foram convidados para o enterro, que seria a seguir. Como mamãe e eu estávamos sentadas muito perto da entrada da casa de oração, saímos logo e acabamos no círculo mais próximo que se formou ao redor do túmulo de Liam. Notei alguém próximo ao meu ombro quando o resto das pessoas se aproximou. Então senti a mão suada da Tubarão na minha e apertei-a agradecida.

O pai de Liam estava segurando uma urna prateada que, a princípio, achei que serviria para colocar flores e marcar o lugar onde ficaria o túmulo de Liam, isso foi antes de eu perceber que ele estava dentro da urna. Eu não estivera em muitos funerais na vida, mas nos poucos a que fora, todos haviam sido enterrados em caixões. Três semanas antes, Liam estava falando sobre como detestava cebolas no sanduíche. Eu não conseguia aceitar como uma pessoa poderia estar, em um momento, reclamando sobre cebolas, e poucas semanas depois estar incinerada e transformada em cinzas.

Vi o sr. Larson do outro lado do círculo. Relanceei o olhar para me certificar de que mamãe não estava olhando e dei um breve aceno para ele. Uma loura linda estava ao lado dele. Era Whitney.

Quando sapatos pretos o suficiente já cobriam a relva encharcada, o dr. Ross passou a urna para a sra. Ross. Era de imaginar que a esposa de um cirurgião plástico tivesse uma aparência característica, mas a sra. Ross parecia uma mãe típica. Um pouco rechonchuda e usando blusas largas para disfarçar. O que ela faria se soubesse o modo como Liam havia se comportado naquela noite na casa de Dean, se soubesse que ele me levara à clínica de Paternidade Planejada, para que eu conseguisse a pílula do dia seguinte? Não era impossível imaginar a sra. Ross suspirando e dizendo: "Ah, Liam." Tão decepcionada quanto minha mãe ficara comigo.

Em uma voz clara, a sra. Ross falou:

— Esse pode ser o lugar onde marcaremos o tempo de Liam conosco, mas não quero que pensem que será aqui que terão que vir para pensar dele. — Ela segurou a urna contra o peito. — Pensem sempre nele. — Os lábios dela se enrugaram. — Em qualquer lugar. — O dr. Ross levantou o braço e apertou o irmão de Liam, que chorava copiosamente, contra o peito.

A sra. Ross recuou e o dr. Ross passou a mão elegante pelo rosto e disse em uma voz rouca:

— Foi uma honra ser pai dele.

O dr. Ross pegou a urna das mãos da esposa, e seu rosto se tornou inumano de novo, como na casa de oração, enquanto ele espalhava o filho mais velho sobre a relva.

Mamãe não encheu minha paciência quando liguei o rádio do carro na estação Y100. Depois de tudo aquilo, ela estava grata por ter a filha malcriada para perturbá-la.

Levamos algum tempo para conseguir sair do estacionamento. Eu tinha ouvido alguns garotos e garotas da escola dizendo que iriam comer no Minella's, e lamentei por isso também. Por saber que nunca mais seria parte de algum grupo barulhento que ocuparia dois bancos, os proprietários do lugar revirando os olhos, mas secretamente satisfeitos porque os alunos haviam escolhido o estabelecimento deles para comerem seus queijos-quentes.

Finalmente chegamos à estrada, cheia de curvas, de apenas uma mão, incrustada entre os pastos da área rural, as casas mais discretas ali. Estávamos a alguma distância do verdadeiro coração da Main Line, das propriedades amplas e antigas com os Hondas Civic das empregadas estacionados perto dos arrojados Audis na entrada da garagem. Uma neblina cinza e baixa atrapalhava a vista da janela. Mamãe disse, os olhos no espelho retrovisor:

— O carro aí de trás está colado demais na minha traseira.

Afastei os olhos do cenário distante e olhei pelo espelho retrovisor. Ainda não dirigia, por isso não tinha uma noção exata do que era estar colado demais e do que era normal. Reconheci o carro, um jipe Cherokee preto. Era de Jaime Sheriden, jogador de futebol e amigo de Peyton.

— Está um pouco colado, sim — concordei.

Mamãe endireitou os ombros, na defensiva.

— Estou dirigindo no limite da velocidade.

Pressionei o rosto contra o vidro frio e voltei a olhar através do espelho retrovisor.

— Ele só está querendo dirigir em alta velocidade para impressionar os amigos.

— Imbecil — resmungou mamãe. — Depois de tudo o que aconteceu, a última coisa de que aquela escola precisa é de um carro cheio de mais adolescentes mortos.

Mamãe continuou dirigindo no limite de velocidade, os olhos se desviando para o espelho a cada poucos segundos.

— TifAni, eles estão realmente colados demais. — Ela olhou mais uma vez. — Você os conhece? Pode fazer algum sinal para eles ou coisa parecida?

— Mãe, não vou fazer nenhum sinal para eles. — Pressionei mais o corpo contra a porta. — *Deus*.

— Isso é muito perigoso. — Os nós dos dedos de mamãe estavam brancos por causa da força com que ela segurava o volante. — Eu me afastaria para o lado, mas tenho medo de diminuir a velocidade e eles... Ai!

Fomos jogadas para a frente quando o para-choque do carro de Jaime nos acertou por trás. O volante girou loucamente sob as mãos da minha mãe e nos jogou direto no campo lamacento e cheio de buracos do acostamento. Quando ela finalmente conseguiu retomar o controle do carro e pisar no freio, estávamos cerca de dez metros fora da estrada, o pneus meio afundados na lama.

— Babacas desgraçados! — ofegou mamãe. Ela levou a mão trêmula ao peito antes de se virar para mim. — Você está bem?

Antes que eu pudesse dizer a ela que não, que eu não estava bem, minha mãe bateu no console central com a mão aberta.

— Babacas!

Houve uma conversa de que eu deveria considerar outras opções de escola para completar o ensino médio. Mas a ideia de começar em um lugar novo, de ter que encontrar meu lugar em uma nova ordem hierárquica, tudo isso me deu vontade de me deitar e tirar um longo cochilo. Por mais queimada que eu estivesse na Bradley, confortava-me saber qual era o meu lugar, que eu poderia simplesmente ir para a aula, almoçar com a Tubarão e voltar para casa para estudar, concentrada em cavar meu túnel para longe dali. Em um determinado momento, mamãe mencionou a possibilidade de eu continuar meus estudos em casa, mas rapidamente recuou da oferta, porque disse que estava em um momento da vida em que seu próprio corpo estava mudando ("*Mãe*", gemi), e, por alguma razão, eu tinha um talento para tirá-la do sério que mais ninguém tinha. Isso era mútuo. Quase disse a ela, mas resolvi não fazer isso, para não acionar nosso talento.

A escola havia hesitado quando mamãe informou que eu iria voltar.

"Fico surpreso", disse o diretor Mah, "que TifAni queira voltar. Não estou certo de que seja a melhor decisão para ela." Ele fez uma pausa. "E não estou certo de que seja a melhor decisão para nós."

Não havia provas suficientes para me acusar de nenhum crime, mas isso não impediu a mídia de tentar. Havia os bilhetes e as anotações no anuário, além das minhas digitais, que acabaram sendo encontradas na arma junto com as dos assassinos. Anita, em quem eu confiara, havia determinado que eu demonstrara pouca emoção pela morte dos meus colegas, e que parecia animada para voltar para a escola, agora que meus "colegas-problema" haviam sido exterminados.

A declaração mais infeliz fora dada por Dean, que insistira que Arthur havia me estendido o fuzil e me dito para matá-lo "exatamente como planejamos". É claro que Arthur nunca dissera aquilo, mas ninguém duvidaria do astro de futebol popular, com abdômen de tanquinho, paralisado da cintura para baixo, o garoto com futuro promissor, que tinha tudo para ter uma vida encantada, mas que fora arrancada com violência de suas mãos, ainda na linha de largada. A mídia fuçou, bradou por algumas semanas sobre como era terrível que nem todas as partes responsáveis por aquela tragédia tivessem sido levadas à justiça.

Donas de casa gorduchas com cruzes folheadas a ouro escondidas entre os seios pesados vinham de todo o país para deixar flores baratas no gramado à frente da casa de Dean, então voltavam para as delas e me escreviam e-mails cheios de ódio e de erros ortográficos: "Você vai ser jugada pelo que fes na próxima vida."

Dan repreendeu o diretor Mah, disse que a escola teria um processo ainda maior nas mãos do que o que já estava enfrentando se não permitisse o meu retorno. Alguns pais estavam processando o lugar. Os de Peyton estavam à frente disso. Os sprinklers no teto da parte antiga do refeitório não haviam sido ativados. Se tivessem funcionado, poderiam ter evitado que o incêndio se espalhasse até o Salão Brenner Baulkin. O legista havia determinado que a causa da morte de Peyton fora inalação de fumaça, não o ferimento à bala. Com cuidados médicos e cirurgia plástica, ele poderia ter tido uma vida relativamente normal. Em vez disso, ainda estava consciente quando o fogo varreu a sala, e o rosto em carne viva absorvera toda aquela fumaça como um pedaço de pão enfiado em sopa quente. Jamais vou deixar de me odiar por tê-lo deixado lá.

Dean foi mandado para um colégio interno na Suíça, a poucos quilômetros de um hospital moderno, especializado em tratamentos experimentais para ferimentos na coluna. O objetivo era conseguir que ele caminhasse novamente, mas isso nunca aconteceu. No entanto, Dean deu a volta por cima. Ele escreveu um livro, *Aprendendo a voar*, que se tornou um sucesso de vendas internacional. Uma palestra levou à outra e Dean acabou se tornando um palestrante motivacional famoso e bem-conceituado. Entro no site dele, às vezes. Há uma foto na página principal onde Dean aparece inclinado para a frente na cadeira de rodas, abraçando uma criança pálida e careca em uma cama de hospital. A empatia encenada e repulsiva no rosto de Dean me lembrava do que eu talvez fosse capaz de fazer se Arthur realmente tivesse me deixado com a arma.

Hilary também não voltou para a Bradley. Os pais a mandaram para Illinois, onde moravam parentes do pai. Cheguei a escrever uma carta para ela, mas a carta voltou, o envelope imaculado, sem abrir.

Era meio inacreditável que todos que haviam tornado a minha vida tão desgraçada tivessem partido quando as aulas na Bradley recomeçaram na primavera. O refeitório não seria reconstruído até o ano seguinte e, nesse meio tempo, almoçávamos nas nossas mesas. Muita pizza foi encomendada e ninguém reclamava a respeito.

Naquele primeiro mês, depois do retorno às aulas, eu vomitava a seco todas as manhãs. Mas precisei construir minha tolerância à solidão, era tudo. A solidão se tornou uma amiga, minha companheira constante. Eu podia depender dela, e só dela.

Trabalhei duro, como prometera a mim mesma no enterro de Liam. No segundo ano, fizemos uma excursão a Nova York, para visitar os pontos turísticos que eu desprezaria mais tarde, como o Empire State Building e a Estátua da Liberdade. Em certo momento, eu estava descendo do ônibus e esbarrei com uma mulher usando um blazer preto elegante e sapatos pontudos como os de uma bruxa. A mulher tinha um telefone celular volumoso pressionado contra o ouvido e uma bolsa preta, com a logo dourado da Prada, pendurada no pulso. Ainda estava longe da época em que idolatraria a realeza de Céline, Chloé ou Goyard, mas com certeza reconheci a Prada.

— Desculpe — disse, e me afastei dela.

A mulher assentiu bruscamente, mas não parou de falar ao telefone.

— As amostras precisam estar lá até *sexta-feira*.

Enquanto ainda ouvia os saltos dela batendo na calçada, pensei: *Não há como uma mulher como essa ser magoada algum dia.* A mulher com certeza tinha coisas mais importantes com que se preocupar do que se almoçaria sozinha ou não. As amostras *tinham* que chegar até sexta-feira. E foi nesse momento, enquanto eu pensava sobre todas as coisas que deviam tornar a vida dela ocupada, importante — os coquetéis a que devia comparecer, as sessões com o *personal trainer*, as saídas para comprar lençóis de algodão egípcio —, que começou meu desejo profundo e concreto por aqueles arranha-céus. Percebi que o sucesso protegia, e o sucesso era definido pelo modo ameaçador como se falava com o subalterno do outro lado da linha telefônica, pelos saltos altos muito caros aterrorizando a cidade, pelas pessoas se afastando para deixá-la passar simplesmente porque você parecia ter lugares mais importantes para ir do que elas. Em algum momento, ao longo do caminho, um homem também foi envolvido nessa definição.

Eu tinha que ter aquilo tudo, decidi, assim ninguém mais voltaria a me magoar.

15

Eu costumava segurar a campainha só para irritar Arthur. E ouvia, acima do *ding-dong-ding-dong-ding-dong*, os resmungos dele enquanto atravessava a casa. "Santo Deus, Tif", bufava Arthur, quando finalmente abria a porta.

Naquele dia, eu bati à porta. Achei que não conseguiria suportar ouvir novamente o toque daquela campainha.

A câmera estava atrás de mim, voltada diretamente para a gordurinha que meu sutiã marcava nas costas. Eu mal comia setecentas calorias por dia e, ainda assim, tinha aquela gordurinha protuberante abaixo da alça do sutiã. Como era possível?

A sra. Finnerman abriu a porta. A idade e a solidão haviam tomado conta dela, como acontecia com países aliados em tempos de guerra contra um inimigo comum: você fica com uma parte, eu com a outra. Os cabelos estavam grisalhos e nenhuma providência fora tomada a esse respeito, a pele flácida se pendurava nos cantos da boca. A sra. Finnerman sempre fora baixa e sem formas (o excesso de peso de Arthur viera do pai). Parecia especialmente cruel que uma pessoa que havia tido que lidar com tudo o que acontecera em sua vida fosse tão fraca e indefesa como ela. Músculos fracos como gelatina, quase cega sem óculos, dada a dores de cabeça debilitantes e a crises de sinusite.

Uma vez, na primavera na Bradley, quando as coisas finalmente tinham se assentado o bastante para que percebêssemos como seria a vida a partir dali, quando havia uma grossa linha dividindo-a — antes do massacre, e depois —, recebi uma carta da sra. Finnerman. A letra dela parecia instável no papel, como se a tivesse escrito sentada em um carro que passava em alta velocidade por uma estrada esburacada. Ela queria que eu soubesse que lamentava o que eu tivera que fazer. Que não tinha ideia da fúria e do ódio que ferviam em fogo brando na alma de Arthur, o próprio filho. "Como podia não ter percebido", ela se recriminava sem parar.

Mamãe me proibiu de responder a carta, mas respondi assim mesmo ("Obrigada. Jamais a culparia pelo que ele fez. Não o odeio. Às vezes até sinto saudades dele"). Dobrei o pedaço de papel ao meio e o passei por baixo da porta da sra. Finnerman em uma tarde em que percebi que o carro dela não estava na entrada da garagem. Não era forte o bastante para aguentar um encontro naquele momento e tinha a sensação de que o mesmo valia para ela.

Depois que me formei na faculdade, a sra. Finnerman passou a me mandar um cartão de vez em quando, e desenvolvemos um estranho tipo de relação. Ela entrou em contato quando os jornais deixaram escapar que eu estava noiva e sempre que lia uma matéria de que gostava na *The Women's Magazine*. Uma em particular chamou a sua atenção: "O Facebook deixa você triste?" A sra. Finnerman a mandou para mim junto com um artigo do *The New York Times* intitulado "O efeito depressivo do Facebook". Ela circulou a data em cada um — o meu, escrito em maio de 2011, e a versão do *The New York Times* de fevereiro de 2012. "Você furou o *The New York Times*", escreveu ela. "Bravo, TifAni!" Era uma troca de correspondência bem-humorada entre duas amigas, e isso foi um erro, porque a sra. Finnerman e eu não éramos amigas. Aquela seria a primeira vez que nos veríamos desde antes do massacre.

Sorri timidamente.

— Olá, sra. Finnerman.

O rosto dela murchou como uma toalha de papel molhada. Eu me adiantei, insegura, e ela abanou a mão freneticamente para mim, esquivando-se do abraço.

— Estou bem — insistiu ela. — Estou bem.

Sobre a mesa de centro da sala havia uma pilha alta de álbuns de fotos e jornais antigos. Uma xícara colocada sobre uma cópia amarelada do jornal *The Philadelphia Inquirer* acabava alterando a manchete pois ocultava a palavra "não" da frase "A polícia acha que os atiradores não agiram sozinhos". A sra. Finnerman pegou a xícara e a palavra "não" reapareceu, reestabelecendo a minha má reputação.

— O que querem beber? — perguntou ela. Eu sabia que a sra. Finnerman só tomava chá-verde, porque vira o estoque uma vez, quando estava chapada, procurando um pote de Nutella.

"Sim", dissera Arthur quando fiquei impressionada com o que via. Chá-verde parecia muito exótico para alguém como eu. Mamãe bebia café Folgers. "Minha mãe é totalmente contra cafeína."

— Chá está ótimo — disse a ela. Eu odiava chá.

— Tem certeza? — Os óculos de lentes grossas deslizaram pelo nariz dela, que os empurrou de volta com o indicador, exatamente como Arthur costumava fazer. — Tenho café.

— Talvez café, então. — Dei uma risadinha e, para meu alívio, a sra. Finnerman fez o mesmo.

— Cavalheiros? — Ela se dirigiu a equipe.

— Por favor, Kathleen — disse Aaron. — Como eu disse, finja que nem sequer estamos aqui.

Por um momento, achei que a sra. Finnerman iria se descontrolar de novo. Prendi a respiração, preparando-me, mas ela surpreendeu a todos jogando as mãos para o alto.

— Como se eu conseguisse fazer isso. — Ela riu, com amargura.

A sra. Finnerman desapareceu na cozinha, e ouvi as portas dos armários sendo abertas e fechadas.

— Leite e açúcar? — perguntou ela.

— Só açúcar! — respondi.

— Como é estar aqui novamente? — perguntou Aaron.

Olhei ao redor da sala, para as flores-de-lis desbotadas do papel de parede e para a harpa deslocada em um canto. A sra. Finnerman costumava tocar, mas agora as cordas estavam espetadas para cima, como pontas de cabelo precisando de uma hidratação profunda.

— Esquisito. — Assim que disse isso, lembrei-me das instruções que Aaron me dera mais cedo. Eu deveria responder às perguntas dele com frases completas, já que editariam a voz dele e o que eu dissesse precisaria fazer sentido por si só.

— É muito esquisito estar de volta a essa casa.

— Aqui está. — A sra. Finnerman entrou cuidadosamente na sala e me estendeu uma xícara tão deformada que tinha que ser algum tipo de trabalho artesanal. Vi a gravação no fundo: "Para: mamãe, com amor: Arthur 14/2/95." Não havia asa na xícara e tinha que trocá-la de mão o tempo todo, porque estava muito quente. Tomei um gole escaldante.

— Obrigada — disse.

A sra. Finnerman estava imóvel em seu lugar, ao lado do sofá. Nós duas olhamos para Aaron, desesperadas por alguma orientação.

Ele indicou o lugar vago ao meu lado.

— Kathleen, por que não se senta ao lado de Ani, no sofá?

A sra. Finnerman assentiu com a cabeça e murmurou:

— Sim, sim. — Ela deu a volta ao redor da mesa de centro e se acomodou no outro extremo do sofá. Os joelhos dela apontavam para a porta da frente, distantes da cozinha. Eu estava mais perto da cozinha.

— Vai ajudar a filmagem se vocês se aconchegarem, ficarem mais próximas. — Aaron juntou os dedos para nos mostrar o que queria dizer.

Não consegui encarar a sra. Finnerman enquanto me "aconchegava" a ela, mas imaginei que ela estaria com o mesmo sorriso educado e mortificado no rosto, enquanto fazia o mesmo.

— Muito melhor — disse Aaron.

A equipe estava esperando que disséssemos alguma coisa, mas o único som na sala era o ruído da máquina de lavar pratos na cozinha.

— Talvez vocês pudessem ver os álbuns de fotos? — sugeriu Aaron. — E conversar sobre Arthur?

— Eu adoraria ver — tentei.

Como se houvesse sido programado por nós duas, a sra. Finnerman se inclinou roboticamente para a frente e pegou um álbum branco. Ela afastou um aglomerado de poeira. A poeira ficou presa no dedo mínimo dela e voltou a se alojar sobre a capa laminada.

O álbum estalou quando ela o abriu no colo e baixou os olhos para uma foto de Arthur, com cerca de três anos. Ele estava gritando e segurando uma casquinha vazia de sorvete.

— Nesta foto, estávamos em Avalon — murmurou ela. — Uma gaivota tinha descido voando — e agitou a mão no ar — e derrubara a bola de sorvete da casquinha.

Sorri.

— Aqui, nós costumávamos tomar sorvete do pote.

— Sei bem o quanto ele fazia isso. — A sra. Finnerman virou a página em um gesto forçado. — Mas você não. Você é tão pequena. — Havia um toque ameaçador na voz dela. Eu não sabia o que mais poderia fazer além de fingir que não percebera. — Ah, isso. — A sra. Finnerman abaixou o queixo na direção do peito e suspirou com tristeza para uma foto de Arthur abraçado a um labrador bege, o rosto enfiado no pelo cor de manteiga. Ela bateu com o dedo no focinho do cachorro. — Essa era Cassie. — Um sorriso se abriu em seu rosto. — Arthur a *amava*. Ela dormia na cama dele toda noite.

O cinegrafista se moveu atrás de nós, as lentes longas dando um close na foto.

Estiquei a mão para abaixar a página, para diminuir o brilho que obscurecia a minha visão, mas a sra. Finnerman levou o álbum ao peito e abaixou o queixo sobre a capa de couro. Uma lágrima rolou de seus olhos e ficou presa na ponta do queixo.

— Ele soluçava quando ela morreu. Soluçava. Por isso, meu filho não pode ser quem dizem que ele era. Ele *tinha* emoções.

O que diziam que ele era. Um psicopata. Incapaz de sentir as verdadeiras emoções humanas, apenas imitando as que observava nos outros: remorso, sofrimento, compaixão.

Muito tempo e energia haviam sido gastos na tentativa de dissecar a dinâmica entre Arthur e Ben, de identificar quem era o líder da dupla. Se os motivos fossem compreendidos, isso encerraria o caso para a comunidade. E a informação evitaria que uma tragédia semelhante voltasse a ocorrer em outra escola. Os psicólogos mais renomados do país examinaram as evidências recolhidas logo depois do ataque à Bradley — os diários de Ben e Arthur, as notas dos dois na escola, entrevistas com vizinhos e amigos da família —, e todos haviam chegado à mesma conclusão: Arthur fora o cabeça.

Coloquei uma expressão de simpatia no rosto, como Arthur fizera tantas vezes comigo.

— Sabe o que sempre lembro a respeito dele?

A sra. Finnerman tirou um lenço de papel de uma caixa que estava sobre a mesa de centro. O rosto dela ficou muito vermelho enquanto assoava o nariz.

— O quê?

— Lembro que ele foi gentil comigo no meu primeiro dia no colégio, quando eu não conhecia ninguém. Lembro que Arthur foi o único que ficou do meu lado quando muitas pessoas me viraram as costas.

— Esse era Arthur. — O nome do filho saiu tremulo dos lábios da mãe. — Ele não era um monstro.

— Eu sei — disse, sem muita certeza se acreditava nisso ou não.

Eu acreditava que Arthur era o que todos diziam. Mas o relatório que a dra. Anita Perkins apresentou à polícia dizia que até mesmo psicopatas podiam mostrar lampejos de emoção verdadeira, empatia genuína. Gosto de acreditar que ele sentiu isso por mim, mesmo com a avaliação da dra. Perkins, pela Escala de Robert Hare, um inventário para avaliação de vinte itens de traços de personalidade e comportamento que costumava detectar psicopatia, no qual ele atingira o nível máximo.

Tudo o que Arthur fizera por mim, o papel de irmão protetor que assumira e até mesmo as bobagens que balbuciara no fim, com o cabo da faca enfiado no peito, perfeitamente paralelo ao chão, "Eu só estava tentando ajudar", ou fora uma imitação de bondade, ou uma manipulação fria e cuidadosa. A dra. Perkins escrevera que psicopatas têm um talento especial para identificar o calcanhar de aquiles das vítimas, e usam isso de um modo que atenda aos seus objetivos. Quando se tratava de apertar onde mais me doía, esqueça Nell, Arthur fora o primeiro.

Ben era depressivo, suicida e não necessariamente predisposto à violência como Arthur, mas também não se opunha à ideia. Eles compartilhavam fantasias violentas sobre eliminar os colegas de escola e professores idiotas. Era sempre uma piada para Ben, mas Arthur estava só esperando que acontecesse alguma coisa que o fizesse considerar transformar a fantasia em realidade.

Essa alguma coisa foi a festa de formatura de Kelsey Kingsley. A humilhação que Dean e Peyton fizeram Ben passar no bosque o levou à sua primeira tentativa de suicídio. De acordo com os diários de Arthur, ele levantara a ideia de um ataque, de uma "Columbine em Bradley", quando visitara Ben no hospital, menos de duas semanas depois dos pulsos cortados o terem levado para lá. No diário, Arthur registrou como tivera que esperar pela mudança de turno das enfermeiras para que eles pudessem finalmente ter alguns momentos de privacidade, e o quanto isso fora irritante. ("O que nós somos? Duas porras de bebezinhos indefesos?") O pai dele tinha uma arma e aquele foi o começo do arsenal. Arthur poderia conseguir uma identidade falsa, se passar por um cara de dezoito anos — ele já parecia mais velho do que era. Havia instruções na internet para montar uma bomba tubo. Os dois eram espertos, iriam conseguir. O instinto disse a Arthur que de algum modo o espírito de Ben havia se rompido, que ele dobrara uma esquina de onde nunca voltaria, e isso era excelente. Ben não tinha nada a perder, porque queria morrer. Se isso ia mesmo acontecer, ele poderia muito bem fazer aqueles caras pagarem pelo que fizeram.

A mídia concluíra que Arthur e Ben haviam sofrido bullying — por serem esquisitos, por serem gordos, por serem gays. Mas os relatórios da polícia contavam uma história muito diferente, uma verdade que nada tinha a ver com bullying, o assunto do momento. Embora fosse amplamente aceito que Arthur era gay, Ben não era. Aquela história de Olivia ter visto Arthur pagando um boquete para Ben na Clareira? Era mentira — fofoca de uma adolescente tola e desesperada que tragicamente, *ironicamente*, havia colocado mais lenha na fogueira. O boato enfureceu e magoou Ben, e Arthur atacou. "Prometi Olivia a ele", Arthur havia escrito no diário, a primeira menção jovial a uma lista de alvos. Mas, na verdade, Arthur não se importava com uma lista de alvos. O ataque não era só para dar o troco a quem o atormentara, ou só vingança, era sobre o desprezo que ele sentia pelas pessoas. Arthur estava atrás de qualquer um que fosse intelectualmente inferior a ele e, em sua mente, todos eram. Então ele propôs a ideia de uma lista apenas para convencer Ben. O objetivo de Arthur era arrebatar todo o refeitório com suas bombas — a Tubarão, Teddy, a moça fofa que preparava os sanduíches dele no almoço colocando fatias de queijo entre o rosbife e o presunto, do jeito que Arthur gostava —, todos éramos alvos. Ele havia se escondido em um dormitório vazio no terceiro andar da Bradley, esperando a detonação para que pudesse descer as escadas e saborear a carnificina, antes de terminar com a própria vida. Os policiais iriam atirar para matar de qualquer modo, e o pior pesadelo de um psicopata é perder o controle da situação. Se ele iria morrer, seria em seus próprios termos. Arthur começou a atirar quando viu que apenas uma de suas bombas rudimentares havia explodido, provocando apenas um prejuízo "mínimo".

Havia um trecho do relatório da dra. Perkins que estava disponível para consulta pública e que eu começara a ler sem prestar muita atenção até que me dei conta de que me dizia respeito, voltei atrás e reli os primeiros parágrafos. Era como ver uma foto e não se reconhecer nela: quem era a garota de aparência hostil no fundo? Ela não sabia que aquela postura a deixava com queixo duplo? O "metamomento" de se ver como o resto do mundo o vê, porque a garota de aparência hostil é você.

A dra. Perkins classificou a "sociedade" entre Arthur e Ben como um fenômeno chamado díade, um termo que os criminologistas cunharam para descrever o modo como pares de assassinos estimulam um ao outro com sua sede de sangue. Entre um psicopata (Arthur) e um depressivo (Ben), o psicopata definitivamente estaria no controle, mas como o psicopata anseia pelo estímulo à violência, um parceiro de cabeça quente pode lhe prestar um serviço inestimável: estímulo ao massacre. Arthur e Ben haviam planejado o ataque por seis meses, e por quase todo aquele tempo Ben estivera confinado em um centro de reabilitação mental, encenando para que os médicos e enfermeiras se convencessem de que ele já não era uma ameaça para si mesmo. Nesse meio-tempo, Arthur encontrara para si o equivalente a uma animadora de torcida, alguém cujo sofrimento e raiva alimentaram o vácuo da violência. Essa aliada o manteve em fogo brando até ele finalmente ter liberdade para deixar levantar fervura. A psicóloga não mencionou meu nome, mas não havia outra possibilidade. Às vezes me pergunto o que teria acontecido se eu não tivesse brigado com Arthur na última vez em que o vira, no quarto dele. Se ele estaria se preparando para me contar sobre o plano. Para me convidar a fazer parte dele.

— Essa também foi tirada na praia. — A sra. Finnerman alisou uma dobra no plástico. Fiquei surpresa ao ver o sr. Finnerman, os braços passados por trás do encosto de um banco no calçadão, pelos negros encaracolados saltando do peito bronzeado. Perto dele, Arthur estava em pé no banco, apontando para o céu e gritando alguma coisa, os braços frágeis da sra. Finnerman ao redor das pernas do filho para evitar que ele caísse.

— Como está o sr. Finnerman? — perguntei, em um tom educado. Tenho uma foto que imortaliza um dos momentos mais íntimos dele com o filho, mas nunca havia conhecido o homem. Ele esteve na Main Line quando tudo aconteceu, é claro, mas desapareceu pouco depois do enterro. O enterro. Sim, assassinos também precisam ser enterrados. A sra. Finnerman se humilhou ligando para vários rabinos, desesperada para encontrar alguém que estivesse disposto a conduzir o serviço fúnebre para Arthur. Não sei o que fez a família de Ben. Ninguém sabe.

— Ah, você sabe — disse a sra. Finnerman. — Craig se casou de novo, então. — Ela deu um gole no chá gelado.

— Não sabia que isso havia acontecido — falei. — Sinto muito.

— Sim, bem. — Havia uma gota de chá no lábio superior da sra. Finnerman. Ela não a limpou.

— Sabe — continuei —, também tenho uma foto de Arthur com o sr. Finnerman.

A sala subitamente se encheu de luz, pois o sol abrira caminho entre as nuvens, e as pupilas da sra. Finnerman se retraíram. Havia esquecido que os olhos dela eram azuis.

— Como?

Arrisquei um olhar para Aaron. Ele estava guiando o microfone ao redor da sala, desatento ao gatilho que eu acabara de acionar.

Envolvi a caneca, morna agora, com as mãos.

— Tenho uma foto... ah, Arthur costumava deixá-la no quarto dele.

— A que estava em um porta-retratos decorado com conchas? — Quis saber a sra. Finnerman.

— De Arthur com o pai. — Assenti. — Sim.

Toda a suavidade se foi do rosto da sra. Finnerman. Até mesmo as rugas não pareciam mais tanto com dobras na pele, e sim com rachaduras em um painel de vidro.

— Como você tem essa foto? Venho procurando por ela por toda parte.

Eu sabia que tinha que mentir, mas foi como se alguém houvesse passado um apagador na minha mente. Não conseguia pensar em nenhuma maneira de responder àquela pergunta sem aborrecê-la.

— Tivemos uma briga — admiti. — E peguei a foto. Foi maldade. Eu estava tentando irritá-lo. — Baixei os olhos para a minha xícara de café. — Nunca tive a oportunidade de devolver.

— Gostaria de tê-la de volta — disse ela.

— É claro — eu disse. — Sinto... — Parei ao ouvir o grito da sra. Finnerman.

— Ai! Ai! — Ela pousou a xícara na mesa, e os jornais absorveram o restante do vapor amarelo do chá. — Ahhh! — A sra. Finnerman levou as mãos às têmporas, os olhos apertados.

— Kathleen! — gritou Aaron ao mesmo tempo que eu dizia:

— Sra. Finnerman.

— Meu remédio — gemeu ela —, embaixo da pia.

Aaron e eu corremos para a cozinha. Ele chegou primeiro e afastou o detergente e as esponjas.

— Não estou achando! — falou ele.

— No banheiro! — veio a resposta estrangulada.

Eu sabia onde era o banheiro e, dessa vez, cheguei antes de Aaron. Embaixo do armário da pia havia um pequeno frasco de comprimidos laranja, a etiqueta com as instruções de uso escritas ao redor do rótulo: "Tomar um ao primeiro sinal de dor."

— Tome, sra. Finnerman. — Coloquei um comprimido na palma da minha mão e um membro da equipe de gravação ofereceu a ela a garrafa de água que segurava. A sra. Finnerman colocou o comprimido sobre a língua e tomou com água.

— Minha enxaqueca — sussurrou ela. E começou a chorar, as unhas muito brancas pressionando os lados da cabeça, o corpo balançando para a frente e para trás. — Não sei por que achei que conseguiria fazer isso. — Ela segurou a cabeça com mais força. — Nunca deveria ter concordado. É demais. Simplesmente demais.

— Posso dar uma carona de volta ao hotel? — ofereceu Aaron, quando estávamos na entrada de carros da casa dos Finnerman.

Gesticulei na direção da rua.

— Estou de carro, obrigada.

Aaron deu uma olhada para a casa, que parecia inclinada sobre o limbo cinzento da luz do anoitecer. Já tinha sido uma casa bonita e animada, mas isso fora muito antes de até mesmo Arthur morar ali. Tentei imaginar o lugar como as garotas da Bradley provavelmente o viam cinquenta anos antes, quando vinham de todas as partes do país para receber uma educação de alto nível — educação que jamais colocariam em uso, já que o marido e os filhos teriam prioridade.

— Sem querer desmerecer o que você passou — disse ele. — Acho que deve ter sido mais difícil para ela do que para qualquer outra pessoa.

Observei o vento arrancar uma folha de um galho.

— Sem problemas. Sempre disse isso. É como se, pelo menos, todos os outros tivessem morrido de um jeito nobre, de certa maneira.

— Nobre — repetiu Aaron. Ele assentiu quando a palavra fez sentido. — As pessoas sem dúvida adoram uma boa vítima.

— É um privilégio que nunca desfrutarei. — Franzi o cenho com pena de mim mesma. — Sei que parece autopiedade, mas me sinto traída por isso. — Não foi o que admiti para Aaron, mas para Andrew na noite da véspera, sentada na beira da cama onde ele dormira na infância. Os pais de Andrew estavam na casa de praia da família. Eles gostavam de pegar a estrada na sexta-feira tarde da noite. Tinha menos tráfego. Por que eu não dava um pulo na casa dele, para tomar um drinque, antes de voltar para o meu hotel? Foi o que sugeri quando entramos ofegantes no carro dele, as escadas do centro atlético ainda desafiando nossos pulmões. Andrew se virara para me responder e franzira o cenho.

— O quê? — Quis saber.

Ele estendeu a mão na minha direção.

— Você tem alguma coisa no cabelo. — Ele pegou algumas mechas entre os dedos e puxou alguns fios, o que pareceu nublar meus pensamentos, confundir a minha consciência. — Parecem farpas de madeira ou alguma coisa assim. De quando entramos embaixo da mesa.

Depois da vodca na cozinha de Andrew, após o passeio pela casa que terminou no antigo quarto dele, o assunto voltou para Luke. Mais uma vez, tentei explicar o que ele fazia por mim, como Luke era a prova de uma pessoa boa e decente.

— Luke Harrison não se casaria com uma puta assassina — eu disse. — Ele me conserta. — Olhei para minhas mãos, para minha armadura brilhante. — Só quero que me consertem.

Andrew se sentou perto de mim, a coxa quente contra a minha. Há vezes em que estou no metrô e o vagão está tão cheio que não consigo escapar das pernas à minha esquerda e à minha direita. Nova-iorquinos se enfurecem com esse contato físico forçado, mas eu secretamente saboreio o momento, sentindo-me tão calma pelo calor gerado entre os corpos que poderia adormecer apoiada no ombro de um estranho.

— Você ao menos o ama? — perguntou Andrew, e senti os olhos pesados, lutando contra a exaustão, enquanto pensava como responder a ele.

Sentia raiva, ódio, frustração e tristeza como se fossem tecidos palpáveis. Esse seda, aquele outro veludo, este aqui um algodão engomado. Mas não conseguia mais dizer qual a textura de amar Luke. Dei a mão a Andrew e o observei virar meu anel de noivado.

— Estou cansada demais para responder isso.

Andrew me fez deitar de costas. Algumas lágrimas escorreram até os meus cabelos e fiz um barulho alto quando tentei respirar pelo nariz e não consegui. Estava tão nervosa e quente que um termômetro teria determinado que eu estava febril e não poderia ir à escola. Andrew sentiu minha pele muito quente, úmida de suor, e me deixou por um instante para apagar as luzes e abrir a janela com dificuldade. Ouvi o ritmo da rua e estremeci agradavelmente quando o ar frio me alcançou, alguns segundos depois.

— O ar fresco vai ajudar — prometeu Andrew. Eu queria beijá-lo de novo, mas ele se acomodou ao meu lado e passou o braço grande por cima do meu corpo. Ainda estava de sapatos quando o sono explodiu sobre mim, raro e ofuscante como uma chuva de meteoros.

O Yangming era sempre o lugar para jantar em ocasiões especiais. Noites de Ano-Novo, aniversários, esse tipo de coisa. Mamãe me levou lá, junto com a Tubarão depois da formatura no ensino médio. Meu pai não foi, disse que aproveitaríamos mais se fôssemos só "as garotas".

O BMW de Andrew estava apertado entre dois SUVs no estacionamento. Quando abri a porta do restaurante, experimentei mais uma vez a sensação que aquele lugar sempre me provocava, e que não era comum naqueles dias, ao ver os pais de meia-idade que o frequentavam, todos bem-vestidos, e ao sentir o cheiro apetitoso do restaurante, com um toque de sal e de gordura: era como se eu mal pudesse esperar pelos próximos acontecimentos.

Depois que eu saí da casa da sra. Finnerman, liguei para a minha mãe para pedir desculpas, porque não estava com disposição para sair para jantar.

"Tenho certeza de que foi um dia difícil", disse ela, o que foi mais do que Luke havia me dito nas últimas vinte e quatro horas. Tudo o que eu recebera dele fora uma mensagem de texto de uma linha me perguntando como estavam indo as coisas. "Está tudo ótimo", respondi. O silêncio dele alimentava a minha ousadia.

— Boa-noite. — Os olhos do maître se estreitaram com prazer ao ver alguém como eu. — Tem reserva?

Nem tive a chance de responder. Porque ouvi meu nome ser chamado em uma voz alta e surpresa, e me virei para ver mamãe e tia Lindy, ambas vestindo calças pretas, echarpes em padrões intricados enroladas ao redor do pescoço e pulseiras que tilintavam cada vez que davam um gole na água. O uniforme de mamãe para um jantar elegante.

Ela e eu ficamos nos encarando por algum tempo, enquanto eu pensava em alguma mentira para contar. Tive sorte por ela estar onde estava, com o bar atrás. Com sorte, não conseguiria ver Andrew no canto, esperando por mim. Eu havia mandado uma mensagem de texto para ele, depois de responder à mensagem de Luke, e o convidara para "tirar vantagem" da minha reserva para jantar com mamãe. Três pontinhos haviam aparecido imediatamente depois de eu apertar "enviar", como se uma resposta estivesse sendo escrita, mas logo desapareceram. Isso aconteceu mais duas vezes, antes de Andrew finalmente enviar uma resposta. "A que horas?".

―――ᴍ―――

— Não tinha ideia de que esse lugar servia comida para viagem — disse mamãe, depois de termos nos sentado. Ela virou uma página do cardápio. — É bom saber.

Alisei o guardanapo no meu colo.

— Por quê? Eles não vão entregar para você. É preciso vir aqui buscar.

— Aqui é tão longe — reclamou tia Lindy. Ela bateu com as unhas de acrílico no copo vazio e olhou de cara feia para o garçom que arrumava a mesa perto da nossa. — Água? — Tia Lindy era a irmã mais nova de mamãe. Era mais magra e mais bonita do que ela, quando as duas eram mais novas, e não fora nada gentil a esse respeito. Mamãe agora tinha vantagem, já que a filha de tia Lindy iria se casar com um policial, e eu estava de casamento marcado com um cara de Wall Street.

— Lin — disse mamãe —, acredite em mim, vale a viagem. — Como se ela fosse frequentadora assídua do lugar.

Minha mãe havia decidido manter a reserva mesmo depois que eu desistira. Não imaginei que isso teria alguma coisa a ver com o fato de Luke ter deixado o número do cartão de crédito quando fizera a reserva, para que o jantar fosse debitado dele. Gaguejei um pouco antes de dizer a ela que havia decidido dar uma passada por lá e pedir alguma coisa para viagem. Comeria no meu quarto, no hotel.

Quando ela me disse que papai não se interessara em ir, eu murmurara:

— Que novidade. — Mamãe suspirou e pediu para eu não começar.

Tia Lindy deu uma risada súbita.

— Ravióli picante de vitela? — Ela fez uma careta. — Não soa muito chinês.

Mamãe a encarou com uma expressão de piedade.

— A comida aqui é *fusion*, Lin. — Por cima do ombro de mamãe, vi Andrew se levantar e vir em minha direção. Ele caminhou ao longo do perímetro do restaurante, na direção de onde ficava a *hostess* e os banheiros.

— Pode pedir camarão com capim-limão para mim? — Tirei o guardanapo do colo e joguei-o sobre a mesa. — Preciso ir ao banheiro.

Mamãe desviou o olhar para mim e afastou a mesa para que eu saísse.

— Mas o que quer de entrada?

— Escolha uma salada qualquer — respondi por sobre o ombro.

Tentei os banheiros primeiro. Cheguei a abrir a porta do masculino, fingindo que havia confundido com o feminino. Um pai, de bigode, que estava secando as mãos, me informou onde eu estava. Chamei o nome de Andrew e o homem repetiu o que havia dito, irritado dessa vez.

Mamãe e tia Lindy estavam sentadas de costas para mim, por isso corri até a porta da frente. Do lado de fora, o ar tinha um cheiro de nada tão grande que não tive certeza sequer se estava respirando. Demorou um segundo para que os objetos da noite entrassem em foco diante dos meus olhos, então vi Andrew, apoiado contra o capô arranhado do carro dele, como se estivesse esperando por mim todo esse tempo.

Pedi desculpas a ele agitando os braços.

— Ela me pegou de surpresa.

Andrew se afastou do capô e veio para perto do restaurante, sob um andaime, onde as luzes da rua não conseguiam nos alcançar. Ele mexeu os dedos, em um gesto de magia.

— Intuição materna. Como se ela soubesse que você estava aprontando alguma.

Balancei a cabeça e ri, para mostrar a ele o quanto estava errado. Não gostava que Andrew se referisse a nós como "aprontando alguma".

— Não. É só que ela gosta muito de um jantar de graça no Yangming. — Recuei para a lateral do restaurante, contra a parede de tijolos, quando Andrew se adiantou até mim.

Ele segurou meu rosto entre as mãos, e fechei os olhos. Poderia ter dormido ali mesmo, em pé, com os polegares dele acariciando meu rosto e a brisa sem cheiro brincando com meus cabelos. Pousei as mãos sobre as dele.

— Espere por mim em algum lugar — pedi. — Vou encontrá-lo onde você estiver. Depois.

— Tif — suspirou ele. — Talvez seja melhor assim.

Abracei-o com força e tentei manter a voz leve.

— Vamos.

Andrew suspirou de novo, e as mãos dele deslizaram debaixo das minhas. Ele segurou meus ombros de um jeito fraterno e comecei a estilhaçar um pouco por dentro.

— Na noite passada, poderíamos ter feito algo que não teríamos como voltar atrás — disse ele. — Mas não fizemos. Talvez devêssemos simplesmente nos afastar agora, antes que façamos alguma coisa de que realmente possamos nos arrepender.

Balancei a cabeça e medi com cuidado meu tom.

— Eu jamais me arrependeria de nada com você.

Andrew me puxou para seus braços e, até que dissesse "Mas talvez eu me arrependa", realmente achei que o havia convencido.

A porta do restaurante foi aberta, deixando escapar o som alto de risadas. Senti vontade de gritar para todos lá dentro calarem a merda da boca. É sempre mais difícil manter o controle quando todas as outras pessoas estão se divertindo.

— Não temos que fazer nada — falei, odiando o modo como minha voz soou desesperada. — Podemos apenas ir para algum lugar, tomar um drinque, conversar.

O coração de Andrew batia com força contra o meu ouvido. Ele cheirava como um homem em um encontro amoroso, uma mistura de colônia e nervosismo. Senti o suspiro triste dele sobre o topo da minha cabeça.

— Não consigo só conversar com você, TifAni.

Em algum lugar dentro de mim, aquele para-brisa finalmente se estilhaçou. Meu instinto foi atacar, por isso plantei os cotovelos no peito de Andrew e o empurrei. Ele não estava esperando e arquejou, como se houvesse perdido o ar, ou talvez estivesse apenas surpreso, e cambaleou para trás.

— É claro que não pode, porra. — Acenei para que se afastasse. — Eu realmente precisava de um amigo. Mas você é apenas outro cara que quer comer a puta da Bradley.

Sob as luzes da rua agora, vi o rosto de Andrew se encolher de mágoa e no mesmo instante odiei a mim mesma.

— TifAni — tentou ele. — Meu Deus, você sabe que isso não é verdade. Eu só quero que você seja feliz, é tudo o que eu sempre quis para você. Mas isso. — ele apontou para o espaço entre nós — não vai fazê-la feliz.

— Ah, melhor ainda! — Dei uma risada sarcástica. — Mais um para me dizer o que me fará feliz. Exatamente o que eu preciso. — *Não faça isso. Não diga isso.* Eu não conseguia parar. — Eu sei, está certo? — Dei alguns passos na direção dele até estarmos a distância de um beijo. — *Sei* o que é melhor para *mim*.

Andrew assentiu com gentileza.

— Sei que sabe. — Ele secou uma lágrima do meu rosto, o que só me fez chorar ainda mais. Aquela seria a última vez que Andrew me tocaria? — Então faça.

Segurei a mão dele, que estava no meu rosto, toda molhada de lágrimas.

— Não posso. Sei que não farei.

A porta do restaurante foi aberta e Andrew e eu nos afastamos, enquanto um casal, bem alimentado e feliz, descia as escadas. O homem esperou pela mulher na rua e, quando ela o alcançou, passou o braço por seus ombros. A mulher fingiu não ter percebido meus olhos úmidos quando passou, mas eu sabia pela expressão em seu rosto que havia visto. Sabia o que ela estava pensando. *Briga de casal, ainda bem que não fomos nós nessa noite.* Eu teria sido capaz de matar pela possibilidade de sermos um casal, brigando porque Andrew estava trabalhando demais, porque eu estava gastando demais na Barneys, qualquer outra coisa que não o que estávamos realmente fazendo ali.

Esperamos que o casal caminhasse até o seu carro, ouvimos as portas serem fechadas. A dela primeiro, a dele poucos segundos depois. Ele abrira a porta para ela. Eu os odiava.

— Nunca tive a intenção de chatear você, TifAni — disse Andrew. — Odeio vê-la assim. — Ele jogou os braços para o alto, com raiva de si mesmo. — Deixei que isso fosse longe demais. Nunca deveria ter chegado a isso. Lamento muito.

Queria dizer a ele que também lamentava, que também não era aquilo que eu pretendia que acontecesse. Mas não consegui pronunciar as palavras, mais mentiras e desculpas.

— Acho que dei uma ideia errada sobre Luke. — Andrew estendeu as mãos, como se tentasse evitar que eu me explicasse, mas insisti. — Não é fácil para alguém como eu ser feliz. Isso é o mais perto que vou chegar e está ótimo...

— Não tive a intenção de sugerir que...

— Então não ouse — chorei alto, deixando escapar um soluço embaraçoso — sentir pena — outro soluço — de mim.

— Não sinto — retrucou Andrew. — Nunca senti. Fico *estupefato* com você, TifAni. Você cuidou de Peyton, segurou a mão dele. Depois de tudo o que ele fez. Não tem ideia do quanto é incrível. Deveria estar com alguém que reconhecesse isso.

Levantei a gola da blusa e fingi que secava o rosto. Mas na verdade estava abafando soluços baixos sob a máscara protetora. Ouvi os belos sapatos sociais de Andrew se adiantarem, mas balancei a cabeça e deixei escapar um murmúrio abafado para que ele não se aproximasse mais.

Andrew esperou por mim, a uma boa distância, enquanto eu destruía a minha blusa. Não poderia nem mais devolvê-la ao armário da editoria de moda, agora, teria que dizer que a perdera ou coisa parecida. Planejar essa nova mentira era a única coisa que conseguiria me acalmar. E foi a única coisa que me secou por dentro e me deu forças para pigarrear e dizer, ainda não totalmente composta:

— Minha mãe provavelmente está se perguntando onde estou.

Andrew assentiu, a cabeça baixa. Como se estivesse nessa mesma posição o tempo todo, para me dar privacidade.

— Está certo.

Pelo menos consegui dar um boa-noite que soou agradável antes de me virar e subir as escadas do restaurante. Andrew ficou esperando, atrás de mim, para se certificar de que eu entraria em segurança. De qualquer modo, eu não o merecia mesmo.

—⁂—

— Aí está você! — disse mamãe, enquanto eu me espremia entre duas mesas e entrava no reservado. — Pedi para você a salada mais entediante que tinham. — Ela mergulhou uma porção de macarrão crocante no molho de laranja e levou à boca. — Sei que você está fazendo essa dieta maluca.

— Obrigada. — Abri o guardanapo sobre o colo de novo.

Tia Lindy foi a primeira a perceber a expressão do meu rosto.

— Você está bem, Tif?

— Na verdade, não. — Levei uma porção de macarrão crocante à boca também, sem molhar em nada, e mastiguei. — Quero dizer, acabo de passar a tarde com a mãe do garoto que assassinei, acho que isso explica.

— TifAni FaNelli — arquejou mamãe. — Não fale assim com a sua tia Lindy.

— Não estava falando assim com a minha tia Lindy. — Enfiei outra porção de macarrão na boca. Queria virar a tigela inteira garganta abaixo, qualquer coisa que tapasse aquele buraco de fome. — Estava falando assim com você.

— Viemos até aqui para ter um jantar agradável — sibilou mamãe. — Se está determinada a arruiná-lo, pode ir embora.

— Se eu for, o cartão de crédito de Luke vai junto. — Mastiguei ruidosamente e dei um sorriso destruidor.

Mamãe conseguiu manter um verniz de calma sobre o pânico que obviamente sentia por tia Lindy estar testemunhando uma cena daquela. Com certeza minha prima jamais constrangeria a mãe daquela forma. Ela iria se casar com um homem da *lei*. Mamãe se virou para a irmã como se todos os ossos do seu corpo não estivessem implorando para que ela me desse um bote, como uma cobra, e disse em sua voz de doce princesa Disney dos infernos:

— Se incomoda de me deixar a sós por um instante com TifAni?

Tia Lindy pareceu chateada por perder a cena, mas pegou a bolsa que estava pendurada nas costas da cadeira.

— Estava mesmo precisando ir ao toalete.

Mamãe esperou até não podermos mais ouvir as pulseiras de tia Lindy tilintando por todo o restaurante como se fosse uma maldita banda. Então, afastou os cabelos, que na verdade não estavam caindo nos olhos, preparando-se para o sermão:

— TifAni, sei que está sob um enorme estresse nesse momento. — Ela estendeu a mão para mim, mas me desvencilhei. Mamãe ficou olhando por um instante para o lugar onde estivera a minha mão. — Mas precisa se controlar. Você está a *isso aqui* de afastar Luke. — Ela mostrou o polegar e o indicador a milímetros de distância para que eu percebesse o pouco de tempo que me restava.

Era impressionante que ela mencionasse exatamente isso. Tão impressionante que fiquei desconfiada.

— E o que sabe sobre isso?

Mamãe se recostou na cadeira e cruzou os braços.

— Ele me ligou. Estava preocupado. Me pediu para não contar a você, mas — ela se inclinou para a frente e as veias púrpura em seu pescoço saltaram —, vendo como você está agindo essa noite, achei que precisava ouvir.

A ideia de que a decisão pudesse sair das minhas mãos, que eu não tivesse Andrew e talvez não tivesse ninguém, quase me fez perder o fôlego. Mudei de posição e tentei não parecer tão preocupada quanto estava.

— O que ele disse exatamente?

— Que você não está sendo *você*, TifAni. Que está agressiva, hostil.

Ri como se aquela fosse a coisa mais absurda que eu já ouvira.

— Eu queria participar do documentário, e Luke achou que eu não deveria. Ele quer que eu me mude para Londres e desista de uma oportunidade em nada menos do que o *The New York Times!* — Baixei a voz ao perceber o olhar severo da minha mãe. — Então agora defender o que quero é ser hostil?

Ela baixou a voz para deixá-la no mesmo tom da minha.

— Na verdade não importa se você está sendo hostil ou não, não é mesmo? Porque tem mais a ver com você não estar agindo como a pessoa por quem Luke se apaixonou. — Ela deu um gole na água que o garçom trouxera enquanto eu estava do lado de fora, em uma batalha com o sr. Larson. — É melhor voltar a agir como antes, se quer que esse casamento aconteça.

Recuamos cada uma para um canto, nosso silêncio feroz apenas ampliado pelo barulho e a alegria do salão ao nosso redor. Vi tia Lindy voltando do banheiro. Eu tinha ido com ela e minha mãe ver a casa de festas pequena e cafona onde a minha prima iria se casar, a gerente se gabando que as luzes no "salão de baile" podiam piscar em néon, rosa, verde e azul, em sincronia com a música que o DJ da casa estivesse tocando. Então minha tia passou a se vangloriar do cardápio que poderia custar cem dólares por um prato principal que misturasse carne e frutos do mar, mas que era a única filha dela e não pretendia poupar despesas. Que piada! Eu pularia de alegria se isso fosse tudo o que o responsável pelo meu bufê estivesse me cobrando, bem, *nos* cobrando. A lembrança fez com que aquela sede voltasse, a mesma que o especialista dissera que poderia indicar uma pessoa que não estivesse satisfazendo alguma necessidade biológica básica. Tia Lindy me deu um olhar desconfiado e inquisitivo, e assenti para que voltasse para a mesa, enquanto entornava todo o conteúdo do copo de água, os cubos de gelo batendo contra os meus dentes de um modo que sempre fazia eu me encolher de agonia.

Assinei o recibo do cartão e minha mãe me lembrou de levar o que sobrara.

— Leve para o papai — ofereci, generosa. Entrara em um embate com ela e perdera. — Não tenho lugar para guardar no hotel.

Já no estacionamento, tanto tia Lindy quanto mamãe me pediram para agradecer a Luke pelo jantar. Prometi a elas que faria isso.

— Quando você volta para Manhattan? — perguntou minha mãe, como sempre, achando que parecia cosmopolita quando dizia Manhattan, em vez de Nova York.

— Só amanhã à tarde — disse. — Tenho mais uma gravação marcada.

— Ora — falou tia Lindy —, descanse um pouco, querida. Não há maquiagem melhor do que uma boa noite de sono.

Ao sorrir, parecia que eu tinha uma faca sendo enfiada ao redor da minha cabeça. Assenti, despedindo-me de mamãe, e imaginei a metade de cima da minha cabeça se abrindo como uma pequena abóbora partida, pronta para ser servida no meu jantar nojento, sem glúten. Esperei até que ela e tia Lindy entrassem no BMW excêntrico. A última vez em que meus pais tiveram dinheiro para renovar o financiamento e trocar aquele carro por um modelo mais novo fora há sete anos. Na época, eu sugerira alguma coisa menos berrante, de manutenção mais barata, e mamãe rira: "Não vou dirigir um Honda Civic, TifAni." Para ela, sucesso não era trabalhar na *The New York Times Magazine,* sucesso era se casar com alguém como Luke Harrison, que poderia lhe dar todas as coisas que ela fingia que podia ter.

Logo depois que minha mãe e minha tia saíram do estacionamento, arrisquei um olhar para a versão ainda mais velha do carro dela, e ele ocupava o mesmo lugar que eu o deixara uma hora antes.

Passei por ele e fingi não notar a placa de Nova York. Houve um movimento rápido do lado de dentro, então as luzes traseiras me saudaram em vermelho. Andrew já havia partido quando destranquei as portas do jipe.

Cinco anos atrás, a Universidade Bryn Mawr havia derrubado as árvores que protegiam a vista da Clareira da estrada. Latas vazias de cerveja com o DNA das bocas de adolescentes de décadas atrás foram recolhidas e recicladas, e o terreno foi transformado em um belo parque, com mesas de piquenique, um espaço com balanços, uma fonte discreta no centro, jorrando água. Domingo de manhã, segui os rastros finos das rodas sobre a grama, até o fim, as câmeras às minhas costas.

Ele levantou os olhos para mim, como supus que era o que precisava fazer com todos agora.

— Finny.

Mordi o lábio inferior. Deixei o nome pairar naquele lugar antes de falar, para que abrangesse tudo o que aquele apelido invocava.

— Não consigo acreditar que me fez vir aqui, Dean.

Aaron pediu que me sentasse em um banco. Seria melhor para a filmagem se eu e Dean estivéssemos da mesma altura. E apenas um de nós poderia igualar essa disparidade. Hesitei a princípio, mas aceitei quando percebi que Dean estava olhando para o chão, a humilhação deixando o rosto dele vermelho.

Finalmente nos acomodamos em nossas marcas, a equipe concentrada em nós como um batalhão de fuzilamento, mas nenhum dos dois sabia como começar. Fora Dean que quisera fazer aquilo e pedira a Aaron para me perguntar se eu estava disposta a encontrá-lo. E fora isso que ele me propusera na sexta-feira, quando deixávamos o estúdio, depois do primeiro dia de gravação.

"O que ele quer?", eu perguntara a Aaron.

"Ele disse que quer se desculpar. Colocar tudo em pratos limpos." Aaron me olhara como se dissesse "Não é ótimo?".

Eu sabia que havia prometido a Luke que não falaria sobre aquela noite. Sabia que dissera que eu nem queria falar sobre aquela noite. Mas com Dean que estava disposto a confessar o que todos eles tinham feito comigo, alguma justificativa finalmente, percebi com quanta insensibilidade eu vinha mentindo para mim mesma. É claro que eu queria falar.

Já no mesmo nível que Dean agora, levantei as sobrancelhas para ele na expectativa. Não iria ser eu a começar a falar. Dean apelou para a nostalgia, o que só serviu para mostrar o quanto ele continuava estúpido.

— Lembra-se de como costumávamos nos divertir aqui? — Ele olhou ao redor, a saudade em seu rosto era um insulto.

— Lembro que foi aqui que você me convidou para ir à sua casa. Lembro de ter ido e de ter apagado e ficado como um saco de batatas. — O sol saiu de trás de uma nuvem e estreitei os olhos. — Lembro como se fosse ontem.

Os dedos de Dean se agitaram como se ele tivesse sido eletrocutado, então ficaram rígidos em seu colo.

— Lamento muito no que deu tudo aquilo.

— No que deu tudo aquilo? — Era para isso que eu estava ali? Para um pedido de desculpa vago à moda dos políticos, desviando de qualquer responsabilidade real? Estreitei os olhos, acionando milhões de pés de galinha por toda parte, mas não me importei. — Que tal, lamento por ter me aproveitado de você quando tinha catorze anos e estava fora de si? Lamento por tentar fazer a mesma coisa na casa de Olivia e por esbofeteá-la...

— Parem de filmar isso. — Dean virou a cadeira de rodas na direção da câmera, com uma agilidade tão impressionante que me calou.

O cinegrafista olhou interrogativamente para Aaron.

— Parem de filmar isso — repetiu Dean, avançando sobre ele lentamente.

O cinegrafista ainda estava esperando por Aaron, para saber o que fazer, mas Aaron estava parado, muito pálido e com uma expressão confusa. Naquele momento me dei conta de que tudo o que eu acabara de dizer a Dean o havia deixado chocado. Ou Dean havia passado por cima dos detalhes daquela noite, ou aquela era a primeira vez que Aaron estava ouvindo a respeito. "Ele quer se desculpar. Colocar tudo em pratos limpos." Percebi que Aaron não tinha ideia de por que Dean tinha que se desculpar.

— Aaron? — chamou o cinegrafista, e o diretor pareceu voltar a si.

Ele pigarreou e disse:

— Nathan, pare de filmar.

Eu me dirigi às costas de Dean com uma risada aguda.

— Por que você quis fazer isso, Dean? Se não podemos falar *nada* sobre o que realmente aconteceu. — Eu me levantei, e a mera capacidade de poder fazer aquilo já servia como uma arma poderosa.

Dean girou a cadeira. Ao menos meu fardo não era físico, não era um lugar onde eu estava condenada a me sentar pelo resto da minha vida. Entendi, estranhamente, que aquilo era quase pior para Dean do que o fim dos vinte anos não tê-lo atingido da mesma forma como fizera com os outros. Ele ainda tinha um bom volume de cabelo, ainda tinha a parte superior do corpo flexível. Uma linha atravessava a testa dele, como uma dobra em um envelope, mas isso era tudo. Se ele tivesse sucumbido ao peso dos anos, não seria um desperdício tão imenso estar meio preso ao chão por toda a eternidade.

Obviamente ele era casado com uma superbeldade, saltos altos e lábios pesados de batom na mesa do café da manhã, vícios de beleza que eu ainda tinha que me obrigar a resistir, a versão insolente da maníaca por beleza que era minha mãe arraigada em meus ossos. Ouvira a esposa de Dean falar em uma matéria do *Today Show* — sulista, fanática religiosa. Provavelmente não acreditava em sexo antes do casamento, ou sexo para nada que não fosse procriação, o que funcionava muito bem para Dean. Estava certa de que ele não podia apreciar as proezas sexuais que prometíamos na capa da *The Women's Magazine*. Arthur se certificara disso.

Dean checou com a equipe de filmagem por cima do ombro:

— Isso não está sendo filmado, certo?

— Está vendo alguma câmera apontada para você? — perguntou Aaron, um tanto irritado.

— Pode dar um pouco de privacidade a mim e a TifAni, por favor? — disse Dean.

Aaron olhou para mim. Assenti e disse apenas com o movimento dos lábios.

— Está tudo bem.

O cinegrafista apontou para o céu, novamente atrás das nuvens.

— Deveríamos gravar isso logo, antes que chova.

Aaron jogou a cabeça para trás, em um sinal para que a equipe recuasse.

— Vamos conseguir.

A equipe seguiu Aaron, as longas passadas dele aumentando a distância entre nós. Dean esperou até que o resto da equipe também se afastasse antes de se virar para mim. Uma veia saltou em seu maxilar, uma, duas vezes, e parou.

— Pode se sentar?

— Prefiro ficar em pé, obrigada.

Dean girou as rodas da cadeira.

— *Muuuito* bem. — De repente, o canto de sua boca se curvou. — Você vai se casar?

Minha mão, abaixada ao lado do meu corpo, estava bem no nível dos olhos dele. Daquela vez, esquecera o orgulho que sentia da minha esmeralda, os poderes mágicos e transformadores dela. Abri bem a mão, os dedos esticados, do jeito que as garotas sempre faziam quando alguém percebia seu anel e perguntava a respeito, a empolgação renovada com tanta rapidez, como se tudo tivesse acabado de acontecer novamente. Mas naquele momento a pedra poderia muito bem ser um inseto morto na minha mão, pelo modo como eu olhava para ela.

— Em três semanas.

— Parabéns.

Enfiei as mãos nos bolsos traseiros.

— Pode ir direto ao ponto, Dean?

— Tif, sinceramente...

— Na verdade, hoje em dia atendo por Ani.

Dean esticou o lábio inferior e repetiu o nome mentalmente.

— Como no fim de...

— TifAni.

Ele pensou mais um pouco, avaliando.

— Bonito — concluiu.

Permaneci imóvel para que ele percebesse como a opinião dele não tinha a menor importância para mim. O céu se agitou e uma gota de chuva solitária caiu sobre o nariz de Dean, como se implorasse para que ele se apressasse.

— Bem, primeiro quero me desculpar com você — disse Dean. — Venho querendo fazer isso há muito tempo. — Ele manteve contato visual comigo com uma intensidade excessiva, como havia sido orientado pelo especialista em mídia, que provavelmente lhe dissera que era assim que deveria se desculpar. — O modo como tratei você — um suspiro vibrou os lábios cheios dele — foi muito errado, e lamento muito.

Fechei os olhos. E mantive-os fechados até ter conseguido gerar força o bastante para engolir a dor da lembrança. Depois que consegui, voltei a abri-los.

— Mas você não quer dizer isso para a câmera.

— Direi isso para a câmera — falou Dean. — Vou me desculpar pelas acusações falsas que fiz contra você. Quando disse que você pegou a arma porque estava junto com Arthur e Ben. — Abri a boca, mas Dean levantou a mão, a que tinha a própria aliança de prata no anular. — Tif... quero dizer, Ani... você pode escolher entre acreditar nisso, ou não, mas na época eu realmente achei que você estava envolvida. Imagine como pareceu para mim. Você entrou correndo, e eu sabia que você e Arthur eram amigos e sei como você devia estar furiosa comigo. Ele estendeu a arma para você e basicamente disse para acabar comigo. E você *estendeu* a mão para a arma.

— Mas eu estava apavorada. Estava implorando pela minha vida. Você também viu isso.

— Eu sei, mas estava tudo muito confuso para mim — disse Dean. — Eu tinha perdido muito sangue e também estava apavorado. Tudo o que eu sabia era que ele tinha estendido a arma e que você a pegara. Aqueles policiais, eles foram até mim tão certos de que você participara. Eu estava só confuso... e furioso. — Ele mexeu a cadeira de rodas de um lado para outro. — Eu estava *furioso*. Arthur e Ben estavam mortos, e você ainda estava viva para eu poder descontar a minha raiva.

Aquilo era algo sobre o que Dan, o advogado, havia realmente me alertado. Que os verdadeiros vilões estavam mortos, todos estavam procurando por um alvo, e eu parecia a pessoa certa para isso.

Lembrei a Dean:

— Mas eu nem sequer conhecia o Ben.

— Eu sei — disse Dean. — Eu só... depois que tive algum tempo para me recuperar, e para pensar, percebi que você não tinha nada a ver com isso.

— Então por que simplesmente não veio a público e disse isso? Sabe que ainda recebo correspondências de ódio? Dos seus *fãs*. — A última palavra saiu trêmula de raiva.

— Porque eu estava furioso — confessou Dean. — Não há nada mais a dizer que não isso. Raiva. E ressentimento. Por você ter saído bem.

Eu ri. Todas aquelas pessoas tão certas de que eu me saíra bem, e a culpa disso era minha mesmo, por fingir maravilhosamente bem.

— Não exatamente.

Dean me olhou de alto a baixo. Não foi um olhar lascivo. Ele estava apenas fazendo a observação mais óbvia. Minhas roupas simples e caras, as pontas dos meus cabelos aparadas por 150 dólares.

— Você parece muito bem.

As pernas de Dean caíam penduradas abaixo dos joelhos, em um V. Eu me perguntei se ele as arrumava daquele jeito toda manhã quando saía da cama. Outra gota de chuva, mais gorda dessa vez, acertou a minha testa.

— E por que precisávamos de privacidade para dizer tudo isso? Aaron disse que você queria gravar tudo.

— E quero — reiterou Dean. — Direi tudo isso para a câmera. Vou explicar como estava confuso, primeiro, e depois furioso demais para retificar a situação. Vou me desculpar e você vai me perdoar.

Estava furiosa.

— É mesmo?

— Sim — disse Dean. — Porque você quer limpar seu nome. E posso fazer isso por você.

— E o que você consegue com isso?

— Ani — Dean juntou as pontas dos dedos —, fiz muito sucesso com a minha má sorte.

Não muito atrás de mim estava o Mercedes preto, o motorista com o terno esperando para levar Dean ao próximo compromisso.

— Você é uma verdadeira inspiração, Dean.

— Ei — ele deu uma risadinha. — Pode me culpar por tentar tirar o melhor de tudo isso?

O sol voltou a aparecer. E dinamitou qualquer possibilidade de compreensão.

— Acho que não.

— Na verdade foi tudo um feliz acaso. — Dean se inclinou para a frente, como se estivesse animado para compartilhar comigo aquela parte de sua vida. — Estava trabalhando em meu último livro, que é sobre o poder de pedir perdão e então apareceu esse projeto do documentário.

Fiquei rígida.

— Como se fosse obra do destino.

Dean deu uma risadinha sacana.

— Você é esperta, Ani. Sempre foi. Espero que seu marido dê valor a isso. — Ele suspirou. — Minha esposa é tão burra.

— Noivo — eu o corrigi.

Dean deu de ombros, como se isso não importasse.

— Muito bem. Noivo. — Ele olhou para trás de novo, para se certificar de que ninguém poderia ouvi-lo além de mim. — Será muito... impactante... para os meus *fãs* — um pequeno sorriso, em meu benefício — nos ver chegar a uma certa paz. Mas também acho que as pessoas vão entender por que demorou tanto tempo para eu conseguir chegar a esse ponto, e por que fiquei confuso a princípio. Não estava determinado a arruinar seu bom nome, estava *traumatizado*. Sou homem o bastante para admitir isso agora. Mas... ah, bem, a outra história. Na verdade não há uma desculpa para ela, não é mesmo? — Dean fez uma pausa de alguns instantes, como se estivesse considerando se me contava ou não o que disse a seguir. — Minha esposa está grávida, você sabia disso?

Eu o encarei sem expressão.

— É meu filho biológico. — Ele levantou os olhos para mim, semicerrando-os por causa do céu temperamental. — É impressionante o que se consegue fazer hoje em dia. — A voz dele assumiu um tom mais suave, divertido. — Tudo o que é necessário é uma cirurgia não invasiva, um laboratório e uma placa de Petri, e *voilà*, sou um pai de família, exatamente o que a minha comunidade quer de mim. Eles pagam as minhas contas, por isso fico feliz em agradar, embora crianças... — Ele fez uma expressão que eu já vira muitas vezes antes. Por um momento, ficou olhando para a estrada, imaginando como seria a própria vida com um filho atrás de quem nunca poderia correr, a quem nunca poderia ensinar a jogar futebol. Dean pigarreou e olhou novamente para mim. — Mas a outra história, não vejo como possam me perdoar por ela, como me perdoarão por meu outro tropeço.

— Não — concordei. — É muito podre.

— Esse é um pedido de desculpas em particular. — Dean inclinou a cabeça. Ele avaliou minha expressão e continuou: — E *é* um pedido de desculpas. Sinto muito pelo que aconteceu.

Fixei os olhos nele.

— Mas quero que me responda uma coisa.

A veia no maxilar de Dean voltou a pulsar.

— Você e os outros caras planejaram aquilo? Aquela noite na sua casa?

Dean teve a coragem de parecer ofendido.

— Não éramos diabólicos, Ani. *Não*. É só... — Ele olhou novamente para a estrada vazia e pensou em como explicar. — Havia uma certa competitividade envolvida. Quem pegaria a novata. Mas, quando fomos para o meu quarto, eu nem sabia o que já tinha acontecido com Liam. E só soube no dia seguinte.

Dei um passo na direção dele, tão chocada que tive vontade de arrancar o resto dos segredos dele.

— Você não sabia sobre o Liam?

Dean se encolheu.

— Mas escuta, eu sabia sobre o Peyton. Mas... não *sabia*, não achei que era tão ruim. Não sei — ele deu de ombros —, aquilo, para mim, não era sexo. Eu não entendia como o que acontecera com Peyton e comigo poderia ser ruim. — Desviando do meu olhar, Dean acrescentou rapidamente: — Mas agora sei.

O sol nos atingiu de novo, por um rápido instante, antes de voltar a se esconder atrás de uma nuvem sombria.

— O que você sabe agora?

Dean franziu o cenho, como se eu fosse uma professora que houvesse acabado de lhe fazer uma pergunta difícil e ele quisesse dar a resposta certa.

— Que foi errado.

— Não. — Apontei o dedo para ele, em diagonal. — Quero que você diga. O que foi errado. Se vou jogar o seu jogo, mereço ouvir pelo menos uma vez você falar claramente. Diga o que você fez comigo.

Dean suspirou e considerou meu pedido. Depois de um instante, admitiu:

— O que fizemos com você... foi estupro, está bem?

A palavra pareceu rasgar meu estômago como um câncer. Um ataque terrorista. A queda de um avião. Como se todas as coisas que me apavoravam fossem me pegar porque eu escapara das mãos de Arthur meia vida atrás. Ainda assim, balancei a cabeça.

— Não. Não nessa linguagem distante, "Foi estupro"... conheço esses truques. Quero que você diga o que fez comigo. O que todos vocês fizeram comigo.

Dean abaixou os olhos para o chão. A ruga em sua testa se suavizou quando ele parou de se debater com a ideia.

— Nós estupramos você.

Cerrei os lábios e senti o gosto de algo deliciosamente metálico. Por mais impossível que parecesse, foi um momento muito mais doce do que quando Luke me pediu em casamento.

— E aquela noite na casa de Olivia...

Dean me interrompeu com um aceno resignado.

— Eu sei. Bati em você. Não há desculpa para isso. Para nada disso. Tudo o que sei é que também me senti enganado. Achei que você havia me dado corda.

E isso me enfureceu. Foi como se a raiva tivesse me cegado. Ainda me sinto muito grato pelo pai da Olivia ter interrompido tudo, ou, não sei o que... — Ele parou, porque as gotas de chuva haviam tirado a equipe do lugar onde estavam esperando.

— Ei! Vocês dois? — chamou Aaron. — Se queremos fazer isso, tem que ser agora.

Fizemos a gravação momentos antes da chuva cair. Eu tinha me traído? Não vejo dessa forma. Mas só porque ainda há uma coisa que guardei para mim mesma por todos aqueles anos, uma razão para pegar mais leve com Dean. Posso ter dúvidas do que eu diria se Arthur tivesse vindo até mim e me convidado para fazer parte do plano dele, mas não tenho dúvidas do que teria acontecido caso Arthur realmente tivesse me deixado com a arma. Porque se eu realmente tivesse tido aquele fuzil nas mãos, acho que talvez arrebentasse fora o pau daquele filho da puta. Arthur teria sido o segundo.

16

Há duas chaves no meu chaveiro, além de um cartão de acesso do New York Sports Club, embora eu não seja membro de lá desde 2009. Isso significa que tenho cinquenta por cento de chance de enfiar a chave certa na porta. Não consigo me lembrar de uma única vez em que tenha escolhido a chave certa.

Luke acha bonitinho. Ele diz que é o que o avisa de que cheguei em casa. "Assim, posso fechar as janelas de sites pornô no computador", brinca. Eu vi os pornôs que Luke visita: garotas com tetas gigantes gritando sim, sim, sim, na hora H, algum imbecil musculoso metendo nelas, tudo tão excitante quanto declarar o imposto de renda. Luke acha que não gosto de pornô, mas simplesmente não gosto do pornô de que ele gosta. Preciso ver alguém sofrendo. Dor é bom. Dor não pode ser fingida.

Abri a porta com o pé.

— Oi.

— Oi — disse Luke do sofá, observando com um sorriso no rosto meu esforço para entrar. — Senti saudades.

A porta se fechou atrás de mim e deixei as malas caírem no chão. Luke abriu os braços.

— Posso ganhar um abraço?

As palavras "Posso ganhar uma ajuda?" vieram à ponta da minha língua. A decisão de não dizê-las exigiu certo esforço.

Fui até onde Luke estava e me aconcheguei em seu colo.

— Ahn — disse ele. — Você está bem, meu amor?

Enfiei o rosto no pescoço dele. Luke precisava de um banho, mas sempre gostei dele sujinho. Algumas pessoas têm um bom aroma natural, e Luke era uma delas. É claro que era.

— Estou exausta — falei.

— O que posso fazer por você? — perguntou Luke. — Como posso ajudar?

— Estou faminta — disse. — Mas não quero comer.

— Meu amor, você está incrível.

— Não — retruquei. — Não estou.

— Ei. — Luke forçou os dedos sob meu queixo e levantou a minha cabeça para o alto, para que eu olhasse para ele. — Você é a garota mais linda que eu já vi e vai ser a noiva mais linda. Mais um cheeseburger não vai mudar isso. Um milhão de cheeseburguers não mudariam isso.

Agora era o momento de perguntar. Havia pegado Luke em um momento de "paixão absoluta por Ani", o que era cada vez mais raro atualmente. Mas, antes que pudesse fazer isso, a expressão de Luke se tornou séria.

— Escuta — disse ele —, tenho que conversar com você sobre uma coisa.

Foi como se eu estivesse andando de montanha-russa, no exato momento em que o carrinho passava do ponto mais alto e arremetia na direção do chão. A mudança na força de atração embaralhando todos os meus órgãos, minha barriga latejando como se meu coração estivesse lá embaixo. Minha mãe estaria certa?

— A oferta do cargo em Londres se concretizou — anunciou Luke.

Repeti o que ele dissera na minha cabeça, tentando ajustar, tentando identificar a emoção que ricocheteava de meus rins e fígado e coração em queda livre, como alvos em uma máquina de *pinball*. Seria desapontamento? Alívio? Resignação?

— Ah — disse. — Ah — repeti, vendo-me tropeçar em uma certa curiosidade. — Quando?

— Eles querem que nos mudemos nas festas de fim de ano. Assim, já estarei lá no começo de janeiro.

Eu me afastei um pouco, transferindo meu peso de um modo que provocou uma careta em Luke. Ele se mexeu sob o meu corpo, tentando se colocar confortável novamente.

— Você já disse a eles que sim?

— Não — retrucou Luke. — É claro que não. Falei que precisava conversar com você antes.

— Quando tem que dar uma resposta?

Luke franziu o cenho, pensando.

— Acho que até daqui a uma semana mais ou menos.

Os ligamentos das pernas de Luke ficaram tensos sob o meu corpo, preparando-se para o meu ataque de fúria. Subitamente me dei conta do poder que eu teria se conseguisse me manter calma. Isso significava aceitar uma decisão que me deixava triste, mas a outra opção me dava medo, e eu estava cansada de ter medo.

— Preciso conversar com LoLo — disse, imaginando a reunião no escritório dela, o rosto quimicamente tranquilo de LoLo, incapaz de expressar que achava que eu estava cometendo um erro enorme. — Talvez ela me consiga uma vaga na filial britânica.

Luke sorriu, surpreso.

— Tenho certeza de que ela vai conseguir. — E acrescentou generosamente: — LoLo adora você.

Assenti, a Ani agradável. Brinquei com um botão na camisa dele e falei:

— Na verdade, também tenho que conversar sobre uma coisa com você.

Luke cerrou as sobrancelhas douradas.

— O estúdio que está fazendo o documentário quer filmar o casamento. — Eu me apressei a continuar antes que Luke pudesse objetar. — Eles ficaram realmente comovidos com a minha história. E isso é legal porque também se ofereceram para basicamente serem responsáveis pela filmagem do casamento e editarem um vídeo para nós. De graça. — Norte-americanos brancos e bem-sucedidos adoravam ter algo de graça, de vez em quando.

Aaron havia se aproximado de mim depois de Dean ter subido a rampa com a cadeira de rodas e entrado no carro adaptado. Eu fora tão corajosa. Tão destemida. Eu me perdi dentro de mim mesma enquanto ele continuava com os elogios.

— Você realmente vai sair disso tudo como uma espécie de heroína trágica — disse Aaron. — Acho que seria tão forte terminar o documentário com seu casamento. Você feliz para sempre. Um final que merece há tanto tempo.

Não discordava. Esse era o final mais fácil.

Percebi que devia ter dito a Aaron que discutiria a ideia com Luke naquele mesmo momento em que Luke estivera dizendo aos sócios dele que discutiria a ida para Londres comigo — nós dois na expectativa de algo que desejávamos e que apenas o outro poderia tornar possível. Imaginei Luke saindo da reunião todo animado, pensando no apartamento elegante e moderno que a empresa colocaria à nossa disposição, afastando a possibilidade de uma estraga-prazeres naquele cenário, eu. *Não vai ser problema convencê-la*, ele deve ter pensado, como somente uma pessoa que sempre teve sorte na vida poderia pensar.

Minha conversa com Aaron havia terminado de um modo completamente diferente. Esperei para reagir quando estava sozinha no jipe. *Nosso* jipe, lembrei a mim mesma, de mau humor. Agarrei o volante com tanta força que meus dentes chacoalhavam, então me deixei cair sobre o console central, uivando minha resignação sobre o couro que fedia um pouco, como se um dos amigos de Luke tivesse derramado cerveja ali havia muito tempo e não tivesse se preocupado em limpar.

Luke coçou a barba por fazer no pescoço.

— De graça?

Havia uma rendição na voz dele, e por um momento, senti certo remorso. Por que não deixá-lo apenas dizer que não? Por que não brigar, gritar e dizer simplesmente "Não posso fazer isso?", a sério dessa vez? Falei em voz alta, tentando abafar a possibilidade na minha mente.

— De graça. E você sabe que eles farão um bom trabalho. De verdade.

Luke encarou a parede nua acima da TV, pensando. Eu estava para ir ao mercado de pulgas do Brooklyn, em busca de algo "excêntrico" para pendurar ali.

— O problema é que detesto a ideia de nosso casamento aparecer no documentário.

— Vai aparecer só por alguns minutos no final — falei, a mentira pronta e esperando. — Vamos poder dar palpites na edição final.

Luke virou a cabeça, pensando na possibilidade.

— E você confia neles?

Assenti, e, pelo menos isso, era verdade. Aaron havia me surpreendido depois que eu decidira parar de desprezá-lo.

— Confio. Realmente confio.

Luke inclinou a cabeça para trás, o couro marrom enrugando sob o peso do crânio dele. Os pais de Luke haviam comprado aqueles sofás para nós. Eu, que antes dividira com Nell um futon com manchas de Coca Diet e de gordura de pizza, passara direto para a fase de usufruir daqueles sofás, o couro macio como manteiga, como dissera minha mãe na primeira vez em que nos visitara, passando as unhas francesinhas pelo revestimento cremoso. Às vezes, essa transição me parecia excessiva, rápida demais. Deveria ter havido um meio-termo, e parecia injusto que eu tivesse pulado essa parte. Era como se fosse algo pelo qual eu seria punida mais tarde.

— Luke. — Agora eu liberei as lágrimas que vinha colecionando desde que entrara com o jipe na rodovia West Side, o pânico súbito e desorientador de que o lugar para onde estava indo não era mais o meu lar, conforme o West Village se tornava Tribeca. — Esse fim de semana foi muito bom de várias maneiras. Realmente senti, pela primeira vez, que todos estavam do meu lado. Dean está do meu lado. Eu encontrei o Dean. Acho que eles querem...

— Você encontrou o *Dean*? — Luke virou a cabeça rapidamente. Olhei para as costas do sofá, para o modo como ficara impressa a marca do crânio dele. — Achei que você não estava planejando falar sobre o que aconteceu com ele. — Luke levou o polegar à boca e começou a mordê-lo com raiva. — Sabia que aqueles produtores iriam manipulá-la. — Ele secou a saliva na blusa e socou a coxa com o punho fechado. — Sabia que deveria ter ido com você.

Uma fagulha elétrica, primitiva e formigante subiu pela minha espinha. Eu jamais poderia imaginar que um dia na vida iria sentir necessidade de defender Dean Barton.

— Vi Dean porque queria ver Dean — retruquei com irritação. — E relaxa. Não falamos sobre o estupro.

Aquela palavra fez Luke ficar subitamente imóvel. Eu nunca a havia dito em voz alta. Para ninguém.

— A história dele mudou — falei, apressando-me a preencher o silêncio desconfortável, confirmando o que sempre desconfiara a respeito de Luke: ele não achava que fora estupro. Achava que havia sido um incidente infeliz, algo que acontece quando um bando de garotos tarados se junta e bebe demais. — Ele não acha mais que eu tenho algo a ver com o que aconteceu. — Eu me lembrei da foto que prometera devolver à sra. Finnerman, passei as pernas por cima do braço do sofá e me levantei, indo até a estante no canto. Agachei diante da prateleira de baixo para pegar a pasta onde guardava todas as coisas da Bradley... recortes de jornal, cartões fúnebres, a lembrança de Arthur com o pai, rindo diante do oceano cinzento, as conchas de cor pastel ao redor da moldura.

— Ele disse isso? — perguntou Luke, atrás de mim.

Sacudi a pasta, tentando localizar a foto.

— Ele me *disse* isso. E se desculpou por algum dia ter dito o contrário. Na frente da câmera.

Luke olhou por cima da superfície da mesa de centro para ver o que eu estava fazendo.

— O que está procurando?

— Aquela foto — falei. — De Arthur com o pai. Prometi à sra. Finnerman que devolveria para ela. — Virei todo o conteúdo da pasta no chão. — Não está aqui. — Revirei tudo, mais uma vez. — Que *diabo*?

— Você provavelmente colocou em outro lugar e esqueceu — disse Luke, subitamente prestativo. — Vai aparecer.

— Não, eu jamais teria tirado daqui. — Estiquei uma perna sobre a outra no piso de madeira e me sentei.

— Ei. — Luke se levantou do sofá, fazendo aquele barulho de quando descolamos uma folha de papel. Senti a mão dele nas minhas costas, e logo ele estava ao meu lado no chão, recolhendo o conteúdo da pasta. — Vai aparecer. Coisas assim sempre aparecem quando não estamos procurando.

Observei Luke recolher e afastar cuidadosamente a minha tragédia. A preocupação no rosto dele me deu coragem para tentar mais uma vez.

— Aaron compreende como poderia ser invasivo ter câmeras no casamento. Ele realmente vai fazer parecer apenas o responsável pela filmagem.

Luke fechou bem a pasta.

— Só não quero alguma coisa como uma equipe inteira de filmagem no nosso casamento.

Balancei a cabeça e levantei a mão, mostrando dois dedos.

— É isso, é só do que precisam.

— Dois caras?

— Disse a mesma coisa a eles. — *Está vendo, Luke, estamos pensando da mesma forma.* — Eles me prometeram, apenas dois. Ninguém terá como apontar a diferença entre eles e uma equipe comum de filmagem de casamentos. — Não mencionei a parte de todos os presentes terem que assinar autorizações de uso de imagem. Eu só precisava do consentimento dele.

Luke balançou a pasta de provas no colo.

— Isso vai deixá-la feliz, não vai?

Precisava das lágrimas de novo, mas apenas o bastante para fazer meus olhos brilharem. Sem marcas escorrendo pelo rosto... isso seria exagero.

— Vai, sim, me deixar muito feliz — concordei com a voz rouca.

Ele abaixou a cabeça e suspirou.

— Então temos que fazer.

Passei os braços ao redor do pescoço dele.

— Agora, quero um cheeseburger.

Era a coisa certa para a Ani louquinha e fofa dizer, porque Luke riu.

— Você está ridícula — disse Nell, quando entrei no Sally Hershberger Downtown. — Coma alguma coisa, já.

Escolhi encarar como uma piada e me preparava para dar um giro para ela, mas Nell pegou uma revista amassada de uma pilha que estava sobre a mesa de centro e olhou irritada para Blake Lively, na capa. Sentei-me perto dela na recepção, magoada. Uma modelo que parecia ainda estar na pré-adolescência ocupava o balcão da recepção e perguntou se queríamos café.

— Com leite — pedi.

— Desnatado? — perguntou ela.

— Integral.

— Ainda não conta como comida — resmungou Nell.

Meu cabeleireiro apareceu diante de nós.

— Ah, meu *Deusss*. — Ruben pressionou o rosto entre as mãos, como Macaulay Culkin em *Esqueceram de mim*. — Você tem maçãs do rosto.

— Não a encoraje. — Nell virou uma página da *W* com tanta força que a arrancou da revista. Nell e eu simplesmente não estávamos falando sobre aquilo. Absolutamente.

— Ah, por favor — Ruben ignorou-a. — É o *casamento* dela. Não podemos ter uma Shamu atravessando a nave da igreja. — Ele me estendeu a mão. — Vamos, beleza.

Ruben disse que eu devia fazer um cabelo alto no estilo Brigitte Bardot, agora que meu rosto estava tão fino.

— Não se pode fazer isso com porcas gordas. — Ele girou meu cabelo em nós molhados por toda a minha cabeça. — Só faz com que pareçam maiores.

— Ruben jamais havia sugerido um cabelo no estilo Brigitte Bardot para mim antes que eu estivesse com menos de quarenta e oito quilos.

Mamãe disse que não sabia por que eu estava me dando ao trabalho de fazer o cabelo em Nova York se, no segundo em que eu pisasse em Nantucket, a umidade iria estragar tudo. Disse isso a Ruben, e ele fez um muxoxo de desdém:

— Sua mãe não sabe nada de nada.

Luke partira para Nantucket no início da semana, mas eu não tinha a mesma liberdade na *The Women's Magazine*. Quando pedi a sexta-feira de folga, além das duas semanas de que precisava para a minha lua de mel, a editora-geral hesitara. Mas LoLo havia interferido e conseguido o que eu queria. Ela aprovava a minha escolha para a lua de mel — oito dias nas Maldivas e três dias em Paris. Eu ainda precisava conversar com LoLo sobre Londres, embora Luke já tivesse dado a resposta para os sócios, e fosse um fato consumado.

"Fabuloso", dissera LoLo. "E as Maldivas estão afundando, você sabe. Portanto corra, corra, antes que seja tarde demais."

Ruben tinha uma careca bronzeada e usava óculos que escorregavam para a ponta do nariz elegante. Ele nunca os empurrava para cima, do modo como Arthur fazia. Apenas franzia o nariz sob a ponte de casco de tartaruga enquanto trabalhava mechas do meu cabelo com uma escova redonda, torcendo e virando na base, até as pontas estarem aneladas como fitas ao redor de presentes de Natal.

Nell relanceou o olhar para o relógio. Ela ficara perambulando por perto com meu café com leite, vinte minutos antes, entregando-o para mim com um sorrisinho de desculpas. Acho que percebeu que eu ia mesmo seguir com o plano e que não havia por que continuar a me punir.

— São quase onze horas — disse ela. Nosso voo sairia do LaGuardia às duas da tarde e ainda tínhamos que voltar ao meu apartamento para pegar a minha bagagem.

Ruben aplicou algum produto nos meus cabelos, tirou a capa protetora preta que estava à minha frente e plantou um beijo estalado no topo da minha cabeça.

— Quero fotos — disse ele. — Você vai ser a noiva mais linda. — Ruben levou a mão ao coração e o vi secar uma lágrima no espelho. — Nossa! — choramingou. — Simplesmente a noiva mais linda.

Nell e eu entramos rapidamente no meu apartamento, sacudindo a chuva de nossos casacos e guarda-chuvas. Começara a chover quando estávamos a caminho do centro da cidade e já seria difícil conseguir um táxi.

— É sério — disse Nell. — Temos que ir.

Fui até a geladeira e comecei a jogar fora tudo o que pudesse estragar em duas semanas.

— Eu sei — falei. — Mas tenho que jogar essas coisas fora. Não posso voltar para um apartamento fedido. Vou ficar louca.

— Onde é a lixeira? — Nell pegou o saco de lixo das minhas mãos. — Deixa isso comigo. Agora apenas arrume tudo.

A porta bateu quando Nell saiu, e fiquei só. Eu me ajoelhei e afastei os produtos de limpeza que deixamos no armário embaixo da pia. Encontrei uma embalagem de sacos de lixo e a abri. Uma fileira de frascos de produtos balançou e alguma coisa caiu e bateu no fundo do armário. O objeto parecia um borrão verde-água, pelo menos enquanto girava, mas logo parou e ficou quieto, caído. Peguei e o examinei, perguntando-me quanto tempo eu tinha antes que Nell voltasse para o apartamento e me pegasse no chão, tremendo como um cachorro molhado.

— A primeira vez que ouvi falar de Ani foi em um e-mail que meu irmão mandou para mim, no dia 6 de novembro de 2011. — O discurso na mão de Garret se agitou quando ele aproximou mais o papel do rosto para conseguir ler as palavras.

— "Vou levar uma garota para casa no dia de Ação de Graças", disse Luke. "O nome dela é Ani, e se pronuncia "Ei-ní". Não "Éi-ni". Se falar alguma besteira, mato você."

O salão vibrou com uma risada satisfeita. Ah, aqueles garotos Harrison.

Garret levantou os olhos do papel em suas mãos.

— Acho que sabemos quando duas pessoas nasceram uma para a outra, quando percebemos que elas são pessoas melhores juntas do que separadas.

Um murmúrio de concordância.

— Ani é uma das garotas mais doces que já conheci, mas temos que admitir que é um tanto louquinha. — Uma risada alta percorreu o salão, o que não deveria ter me surpreendido tanto quanto surpreendeu. Não era aquela a personalidade que eu moldara com tanto cuidado para Luke? A da esquisita adorável? Os espinhos afiados que apareciam de vez em quando para mantê-lo em seu lugar não eram um pequeno bônus extra? — E sei que é isso o que o meu irmão adora nela. É o que todos adoramos nela.

Olhei para Nell. Ela formou as palavras sem deixar escapar som. "Garota mais doce que ele já conheceu?", e revirou os olhos. Voltei a olhar para aquele que logo seria meu cunhado e torci para que ele não tivesse visto Nell.

— E meu irmão. — Garret riu e todos os presentes também. Sabiam que ele vinha com alguma coisa boa. — Bem. Não são muitas pessoas que conseguem acompanhar o ritmo do meu irmão. Ele é o último a sair do bar e o primeiro a subir na prancha de surfe de manhã. Quando saímos de casa, vemos que ele já está surfando há uma hora e, depois, quer continuar por uma hora a mais que qualquer um, e pensamos, cara, você me fez tomar uma dose de uísque às três da madrugada, *não consigo*. — Garret cobriu a testa, como se estivesse com dor de cabeça. — Deus abençoe você por aguentar isso, Ani (Éi-ni), desculpe, Ani (Ei-ní). — A risada foi a todo volume agora e precisei fazer um esforço hercúleo para acompanhá-la.

Garret esperou com paciência que o salão voltasse a ficar em silêncio. Um sorriso se abriu em seu rosto quando ele continuou. Estava indo bem.

— Mas é isso que é tão incrível com Luke e Ani. Eles não se "aguentam", eles se amam incondicionalmente, com quantidades inumanas de energia e tudo o mais.

A mão de Luke buscou a minha, que estava torcida como uma garra, como se os ossos estivessem paralisados. Todo o meu corpo rangeu quando ele pousou minha mão em seu colo. Com a outra mão, sacudi a descoberta que fizera na nossa cozinha. Eu a havia mantido por perto desde que deixara Nova York, enquanto pensava no que deveria fazer com aquilo, como jogar com aquilo. Nell havia me perturbado o voo inteiro: "Meu Deus! Qual é o *problema*?" "Você sabe o quanto detesto voar", eu respondera, o rosto virado para a janela.

— Meu irmão precisa de alguém como Ani. Alguém que lhe mostre o verdadeiro sentido disso tudo, dessa vida. Família, filhos, estabilidade. — Ele sorriu direto para mim. — Ela é isso.

Esfreguei o rosto no ombro, para sanar uma coceira inexistente.

— E Ani precisa de alguém como meu irmão. Alguém para ser a fortaleza dela. Alguém que a acalme quando ela começar a *girar* — houve uma ênfase forte, quase hostil, na palavra, e uma piscada de olho maliciosa para Luke — fora de controle.

"Quando ela começar a girar." Senti como se estivesse observando de fora do meu corpo enquanto me dava conta, com uma clareza aguda, de que Luke se divertira às minhas custas enquanto tomava cerveja com o irmão e os amigos, às custas do meu terror furioso, das minhas fobias tolas, desenvolvidas em momentos duros. "Ela é ridícula", percebi que conseguia ouvi-lo dizer, e tudo em mim doeu com uma sensação de exposição crua, em carne viva.

— Estou muito empolgado em ver para onde esses dois caminham na vida — disse Garret, a alegria em sua voz se chocava com a decisão súbita, final e terrível que eu acabara de tomar. — Bem, e empolgado também para visitar o incrível apartamento deles em Londres. — Todos riram. — E, Ani, quando for a hora de um novo pequeno Harrison, ao menos sabemos que Luke já sabe o que é ter sede às três da madrugada. — Mais risadas e a bile borbulhando na minha garganta. Pigarreei e ergui o copo junto com Garret e todos os outros. — A ser melhores juntos do que sozinhos! — brindou ele.

— A ser melhores juntos do que sozinhos. — Minha voz também foi parte desse coro. Copos se tocaram, o som delicado como o de um sino... *não! não! não!* Virei minha taça de champanhe. Toda.

Luke se inclinou e me beijou.

— Você me faz tão feliz, meu amor. — Fiquei firme no meu sorriso, com todas as minhas forças.

Alguém bateu no ombro de Luke, ele se virou e começou a falar sobre a lua de mel. Pousei a mão sobre o joelho dele — era engraçado que aquela era a última vez que eu o tocaria daquele jeito — e disse:

— Vou um instante ao banheiro.

Atravessei o salão, encarando as brincadeiras alegres no caminho. "Olá, olá, oi." "Você está deslumbrante!" "Obrigada!" "Parabéns!" "Obrigada!" "Olá, olá, oi." "Que adorável ver você." Adorável. Quando eu começara a dizer aquela palavra horrível?

A cerimonialista havia me mostrado um banheiro individual no fundo do Topper's, o restaurante que estava nos cobrando trinta mil dólares por aquele jantar de ensaio.

"Normalmente aquele banheiro é apenas para os funcionários", dissera ela. "Mas você e Luke podem ficar à vontade para usá-lo essa noite, se precisarem de um pouco de privacidade." Ela havia piscado para mim, e eu a encarara horrorizada.

Tranquei a porta ao entrar no banheiro. Não havia luz no teto, apenas uma luminária de cerâmica branca acima da bancada. A luz imprecisa e dourada, como um sonho, como se eu estivesse atuando em um filme antigo. Abaixei a tampa do vaso com cuidado e em silêncio, como se fosse um banco de igreja. Sentei, a saia tamanho 34 do meu vestido Milly se esfregando no DNA de todas as noivas que haviam se sentado ali antes de mim. Eu nunca mais seria magra o bastante para usá-lo de novo.

Minha carteira da Bottega Veneta fez o som de um beijo estalado quando a abri. Procurei até encontrar o objeto verde-mar, estriado e desbotado, entre meus dedos.

Demorou um tempo antes que ouvisse uma batida na porta. Suspirei e me levantei — *já seria hora do show?* Abri apenas uma fresta com largura o bastante para revelar os olhos, nariz e lábios de Nell. A luz do lado de fora era completamente diferente.

Ela sorriu e os cantos de sua boca desapareceram da fresta.

— O que está fazendo?

Não disse nada. Nell estendeu a mão através da porta e secou uma lágrima negra.

— E o que foi aquilo? — disse ela. — Você é a garota mais doce que Garret já conheceu? Alguém aqui *conhece* você?

Eu ri. Foi uma daquelas horríveis risadas misturadas com choro, que fazem todo o seu peito se sacudir.

— O que você quer fazer? — perguntou Nell.

Ela ouviu pacientemente enquanto eu explicava, então assoviou baixinho.

— Que merda isso vai dar.

Nantucket sofre de uma inversão de temperatura que acontece quando o frio fica preso sob o calor. É essa inversão que cria a neblina sempre presente, a Gray Lady, a Dama Grisalha que cobre a ilha, mesmo em um dia claro, quando não há nuvens no céu.

É claro, só se percebe que é um dia claro depois que a barca atravessa a parte mais densa da neblina. Quando se olha adiante, então, se vê o céu azul sobre o continente, de uma cor tão forte que parece o protetor de tela de alguma projeção, então, ao olhar por cima do ombro, lá está o muro de neblina, derrotado, atrás. Ele ficara para trás quando Nell apareceu ao meu lado e colocou uma cerveja gelada nas minhas mãos.

— Acho que conseguiremos chegar a pé à locadora de carros, quando sairmos da barca — disse ela.

A cerveja escorreu pelo gargalo.

— Conseguiremos, sim. — Sequei a boca com as costas da mão. — Fica bem perto.

— E você tem certeza de que não quer ir de avião?

— Eu não conseguiria aguentar ficar dentro de um avião nesse momento — falei.

Nell apoiou as costas contra a amurada do barco.

— Então, quando vai perguntar?

Protegi os olhos com as mãos e a encarei.

— Perguntar o quê?

— Se pode morar comigo, enquanto se reestrutura. — Ela sorriu. Fora da neblina, seus dentes eram tão brilhantes que pareciam quase invisíveis. — É como um 2007 revisitado. Só que dessa vez não teremos ratos.

Apoiei o ombro contra o dela.

— Você não sabe como agradeço por isso.

Nell fizera o que eu pedira para ela fazer na entrada do banheiro, e, alguns minutos depois, Luke bateu à porta com a ponta do mocassim Prada que usava.

— Ani? Você está bem? Não consigo encontrar a Kimberly, e a música dos slides não está...

As feições de Luke ficaram sombrias e completamente diferentes quando ele viu a concha que eu segurava entre os dedos. Nem sequer esperei que ele fechasse a porta depois de entrar e perguntei:

— O que você fez com aquela foto do Arthur com o pai?

Luke se virou e fechou a porta, lentamente, como se estivesse disposto a fazer qualquer coisa para retardar o que estava prestes a acontecer.

— Não queria que você se aborrecesse mais do que já estava.

— Luke, me conta agora, ou eu vou...

— Está certo. — Ele estendeu as mãos na minha direção. — *Está certo*.

"John comprou cocaína naquele fim de semana em que veio a Nova York. Disse a ele que era uma estupidez, você sabe o que penso sobre esse assunto."

Luke me deu um olhar significativo, como se suas opiniões rígidas sobre drogas de algum modo fossem absolvê-lo do que quer que ele fizera.

"A noiva dele também queria. Quando voltamos para o apartamento, John precisava de um porta-retratos para espalhar a cocaína. Não sei como essas coisas funcionam, mas ele disse que sempre coloca sobre um espelho ou sobre um porta-retratos."

— E você deu a ele o porta-retratos com a foto do Arthur com o pai.

— Não queria dar a ele um porta-retratos com uma foto *nossa*! — disse Luke, como se só tivesse duas escolhas, como se não houvesse um milhão de porta-retratos de nossos amigos insuportavelmente fotogênicos por todo o apartamento.

— E o que aconteceu?

— Alguém derrubou o negócio. — Luke imitou o gesto do crime, balançando a mão no ar. — Quebrou. Eu joguei fora.

Procurei por algum sinal de remorso no rosto dele.

— Até mesmo a foto?

— Se você visse a foto sem a moldura, iria descobrir que algo acontecera. E você é... você é tão *sensível* sobre esse tipo de coisa. Fica tão *furiosa*. — Luke levou as mãos ao peito, como se precisasse se proteger de mim. — Só achei que era melhor assim. E melhor para você, também. Para que possa seguir em frente. Por que iria querer manter algo como aquilo, por sinal? — Ele deu de ombros. — É sinistro, Ani.

Segurei a concha no colo, com tanto cuidado como faria com um filhote de passarinho ferido.

— Não consigo acreditar em você.

Luke ficou de joelhos à minha frente, exatamente como fizera no dia em que me pedira em casamento, no dia em que tive certeza que havia sido o mais feliz da minha vida. Eu me afastei quando ele tentou secar o rastro de rímel que havia escorrido pelo meu rosto.

— *Desculpe*, Ani. — Mesmo assim ele conseguiu soar como se fosse a vítima, São Luke, que tivera que me aguentar, com meus giros fora de controle, minhas *loucurinhas*, minha neurose mórbida. — Mas por favor. Não vamos deixar que isso arruíne a noite.

Do lado de fora, um dos amigos de Luke gritou para outro que ele não passava de um franguinho. Segurei a concha como se fosse uma daquelas bolas macias que apertamos para afastar o estresse. Apertei com tanta força que a ouvi estalar.

— Não é isso que vai arruinar a noite.

Deixei que Luke secasse uma lágrima, a última vez na vida em que me tocaria. E disse a ele o que arruinaria a noite.

17

Ah, foi uma confusão. Os Harrison, meus pais, Nell, Luke, todos presos em uma malha de alianças variadas, lutando cada um por seus próprios interesses. No fim, ficou decidido que Nell chamaria um táxi, me levaria de volta à casa dos Harrison, onde eu pegaria minhas coisas antes que o resto da família retornasse, e iria para um hotel, de onde partiria na manhã seguinte, bem cedo. O rosto da sra. Harrison era uma estranha mistura de raiva e simpatia enquanto ela discutia comigo os arranjos a serem feitos, em um tom muito objetivo, tenho que lhe dar o crédito.

Minha mãe não conseguia nem olhar para mim.

Agora tanto os dias de Ação de Graças quanto os Natais seriam comemorados na casa dos FaNelli. Com a mesma árvore com neve falsa que mamãe encostava contra a parede todo ano, enfeitada com luzes da cor de chicletes e nada mais. A única coisa para beber, como sempre, seria alguma garrafa azeda de vinho Yellow Tail Shiraz. Eu estava preparada para isso, estava.

—⁂—

Não me lembro da viagem de carro até a casa dos Harrison. Nem de fazer as malas. Ou de me instalar no hotel três estrelas perto da estação da barca. Uma das pílulas de Nell apagou tudo isso.

Já passava bastante da meia-noite quando abrimos a porta do nosso quarto com cama *king-size*. Meu estômago estava muito fundo quando peguei o telefone e disquei, zonza, para o serviço de quarto. "Boa-noite", zombou a máquina que atendeu. "O serviço de quarto só está disponível das oito da manhã às onze da noite. Um café da manhã de cortesia será servido no..."

— Está fechado. — Tentei devolver o fone para o aparelho, mas errei a mira. Caiu tudo no chão, desmantelado como um cadáver. — Estou com tanta fome! — Uivei.

— Está certo, louquinha. — Nell parecia se mover como se tivesse rodas. Suave, graciosa e determinada. Ela logo estava no telefone, falando com a recepção e fazendo um pedido com toda dignidade. Nell pediu dois queijos quentes, palitinhos de frango, fritas e sanduíches de sorvete. Comi tudo. Acho que ainda estava mastigando uma batata frita quando comecei a cochilar. O sono foi como uma piscina da qual eu ficava tentando erguer a cabeça durante a noite, ofegando em busca de ar, até o comprimido de Nell voltar a me fazer afundar. Mas dormi. Eu dormi.

Também fiz uma bagunça na trama do documentário. Mais ou menos um mês depois de ter tomado a decisão da qual "me arrependeria pelo resto da vida"(frase de minha mãe), encontrei Aaron e seu cinegrafista em um pequeno estúdio de som algumas avenidas a oeste do Rockefeller Center.

Tinha um novo emprego. Agora era diretora de comportamento da revista *Glow*. Era um cargo importante, mas a revista não tinha nem de perto a mesma importância da *The Women's Magazine*. E com certeza não tinha o prestígio da *The New York Times Magazine*, da qual LoLo me lembrou de que estávamos tão próximas que não conseguia acreditar que eu desistiria agora.

"Estão me oferecendo trinta mil dólares a mais." Mostrei o espaço vazio no meu anular. "Preciso disso. Devo muito dinheiro a um monte de gente. Não posso esperar."

"Odeio perder você", conclui LoLo, por fim. "Mas entendo." Quando estava arrumando as minhas coisas para ir embora, ela me disse que um dia meu nome voltaria a aparecer no expediente da revista dela. Como me emocionei, LoLo continuara: "Lembra-se daquela matéria que você escreveu dizendo que a pior coisa que pode fazer por sua carreira é chorar no trabalho?", ela piscou para mim antes de descer apressada o corredor, berrando com a diretora digital para que conseguisse imediatamente os números daquela capa.

Achei que odiaria seguir com meus dias sem aquele fantástico peso no dedo, que parecia dizer a todo mundo para manter distância, porque todas as pendências da minha vida estavam resolvidas. Estaria mentindo se dissesse que uma parte de mim não sentia falta daquele brilhozinho travesso da esmeralda, mas não me incomoda tanto como achei que incomodaria. Quando um cara me pergunta se pode me levar para jantar, torço para que talvez ele seja alguém que consiga me amar exatamente como eu sou, como Garret e tantos outros acreditavam que Luke amava. Talvez esse cara não tenha medo do meu jeito, da minha *loucurinha*, talvez ele consiga ir além dos meus espinhos afiados para ver se há doçura em mim. E entenda que seguir em frente não significa não falar a respeito do que aconteceu, ou nunca chorar por isso.

— Lembra-se do que fazer, certo? — perguntou Aaron.

— Dizer meu nome, minha idade, a idade que terei quando o documentário for ao ar e quantos anos eu tinha na época do ataque. — Eu havia me apresentado como Ani Harrison da última vez em que estivera diante da câmera, o nome que me deixava tão aliviada só por saber que seria legalmente meu nome quando o documentário fosse ao ar. Tive que gravar uma segunda vez para corrigir o erro, usando exatamente a mesma roupa que usara no dia em que minha história fora gravada pela primeira vez na eternidade da câmera. Tudo seria editado, de modo a parecer que fora uma tomada só. Não haveria menção ao modo como o meu passado e o meu presente haviam colidido um com o outro, como placas oceânicas em um terremoto, produzindo uma fissura que mudou o curso da minha vida. Eu não poderia mais pegar aquelas roupas emprestadas na *The Women's Magazine*, e elas não eram baratas.

Aaron levantou o polegar para mim e acenou para o assistente. Vi o gesto como realmente era agora — doce, nunca adulador.

Por volta da época em que eu deveria estar brindando na praia durante a minha lua de mel, que não aconteceu, recebi um telefonema de Aaron que mudou tudo.

— Você tinha razão — dissera ele.

Eu estava esperando em uma longa fila para comprar café, mas desisti e entrei em um beco para tentar conseguir um pouco de privacidade.

— Verifiquei o filme. Você e Dean estavam com microfones presos ao corpo. A câmera gravou a conversa de vocês.

Pressionei o celular mais perto do ouvido e suspirei agradecida para o grafite grosseiro que dançava sobre os tijolos do muro à minha frente. Fora bom para mim ouvir Dean usar aquela palavra. Estupro. Terapêutico, na verdade. Mas não fora essa a única razão pela qual eu pedira a ele para dizê-la. Eu havia gravado muitas participações no *Today Show* para saber que a câmera consegue gravar quase tudo desde que as pessoas estejam com os microfones ligados — aquele comentário maldoso sobre o vestido rosa, tolo, de Savannah, o xixi nervoso no banheiro pouco antes de aparecer diante das câmeras. Dean também deveria saber, dado seu status atual de *celebridade*. Eu não sabia o que faria com a confissão dele, ou se faria alguma coisa, mas queria tê-la se decidisse desafiar Luke e falasse sobre aquela noite. Agora que o nome Harrison não era mais meu para que eu o manchasse, tomei minha decisão.

— Então podemos usar a gravação, certo? Para dar respaldo à minha história?

— Eu estaria mentindo se dissesse que isso não me empolga como diretor, porque é mesmo um furo e tanto — disse Aaron. — Mas como seu amigo — abri um sorriso ao ouvir isso —, acho ainda mais espetacular. Você merece que sua verdade seja contada. Eu só... — o suspiro o interrompeu — quero ter certeza de que você esteja preparada para a reação que irá provocar. Imagino que as pessoas ficarão muito ultrajadas.

A porta dos fundos do café foi aberta e um empregado jogou um saco de lixo na caçamba. Esperei que ele desaparecesse de volta na cozinha.

— É claro que ficarão — concordei, o mais magnanimamente possível. — Foi terrível o que fizeram comigo.

— Não era isso que eu... — Aaron se interrompeu quando percebeu meu sarcasmo. — Está certo — disse. Então repetiu, com a voz cheia de compreensão e de indignação por minha causa: — *Certo*.

A claquete foi batida e todos ficaram em silêncio, para que eu falasse. Aaron assentiu para mim: *Agora*. Sentei muito reta e disse:

— Sou TifAni FaNelli. Tenho vinte e nove anos, e tinha catorze anos em 12 de novembro de 2001.

Aaron disse:

— Novamente. Tente apenas com o seu nome, agora.

A claquete soou uma última vez.

— Sou TifAni FaNelli.

AGRADECIMENTOS

Agradeço aos meus pais por enaltecerem a minha esquisitice e a minha criatividade na minha infância, até quando eu fazia coisas bizarras como pedalar o triciclo pelo bairro usando uma combinação de babadinhos e um véu de princesa, enquanto todos os vizinhos assistiam. Agradeço a vocês por encorajarem infinitamente a minha imaginação, por investirem na minha educação e priorizarem-na como fizeram, mesmo quando foram necessários sacrifícios em suas próprias vidas para isso. Obrigada por me mostrarem por meio do exemplo de vocês, exemplo de trabalho duro e dedicação, o que significa ser ambicioso e ter uma forte ética de trabalho. Sou, sinceramente, a garota mais sortuda do mundo por ter vocês dois como pais. Sem vocês, não estaria onde estou.

À minha agente estrela do rock, Alyssa Reuben, da Paradigm Agency, por não parar de insistir, por anos e anos, para que eu escrevesse. Quando finalmente fiz isso, ela apoiou o livro, apoiou TifAni e soube exatamente como eu poderia melhorar a história, e fez tudo de uma maneira tão inacreditavelmente certeira para mim que, algumas manhãs, ainda acordo imaginando se essa é a vida real. Obrigada por acreditar em mim antes mesmo que eu acreditasse em mim mesma.

À minha melhor amiga, Cait Hoyt, por me forçar a aceitar sua amizade quando éramos apenas bebês começando a vida em Nova York. O que eu faria sem você? Você é o floco de neve mais especial de todos.

À minha editora, Sarah Knight, por ser a primeira a mexer no livro, por articular meus pensamentos antes mesmo que passassem pela minha cabeça, por me estimular a tomar conta das minhas palavras com um "olhar penetrante", quando eu estava perdendo o gás, e por me fazer ver que não poderia deixar que "levassem a melhor".

À minha agente cinematográfica, Michelle Weiner, da CAA, que me disse que conseguir fazer um filme é como empurrar uma rocha montanha acima. Obrigada por empurrar. E também pelas lindas recomendações de joias.

À minha assessora de imprensa, Kate Gales, por prestar atenção aos detalhes como se planejasse seu próprio casamento e me fazer sentir que estava em mãos tão boas, e à minha gerente de marketing, Elina Vaysbeyn, por todo seu trabalho nos bastidores. A todos na Simon and Schuster — Carolyn Reidy, Jonathan Karp, Marysue Rucci e Richard Rhorer — pelas palavras empolgadas de encorajamento e apoio nos e-mails que pretendo emoldurar e pendurar diante da grande mesa onde um dia escreverei.

Ao meu mentor, John Searles. Sei que essa palavra faz com que se acanhe, mas não há outro modo de descrevê-lo. Você me contratou para a *Cosmopolitan* quando eu era apenas uma garota de vinte e três anos, de olhos arregalados, maravilhada com a carreira de redatora. Obrigada pelo apoio e encorajamento infinitos, por me dizer que eu era capaz, por me ouvir reclamar e me lamuriar, e por me fazer rir quando entrei oficialmente para o território "bifurcado".

A Kate White, por me ensinar que ou eu crescia ou voltava para casa, por me ensinar a pedir o que queria e a como abordar os pontos delicados das pessoas. Vou levar seus conselhos comigo por toda a minha carreira.

A Joanna Coles e Joyce Chang, duas editoras inspiradoras responsáveis, que me encorajaram, me motivaram e me desafiaram de todas as maneiras possíveis.

Também gostaria de agradecer ao meu irmão, Kyle, por todo o amor e apoio, por falar bem do livro para qualquer um disposto a ouvir e por ser um ponto tão brilhante na minha vida. Sabia exatamente quem você se tornaria e sinto muito orgulho de você.

Obrigada à família do meu marido: Barbara, por ser minha fã número um e leitora/atualizadora mais rápida; à Andy e Natalie, que sem dúvida quebraram alguns recordes de pré-vendas, pelo amor e apoio.

Agradeço especialmente a Dave Cullen, autor do livro *Columbine*, que abriu os olhos de tantas pessoas, por oferecer tantas pistas sobre a mente dos responsáveis pelo ataque àquela escola.

Ao meu próprio grupo de amigos "insuportavelmente fotogênicos", que são gentis, afetuosos, nada parecidos com os personagens deste livro, que ficaram tão animados e me deram tanto apoio, e que me aturaram tagarelando sobre isso depois de copos de vinho em excesso ao longo do último ano: muito obrigada.

Por fim, agradeço a Greg, meu marido, o melhor "gerente" que uma garota pode ter, por me deixar ser o "talento". Obrigada por ter sido tão compreensivo quando eu o expulsei para o quarto, para que eu pudesse ocupar a sala trabalhando. Obrigada por falar com empolgação a meu respeito com qualquer pessoa disposta a ouvi-lo, por ser o primeiro a adquirir meu livro na pré-venda, por seu orgulho desenfreado de mim que me faz amá-lo ainda mais.

Este livro foi impresso na Intergraf Ind. Gráfica Eireli.
Rua André Rosa Coppini, 90 – São Bernardo do Campo – SP
para a Editora Rocco Ltda.